여왕을 위한 진혼곡

IV

정유나 장편소설

여왕을 위한 진혼곡

IV

D&C BOOKS

목차

제3곡

sequéntĭa

속송

8부

te nihilōminus amo Ⅱ

그럼에도 당신을 사랑합니다

te nihilōminus amo II

그럼에도 당신을 사랑합니다

반짝이는 햇살이 유리창을 뚫고 방 안을 환하게 비췄다.

불어오는 바람에 새하얀 커튼이 살랑살랑 치맛자락을 흔들고, 알알이 부서지는 황금 가루가 투명한 공기를 금빛으로 녹였다.

칠월의 첫 주도 다 지나가고 두 번째 주로 접어든 어느 여름날.

햇살 가득한 오후의 방 안에서, 밀라이아는 팔로 턱을 괸 채 생각에 잠겨 있었다.

'오늘로 일주일째던가?'

정무 회의의 뒤처리를 위해 페르디난드 공작을 찾아갔다가 열이 펄펄 끓는 것을 알아채고는 휴식을 명한 것이 칠 일 전.

그동안 그녀는 재상의 부재를 이유로 중요한 일들은 제게 가져오라 명을 내린 뒤 본격적으로 정무를 돌보기 시작했다. 그래 봐야 얼핏 보기에는 늘 그랬던 것처럼 대충대충 서명이나 하는 걸로 여겨질 거란 생각에서였고, 실제 결과도 그러했다. 일주일째 제대로 정무를 보고 있음에도 아무도 의심을 품지 않았으니까.

'공작은 이제 좀 괜찮으려나?'

마지막으로 봤던 날을 떠올리며 그녀가 눈썹을 찌푸렸다.

비록 자주 약을 올리고 가끔씩 성질을 긁더라도, 페르디난드 공작에게는 그리 아파 보이는 얼굴이 아니라 특유의 시건방진 태도가 어울렸다. 창백하게 질린 모습은 두 번 다시 보고 싶지 않았다.

'또 이러네. 왜 잊을 만하면 한 번씩 공작 생각이 나는 거야?'

고개를 붕붕 저은 그녀는 가만히 다기를 늘어놓는 사스테인 영애에게 물었다.

"에드워드는 언제쯤 도착한다 하던가요?"

"글쎄요, 답신을 받은 지 꽤 시간이 지났으니 슬슬 오실 때가 되지 않았을까요?"

"그러려나요? 되도록 차가 식기 전에 오면 좋겠는데."

문 쪽을 흘낏 돌아본 밀라이아가 답했다.

오늘은 왕족들이라면 누구나 의무적으로 해야 할 일 중 하나인 초상화를 그리는 날.

한 번 초상화를 그리기 위해서는 몇 시간씩 포즈를 취한 채 가만히 있어야 했기에 대부분의 왕족들은 그 시간을 대단히 지겨워했다.

물론 그것은 밀라이아 역시 마찬가지였으므로, 어차피 둘 다 그려야 할 거라면 조금이라도 덜 심심하자는 생각에 에드워드에게 함께하기를 청했다.

그리고 즉각 그리하겠다는 답을 얻었다. 아무래도 그 역시 그 시간이 어지간히도 지루했던 모양이었다.

"그나저나 불편하지는 않으신가요? 오랜만에 정복 차림이신데,

하필이면 날씨도 또 더워서…….”

“괜찮아요. 날씨야 뭐, 좀 덥긴 하지만 하는 수 없죠.”

하필이면 삼 년에 한 번씩 돌아오는 의무가 왜 제게 떠넘겨졌나 하는 생각이 들기는 했지만, 밀라이아는 현재 최선을 다해 성장盛裝을 한 상태였다. 만일 여왕의 일기가 맞는다면 아마도 오늘 그릴 그림이 글로리아의 마지막 초상이 될 확률이 높았으니까.

‘기왕이면 멋진 모습으로 역사 속에 남도록 해 줘야지. 그런데…….’

“한데 달리아, 지금 화가를 교체하는 건 좀 어렵겠죠?”

“네? 신이 알기로 오늘 두 분의 진영眞影, 초상화을 그리는 자는 수석화가 람도란트 경주: 궁정화가들의 우두머리는 수석화가라 불리며 기사 작위를 수여받는다입니다만……. 그가 마음에 안 드시는지요?”

“음, 네.”

짤막한 대답에 고개를 갸웃한 달리아가 말했다.

“하나 이제 와 바꾸시기에는 시간이 모자라지 않겠습니까? 궁정화가들의 사기 문제도 있고요.”

“……역시 그렇겠죠?”

“송구하나 그럴 것 같습니다. 하면 이건 어떠신지요? 경의 그림 중 어느 부분이 마음에 안 드시는지 말씀해 주시면, 신이 주의하라 미리 귀띔해 두겠습니다.”

“…….”

밀라이아는 잠시 침묵했다. 백 년 후에 봤던 그의 그림이 마음에 들지 않아서, 라고는 답할 수 없었으니까.

“됐어요. 그가 최고의 화가라면 어쩔 수 없죠, 뭐.”

하릴없이 대답하는데, 문득 밖이 소란스러운 것이 느껴졌다.

슬쩍 문가를 돌아보자, 달리아 역시 의아한 얼굴로 그쪽을 쳐다보는 모습이 눈에 들어왔다. 궁의 방들은 기본적으로 방음이 철저한 편임에도 이 정도로 시끄러운 소리가 들린다면 꽤나 큰 소동이 벌어지고 있는 것이 분명했다.

"밖이 꽤 소란스럽군요. 가서 무슨 일인지 좀 알아봐 주겠어요?"

"네, 전하."

차분하게 고개를 끄덕인 그녀가 문가로 다가가 살며시 문을 열었다.

그 순간, 여러 명의 목소리가 한데 뭉쳐진 거대한 소음이 거세게 귀를 두드렸다.

달리아가 서둘러 문을 도로 닫고는 말했다.

"길리안 공작이 당장 전하를 뵈어야겠다며 난동을 부리고 있습니다."

"길리안 공작이요? 대공자가 아니라?"

"그렇습니다."

"흠. 들어오라고 해요. 무슨 일이길래 저러는지 한번 들어나 봅시다."

"네, 전하."

즉각 고개를 숙여 보인 달리아가 문을 도로 열었다.

잠시 후 소란이 멎는가 싶더니, 얼굴을 잔뜩 찌푸린 남자 하나가 안으로 들어섰다. 길리안 공작이었다.

"어째서 저들이 신을 막아서는 겁니까? 다른 사람도 아니고 신이 전하를 좀 뵙겠다는데 말입니다."

'와, 이제는 아예 약식 예조차 생략하겠다 이거지?'

무례하기 짝이 없는 태도에 헛웃음을 흘린 밀라이아가 답했다.

"그야 공작이 정식으로 알현 요청을 넣지 않아서가 아닐까요? 알다시피 요즘 들어 근위기사단의 규율이 빡빡해진 터라, 불청객을 대하는 태도 역시 예전과는 많이 달라졌답니다."

나긋나긋한 답을 들은 길리안 공작이 눈썹을 꿈틀거렸다.

"하면 신이 불청객이란 말씀이십니까?"

"어머, 그럴 리가요. 단지 근위기사들의 입장에선 그럴 수도 있다는 얘기였지요."

생글거리며 돌려 친 밀라이아가 말했다.

"한데 무슨 일로 여를 보려 하였나요? 아쉽지만 곧 공식 일정이 있는지라, 공작에게 그리 많은 시간을 할애해 줄 수가 없답니다."

"자리를 물려 주시지요. 외인 앞에서 할 얘기가 아닙니다."

"뭐, 그래요. 달리아?"

"네, 전하. 하면 신은 나가 있겠습니다."

차분하게 고개를 숙여 보인 달리아가 밖으로 나갔다.

인기척이 완전히 사라지는 것을 확인한 남자가 말했다.

"대체 무슨 짓을 하신 겁니까? 전하께서 아무 생각 없이 저지른 일이 지금 얼마나 큰 파장을 불러왔는지 알고는 계십니까?"

"갑자기 그게 무슨 말이에요?"

"듣자 하니 아네스가를 비롯한 여러 가문에 소환장이 날아갔더군요. 그것도 그리 대단치도 않은 사유들로 말입니다. 별것도 아닌 일에 부화뇌동하신 전하 때문에 계파가 지금 얼마나 막심한 손해를 봤는지 아십니까? 이래서야 신이 전하의 무엇을 믿고 지켜 드린단 말입니까?"

'아하. 어쩐지 일주일간 지나치게 잠잠하다 했더니, 이제야 소환

장이 날아갔나 보군.'

그제야 그가 왜 이리 화가 난 채 나타났는지 깨달은 밀라이아는 속으로 웃음을 감추며 물었다.

"그랬나요?"

"그랬나요? 지금 이게 남 일입니까?"

하얗게 이를 드러낸 남자가 말했다.

"지스가의 그 계집 일까지는 참았습니다. 루시어스를 아끼는 마음에 그러셨나 보다 하면 이해 못할 바도 아니었으니까요. 그리고 파비우스의 일도, 네, 그것까지도 참아 보려 했습니다. 내가 허락했노라며 한마디만 하셨으면 끝났을 일을, 그 간단한 걸 하지 못해 그 지경으로 만드셨어도 오직 충심으로 넘기려 했단 말입니다. 한데 전하께서는 그걸 고작 남 일로 치부하시는군요."

'와, 누가 들으면 내가 무슨 만고의 충신을 저버린 폭군인 줄 알겠네.'

속으로 코웃음을 치는데, 의심스러운 눈빛으로 그녀를 쳐다본 길리안 공작이 말했다.

"말씀해 보십시오. 얌전하던 분이 갑자기 왜 그러시는 겁니까? 요즘 들어 페르디난드 공작을 가까이하신단 소문이 있던데, 설마 그자의 사탕발림에 넘어가기라도 하신 겁니까? 신 몰래 뭔가 약조라도 하셨느냔 말입니다."

'말하는 걸 보아 하니 아직 확신한 건 아닌 모양이네. 하긴, 무의식중에라도 여왕이 제 손아귀에서 빠져나간 걸 인정하고 싶진 않겠지.'

빠르게 상황을 파악한 밀라이아가 답했다.

"그게 무슨 소리예요? 여가 페르디난드 공작이랑 뭘 한단 말이에요?"

"그럼 아무 일도 없으시다는 말씀입니까?"

"당연하잖아요. 여가 그와 엮일 일이 뭐가 있겠어요?"

"그렇다면 다행입니다만, 그거 아십니까? 신이 알던 전하는 분명 미련하기는 해도 모자란 분은 아니었는데, 어쩐지 요즘 들어 점점 멍청한 행동을 하시는 것 같단 말입니다. 마치 일부러 그러는 사람 같다고나 할까요."

'와, 말본새 봐라. 이젠 아예 대놓고 막가는구나.'

순간 협조고 뭐고 그냥 확 찍어 눌러 버릴까 하는 생각이 들었지만, 중립파를 비롯한 구舊왕당파 귀족들이 상대적으로 소수인 상황에서 그러면 곤란한 건 그녀 쪽이었다. 피오르 공작과 그 모두 귀족파 출신이니, 자칫 둘이 손을 잡기라도 하는 날에는 자잘한 정책 하나를 통과시키는 데 있어서도 난항을 겪을 게 분명했으니까.

'어차피 그래 봐야 손발이 잘려 하는 화풀이에 불과해. 이번 일로 저자를 종이호랑이로 만들었으니, 이제 사스테인가를 시발점으로 구왕당파 세력들이 복귀만 천명하면 돼. 왕당파가 오 할을 넘어가는 순간 내 세상이 열리는 거지.'

속으로 중얼거리며 일그러지려는 표정을 겨우 잡아 펴는데, 노크 소리가 들렸다.

잠시 후 안으로 들어선 왕제가 딱딱하게 인사를 건넸다.

"여왕 전하를 뵙습니다."

푸른 눈동자가 빠르게 길리안 공작을 훑고 지나가는 것을 확인한 밀라이아가 속으로 미소를 지었다.

'밖에서 미리 귀띔을 받은 모양이군.'

"어서 와요, 왕제. 딱 맞춰 왔네요."

"네. 한데 알현 중이셨습니까? 제가 알기로 지금은……."

"아아, 잠깐 짬을 내서 대화를 나누던 것뿐이랍니다. 공식 일정을 미룰 수는 없지요."

왕제에게 답하는 척 간접적으로 축객을 명하자, 길리안 공작은 그녀를 노려보며 말했다. 그나마도 왕제에게는 아예 인사조차 건네지 않은 채였다.

"신은 아직도 두 달 전 전하께서 하셨던 말씀을 기억하고 있습니다. 한데 무슨 배짱으로 이러시는 건지 알 수가 없군요. 일부러 그러시는 건지 아니면 정말로 더 어리석어지신 건지는 모르겠으나, 항상 신이 지켜보고 있다는 걸 명심하십시오. 아시겠습니까?"

"네, 명심할게요."

고분고분 답하는 순간, 어처구니없는 표정으로 오가는 대화를 듣던 소년이 눈썹을 꿈틀거리는 것이 보였다.

잘 매만진 머리카락을 짜증스럽게 손으로 쓸어 올린 그가 말했다.

"길리안 공작, 그대는 내가 안 보이나 봅니다?"

"죄송합니다, 저하. 제가 지금 전하와 국사를 논하는 중이라서요."

태연한 대답에, 보란 듯 입꼬리를 비튼 소년이 말했다.

"국사라. 언제부터 일국의 국왕과 왕제를 모욕하는 일이 국사가 되었는지 모르겠군요. 이래서야 피오르 공작의 말이 틀린 게 하나도 없잖습니까? 자식들이 어쩌면 그리도 하나같이 뛰어난가 하였더니, 그 아비가 손수 모범을 보이고 있었기 때문이군요."

길리안 공작의 얼굴이 확 굳었다.

'꼬맹이가 제법이네. 저러다 위험해지는 거 아냐?'

잠시 관망하던 태도를 버린 밀라이아가 서둘러 끼어들었다.
"왕제."
"잠시만요, 누님. 하던 얘기만 마저 하겠습니다."
부드럽게 그녀를 저지한 소년이 계속해서 이야기했다.
"게다가 바쁘다라. 글쎄요, 내 눈에는 별로 그렇게 보이지 않습니다만. 누님께 지난 일을 상기시켜 드리는 것보다 더 중요한 일이 있는데도 여기서 한가하게 노닥거리는 걸 보니 말입니다."
"더 중요한 일이라고요? 제게 말입니까?"
그건 또 무슨 헛소리냐는 듯 공작이 바라보자, 왕제는 코웃음을 치며 말했다.
"알 만한 사람끼리 왜 그럽니까? 듣자 하니 바르크 영지의 철광 분쟁 건에 길리안가도 개입했다면서요? 뭐, 그 정도쯤이라면야 그러려니 했겠지만, 왕실 직할령의 광산에는 왜 손을 댔습니까? 설마 공작도 아직 어리고 철이 없어 그런 일을 저지른 겁니까?"
'엥, 그런 게 있었어?'
의아한 눈빛으로 돌아보는데, 잠시 호흡을 고른 소년이 말을 이었다.
"해서 하는 말입니다. 이 또한 왕실의 재산을 탐한 것이니 잘 봐줘야 손해배상 세 배요, 그러지 못할 경우 곧장 정무 회의 소집감 아닙니까? 한데 이리도 한가롭게 담소 중이라니, 이건 길리안 공작이 담대해서인지 아니면 정말로 어리석어서인지 모르겠군요. 아, 아니면 알려지지 않은 재산이 꽤 많으신가?"
좀 전에 제가 밀라이아에게 했던 말을 그대로 되돌려 주는 왕제를 보며, 길리안 공작이 딱딱하게 얼굴을 굳히고는 말했다.

"저하께선 방금 본인을 심히 모욕하신 걸 아십니까? 아직 연치 어리셔서 잘 모르시나 봅니다만, 그런 민감한 발언은 그리 함부로 하시는 게 아닙니다. 그 파장에 대한 책임을 오롯이 져야 하기 때문이지요."

"그러는 공작은 누님과 나를 심히 모욕한 걸 알고 있습니까? 나이도 충분히 많은 사람이 민감한 발언을 어찌 그리 함부로 하는지 모르겠군요. 그리고 글쎄요, 공작이 보기엔 내가 아무 근거 없이 말하는 것 같습니까?"

'와, 말솜씨 봐. 얘도 페르디난드 공작 과였잖아?'

속으로 감탄하며 돌아보자, 붉은 눈동자에 분노와 짜증이 담기는 것이 보였다.

잠깐 침묵하던 공작이 말했다.

"그거야 전하께서 판단하실 일이지요. 어쨌든 정해진 일정이 있다고 하시니 이만 물러가겠습니다. 여왕 전하, 신이 드린 말씀을 잊지 마십시오. 그럼."

고개만 까딱해 보인 남자가 그대로 뚜벅뚜벅 걸어 사라졌다.

한참 동안 문가를 노려보던 소년이 말했다.

"정말이지 무례한 작자로군요. 누님께선 왜 저딴 소리를 그냥 듣고만 계셨습니까? 평소에는 그렇게 말씀을 잘하던 분이 말입니다."

"음, 이 보 전진을 위한 일 보 후퇴라고나 할까요? 그러는 왕제야말로 왜 그런 소리를 한 거예요? 그러다가 해코지라도 당하면 어찌하려고."

걱정스러운 얼굴로 묻자, 왕제는 이를 악물고는 되물었다.

"그럼 누님이 모욕당하는 걸 그냥 지켜봤어야 했단 말씀이십니까? 제가 뭐라고 감히 누님을 핍박한단 말입니까? 그것도 가만히 엎드려서 지내도 모자랄 이런 시기에……. 아니지, 이런 때에조차 그런다는 것은 평소에는 말할 필요조차 없었다는 뜻이겠군요. 맞습니까?"

"네, 뭐."

"하, 이 귀족 같지도 않은 작자가 감히 누구를……. 두고 보십시오. 무슨 수를 써서라도 저자에게 감히 누님을 능멸한 대가를 치르게 할 겁니다."

'이런 게 동생이라는 건가?'

왠지 가슴이 뭉클했다.

몇 달 보지 못한 저조차도 이런 기분인데, 만일 글로리아가 이 모습을 지켜보고 있었다면 정말 감동받았겠다 싶었다.

"우리 에드워드, 정말 다 컸네요. 누나를 위해 화낼 줄도 알고."

복잡한 감정을 숨기면서 빙긋 웃음 짓자, 소년은 움찔하며 목을 움츠렸다. 당연히 그녀가 머리카락을 흐트러뜨릴 거라 생각한 듯 반사적인 행동이었다. 정작 감상에 젖은 밀라이아는 아무 일도 하지 않았지만.

"그래도 앞으로는 그러지 마요. 본디 뱀 같은 자라, 자칫하다가는 언제 독을 뿜을지 모른답니다."

"하지만……!"

"때로는 원하는 걸 얻기 위해 엎드릴 줄도 알아야 하는 법입니다. 홀로 꼿꼿한 나무는 모두가 달려들어 도끼로 찍어 버리거든요. 물론 꼭 지켜야만 하는 가치들은 그리 도끼질을 당하면서도 버리지 말아야겠지만, 기억해요, 그 외의 것들은 가장 중요한 신념을 위해 꺾을 줄도 알아야 한다는 사실을."

무어라 반박하려던 왕제가 입을 다물었다.

생각에 잠긴 얼굴로 침묵하는 그를 말없이 바라보던 밀라이아가 물었다.

"한데 아까 그건 어떻게 안 거예요?"

"뭐요, 철광 말씀이십니까?"

"네."

"찍었습니다. 왠지 그럴 것 같았거든요. 웨스트우드 백작에게 좀 들은 것도 있고요."

"……뭐라고요?"

반 박자 늦은 대답에 왕제가 씩 웃고는 말했다.

"뭘 그리 놀라고 그러십니까? 어차피 정황 정도는 누님도 이미 알고 계셨을 것 아닙니까. 명확한 증거를 대야 하는 자리도 아니었고요."

"아무리 그래도 그렇지, 만약에 틀렸으면 어쩌려고 그랬어요?"

"그럼 뭐, 어린애가 철이 없어 헛소리한 것 정도로 치부하면 되지요. 성년이 한참 지났어도 그딴 핑계들을 대는데, 미성년이라는 어마어마한 장점을 이럴 때 써먹지 않으면 언제 또 써 보겠습니까?"

대수롭지 않게 답한 소년이 돌연 짜증을 부렸다.

"그리고 아까 그 말씀, 대단히 불쾌합니다. 그건 마치 제게 누님은 잠시 버려도 되는 사람이란 말 같잖습니까? 역으로 누님은 제가 그런 상황에 처했다면 그냥 모르는 척 내버려 두실 겁니까?"

"네…… 에?"

보랏빛 눈이 동그랗게 뜨였다.

'설마 지금 삐친 거야? 내가 자기를 소중하게 여기지 않는 것 같아서?'

섭섭함 반 불안감 반이 섞인 눈빛을 잡아낸 밀라이아가 움찔했다. 이제 더는 버틸 수가 없었다.

"아, 정말. 미안해요, 에드워드. 지난번에 한 얘기도 있고 해서 참아 보려고 했는데, 도저히 안 되겠어요."

빠르게 말을 쏟아 낸 그녀가 그를 끌어당겨 꽉 안았다. 그러고는 채 무어라 할 틈도 주지 않고 인정사정없이 머리카락을 흐트러뜨리며 말했다.

"대체 왜 이렇게 귀여운 거예요? 뭘 먹고 이렇게 귀여운 거지? 하, 미치겠네. 벌써부터 이렇게 여심을 들었다 놨다 해도 되는 거예요? 나 방금 심장이 덜컹했다고요. 이거 어떻게 책임질 거예요? 네?"

"무, 뭐, 뭐라는……."

"예쁘다, 예쁘다 했더니 점점 더 예뻐지는 것 좀 봐. 고마워요, 에드워드. 날 그렇게까지 소중하게 여겨 줘서요. 그리고 오해하지 마요. 내게도 에드워드는 반드시 지켜야 할 존재니까요."

순간 품에 안긴 소년의 몸에서 힘이 빠지는 것이 느껴졌다.

새빨갛게 변한 귀를 보며 까르르 웃은 밀라이아가 보드라운 머리카락에 얼굴을 비볐다.

그때, 문가에서 신음과도 같은 탄성이 들려왔다.

반사적으로 홱 돌아보는 두 사람을 향해 황급히 손을 저은 남자가 말했다.

"아, 안 됩니다! 그대로 계십시오! 방금 막 영감이 떠올랐단 말입니다!"

"영감이라고?"

고개를 갸웃하자, 가방을 뒤집어 쏟아붓듯 물감이며 붓 등을 늘어놓은 남자가 버럭 고함을 질렀다.

"그렇습니다! 아! 움직이지 마시라니까요! 아까처럼 좀 더 친밀하게 붙으시란 말입니다!"

"……."

미친 듯이 물감을 풀어 낸 그가 화폭에 힘차게 선을 그었다. 캔버스에 고정된 눈빛이 활활 불타오르고 있었다.

황당한 얼굴로 그 모습을 바라보던 남매가 시선을 마주쳤다.

손을 뻗어 헝클어진 머리카락을 정돈해 준 밀라이아가 목소리를 낮춰 물었다.

"어쩔까요, 그냥 둘까요?"

"일단 둬 보시지요. 얼마나 내단한 걸 그리려고 저러나 궁금해졌습니다."

"그래요, 그럼. 어째 초상화로는 못 쓸 것 같지만, 나도 좀 궁금하기는 하네요."

소곤소곤 속삭이는 남매의 눈에 웃음기가 어렸다. 함께 있어 마냥 지루하지만은 않을 시간의 시작이었다.

다음 날.

"여왕 전하를 뵙습니다. 그간 강녕하셨는지요?"

"오랜만이에요, 페르디난드 공작. 휴가는 잘 보냈나요? 몸은 이제 괜찮고요?"

밀라이아는 사뭇 정중하게 허리를 숙이는 남자를 보며 활짝 웃었다. 창백하던 피부에 다시 혈색이 돌아와서일까, 차갑고 오만해 보이는 저 얼굴이 무척 반가웠다.

생글거리는 그녀를 보며 마주 미소 지은 공작이 말했다.

"염려해 주신 덕분에 잘 지냈습니다. 몸도 이제 말짱하고요. 물론 그만큼 다른 아픔을 얻긴 했지만 말입니다."

"다른 아픔이라뇨? 또 어디가 안 좋아요?"

"그것이, 전하를 오래 뵙질 못했더니 가슴이 너무 아파서 말입니다. 그나마 일주일이었기에 망정이지, 열흘 휴가였다면 심장이 못 버틸 뻔했지 뭡니까."

"……난 또 뭐라고. 깜짝 놀랐잖아요."

가슴을 쓸어내리는 그녀를 물끄러미 바라보며 그가 말했다.

"이리 봄과 겨울을 왔다 갔다 하시니 신으로서는 전하께서 매정하신 건지 아니면 다정하신 건지 영 헷갈립니다. 아니지, 매정하신 분이 맞겠군요. 어쩌면 일주일 동안 단 한 번도 문병을 안 오실 수가 있습니까? 평소에는 그리 잘만 돌아다니시던 분이 말입니다."

"뭐래, 이제 맘대로 나가기 힘들어진 거 알잖아요? 앤트워스 후작이 얼마나 깐깐한지 알면서."

"아, 하긴 그렇군요. 요즘 같이 험악한 시기에 후작이 외유에 쉽게 동의할 리가 없겠죠. 죄송합니다, 전하. 신이 괜한 오해를 했군요."

"알면 됐어요."

입술을 삐죽이며 답하자, 빙그레 웃은 공작이 말했다.

"그건 그렇고, 듣자 하니 그동안 전하께서 업무를 처리하셨다면서요? 보좌관들도 상당수 휴가를 줬던 터라 일손이 달렸을 텐데 괜찮으셨습니까?"

"어차피 이목을 피하느라 제대로 하지도 못했는걸요, 뭐. 급한 일만 승인해 놨어요. 재검토가 필요한 것들은 따로 빼놨고요."

"그리 말씀하시는 것치고는 처리하신 솜씨가 꽤나 깔끔하시던데요. 처음에는 돌아오자마자 잔뜩 쌓여 있는 서류를 보고 도로 집에 갈까 잠시 고민했는데, 알고 보니 그중 반절 이상은 전하께서 이미 결재를 완료하신 거더군요."

어깨를 으쓱한 밀라이아가 대답했다.

"그냥 좀 심심하기도 하고, 마침 명분도 딱 좋길래 한번 해 본 것뿐이에요. 어차피 그중의 절반 정도는 다시 봐야 할걸요?"

"그래도 감사합니다. 전하께서 도와주시지 않았다면 돌아오자마자 다시 병이 났을 겁니다."

"뭘요. 직접 해 보니 정말 일이 많긴 많더군요."

밀라이아는 해도 해도 끝이 없던 일을 떠올리며 고개를 절레절레 저었다.

웃음기 어린 눈빛으로 그녀를 바라본 공작이 말했다.

"이제 신의 소중함을 좀 아셨습니까? 그 많은 일을 다 떠넘긴 건 좀 너무하셨다 싶지요?"

"사실 좀 그렇긴 했어요. 역시 옛말이 틀린 것 하나 없다니까요? 일 잘하는 소는 검은 소라더니 말이에요."

"네? 그게 무슨 말씀이십니까?"

의아해하는 남자를 보며 눈을 동그랗게 뜬 밀라이아가 물었다.

"어라, 몰라요? 속담이잖아요."

"그런 속담은 들어 본 적이 없습니다."

"어…… 그래요? 그럼 나중에 생긴 건가?"

고개를 갸웃하자, 어깨를 으쓱한 공작이 말했다.

"뭐, 지금 그게 중요한 건 아니잖습니까? 그냥 넘어가시지요. 그보다는 정무 회의가 시작되기 전까지 급한 사안을 한 가지 미리 검토해 두셔야 합니다."

"급한 사안이요?"

"네. 제국에 보내는 사절단 문제 말입니다. 왔다 갔다 하는 날짜에다가 이것저것 협상해야 할 일까지 생각하면 오늘 안에 처리한다고 해도 시간이 빠듯합니다. 사절단의 원래 목적은 식량 수입이니까요."

"그야 그렇죠. 그래서 나도 누굴 보내야 좋을까 생각 중이었어요. 한데 식량 문제라면 몰라도 무연탄 지대 건이 마음에 좀 걸려서요. 믿을 만한 자가 아니면 얘기를 꺼내는 것 자체부터 문제잖아요?"

"알고 있습니다. 해서 신이 일단 명단을 좀 추려 왔습니다."

대수롭지 않게 답한 공작이 품에서 상당히 길어 보이는 쪽지를 꺼내 들었다.

밉지 않게 그를 흘겨본 밀라이아가 말했다.

"참 나, 쉬라고 했더니 또 집에서 일한 거예요? 하여튼 공작도 어지간히 일중독인 거 알아요? 그러다 또 쓰러지기만 해 봐. 이젠 안 봐줄 거야."

가볍게 타박하자, 공작이 빙그레 웃음을 지었다.

"이런, 신이 잠깐 아팠던 게 전하께 그토록 큰 상처를 남겼을 줄은 몰랐군요. 알겠습니다. 앞으로는 조심하지요."

"흥. 됐고, 명단이나 줘 봐요. 이제 회의 시작까지 삼십 분밖에 안 남았잖아요?"

"네."

일견 쌀쌀맞게 들리는 대답에도 공작은 여전히 웃는 얼굴로 명단을 내밀었다.

아무리 우호 관계에 있는 동맹국이라고는 해도 루아 왕국은 왕국이고 상대는 제국이었으므로, 사절단의 규모는 예상했던 대로 어마어마했다. 읽어도 읽어도 끝이 보이지 않는 목록은 보는 사람을 질리게 할 정도였다.

한참 동안 꼼꼼하게 명단을 읽어 가던 그녀가 물었다.

"한데 어째 실무 책임사들 이름만 있네요? 윗선은 안 보이고."

"어차피 회의를 통해 결정해야 할 사항이라 딱히 건드리지 않았습니다. 대신 다른 인선에만 집중했지요. 두 공작 모두 윗선만 저희들 입맛에 맞게 결정된다면 세부 사항은 크게 신경 쓰지 않을 테니까요."

"그렇군요. 으음, 나는 워낙 사람이 많아서인지 이 중 절반 정도밖에 모르겠네요. 일단 외교 전문가들이야 당연히 포함되었을 거고, 나머지 자들은 누군가요?"

허리를 그녀 쪽으로 숙인 공작이 손으로 명단을 짚으며 답했다.

"우선 정식 신분을 가지고 파견될 자들로 협상 실무에 참여할 외교관들, 사무를 볼 관료들과 통역관 등이 있습니다. 여기부터 여기까지는 농업, 광업, 삼림, 기후, 상업, 문화 · 예술, 법률 등 각 방면의 전문가들이고요, 여기에 사절단을 따라가는 민간인 신분의 인물들이 포함됩니다. 가령 잡무를 처리하는 시중인이라거나 하인과 하녀들, 종자 혹은 지위가 낮은 보좌관 같은 사람들 말입니다."

"아하, 그렇군요."

고개를 끄덕인 밀라이아가 말했다.

"좋아요. 그럼 실무진은 공작을 믿고 이대로 승인할게요."

"믿어 주셔서 감사합니다. 그리고 그 윗선 말입니다만, 우선 길리안 대공자를 넣을까 합니다."

"그 무뢰배를 사절단에 넣자고요? 그랬다가 거기서 뭔가 사고라도 치면 어쩌려고요?"

황당해하는 그녀를 보면서도 그는 태연자약했다.

"그래서 보내자는 겁니다. 분명 사고를 치고 올 만한 인물이니까요."

"그게 무슨 소리…… 어, 설마 그럼 지난번에 말한 추가 계획이라는 게 그거였어요? 길리안가를 단숨에 끌어내릴 수 있다고 한 게?"

"네."

돌아오는 대답은 지나칠 정도로 담담했다.

밀라이아는 걱정스러운 표정을 지으며 물었다.

"너무 위험한 것 아니에요? 그랬다가 제국이랑 관계가 틀어지기라도 하면 어쩌려고요?"

"해서 신이 따라가려고 했었지요."

"……아."

의미 모를 탄성이 입 밖으로 튀어 나갔다.

왕국과 제국을 왕복하는 데 걸리는 시간은 최대한 빨리 일을 처리한다 해도 최소 한 달 반에서 두 달. 한데 그곳을 다녀오겠다니.

'어쩌지? 안 된다고 붙들 수도 없고.'

어쩔 줄 몰라 하는 그녀를 빤히 바라보던 공작이 피식 웃었다.

"한데 전하를 두고 가자니 도저히 걸음이 떨어지지 않을 것 같아 포기했습니다. 겨우 일주일 만에 이리 수척해지셨는데, 신이 두 달이나 자리를 비우면 어찌 되시겠습니까? 왕실의 안녕을 위해서라도 그럴 수는 없지요."

"수, 수척해지긴 누가 수척해졌다고 그래요? 그런 거 아니거든요?"

"그래요? 하면 다녀올까요?"

"……아니요."

기어들어 가는 목소리로 답하자, 공작은 그럴 줄 알았다는 듯 싱긋 웃었다.

'으으, 얄미워. 그냥 콱 갔다 오라고 할까 보다.'

잠시 그런 생각이 들었지만, 정작 입 밖으로 나가는 말은 다른 것이었다.

"그…… 공작은 할 일이 무척 많잖아요. 일주일만 자리를 비워도 이 지경인데, 두 달이나 나갔다 오면 왕국이 어떻게 되겠어요? 그래서 그런 것뿐이에요, 뭐."

"솔직하지 못하시군요. 하긴 그게 전하의 매력이긴 하지요."

웃음기 어린 눈으로 그녀를 바라본 공작이 계속해서 설명했다.

"어쨌든, 해서 그자를 통제할 만한 사람이 필요합니다. 사고를 치도록 내버려 두되 적당히 수습 가능한 선에서 뜯어말릴 수 있는 자 말입니다. 그러려면 아무래도 신분상으로도 밀리지 않으면서 연륜도 제법 있어야겠지요."

"……그런 사람이 공작 말고 또 있어요?"

“발상을 전환하면 의외로 간단합니다. 피오르 공작을 보내는 거지요.”
“그게 가능해요? 피오르 공작이 왕제를 두고 떠날 리가 없잖아요.”
“가능하게 만들어야지요. 이런 식은 어떻습니까?”
허리를 숙인 공작이 목소리를 낮추어 설명했다.
밀라이아의 눈이 조금씩 커졌다.

삼십 분 뒤.
“창공의 드높음을 경배하라. 여왕 전하를 뵙습니다.”
“여왕 전하를 뵙습니다!”
선창하는 페르디난드 공작을 따라 일제히 자리에서 일어난 귀족들이 외쳤다.
밀라이아는 모두 착석하라 명한 뒤 차분하게 상석으로 향했다. 분명 밀담을 마친 지 십여 분이 지났음에도, 그녀의 머릿속에는 아직까지도 공작과 나눴던 대화가 뱅뱅 맴도는 중이었다.
‘그때 끌어들이지 않았으면 어쩔 뻔했담?’
당시에는 몰랐지만, 아무래도 그에게 진정한 의미의 국왕과 재상이 되자고 제안했던 것은 그녀의 인생에서 가장 성공적인 도박 중 하나였던 듯했다. 그가 없었다면 여기까지 오지도 못했을 거니와, 오늘의 이 회의도 없었을 테니까.
여전히 머릿속을 맴도는 대화를 곱씹으며 감탄을 삼키는데, 그녀를 향해 가만히 고개를 숙여 보인 페르디난드 공작이 말했다.
“금일 정무 회의는 지난 회의에서 통과되었던 제국 사절단의 구성 문제를 논의하기 위해 소집되었습니다. 모두 알다시피 이번 사절단은 제국에 식량 수출을 요청하기 위해 꾸려지는 것이므로, 다른 때보다도 그 대표 및 실무진의 인선이 중요합니다. 그러니 관련하여 의견이 있는 사람은 발언하기 바랍니다."

잠시 침묵이 흘렀다. 아마도 모두 각자의 이득을 최대한 챙기기 위해 고민하고 있는 듯했다. 아니면 직접적인 이득이 없을 거라는 생각에 끼어들 마음이 없거나.

그때, 발언권을 요청한 길리안 공작이 말했다.

"그리 중요한 사절단이라면 마땅히 왕족 중 한 분이 대표로 가셔야 하는 바, 현재 계승 서열 2위에 있는 일랑 후작이 어떻겠소? 마침 후작령도 제국과의 국경 근처에 있으니 중간에 합류하는 식이면 될 듯한데."

"하나 그는 올해로 일흔이 넘지 않았습니까? 원행을 떠나다 혹시 무슨 일이라도 생기면……."

"그도 그렇군. 하면 서열 3위의 루카스 후작은 어떠하오? 지위도 괜찮고 나이도 적당하니 괜찮을 듯한데."

"루카스 후작령은 북쪽에 있질 않습니까. 거리가 너무 멉니다."

어깨를 으쓱한 길리안 공작이 말했다.

"그리 말하는 걸 보니 어쩐지 따로 염두에 둔 사람이 있는 것 같은데. 그러지 말고 먼저 말해 보시오, 페르디난드 공. 그대가 염두에 둔 사람이 누구요?"

보일 듯 말 듯 하게 미소 지은 페르디난드 공작이 말했다.

"굳이 먼 데서 모셔 올 필요가 있겠습니까? 왕제 저하를 대표로 삼으면 되지요."

"뭐요?"

"뭐라고?"

길리안 공작의 얼굴이 의아함으로 물드는 것과 거의 동시에 피오르 공작이 자리를 박차고 일어나며 버럭 고함을 지르는 것이 보였다.

"페르디난드 공작! 그게 무슨 말도 안 되는 소리요? 저하를 제국에 보내자니!"

"말이 안 될 건 또 뭐가 있습니까? 미성년이시긴 하나 올해 연치 열다섯이십니다. 그만하면 충분히 앞가림 정도는 하실 때가 아닙니까? 게다가 대표야 어차피 명목상으로 맡는 것뿐, 어차피 일은 실무진이 알아서 할 텐데 뭐가 걱정입니까?"

태연자약한 대답에 인상을 잔뜩 찌푸린 피오르 공작이 말했다.

"그래도 그건 좀 아니지 않소? 계승 서열 1위이신 분을 어찌 함부로 타국으로 보낼 수 있단 말이오? 더욱이 직계 왕족 중 한 사람이 수도에 항상 머물러야 하는 건 왕국법에 정해진 사항이 아니오."

'웬일로 피오르 공작이 나랑 똑같은 소리를 하네. 나도 삼십 분 전에 딱 저랬는데.'

회의에 들어오기 전 나눴던 대화를 떠올린 밀라이아가 속으로 웃었다.

—그게 무슨 소리예요? 이제 겨우 열다섯짜리 꼬맹이를 어디다 보내요!

—시간이 별로 없다고, 한시바삐 키워야 한다 말씀하신 분은 전하십니다. 저하를 위한 기반을 닦는 데 이보다 더 좋은 기회가 어디 있단 말입니까? 견문을 단숨에 쌓을 수 있는 데다, 협상을 성공적으로 끝내고 올 경우 그 업적이 다 저하의 것이 될 텐데요.

—그렇지만…….

—무연탄 지대 협상 때문에 불안하시다면서요? 저하를 보내시면 그 문제도 해결됩니다. 저하께서라면 일신의 안녕을 위해 왕국을 팔지는 않으실 테니까요. 특히나 전하께서 그리 노골적으로 후계자로 세우겠다는 뜻까지 보여 주신 마당이니 말입니다. 안 그렇습니까?

'난 그 말에 설득당했지. 피오르 공작은 뭘 듣고 넘어오려나?'

언변으로는 어디 가서 지지 않는다고 생각했던 그녀조차 납득해 버렸는데, 저들이라고 별수 있겠는가 싶었다.

흥미로운 눈초리로 돌아보자, 태연하게 공격을 받아치는 페르디난드 공작이 보였다.

"알고 있습니다. 그래서 유배령을 받고서도 처소에 머무르고 계시는 것이 아닙니까? 하나 모든 일에는 예외가 있는 법. 그리고 본인은 이번 사절단 파견이 바로 그 예외라고 생각합니다."

"예외라고?"

"그렇습니다. 아까도 말씀드렸지만, 어차피 실무는 아랫사람들이 하는 것 아닙니까? 대표는 그저 제국에 성의 표시가 될 정도의 무게감만 갖고 있으면 됩니다. 잊지 마십시오. 우리는 현재 아쉬운 소리를 하러 가는 입장이란 말입니다."

'이쯤이었나?'

반사적으로 시선이 길리안 공작에게 향했다.

아니나 다를까, 그는 예상대로 무언가를 한참 계산하고 있는 모양새였다.

—피오르 공작이 반대를 시작하면, 얼마 지나지 않아 곧 길리안 공작이 나설 겁니다. 아마도 저하를 사절단으로 보내 드리는 대신…….

“하면 이건 어떻겠소? 저하를 사절단의 대표로 삼는 대신 유폐를 풀어 드리는 거요.”

‘호, 정말이네. 왕제의 계승권에 흠집을 내기 위해서라도 찬성할 거라 하더니.’

딱딱 맞아떨어져 가는 상황에 절로 웃음이 나왔다.

손으로 슬쩍 입가를 가리며 내려다보자, 극렬하게 반대하던 피오르 공작이 멈칫하는 것이 보였다.

왕제의 유폐가 풀려야 세를 다시 규합할 수도 있는 법. 그런 상황에서 남은 기간을 절반 이하로 줄일 수 있는 방법이 제시되자 솔깃한 모양이었다.

—아마 그는 그 유혹을 떨칠 수 없을 겁니다. 전하께서 어떻게든 저하를 유배령이 풀리기 전에 실각시키려 한다고 믿고 있으니까요. 그리고 그 유혹에 넘어갈 경우…….

“후……. 좋소. 하나 연치 어리신 분을 홀로 타국에 보내기에는 마음이 영 놓이지 않는구려. 그러니 이렇게 합시다. 본 공이 저하를 모시고 다녀오겠소.”

‘이것도 예상했던 대로네.’

모든 것이 그의 말대로 이뤄지고 있었다.

그렇다면 이제 남은 수순은 하나뿐이었다.

—그래서 피오르 공작을 넣을 수 있다는 거였어요? 왕제의 안전을 위해서라도 어쩔 수 없이 따라붙을 테니까?

—그렇지요. 그래 봬도 수도방위기사단의 장이잖습니까. 본신의 무력도 제법 되고 따르는 기사들도 꽤 있으니, 저하의 안전은 걱정하지 않으셔도 될 겁니다.

—한데 길리안 공작이 그걸 찬성할까요? 이번 일을 성공적으로 마칠 경우 왕제의 입지가 지금과는 비교할 수 없을 정도로 올라간다는 걸 알면서도 말이에요.

—그러니 더욱 할 겁니다. 애초에 시도조차 안 하면 끌어내릴 수도 없으니까요. 대신 뭔가 다른 수를 쓰겠지요.

삼십 분 전에 했던 대화를 떠올린 그녀가 기대에 찬 눈빛으로 길리안 공작을 돌아보았다. 이제 그만 예상대로 움직여 주면 페르디난드 공작의 예측은 무려 십 할의 성공률을 달성하는 셈이다.

"왕제 저하로도 모자라 피오르 공작까지 원행을 떠난다면 본 공으로서도 그저 잘 다녀오라 말할 수만은 없구려. 아쉽게도 본인은 지병이 있어 직접 가지는 못할 것 같으나 대신 내 아들을 합류시키겠소. 그 정도면 제국에서도 우리가 성의를 보였음을 확실하게 알게 되겠지."

가만히 상황을 지켜보던 페르디난드 공작이 물었다.

"공자라면 누구를 일컫는 겁니까? 사공자는 국서 후보이니 안 될 테고, 이공자는…… 역시 안 되겠고. 대공자입니까? 아니면 삼공자입니까?"

"셋째를 보낼 생각이오."

"으음. 대공자라면 또 모를까, 삼공자에게는 높은 지위를 부여하기가 좀 곤란한데요. 그렇잖습니까? 피오르가에서는 가주가 직접 나서는데, 후계자도 아닌 공자가 저하의 보좌 역할을 맡는다는 것은 형평에 맞지 않는 것 같습니다만."

완곡한 거절에 잠시 침묵하던 길리안 공작이 물었다.

"그럼 첫째를 보낸다면 어떻소?"

“그것도 사실 좀 그렇습니다만, 후계자는 아니어도 장자이니 그 정도는 이해해 드려야겠지요. 안 그렇습니까, 피오르 공작?”

“음?”

난데없는 질문에 멈칫한 피오르 공작이 이내 뭔가를 생각한 듯 씩 웃었다.

“뭐, 대공자 정도라면 동등한 지위를 받아들일 수도 있소. 대신 임시 가주대리권 정도는 부여해야겠지.”

“그렇다는군요. 어찌하겠습니까?”

“후…….”

긴 한숨을 내쉰 길리안 공작은 한참 동안 고민하다 겨우 긍정을 표했다. 대공자가 불안하다는 사실은 잘 알고 있지만, 그렇다고 해서 왕제와 피오르 공작만 보낸다면 자칫 고기 구워 독수리 주는 일이 생길 수도 있다는 사실을 깨달은 모양이었다.

“좋소. 대신 첫째와 셋째를 모두 보내고, 두 사람에게 공동으로 임시 대리권을 부여하겠소. 그도 안 된다면 본가는 그냥 빠지리다.”

“그 정도면 받아들일 수 있습니다. 피오르 공작?”

“좋소. 그렇게 합시다.”

‘결국 가주대리권까지 얹어서 보내게 되는군. 그럼 이제 그가 적당히 사고를 쳐 주길 바라면 되는 건가?’

돌아가는 정황을 가만히 지켜보던 밀라이아가 몰래 웃었다.

그때, 생각에 잠긴 척 잠시 침묵하던 페르디난드 공작이 말했다.

“하면 본가에서는 제 숙부인 페르디난드 백작을 사절단에 합류시키도록 하겠습니다. 모두가 가문의 일원을 포함시키는데 본가만 입을 씻기도 뭐하군요.”

"그렇게 하시오."

"하면 계승 서열 1위이신 왕제 저하와, 칩거 중인 에스페라가를 제외한 모든 공작가의 일원이 떠나게 되는군요. 이만하면 충분한 인선인 듯합니다."

느긋하게 이야기한 페르디난드 공작이 그녀를 돌아보았다.

"전하께선 어찌 생각하십니까? 이 정도면 충분하겠는지요?"

"여가 외교에 대해 무얼 알겠소? 공작들이 정한 대로 하오."

밀라이아는 부러 골치가 아프다는 듯 이마를 짚으며 답했다.

고개를 숙여 보인 페르디난드 공작이 말했다.

"하면 이대로 정하겠습니다. 이의가 있으신 분은 지금 발언해 주십시오."

"……."

"없나 보군요. 좋습니다. 실무진의 인선은 오늘 내로 전부 마칠 터이니, 사절단으로 뽑힌 분들은 늦어도 사흘 후에는 출발할 수 있도록 모든 준비를 마쳐 주십시오. 이상입니다."

평소였다면 적어도 꼬박 하루는 걸렸을 정무 회의는 그렇게 번갯불에 콩 볶아 먹을 정도로 빠르게 끝이 났다. 일주일간 쉬다 오랬더니 완벽한 예상 답안을 만들어 온 페르디난드 공작 덕분이었다.

'무엇보다 무서운 부분은 뜬금없이 궁을 뒤엎자고 했을 때부터 이 모든 걸 계획했다는 점이라고 할 수 있겠지.'

아무것도 모른다는 듯 태연한 얼굴로 서류를 정리하는 공작을 한번 돌아본 밀라이아의 얼굴에 은은한 미소가 걸렸다.

안 되면 대충 얼드려 지내다 가면 되겠지 하는 생각에 한번 모험을 해 본 것뿐이었는데, 아무래도 제가 어마어마한 패를 뽑았던 모양이다. 그것도 조커로.

'그럼 이제 왕제에게 가 볼까? 제국에 가게 됐다고 알려 줘야지. 덤으로 유폐까지 풀어 준다고 하면 무척 놀라려나?'

속으로 키득키득 웃은 밀라이아가 날 듯이 회의장을 나섰다.

나붓하게 걸어가는 그녀의 뒤로 잿빛 그림자가 따스한 온기를 머금은 채 길게 늘어져 있었다.

수백 개의 크리스털로 만들어진 샹들리에가 황금색 빛을 뿜어내며 화려한 위용을 자랑했다. 사면을 장식한 거울 벽이 그 빛을 반사해 너른 방 안을 찬란한 금색으로 가득 메웠다.

기둥마다 걸린 붉은색 태피스트리에는 독수리 문장이 정교하게 수놓여 있고, 황금 촛대와 대리석 조각상들이 구석구석마다 배치되어 아름다움을 더했다. 높다란 천장에는 초대 왕의 업적을 그린 거대한 천장화가 자리하고 있었다. 전체적으로 무척 밝고 화사하고, 또 웅장한 모습.

사람들로 가득한 연회장 한가운데, 똑 닮은 머리카락 색의 남녀가 음악에 맞추어 춤을 추고 있었다. 왕가의 남매였다.

제국에 보내는 사절단을 꾸린 날로부터 이틀째.

아무리 시일이 촉박하다 한들 타국으로 원행을 떠나는 이들에게 송별연조차 열어 주지 않을 수는 없었으므로, 밀라이아는 그간 최선을 다해 오늘의 연회를 준비했다.

사람들은 고작 이틀 만에 이 모든 것을 만들어 냈다는 생각에 놀라워했지만, 엄밀하게 따지면 준비 기간은 열흘 정도였다. 사실 그녀는 지지난 정무 회의에서 사절단 파견이 채택되자마자 바로 연관된 모든 일의 준비를 시작했으니까.

'그래도 짧은 건 마찬가지였지. 하아, 힘들었다.'

흐르는 선율에 몸을 맡긴 채 속으로 중얼거리는데, 힘차게 그녀를 리드하던 소년이 고개를 슬쩍 기울이며 물었다.

"무슨 생각을 그리하십니까, 누님?"

"그냥, 그동안의 노고가 헛되지는 않았다는 생각이요. 고작 열흘 만에 사절단을 다 꾸리다니. 두 번은 못할 짓이네요, 이거."

팔을 뻗어 그녀와 손을 맞댄 왕제가 답했다.

"그러게요. 워낙 순식간에 모든 일이 결정되어서인지 아직도 좀 얼떨떨합니다. 누님께 처음 얘기를 듣고 놀랐던 게 이틀 전인데, 내일이면 벌써 출발이라니 말입니다."

"그러니까 말이에요. 그나저나 여장은 잘 꾸렸나요? 내일은 사담을 나눌 시간이 없을 듯해서 지금 물어요."

"저야 뭐 할 게 있겠습니까? 시종들이 알아서 잘 챙기겠지요. 그냥 제국에 관한 책이나 좀 찾아보고 있었습니다. 누님이 말씀하신 과제도 고민해 보고요."

대수롭지 않게 답한 왕제가 문득 생각났다는 양 말했다.

"한데 어째 갈수록 과제의 난이도가 급상승하는 기분인데요? 이제 겨우 세 번째인데 제국과의 협상이라니요. 이러다가 나중에는 설마 다짜고짜 왕관을 던져 주시는 건 아니겠죠?"

점점 고조로 치닫는 멜로디에 맞춰 왼쪽으로 한 바퀴를 돈 밀라이아가 답했다.

"그건 그때 가 봐야 알겠죠? 들었으니 알겠지만, 세 번째 과제는 식량만큼이나 중요한 문제랍니다. 왕국의 미래를 좌우할 사안이니 말이에요. 부담스럽겠지만 잘 부탁해요."

"네, 누님. 최선을 다해 결과를 만들어 오겠습니다."

"그래요. 대신 어려운 과제이니만큼 보상은 확실하게 해 주겠어요. 이번 일, 잘만 성사해 오면 전부 에드워드의 업적으로 기록해 주죠. 어때요?"

웃으며 던진 말에 왕제의 눈이 크게 뜨였다.

"진심이십니까? 누님의 입지를 더 단단하게 굳히실 수 있는 사안인데도요?"

"네. 어차피 나야 던져 주기만 한 거잖아요? 고생한 사람이 가져가야죠."

생글거리며 답한 밀라이아는 절정 부분에 맞춰 왕제의 손을 놓았다.

하나 둘 셋 넷.

너른 치맛자락이 아름다운 물결을 그리도록 유려하게 스텝을 밟은 그녀는 제게 손을 뻗는 소년의 품으로 돌아가 춤의 마지막 동작을 취했다. 그런 뒤 정중하게 인사하는 그의 어깨를 토닥였다.

"그럼 수고해요. 사절단 인원들도 좀 만나 보고요. 우리 둘 다 이제부터 고생 시작이네요."

"……그렇겠군요. 아무래도 제가 괜히 누님과 춤을 췄나 봅니다."

"아니에요. 오늘의 주인공은 에드워드인걸요? 그리고 언제까지 피할 수 있는 일도 아니었는데요, 뭐."

밀라이아는 걱정스러워 보이는 소년을 향해 가볍게 손사래를 쳤다.

지난 제전 때는 파트너인 왕제와 춤을 추지 않았다는 이유로 두 명의 국서 후보 모두 떨어뜨려 놓을 수 있었지만, 이번에는 그것이 불가능했다. 이미 그와 춤을 춘 다음이었으니까.

아니나 다를까, 어느새 두 명의 후보가 댄스플로어를 나서는 그들을 향해 앞서거니 뒤서거니 하며 다가오는 모습이 보였다.

"혹시 저들이 계속 귀찮게 굴거든 신호를 보내십시오. 즉시 달려오겠습니다."

경계심 어린 표정으로 그들을 노려보는 소년을 보며 작게 소리 내어 웃은 밀라이아가 답했다.

"그럴게요. 고마워요, 에드워드. 덕분에 마음이 든든하네요."

"아닙니다, 누님. 그럼 이따 뵙지요."

마음에 들지 않는다는 눈빛으로 다시 한번 두 사람을 돌아본 왕제가 자리를 떴다. 명목상이기는 해도 일단 사절단의 대표로 뽑힌 이상 그들과 미리미리 인사를 해 둬야 했기 때문이다.

그가 비운 자리를 곧바로 치고 들어온 두 남자가 나란히 고개를 숙였다.

"루시어스 라 길리안이 여왕 전하를 뵙습니다."

"레오나르 수 레노아가 고귀하신 여왕 전하께 인사 올립니다. 오늘도 여전히 눈부시게 아름다우시군요."

"두 사람 모두 반가워요. 그리고 칭찬 고마워요, 레노아 영윤. 영윤도 여전히 눈부시게 아름답네요."

생긋 미소 짓자, 그는 그녀가 그리 말할 줄 알았다는 듯 싱글거리며 웃었다.

"알아봐 주셔서 감사합니다. 요즘 들어 전하의 마음이 신에게서 점점 멀어지는 것 같아 열과 성을 다해 꾸며 봤거든요. 사실 신에게서 미모를 빼면 딱히 볼 게 없잖습니까?"

"에이, 그건 아니죠. 영윤이 왜 미모 빼곤 볼 게 없어요? 매너도 좋고 사교적이고, 같이 있으면 즐겁기도 한데요. 물론 말을 좀 안 듣는다는 단점이 있지만, 그래도 생각보단 괜찮답니다."

은근히 뼈 있는 말에 고개를 갸웃한 영윤이 물었다.

"그게 무슨 말씀이십니까? 신이 말을 잘 안 듣는다니요?"

"곰곰이 생각해 봐요. 그럼 기억날 테니까. 뭐, 그건 그렇고……."

슬쩍 옆을 돌아본 밀라이아가 입술을 꾹 다문 채 침묵하는 남자에게 말했다.

"길리안 대법관도 잘 지냈나요? 갑자기 형제들이 다 집을 비우게 되어 정신이 없겠네요."

"괜찮습니다. 영광스러운 일로 떠나는 거니 기뻐해야지요. 신경 써 주셔서 감사드립니다, 전하."

"아니에요. 다른 곳도 아니고 길리안가의 일인데요."

태연하게 대답하는데, 때마침 연주되던 음악이 멎었다. 그새 춤곡과 춤곡 사이의 막간곡이 끝난 모양이었다.

그 순간, 루시어스보다 한발 앞서 손을 내민 레노아 영윤이 물었다.

"한 곡 추시겠습니까?"

"잠……."

"좋아요."

밀라이아는 황급히 껴드는 루시어스를 못 본 척 외면하고는 웃는 얼굴로 답했다. 그동안 길리안가의 편을 계속 들어 주었으니 슬슬 균형을 한번 맞춰 둘 필요가 있다는 생각에서였다. 지난번에 페르디난드 공작 때문에 버리다시피 영윤을 두고 갔던 일이 마음에 걸리기도 했고.

하지만 두 사람의 생각은 달랐던 듯했다. 루시어스가 흠칫하며 얼굴을 굳히는 것이나, 살짝 놀란 표정을 지은 영윤이 이내 활짝 미소 지으며 손을 내미는 것을 보면.

"감사합니다, 전하. 그럼 가실까요?"

"그래요. 그럼 길리안 대법관, 조금 뒤에 봐요."

"……네, 전하."

말없이 그녀와 레노아 영윤을 바라보던 청년이 천천히 허리를 숙였다.

밀라이아는 팔을 뻗어 레노아 영윤이 내민 손 위에 얹었다.

안 그러는 척 그들을 주목하던 사람들이 선택된 자를 확인하고는 수군거리기 시작했다. 그 모습이 눈에 들어왔지만, 그녀는 아무것도 모르는 척 태연하게 영윤과 함께 댄스플로어로 향했다.

사람들이 내주는 길을 지나 정중앙에 자리를 잡자 악사들이 새로운 곡을 연주하기 시작했다.

그림처럼 우아하게 인사를 건넨 남자가 첫 음에 맞춰 부드럽게 그녀의 등을 감쌌다.

"설마하니 길리안 대법관보다 신을 먼저 선택해 주실 줄은 몰랐습니다. 감사합니다, 전하."

"그야 뭐, 영윤이 먼저 신청했잖아요?"

"물론 그랬지만, 전하께서 신을 막 대하신 게 어디 하루 이틀이어야지요. 당연히 이번에도 거절하실 줄 알았습니다."

맞잡은 손은 놓치지 않을 정도로 힘을 주면서도 부담스럽지 않을 정도의 세기를 유지했고, 일견 가까워 보이는 몸의 거리 역시 경계심이 들지 않을 정도를 유지했다.

셀 수 없을 정도로 춤을 춰 본 솜씨가 그대로 묻어나오는 그 모습에 피식 웃은 밀라이아가 말했다.

"어쩌다 보니 일이 그렇게 된 거지, 설마 여가 일부러 그랬을까 봐요?"

"마냥 그렇다고 말씀드리기에는 뭔가 다른 의도가 있으신 것 같습니다만, 어쨌든 기분은 좋군요. 감사합니다, 전하."

'하여간 눈치 하나는 빠르다니까.'

피식 미소 지은 그녀가 물었다.

"왜요, 부담돼요?"

"그럴 리가요. 어차피 길리안 대법관과는 신이 외동이라 일컬었을 때부터 이미 돌아올 수 없는 강을 건넌 사이인걸요. 그와 척지는 게 무서웠다면 어찌 그런 식으로 도발할 수 있었겠습니까?"

'도발이라고?'

의아한 기분이 들었지만, 당연히 그녀가 알아들었을 거라 생각하는 남자 앞에서 이유를 캐물을 수는 없었다. 괜히 의심 살 거리를 만들어 줄 필요는 없었으니까.

가만히 고개를 끄덕이자, 싱긋 미소를 지은 남자가 그녀 쪽으로 허리를 숙여 작게 속삭였다.

"한데 지난번에 말씀하셨던 곡물들 있잖습니까. 시중에 좀 풀어도 되겠습니까? 왕실에서 식량 비축령을 내렸다는 소문이 돌면서 곡가가 조금씩 뛰고 있거든요."

"벌써요? 얼마나요?"

빠르게 묻자, 영윤은 그녀의 손을 잡아 오른쪽으로 반 바퀴 돌게 하며 답했다.

"아직은 슬금슬금 오르는 정도지만, 이 달 안에 적어도 이 할에서 삼 할 정도는 오르지 않을까 싶습니다."

"그렇군요. 흠. 자금이 급한 게 아니면 좀 더 기다려 봐요. 곡가가 도로 내려간다 해도 손해는 보지 않게 해줄 테니까."

차분하게 답한 밀라이아가 음악에 맞춰 그와 팔을 맞댔다.

왼쪽으로 다시 반 바퀴 돌려는데, 문득 저를 바라보는 두 남자가 시선에 들어왔다. 싸늘하게 얼굴을 굳힌 채 서 있는 길리안 대법관과 무심한 표정으로 저를 바라보는 페르디난드 공작이.

순간 박자를 놓칠 뻔한 그녀를 리드해 다음 동작을 취하게 한 영윤이 말했다.

"이런. 신더러는 여자들에게 눈길도 주지 말라 하시더니, 정작 전하께서는 다른 곳을 바라보고 계시는군요. 너무하십니다. 신은 조만간 박탈당할 것 같은 이 자리 때문에 제국에 가는 것도 포기했는데 말이지요."

그제야 공작에게서 시선을 뗀 밀라이아가 물었다.

"그게 무슨 소리예요? 자리를 박탈당할 것 같다니?"

"그냥 그런 생각이 들어서요. 자랑은 아니지만 신이 이쪽으로는 꽤 감이 좋거든요."

빙긋 웃은 남자가 답했다.

그때, 악사들이 좀 더 힘을 실어 음악을 연주하기 시작했다.

하려던 말을 삼킨 그가 말했다.

"이제 이야기는 그만할까요? 그래도 함께 추는 첫 춤인데 좀 집중해야 하지 않겠습니까?"

"그래요."

선선히 답한 그녀가 날렵한 어깨 위에 손을 얹었다.

우아하게 팔을 뻗어 허리를 감싼 영윤이 빠르게 스텝을 밟았다.

두 쌍의 시선이 그들을 좇고 있었다.

십오 분 뒤.

밀라이아는 얼얼한 손목을 문지르며 연회장을 벗어났다.

레노아 영윤과 춤을 마친 후, 그녀는 루시어스와도 한 곡을 추고서야 간신히 자리를 빠져나오는 길이었다.

'불쾌하네.'

편안하고 유쾌했던 그 전의 춤과는 달리, 루시어스와의 경험은 대단히 기분이 나빴다. 분명 아프다고 말했음에도 그가 춤을 추는 내내 무섭게 눈을 빛내며 손목을 꽉 움켜쥐고 있었기 때문이다.

'처음에는 자존심이 상한 탓에 힘이 과하게 들어갔다고 쳐. 한데 이건 봐주기엔 선을 넘었잖아. 감히 누굴 강제하려고 들어?'

밀라이아는 날카로운 눈빛으로 연회장 쪽을 한번 돌아본 뒤 성큼성큼 걸음을 옮겼다.

몹시 불쾌했던 터라, 그녀는 따라오겠다는 루시어스를 잠시 쉬고 싶다는 말로 물린 채 홀로 걷는 중이었다. 정확하게는 앤트워스 후작을 뒤에 딸린 채였지만 어쨌든.

'하여간 이놈의 길리안가는 마음에 드는 사람이 하나도 없어.'

입술을 잘근거린 그녀는 빠른 걸음으로 환하게 불을 밝힌 하늘궁을 빠져나갔다.

너른 정문을 지나 조금 더 걷자 가로수가 높다랗게 솟은 중앙 대로가 모습을 드러냈다.

어둠이 내려앉아서일까, 군데군데 빛을 밝히기는 했어도 검게 물든 밤의 정원은 낮에 봤을 때와는 또 다른 분위기를 자아내고 있었다.

나란히 걷는 연인들의 도란도란 대화 소리와 풀 밟는 바스락 소리, 노란 가로등 아래 모여든 벌레들의 날갯짓 소리 등으로 가득 찬 세상은 연회장의 소란스러움과는 전혀 다른 정취를 품고 있었다. 여름밤 특유의 푸근하면서도 온화한 그런 분위기를.

그 덕분일까? 불쾌했던 기분이 조금씩 나아지는 것이 느껴졌다.

'후, 그래. 최근에 워낙 여러 가지 일이 있었던 터라 그도 신경이 날카로워졌던 게지. 좀 전만 해도 이공자와 지스 영애 때문에 내침을 당한 것이 아니냐고 여기저기서 수군대고 있었으니.'

그리 생각하면 이해 못할 바도 아니었다. 물론 그렇다고 해서 제게 이런 결례를 저지른 것을 그냥 넘어가 줄 생각은 없었지만.

'어쨌거나 무례는 무례. 다음에 만나면 따끔하게 문책을 해야겠어.'

손목을 한 바퀴 돌려 보며 속으로 중얼거린 그녀는 여기저기서 저를 알아보는 사람이 늘어나자 서둘러 미로 정원으로 들어섰다.

모퉁이를 이리저리 꺾어 조금 더 들어가자 저만치에 자그마한 휴게 공간이 모습을 드러냈다.

비밀스럽게 숨겨진 곳이기는 해도 워낙 유명한 장소인지라 분명 여기저기 자리 잡은 연인들이 꽤 많을 거라 생각했는데, 그곳을 차지하고 있는 사람은 의외로 한 명 외에 아무도 없었다.

모두가 선망하는 곳을 독차지한 남자는 고개를 뒤로 꺾은 채 하늘을 올려다보고 있었다.

왠지 다른 이들의 출입을 거부하는 듯한 분위기에 절로 걸음이 멈췄다.

'이래서 사람이 없었나?'

어둠에 가려 누구인지 알아볼 수는 없었지만, 묘하게 쓸쓸해 보이는 느낌하며 검은 그림자 속에 완벽하게 녹아든 모습 때문인지 안으로 발을 들이기가 영 쉽지 않았다.

그냥 돌아갈까 잠시 망설이는데, 두 발짝 뒤에 멈춰 선 앤트워스 후작이 물었다.

"어찌 그러십니까, 전하? 페르디난드 공작과 여기서 만나기로 하신 것이 아닌지요?"

"네? 갑자기 그게 무슨…… 어, 혹시 저 사람이 공작이에요?"

"그렇습니다만……."

여전히 하늘만 바라보고 있는 남자를 흘낏 쳐다본 밀라이아가 말했다.

"그랬구나. 어두워서 못 알아봤네요. 어쨌든 잘됐네요. 마침 할 얘기가 있었는데."

"하면 여기서 기다릴까요?"

"음, 네. 그래 주면 고맙겠어요."

"명을 받듭니다."

곧바로 고개를 숙여 보인 노기사가 한 걸음 뒤로 물러났다.

주위를 한번 둘러본 밀라이아는 크게 숨을 들이쉰 뒤 걸음을 옮겼다. 워낙 분위기가 가라앉아 있어서 그런가, 지난번처럼 몰래 다가가서 놀래 주겠다거나 하는 마음은 전혀 들지 않았다.

조심조심 걸어 열 발자국 정도 앞으로 다가갔을 때, 그제야 인기척을 느낀 듯 갑자기 그가 그녀 쪽을 돌아보았다.

잿빛 눈동자가 살짝 커지는 것을 본 밀라이아가 물었다.

"여기서 뭐 해요?"

"……잠시 바람을 쐬러 나왔습니다. 가슴이 좀 답답해서요. 그러는 전하께선 여기서 뭐 하십니까?"

"나도 바람을 쐬러 나왔어요. 좀 쉬고 싶어서요."

열 발짝을 마저 다가가며 조용조용 답하자 공작은 느릿하게 고개를 끄덕였다.

"그러셨군요. 하면 자리를 비켜 드리겠습니다."

"아니에요. 공작이 먼저 왔잖아요. 혹시 내가 있는 게 불편해서 그래요?"

"아닙니다. 앉으십시오."

슬쩍 옆으로 비켜 준 남자가 손수건을 꺼내 벤치 위에 깔았다.

가만히 그 모습을 내려다보던 밀라이아는 '고마워요.'라고 말한 뒤 손수건 위에 앉았다. 괜히 이곳에 들어왔다는 생각이 머릿속을 뱅뱅 맴돌았다.

나뭇잎이 바람에 스치는 소리를 제외하고는 아무것도 없는 정적이 두 사람을 감쌌다. 그저 편안하게만 느껴지던 평소의 침묵과는 다르게 어쩐지 무거우면서도 어색하게 느껴지는 그런 고요가.

'그냥 갈 걸 그랬나?'

밀라이아는 오늘따라 유독 어두워 보이는 공작의 얼굴을 힐끔거리며 슬그머니 눈치를 살폈다.

이제 다시 원래대로 돌아왔다 생각했는데, 지금 제 옆에 앉아 있는 남자는 처음으로 시간 문제를 언급했던 그날의 공작과 똑같았다. 묘하게 차갑고 대화를 거부하는 듯한 그런 모습.

그때, '후우' 하고 길게 숨을 내쉰 그가 물었다.

"저하와는 인사 나누셨습니까? 내일은 아마 따로 대화하실 시간이 없을 겁니다."

"……안 그래도 그럴 것 같아서 잘 다녀오라고 인사한 참이에요. 그 일도 다시 한번 당부하고요."

"그렇군요. 워낙 영민하신 분이니 잘하고 돌아오실 겁니다."

"네, 그래야죠."

"……."

또다시 침묵이 흘렀다.

뭔가를 생각하듯 무릎 위를 톡톡 두드리던 공작이 시선을 땅에 고정한 채로 말했다.

"오늘 그 옷, 대단히 잘 어울리시는군요. 아름다우십니다."

"고마워요."

"그래서 그런가, 군중 속에 있어도 눈에 확 띄시더군요. 한 바퀴 도실 때마다 치마폭이 아름답게 펄쳐지는 것이……."

갑자기 말을 끊은 그가 신경질적으로 크라바트를 잡아당겼다.

무언가 마음에 차지 않는다는 듯 단정하게 묶인 그것을 거칠게 풀어 낸 그는 숨을 한번 훅 들이마신 뒤 말했다.

"빙빙 둘러 가는 얘기는 그만하죠. 그냥 단도직입적으로 여쭙겠습니다. 전하, 정말 신은 아닙니까? 신을 받아들여 주실 가능성은 눈곱만큼도 없는 거냔 말입니다."

갑작스러운 물음에 눈이 크게 뜨였다.

당혹스러워하는 그녀를 홱 돌아본 공작이 말했다.

"좀 전에 여기서 뭐 하냐고 물으셨죠? 화를 삭이고 있었습니다. 다른 남자들과 춤을 추는 전하를 보니 가슴에서 불길이 일더군요. 네, 물론 어쩔 수 없으셨다는 건 압니다. 제 발등을 제가 찍었다는 것도요. 그래서 그동안 아무리 화가 나도 참아 왔는데."

"……."

"그런데 이제는 못하겠습니다. 전하를 마음에 품은 게 죄도 아닐진대, 아까 그 모습을 지켜보고 있노라니 마치 남의 여자를 탐하는 것 같은 기분이 들더군요. 순간 제 자신이 너무 초라하게 느껴졌습니다. 이럴 줄 알았으면 차라리 처음부터 인정하는 거였는데, 그깟 자존심이 뭐라고 버티다가……."

무거운 감정을 토해 내듯 조금씩 속도를 더해 가는 말에 온몸의 피가 빠르게 돌았다. 동시에 선득한 한기가 심장을 파고들었다.

눈을 질끈 감는 그녀를 향해 천천히 무릎을 꿇은 남자가 말했다.

"레노아가는 신이 알아서 정리할 수 있습니다. 길리안가도 곧 밀어낼 겁니다. 그러니 전하, 이제 그만 애태우시고 신의 마음을 좀 받아 주시면 아니 되겠습니까? 이렇게 간절히 청합니다."

"……."

"전하."

거듭되는 부름에 하릴없이 눈을 뜬 그녀가 공작을 바라보았다.

복잡한 심정이 들었다. 그동안 애써 피해 왔는데, 그예 일이 이렇게 되나 싶어서.

'어쩌지? 아무리 그래도 그러자고 말할 순 없는 거잖아.'

자신은 언젠가 떠나야 할 사람.

한데 이대로 공작의 마음을 받아들였다가 어느 날 갑자기 제가 사라지기라도 한다면, 그가 받을 상처는 어떻게 해야 한단 말인가. 아무리 알고 있었다 해도 그 충격은 이루 말로 설명할 수 없을 텐데.

'어쩌다가 잠시 길이 교차했을 뿐, 공작과 나는 애초에 시공을 달리하는 사람들이야. 처음부터 운명의 실로 엮인 사이도 아닐진대, 억지로 연을 만들어 마음고생을 할 이유가 어디 있겠어? 차라리 지금 조금 가슴 아프고 잊어버리는 게 나아.'

공연히 마음을 더 키웠다가 깊이 상처받느니 여기서 싹을 자르는 것이 옳았다. 그와 그녀 모두를 위해서.

몰래 주먹을 움켜쥔 밀라이아가 답했다.

"미안해요."

잿빛 눈동자가 어둡게 가라앉았다.

딱딱하게 굳은 얼굴로 한참 동안 침묵하던 그가 물었다.

"왭니까. 시간 때문입니까? 아니면 신에게 마음이 없으신 겁니까?"

"……이유 같은 건 상관없잖아요? 어차피 이뤄질 인연이 아닌데."

"어차피 이뤄질 인연이 아니다……. 그렇군요."

그녀가 한 말을 그대로 되뇐 공작이 천천히 자리에서 일어났다.

"알겠습니다. 그게 전하의 뜻이라면."

"미안……."

"이만 물러감을 허락해 주시겠습니까? 자리를 너무 오래 비운 것 같아서요."

"……그렇게 해요."

하려던 말을 삼키며 대답하자, 공작은 고개를 까딱해 보인 뒤 그대로 돌아섰다. 언젠가 꿈속에서 봤던 것처럼 어딘가 냉담하고 쌀쌀맞아 보이는 모습으로.

밀라이아는 저도 모르게 뻗을 뻔한 팔을 꽉 움켜쥐며 이를 악물었다. 스스로 그를 내쳤으니 마차 안에서 그랬던 것처럼 가지 말라 붙들 수는 없었다.

어쩐지 가슴 한구석이 시려서, 그녀는 멀어지는 그의 뒷모습을 바라보는 대신 고개를 꺾어 하늘을 올려다보았다.

까만 비단 위로 젖빛 강줄기가 유유히 흐르고, 군데군데 알알이 박힌 별들은 보석처럼 반짝반짝 빛을 냈다. 살랑살랑 불어오는 바람에 묻어온 풀 내음이 무척 상쾌했다. 복잡한 제 마음과는 달리.

'그러고 보면 저 하늘은 백 년 전이나 후나 같네.'

문득 그리워졌다. 복잡하게 고민할 필요도 없고, 저를 좋아해 주는 사람들에게 둘러싸여 평온하게 하루하루를 보내던 시간들이.

보고 싶은 얼굴들이 하나둘 떠올랐다. 때로는 엄격하고 때로는 자상하신 아바마마와 늘 소녀 같은 어마마마, 저를 지지하는 많은 귀족들, 그리고 에스페라 공작까지.

그곳에 계속 있었다면 이런 고민 같은 건 할 필요도 없었을 텐데. 미래의 헤어짐을 생각해 현재의 이별을 통보할 일도, 그 바람에 앞으로의 관계가 틀어질까 고민할 필요도, 그리고 이리 짙은 외로움을 느낄 이유도 없었을 텐데.

'돌아가고 싶다…….'

이곳에서의 삶을 후회하는 건 아니나, 그렇기에 더욱 힘이 들었다. 끝을 알면서도 인연을 맺는 건 생각보다 더 많은 심력을 소모

하는 일이었으니까.

'이제 겨우 사 개월. 얼마나 더 이런 기분을 겪어야 돌아갈 수 있는 거지?'

흐릿해진 눈으로 멍하니 하늘을 올려다보는데, 옆에서 인기척이 느껴졌다.

어느새 다가온 앤트워스 후작이 걱정스러운 표정으로 저를 바라보고 있었다.

"……앤트워스 후작? 무슨 일이에요?"

젖은 목소리에 잠깐 멈칫한 노기사는 이내 아무렇지도 않은 얼굴로 답했다.

"시간이 많이 늦었습니다. 여름이라도 밤은 쌀쌀한데, 이러다 한기라도 드실까 걱정됩니다. 슬슬 돌아가시는 것이 어떨는지요?"

"……네, 돌아가요."

느릿느릿 답한 그녀가 자리에서 일어났다.

그때, 팔랑하고 무언가가 바닥으로 떨어졌다. 좀 전에 공작이 깔아 주었던 손수건이었다.

재색 천 위에 금사로 화려하게 수놓인 이름자를 말없이 바라보던 밀라이아가 천천히 허리를 굽혀 손수건을 주워들었다. 어찌 전하께서 허리를 숙이시느냐며 놀라는 후작을 뒤로한 채.

'언제 돌려줄 수 있을지는 모르지만…….'

느릿하게 손을 놀린 그녀가 천 조각을 반듯하게 접었다.

달빛이 눈물처럼 긴 베일을 드리우고 있었다.

친애하는 누님께.

잘 지내고 계시지요?

첫날 바로 편지를 드렸어야 했는데, 피접 갔던 때를 제외하고는 처음 보는 바깥 풍경에 정신이 팔려 그만 지체하고 말았네요. 죄송합니다.

눈으로 둘러보는 왕국의 산천은 참으로 아름답고, 직접 보고 듣는 백성들의 생활은 본디 알고 있던 것과는 많이 달라 하루하루가 새롭고 신기합니다. 물론 얻는 것도 많고요.

저는 지금 레티시아 백작령에서 하룻밤을 묵고 있습니다. 네, 누님의 시녀장인 바로 그 레티시아 백작 부인의 영지 말입니다. 비록 영주는 부재중이나 관리가 아주 잘되어 있더군요. 덕분에 오늘밤은 푹 쉴 수 있을 것 같습니다.

아까는 영주 저택에서 핵심 인원들과 함께 회의를 했습니다. 어떤 식으로 협상의 장을 만들어야 할지, 선대 공작만큼이나 유능하다는 베리타 공작을 어떻게 해야 잘 구워삶을 수 있을지, 그리고 신임 황제의 성격은 어떠한지 등에 대해서요.

아직 누님이 주신 과제 이야기는 꺼내지 않았습니다. 만약의 경우를 대비해 국경을 넘은 다음에나 꺼내 볼 생각이라서요.

사실 처음 제안을 해 주셨을 때는 내심 떠나기 싫은 마음도 있었는데, 막상 나와 보니 너무 좋군요. 아마 이럴 줄 알고 저더러 다녀오라 하신 거겠지요?

제게 이런 기회를 주셔서 감사드립니다. 누님의 기대에 어긋나지 않도록 최상의 결과를 만들어서 돌아가겠습니다.

다시 뵙는 날까지 강녕하십시오. 또 편지하겠습니다.

에드워드 데 루아.

하얀 손이 금빛 펄이 촘촘하게 뿌려진 크림색 편지지를 곱게 접었다. 일전에 받아 봤던 것과 달리 또박또박 쓰여 있는 이름자를 한번 쓸어 본 손가락이 그것을 조심스레 봉투에 도로 넣었다.

왕제를 비롯한 사절단이 수도를 떠난 지도 어느새 일주일.

적어도 일주일에 한 번은 편지를 쓸 거라며 호언장담하더니, 막상 바깥세상을 맛본 에드워드는 무척 신이 났던 모양이었다. 이렇게 뒤늦게 편지를 써서 부랴부랴 보내온 것을 보면.

'뭐, 어쨌든 잘 지내고 있다니 다행이네.'

희미하게 웃은 밀라이아가 가만히 크림색 봉투를 내려다보았다.

그래도 몇 달 동안 꽤 정이 들어서일까, 그마저 곁에 없다는 생각에 마음이 영 허전했다. 사실 궁에 있어 봐야 별로 자주 만나는 사이는 아니었음에도 왠지 그랬다.

'쓸쓸하네.'

지난 일주일간, 밀라이아는 그제야 이곳에서의 제 삶이 꽤나 외롭다는 것을 깨달았다. 마음을 터놓을 사람이 생각보다 훨씬 적다는 사실도.

그동안은 여왕의 입지를 세우기 위해 분초를 쪼개 가며 치열하게 살아온 데다, 페르디난드 공작이 이것저것 가르쳐 주며 이 세계에 위화감을 느끼지 않도록 해 주었기에 그런 사실을 몰랐던 그녀였다.

하나 그가 저와 멀어질지도 모르는 지금, 이곳에서 심적으로 의지할 만한 사람은 더 이상 그녀에게 존재하지 않았다.

클로에는 솔직히 의지가 되는 인물은 아니었고, 마음을 꺼내 보이기에 레티시아 백작 부인은 왠지 거리감이 느껴졌다. 그렇다고 해서 앤트워스 후작이나 이제 막 충성을 맹세한 달리아에게 심경을 토로할 수도 없었다.

게다가 무엇보다 중요한 문제가 있었다. 자신은 그들이 아는 진짜 여왕, 즉 글로리아가 아니라는 것.

결국 그녀가 이곳에서 마음을 모두 터놓을 수 있는 사람은 자신의 진실한 정체를 알고 있는 유일한 자, 즉 페르디난드 공작뿐이었다. 이미 멀어진 뒤에야 그런 사실을 깨닫게 되었지만.

'그러고 보면 공작, 그 이후로 나와 단 한 번도 마주치지 않았지.'

어쩐지 입맛이 썼다.

일주일 전 그렇게 떠난 이후로, 그는 언제 그리 자주 마주쳤느냐는 듯 그녀의 주위에서 완전히 자취를 감췄다.

물론 사절단 환송 행렬에는 참석했지만, 공식 행사가 끝나자마자 가문에 일이 있다는 이유로 자택으로 돌아간 그는 일주일째 그곳에서 칩거하고 있었다. 마치 그녀와의 단절을 의미하는 것처럼.

그 때문일까?

일주일 내내 일이 제대로 손에 잡히지가 않았다. 나사 하나가 풀린 듯한 상태로 일과를 수행하는 그녀를 보며 궁인들이 쑥덕대는 것을 알면서도 그랬다. 다행히 그들은 여왕이 왕제의 부재를 생각보다 크게 느끼는 모양이라며 오해하고 있었지만 어쨌든.

'앞으로 반년 이상을 더 이런 기분으로 살아야 하는 걸까.'

막막한 심정에 한숨을 내쉬는데, 눈치를 살피던 달리아가 말을 걸어왔다.

"저하께서 안 계시니 많이 적적하신가 봅니다. 어제는 초상화 작업조차 물리셨다면서요?"

"음, 네. 혼자 하려니 영 따분하더라고요."

"하면 국서 후보 중 한 분을 불러들이는 건 어떠십니까? 담소를 나누시다 보면 무료함도 좀 사라지지 않겠습니까?"

조심스러운 제안을 들은 밀라이아가 고개를 저었다.

"아뇨. 오늘은 별로 누굴 만나고 싶은 기분이 아니네요."

"그럼 잠시 정원이라도 산책하시는 건 어떠신지요? 햇볕을 쐬면 기분이 좀 나아지실지도 모르잖습니까."

"……아니요. 그냥 여기 있을래요."

문득 그날의 미로 정원이 떠올라, 밀라이아는 한숨 섞인 목소리로 답했다.

고작 사람 하나인 줄 알았는데, 그의 빈자리는 생각보다 훨씬 컸던 모양이다. 이런 식으로 자꾸만 예상치 못한 곳에서 불쑥불쑥 튀어나오는 것을 보면.

어쩌면 이럴 줄 알았기에 그간 그가 마음을 표현하는 걸 피했던 것인지도 모른다. 괜히 지금은 그럴 상황이 아니라느니 어쩌느니 하면서.

울적한 얼굴로 다시 한번 한숨을 내쉬는데, 가만히 대화를 듣던 클로에가 말했다.

"하면 저희와 담소라도 나누시겠어요? 저 같은 경우는 울적할 때

실컷 말을 쏟아 내고 나면 한결 나아지더라고요."

"아뇨, 괜찮…… 그럴까요, 그럼?"

아무래도 제가 수다를 떨고 싶은 마음이 더 큰 것 같아 보였지만, 밀라이아는 뭐라 반박하는 대신 고개를 끄덕였다. 자꾸만 공작 생각에 빠져드느니 차라리 뭐라도 듣고 있는 게 나을 듯했다.

기다렸다는 듯 입을 연 클로에가 말했다.

"실은 제가 얼마 전에 살롱에 또 다녀왔거든요? 그래서 이런저런 얘길 들었는데, 요즘 사교계의 관심사는 전하와 길리안 대법관 얘기인가 보더라고요. 어딜 가든 다 그 소리만 하는 거 있죠?"

"그런가요?"

"네. 그 바람에 얼마나 질문을 많이 받았는지 몰라요. 한동안 사이가 엄청 좋으신 것 같더니 어쩜 그리 한순간에 내치셨냐느니, 그런 걸 보면 정말로 길리안 대법관이 지스 영애와 바람을 피운 게 아니냐느니 하면서 어찌나 사람을 귀찮게 하던지. 그 질문만 열 번 넘게 들었다니까요?"

"……그렇군요."

상황이 그렇다면 이쯤에서 한번 그를 불러들일 필요가 있다 싶었지만, 일주일 새 만사가 귀찮아져서 그런지 별로 그러고 싶은 마음이 들지가 않았다. 아직 무도회에서의 일로 불쾌감이 조금 남아 있기도 했고.

시큰둥한 대답에 클로에가 잠시 머뭇거리고는 말했다.

"참, 그리고요, 혹시 아네스 영윤 기억나세요? 왜, 길리안 대공자랑 만날 붙어 다니던 영윤 말이에요."

"그럼요, 기억하죠."

시건방진 삼인방 중 하나를 떠올린 밀라이아가 고개를 끄덕였다. 제게 몇 년씩 순정을 바쳤다느니 당연히 내정이 되어 있을 거라느니 하면서 되지도 않는 말을 늘어놓던 자를 잊을 리가 없었다.

"일전에 그자가 어떤 영애랑 밀회를 한다는 소문이 돌았잖아요? 전하께서 청혼서를 돌려보내신 이후로 그 영애랑 결혼한다 어쩐다 했었는데 글쎄, 며칠 전에 파혼을 했다지 뭐예요? 듣자 하니 아네스가가 벌금 때문에 거의 파산하다시피 했다던데, 아마도 그것 때문일 거라는 말이 돌더라고요."

"그렇군요."

입매가 샐쭉하게 올라갔다. 그자와 결혼할 뻔했다던 영애가 누구인지는 모르겠으나 잘됐다 싶었다. 하나를 보면 열을 안다고, 그리 안하무인한 자와 결혼해서 좋을 일은 없을 테니까.

고개를 끄덕이자, 클로에는 마침 생각났다는 듯 말했다.

"그러고 보면 이번 달이 결별의 달이라도 되는가 봐요. 페르디난드 공작 각하 있잖아요? 그분도 연인과 헤어졌다는 소문이 돌더라고요."

"……네? 페르디난드 공작이요?"

전혀 예상치 못한 이야기에 움찔한 밀라이아가 물었다.

소문의 그 '연인'이라면 분명 자신을 일컫는 것일 터.

한데 갑자기 왜 이런 말이 도는 건지 알 수가 없었다. 설마하니 그날 정원에서의 일이 밖으로 퍼져 나갔을 리는 없는데.

"왜…… 어째서 그런 소문이 도는 거예요? 혹 그에게 무슨 일이라도 생긴 건가요?"

"그게요, 사실 전하께 이런 말씀을 드리기는 좀 그런데……. 실은 요새 각하가, 음."

"얘기해 줘요. 뭔데요?"

애써 조바심을 감추며 묻자 클로에는 조심스러운 목소리로 답했다.

"그게, 실은 사교계 인사들 사이에서 알음알음 알려진 가면 모임이 있거든요? 저도 가 보지 않아서 정확하게는 모르겠지만 분위기가 좀…… 뭐라고 해야 하나, 상당히 자유분방하다고 하더라고요. 한데 요새 각하가 그곳에 자주 나타난다고 해요."

가슴이 철렁했다. 모두가 가면을 쓴다는 것도 그렇고 클로에가 저리 머뭇거리는 것도 그렇고, 말이 좋아 자유분방이지 사실상 술과 도박, 그리고 한순간의 쾌락으로 어우러진 파티라는 의미가 아닌가. 한데 그런 곳에 공작이 출입한다니.

"그, 그래서요?"

표정을 숨기는 데 실패한 그녀가 황급히 물었다.

슬그머니 눈길을 피한 클로에가 답했다.

"정상적인 상황이라면, 연인을 너무 사랑해서 꽁꽁 숨겨 둔다는 분이 갑자기 그런 파티에 나타날 이유가 없잖아요? 그러니 아무래도 사이가 틀어진 게 아닐까 하는 이야기가 나오는 거죠."

"……그렇군요."

왠지 기분이 나빴다. 가문의 일 때문에 몹시 바쁘다며 궁에는 얼씬도 하지 않더니, 그런 퇴폐적인 파티에나 참석하고 있었단 말인가. 게다가 그런 소문이 돌 정도로 공공연하게 알려져 있다면 미래의 공작 부인 자리를 노리는 여자들이 노골적으로 접근할지도 모르는 일이었다.

그가 제게 했던 것처럼 다른 여자들을 대할 것을 생각하자 속이 뒤틀렸다. 당장에라도 찾아가 멱살을 잡고 싶을 정도로.

'하나 내가 무슨 자격이 있어 그럴 수 있겠어? 나는 이미 그를 거절한걸. 게다가 나야 떠나면 그만이라 해도, 그에게는 이곳에서의 삶이 남아 있잖아.'

명색이 공작가의 가주씩이나 되는 남자가 언제까지고 독신을 고집할 수는 없을 터. 그렇다면 결국 누군가와는 결혼을 해야 할 텐데, 아무것도 줄 수 없는 제가 그 일에 간섭할 권리는 없었다.

밀라이아는 애써 불편한 심기를 가라앉히며 크게 심호흡했다.

그때, 클로에가 끼어든 후로 내내 침묵하며 듣기만 하던 달리아가 말했다.

"전하, 혹 일전에 제가 올렸던 청을 기억하고 계십니까? 본가의 가업을 보여 드리고 싶다 했던 것 말입니다."

"네, 기억하고 있어요. 진즉 갔어야 했는데 사절단 관련 일을 처리하느라 도통 짬을 못 냈네요. 미안해요."

"아닙니다. 어쨌든 그 일 말인데, 오늘 보여 드려도 괜찮겠습니까? 어떤 일인지 살펴보실 겸 기분도 전환하실 겸, 하루쯤 밤 외출을 나가 보는 건 어떠신지요?"

"아, 그럴……."

"헉?"

갑자기 들려오는 탄성과도 같은 신음에 밀라이아가 옆을 돌아보았다.

"왜 그래요, 클로에?"

"아, 죄송해요, 전하. 그냥, 이런 대화를 제가 들어도 되는 건가 싶어서 그만……."

"이런 대화요? 아."

그러고 보면 겉으로는 알려지지 않은 일이라고 했으면서 이리 아무렇지 않게 외인 앞에서 거론해도 되는 건가 싶었다.

묻는 눈으로 돌아보자, 달리아는 대수롭지 않게 답했다.

"괜찮습니다. 다른 사람도 아니고, 전하를 함께 모시는 사이에 굳이 비밀로 할 것도 없지요. 하면 어찌하시겠습니까? 암행 준비를 할까요?"

"그렇게 하죠, 뭐. 단 앤트워스 후작이 동의한다면요."

"물론입니다."

가만히 대답한 달리아가 보일 듯 말 듯 미소를 지었다.

몇 시간 뒤.

"……설마 가업이라는 게 이거였어요?"

밀라이아는 눈앞에 펼쳐진 가면들의 향연을 보며 입을 딱 벌렸다.

그런 파티가 있다는 걸 클로에에게 들은 것이 불과 몇 시간 전이었는데, 설마하니 별생각 없이 따라온 장소가 바로 그곳일지는 몰랐다. 그것이 바로 사스테인가의 숨겨진 가업이었는지는 더더욱.

"그렇습니다, 아가씨."

빙긋 웃은 달리아가 한번 살펴보라는 듯 슬쩍 옆으로 비켜섰다.

밀라이아는 문 앞에 서서 주위를 찬찬히 살폈다.

수도 외곽에 위치한 작은 저택 안, 동그란 원탁과 네모난 탁자들로 군데군데 구역이 나뉜 홀은 퇴폐적이고 방탕한 공기로 가득 들어차 있었다.

벽면을 장식하는 태피스트리는 전부 붉은 바탕에 금사로 수를 놓았고, 바닥을 장식하는 카펫 역시 붉은색이었다.
여기저기 놓인 탁자 주위에서 칩을 던지는 소리가 들려왔다. 보편적인 수준보다 배 이상 맨살을 드러낸 여인들은 사내들과 몸을 바짝 붙인 채 밀어를 나누고 있었다.
유독 붉게 보이는 샹들리에의 불빛, 군데군데서 뿜어져 나오는 회색 연기, 그리고 유리잔에서 찰랑거리는 노랗고 붉은 액체.
간간이 들려오는 웃음소리와 악사들의 연주로 가득 찬 공간은 무척 낯선 분위기였다. 비록 불법 도박장까지 다녔던 전적이 있다고는 하나, 그곳은 거칠고 투박한 느낌이었지 이렇게 향락적인 분위기가 아니었으니까.
사납게 이를 드러낸 앤트워스 후작이 말했다.
"이게 무슨 짓인가, 영애! 감히 귀인을 이런 곳으로 안내하다니!"
"하나 이게 바로 본가의 가업입니다. 이제는 그 주인이 되신 아가씨께서도 아셔야 할 필요가 있고요."
"아무리 그래도 굳이 이런 곳에 모시고 올 필요는 없잖은가! 뭔가 다른 방법을 강구했어야……!"
"두 사람 다 그만해요. 그보다 설명이 좀 필요할 것 같은데."
한 발짝 앞으로 나선 밀라이아가 말을 잘랐다.
곧바로 고개를 숙여 보인 달리아가 말했다.
"원하신다면 당장 말씀드릴 수 있으나, 자세한 설명은 나중에 들으시는 것이 어떠신지요? 기왕 여기까지 오셨는데 아가씨께서도 좀 즐겨 보셔야지요."
"……즐겨 보라고요? 여기를?"
"네. 기왕 어려운 발걸음을 하셨으니 기분이라도 전환하고 가시지요. 요즘 들어 내내 울적해하시지 않았습니까."

"뭐, 그렇기는 한데……."

틀린 말은 아니었으나, 선뜻 그러겠다고 하기에는 이곳의 분위기가 마음에 걸렸다. 게다가 클로에의 말에 따르면 여기에는 페르디난드 공작이 드나든다고 하지 않는가. 아무리 언젠가는 그리될 일이라 한들, 눈앞에서 그가 다른 여자와 밀어를 속삭이는 모습을 보고 싶지는 않았다. 혹시라도 저 남녀들처럼 몸을 비비는 꼴은 더더욱.

'하지만 이게 정말 사스테인가의 가업이라면, 그들이 하는 일이 뭔지 한번 살펴볼 필요는 있어. 이렇게 밖으로 나오는 게 쉬운 일도 아니고.'

문득 드는 생각에, 밀라이아는 슬쩍 한숨을 내쉬고는 말했다.

"알았어요. 그럼 좀 둘러보죠."

"그리하십시오. 들킬 염려는 하지 마시고요. 아무리 서로 알음알음 정체를 안다 한들, 아가씨께서 오셨을 거라고는 꿈에도 생각지 못할 겁니다."

"네."

밀라이아는 얼굴을 반쯤 가린 나비 가면을 만지작거리며 홀 안으로 발을 들였다. 이곳의 관리자 중 하나인 저와 함께 다닐 경우 오히려 이상해 보일 수 있다는 달리아의 말에 따라 후작만을 뒤에 딸린 채였다.

'이러고 있으니 옛날 생각이 좀 나는 것 같기도 하고?'

탁자 가득 술잔을 늘어놓은 채 내기를 벌이는 무리와 딜러가 던지는 주사위에 온 신경을 쏟고 있는 사람들, 기둥 뒤에서 격렬하게 입을 맞추며 서로의 몸을 쓰다듬는 남녀를 지나친 시선이 한곳에

멋었다.

술잔을 한 손에 끼고 반대쪽 손에는 카드를 쥔 남녀들이 삼삼오오 모여 앉아 있는 장소.

바로 도박판이 벌어지는 곳이었다.

'주사위 판은 너무 빨리 돌아가서 느긋하게 대화할 시간이 없지. 술 취한 자들에게서는 제대로 된 뭔가를 얻기가 힘들고, 저 남녀는…….'

여자의 등을 더듬는 남자의 머리카락 색과 체형을 빠르게 훑어 내린 그녀가 슬쩍 가슴을 쓸어내렸다.

'……더 볼 필요도 없고. 그럼 역시 답은 하나뿐이네. 본디 이런 장소에서 알짜들은 카드 게임 판에 있는 법이지.'

자리를 찾는 척하며 그쪽으로 다가가려는데, 양손에 술잔을 하나씩 들고 걸어오던 남자와 시선이 마주쳤다. 가면 아래 드러난 턱선하며 유독 호리호리한 몸매가 어쩐지 익숙했다.

가늘게 눈을 뜨는 순간, 입가에 화사한 미소를 건 남자가 말했다.

"아름다우신 레이디, 혹 함께 시간을 보낼 사람들을 찾으십니까?"

'윽, 정말로 레노아 영윤이잖아. 이자는 또 왜 여기 있어?'

황당한 마음 반 낭패감 반으로 침묵하자, 잠깐의 묵언을 긍정으로 생각한 듯 그는 사뭇 다정한 목소리로 말했다.

"맞나 보군요. 그렇다면 저와 제 일행과 더불어 시간을 보내시는 건 어떤지요? 마침 제가 있던 테이블에 한 자리가 비었거든요."

"……."

"이런, 수줍음이 많으신 레이디로군요. 그럼 이렇게 할까요? 목소리를 내기가 곤란하시다면 고개를 끄덕이거나 젓는 걸로 의사를 표현해 주십시오. 어떻습니까, 저와 함께 시간을 보내 주시겠습니까?"

'얼씨구?'

갈수록 눈뜨고 봐줄 수가 없다 싶었다.

밀라이아는 속으로 헛웃음을 지으며 천천히 고개를 끄덕였다. 목소리를 입 밖으로 내면 들킬지도 모르니 내내 침묵하고 있어야겠지만, 다소 답답하더라도 저자가 여기서 뭘 하고 있었는지 한번 알아봐야겠다 싶었다.

'참 나, 이래 놓고 감히 클로에를 넘봤다 이거지? 하여튼 남자들이란 공작이고 영윤이고 간에 하나같이 지조가 없어.'

속으로 중얼거리는데, 싱긋 미소 지은 영윤이 말했다.

"감사합니다, 레이디. 하면 저를 따라오시겠습니까? 손이 이러해서 에스코트를 하지 못하는 점, 자애로운 마음으로 용서해 주십시오."

까딱.

소리 없이 긍정을 표한 밀라이아가 그를 따라 걸음을 옮겼다.

그녀를 인도하며 요리조리 탁자 사이를 빠져나간 영윤은 한창 신나게 판을 벌이고 있는 무리 두엇 정도를 더 지나치고서야 원탁 앞에 멈춰 섰다. 그러고는 지루한 듯 턱을 괴고 있는 남자 앞에 술잔을 하나 내려놓은 뒤, 비어 있는 자리에 잔을 마저 내려놓고는 그녀를 돌아보았다.

"이쪽으로 오십시오, 레이디. 한 분 정도는 더 합류해도 괜찮겠지요, 펠 님?"

"또 시작인가? 하아. 적당히 좀……."

피곤함이 가득한 목소리가 들려오는 순간, 저도 모르게 얼굴이 굳었다.

짜증스럽게 머리카락을 쓸어 올리며 이쪽을 돌아보는 남자의 눈은 잿빛이었다.

밀라이아는 반사적으로 입가를 가리며 홱 돌아섰다. 아무리 반가면을 쓰고 있다고는 해도, 그 역시 저를 알아볼 가능성을 배제할 순 없었다.

"레이디? 어찌 그러십니까?"

놀란 영윤이 부르는 소리가 들렸지만, 그녀는 뒤도 돌아보지 않은 채 서둘러 자리를 빠져나왔다.

여기서 잘못 잡혔다가는 대단히 귀찮은 일이 생길 것이 분명했다. 공작과 마주하고 있는 것 자체가 불편하기도 했고.

사람들 사이를 비집고 나와 기둥 뒤에 숨은 그녀는 혹시 영윤이 따라온 건 아닐까 하는 생각에 슬그머니 고개를 밖으로 뺐다.

머리만 빼꼼 내민 그녀를 보며 앤트워스 후작이 미소를 짓고는 말했다.

"걱정 마십시오. 돌아갔습니다."

"그래요? 아, 다행이다. 갑자기 사람 곤란하게 왜 그런 곳으로 데려가서는."

후우, 하며 가슴을 쓸어내린 밀라이아는 조심조심 기둥 밖으로 나와 말했다.

"어쨌든 됐네요. 하면 이제 영애를 찾아갈까요? 볼만한 곳은 대충 다 둘러본 것 같은데."

"네, 아가씨."

정중하게 답한 후작이 세 발짝 뒤에 서 있는 경비에게 손짓했다. 홀을 한 바퀴 둘러보고 나면 별실로 안내해 줄 거라며 달리아가 붙여 준 사람이었다.

경비의 안내를 받아 홀을 나선 밀라이아는 한 발자국 뒤에서 따르는 후작을 돌아보며 물었다.

"그런데 아까 그 사람 말이에요. 그…… 맞죠?"

"네, 그렇게 보이더군요."

"……역시 그렇군요."

그럴 거라 이미 확신하고는 있었지만, 막상 후작에게까지 확인받고 나자 기분이 더 가라앉았다. 클로에에게 얘기를 듣고서도 설마설마 했는데, 정말로 그가 이런 장소에 드나들고 있었다니.

무거운 마음으로 타박타박 걷는데, 어느새 별실 앞으로 그들을 안내한 경비가 가볍게 문을 두드렸다.

잠시 후 문을 연 달리아는 예상보다 훨씬 빨리 등장한 두 사람을 보며 눈을 살짝 크게 떴다.

"벌써 오셨습니까, 아가씨?"

"일단 분위기만 보고 왔어요. 나머지는 얘기를 듣고 난 뒤 살펴보든가 하지요."

"그러셨군요. 들어오십시오."

그녀를 안으로 안내한 달리아는 경비더러 외인의 출입을 통제하라 이른 뒤 문을 닫았다. 그러고는 듣는 귀가 없는 것을 다시 한번 확인한 후에야 말했다.

"보시다시피 저희 가문은 귀족 세계의 밤을 담당하고 있습니다. 삶의 제약이 많은 이들에게 하룻밤 아름다운 꿈을 꿀 수 있게 돕지요. 그 대가로 저희가 얻는 것은 재물과 정보입니다."

"재물과 정보라. 그렇군요."

차분하게 고개를 끄덕이자, 달리아는 그럴 줄 알았다는 듯 희미하게 미소를 지었다.

"역시 놀라지 않으시는군요. 전하시라면 이미 짐작하셨으리라 생각했습니다. 맞습니다. 저희 사스테인가가 본디 왕당파의 어둠을 담당하던 세 가문 중 한 곳입니다."

'아니, 몰랐는데.'

밀라이아는 속으로 중얼거리며 태연하게 고개를 끄덕였다. 이런 걸로 달리아를 속일 이유는 없지만, 그렇다고 해서 굳이 아니라고 정정해 줄 필요 역시 없었다.

"그랬군요."

"네. 무력에 리오나스가, 모략에 프란가가 있다면 정보 쪽은 저희의 주 전공이지요. 사실 그랬기에 전하의 부름을 받았을 때 군소리 없이 올라온 것이기도 합니다. 비록 수도를 떴다 하나 정보 수집마저 게을리했던 것은 아니니까요."

조곤조곤 말을 마친 그녀가 벽에 숨겨진 비밀 금고를 열어 가죽 표지로 된 책 한 권을 밀라이아에게 건넸다.

"살펴보십시오. 전하께 드리고자 했던 것입니다."

"고마워요."

책을 받아 든 밀라이아는 흥미로운 눈빛으로 곧장 첫 장을 펼쳐 들었다. 그것은 사스테인가가 이곳을 통해 벌어들이는 수입, 그리고 긴장의 끈을 푼 이들이 무심코 흘리는 정보들을 정리해 둔 일종의 비밀 장부였다.

'오, 생각보다 훨씬 괜찮은데?'

돈이야 왕실 역시 넘쳐흐르니 상관없다지만, 중요한 것은 그들이 취급하는 정보였다. 사스테인가의 장부 속에는 작게는 사소한 가십부터 크게는 정계의 동향이나 타국과의 외교 문제까지도 전부 포함되어 있었다.

'이것 참, 일이 이렇게도 풀리네. 그러잖아도 독자적인 정보 조직이 필요하다 생각하던 참이었는데.'

이참에 사스테인가를 아예 귀속하거나 적어도 그 비법을 흡수한다면, 왕제가 왕위에 오른 뒤에도 꽤나 큰 도움이 될 것이 분명했다. 나라를 평온하게 다스리기 위해서는 양지뿐만 아니라 음지의 힘 역시 필요하니까.

흡족한 기분으로 장부를 돌려주자, 달리아는 조심스럽게 물었다.

"어떠신지요? 마음에 드십니까?"

"네, 좋네요. 양만 방대한 것이 아니라 정보의 신뢰도도 상당히 높은 것 같고. 보아하니 고위 귀족들도 좀 드나드는 것 같던데, 그 덕분인가요?"

"그렇기도 하고 아니기도 합니다. 일단 입수한 정보는 전부 진위 여부를 확인한 뒤 사실일 가능성이 칠 할을 넘는 경우에만 올리고 있어서요. 장소가 장소이니만큼 확인 절차는 필수입니다."

하긴 그랬다. 술과 도박, 그리고 향락에 취한 자들의 입에서 어떤 말이 튀어나올지는 모르는 법이었으니까.

"그렇겠네요. 수고가 많아요."

"아닙니다. 이게 저희의 업인데요. 필요한 일이 있으시면 언제든 명을 내려 주십시오. 무엇이든 알아 오겠습니다."

"고마워요, 달리아. 덕분에 무척 든든하네요."

빙긋 웃은 밀라이아는 그제야 사스테인가의 일에 집중하느라 잠시 잊고 있었던 문제를 떠올리고는 멈칫했다. 이곳에 온 목적을 달성했으니 다시 밖으로 나가야 할 텐데, 이대로 환궁하자니 뒤가 당기고 계속 남아 있자니 그것도 뭔가 불편했다.

머뭇거리는 그녀를 보며 고개를 갸웃한 달리아가 물었다.

"어찌 그러십니까?"

"……아무것도 아니에요. 그만 나가죠. 혹시 여가 더 봐야 할 게 있나요?"

"아니요. 없습니다."

고개를 저은 달리아가 문을 열었다.

밀라이아는 그녀와 함께 복도를 걸으며 궁으로 돌아갈까 말까 고민을 거듭했다.

사실 공작만 이곳에 없었다면 진즉 카드 게임이든 주사위 판이든 어딘가에는 뛰어들었을 테지만, 괜히 기웃거리다가 이곳에 온 것을 들킬까 봐 영 좀 그랬다.

'역시 그냥 돌아가는 게 낫겠어.'

속으로 결심을 굳힌 그녀는 그가 앉았던 테이블 쪽을 힐끔 돌아보며 홀의 중앙을 가로질렀다.

그때, 공작과 영윤으로 보이는 남자가 세 명의 여자에게 둘러싸여 있는 것이 보였다. 그중 둘이 공작에게 찰싹 달라붙어 있는 모습도.

눈썹이 하늘 높이 치켜 올라갔다.

가만히 멈춰 선 그녀가 팔짱을 낀 채 그들을 노려보았다.

'이것 봐라?'

두 여자가 노골적으로 관심을 보이며 슬쩍슬쩍 몸을 비비고 있음에도, 공작은 그들을 뿌리치기는커녕 아무렇지도 않은 얼굴로 영윤과 무언가 대화를 나누고 있었다.

물론 그렇다고 해서 딱히 받아 주는 것도 아니기는 했지만, 어쨌거나 대단히 어이없는 광경인 것은 분명했다. 여자에게 관심이 없다 할 때는 언제고, 저게 지금 뭐 하는 짓이란 말인가.

'하, 이런 식으로 나온다 이거지?'

갑자기 짜증이 확 솟구쳐 올라와, 밀라이아는 입바람으로 머리카락을 훅 불어 올리며 돌아섰다. 생각해 보면 공작은 제가 이곳에 있는 것조차 모르는데 저라고 굳이 그의 존재를 불편해할 필요가 있나 싶었다.

'흥, 됐어. 공작이 여자랑 놀든 말든 이제 상관 안 해. 대신 나도 오랜만에 실컷 즐기다 갈 거다, 뭐.'

새쭉한 표정을 지은 그녀가 반대쪽으로 걸음을 옮겼다. 기왕 이렇게 된 것, 오늘 여기서 진정한 도박사가 누구인지나 제대로 보여 주고 돌아갈 생각이었다.

도르르.

상아로 만든 주사위가 맑은 소리를 내며 탁자 위를 굴렀다. 그 경로를 따라 사람들의 눈동자도 빠르게 움직였다.

팍.

데굴데굴 굴러가는 주사위 위에 나무 컵이 씌워졌다.

소리가 멈춘 것을 확인한 딜러가 말했다.

"배팅 시작하겠습니다. 원하시는 곳에 걸어 주십시오."

"하이."

"로우."

'하이'와 '로우'가 표시된 곳에 칩이 수북하게 쌓이기 시작했다.

배팅할 칩의 양을 가늠하는 사람들의 눈동자가 저마다 바쁘게 굴러갔다.

한 손으로 턱을 괸 여자가 반대쪽 손으로 술잔을 빙글빙글 돌리며 말했다.

"9."

"어어, 나비 가면 레이디, 숫자에 거시는 겁니까? 액수가 꽤 큰데요?"

"맞습니다. 이런 판에서는 안전하게 가는 것이 나을 텐데요."

"위험을 감수해야 큰돈을 따는 법이죠. 계속해요."

한마디씩 건네는 남자들에게 무심하게 답한 여자가 술잔으로 칩 무더기를 툭 밀어냈다.

묘하게 유혹적인 그 분위기에 주위를 둘러싼 남자들이 침을 꼴깍 삼켰다.

사람들을 한번 둘러본 딜러가 말했다.

"배팅 마감하겠습니다. 더 거실 분은 빠르게 배팅해 주시기 바랍니다. 삼, 이, 일, 영."

"……."

"열겠습니다."

주위가 조용해졌다.

컵 안에 든 주사위가 천천히 모습을 드러냈다.

그 순간, 사람들의 입에서 탄성이 흘러나왔다. 그들의 눈앞에 모습을 드러낸 건 5와 4의 눈이었다.

"9로군요. 나비 가면 레이디의 승리입니다주: 주사위 도박은 두 개의 주사위를 굴려 '하이'와 '로우', 즉 7 이상의 숫자가 나오느냐 아니면 그보다 낮은 숫자가 나오느냐를 맞힌 사람이 돈을 따는 게임이다. 간단한 룰을 가진 이 게임에는 특별한 규칙이 한 가지 있는데, 특정 숫자에 배팅하여 맞힐 경우 해당 판에 걸린 배당률에 따라 돈을 추가로 딸 수 있다는 것이다. 그러나 특정 숫자에 배팅하기 위해서는 기본 판돈의 최소 세 배를 걸어야 하므로 배당률이 어지간히 높지 않는 한 숫자를 지정하지 않는 경우가 대부분이다."

"오오, 축하드립니다, 레이디!"

"방금 그거 열 배 아니었습니까? 허어, 대단하십니다."

"아무래도 레이디에게는 행운이 따르는 모양입니다. 부럽군요."

"거 봐요, 위험을 감수해야 큰돈을 따는 법이라니까."

어깨를 으쓱하며 답한 여자가 아무렇게나 칩을 끌어당겼다.

그 모습을 탐욕스러운 눈빛으로 바라보던 남자 하나가 말했다.

"아름다우신 레이디, 당신의 행운을 한 번만 양보해 주시면 안 되겠습니까? 실은 오늘따라 좀 많이 잃어서요, 이대로 집에 가면 맞아죽을 것 같거든요. 하하."

"저런, 그럼 이번 판에만 특별히 양보해 드리죠. 제 생각에는 3이 좋을 것 같네요."

생글거리며 답한 여자가 자기 몫의 칩 중 하나를 내밀었다.

경건하게 그것을 받아 든 남자는 보란 듯이 그 위에 입을 맞추고는 몇 개 남지 않은 칩을 모두 밀어내며 외쳤다.

"3에 올인!"

"검은 가면 신사분이 3에 올인하셨습니다. 더 거실 분 없으십니까? 배팅 마감합니다. 삼, 이, 일, 영. 오픈하겠습니다."

딜러가 컵을 들어 올리는 순간, 홀에 떠나갈 듯한 함성이 터져 나왔다.

두 개의 눈은 각각 1과 2. 남자의 승리였다.

"와악! 정말로 3이잖아?"

"진짜 행운의 레이디였어!"

"레이디! 제게도 행운을 좀 나눠 주십시오!"

"제게도!"

만면에 웃음꽃이 핀 승자가 싱글벙글하며 여인을 돌아보았다.

"감사합니다, 레이디. 당신은 진정한 행운의 여신이십니다."

"별말씀을요. 그냥 신사분께서 운이 좋으셨던 게지요."

"아닙니다. 레이디의 축복이 아니었다면 분명 빈 주머니로 일어났을 겁니다. 그래서 말입니다만, 제게 보은할 기회를 주시지 않겠습니까? 이곳은 시끄러우니 조용한 곳에서요."

'흥, 어디서 되지도 않는 수작이야?'

밀라이아는 은근슬쩍 제게 추파를 던지는 남자를 보며 코웃음을 쳤다.

삼십 분 전 주사위 판에 껴든 이후로 이런 식으로 제게 접근해 온 남자만 벌써 세 명째. 시간이 지날수록 어째 점점 더 노골적으로 되어 가는 것이, 아무래도 슬슬 일어날 때가 되었나 싶었다.

'한두 판 정도만 더 하고 자리를 옮길까? 이러다 자칫 후작이 끼어들라.'

칩을 세는 것에 열중한 척 남자의 말을 귓등으로 흘려보내고 있을 때, 갑자기 등 뒤에서 음산한 목소리가 들려왔다.

"그 행운, 제게도 좀 나눠 주시겠습니까, 레. 이. 디?"

반사적으로 몸이 튀어 올랐다.

황급히 뒤를 돌아보자 활활 타오르는 눈빛으로 저를 노려보는 남자가 눈에 들어왔다. 아니, 정확하게는 제게 수작을 걸던 사내를 사납게 노려보는 공작이.

'악, 깜짝이야. 십년감수할 뻔했네.'

놀란 가슴을 쓸어내리는데, 좀 전까지 그녀에게 수작을 걸던 남자가 공작의 앞을 슬쩍 막아서며 말했다. 아무래도 새로 등장한 경쟁자를 제거하려는 듯했다.

"누구인지는 모르겠으나 순서를 지키시오. 그쪽 눈에는 여기 있는 이들 모두 레이디의 행운을 받고 싶어 줄을 선 것이 보이지 않소?"

"맞소이다. 순서를 지키시오."

"옳소. 심지어 난 행운을 나눠 받겠다는 것도 아니고 그저 대화를 한번 나눠 보고 싶어 이십 분 가까이 기다렸단 말이오."

여기저기서 쏟아지는 말에 공작의 입가가 점점 더 딱딱하게 굳었다.

당장에라도 가면을 벗어던질 듯 얼굴로 손을 가져가던 그는 화를 참으려는 양 크게 숨을 들이쉬고는 말했다.

"레이디께서도 그렇게 생각하십니까? 순서를 지켜야 한다고요?"

가면 뒤에 감춰진 눈매가 새치름하게 올라갔다.

'당연한 거 아냐? 내가 뭐가 예뻐서 공작에게 행운 같은 걸 나눠 주겠어?'

홱 고개를 돌린 밀라이아는 정리하다 만 칩을 제 앞에 가지런히 쌓으며 답했다.

"당연한 말씀을 하시는군요."

말을 마치기가 무섭게 득의양양한 목소리가 여기저기서 터져 나왔다.

“그것 보시오! 레이디께서도 기다리라 하시지 않소!”
“맞소이다. 순서를 지키시오!”
“진정이십니까? 후회하실 텐데요.”
쏟아지는 말들을 무시하며 경고한 남자는 어디 해 볼 테면 해 보라는 식으로 노려보는 그녀를 향해 딱딱 떨어지는 어조로 말했다.
“게다가 당신을 가장 먼저 만난 사람은 제가 아닙니까, 전…….”
“앗! 그러네요! 그러고 보니 우리, 아까 저쪽 테이블에서 만났었죠? 이제야 기억이 났지 뭐예요?”
황급히 말을 가로막은 밀라이아가 그에게 칩을 내밀었다.
“자아, 받아요. 신사분께서 바라시던 행운이랍니다.”
“됐습니다. 아쉽게도 저는 주사위 게임을 별로 좋아하지 않아서요. 대신 다른 식으로 행운을 받았으면 합니다만. 이곳은 시끄러우니, 좀 조용한 곳에서 말입니다.”
좀 전에 다른 사내가 건넸던 말을 그대로 읊은 공작은 어쩔 거냐는 듯 턱을 살짝 치켜든 채 그녀를 내려다보았다.
절로 이가 갈렸지만, 밀라이아는 일단 웃는 낯으로 자리에서 일어났다. 당장에라도 여왕이 여기 있다 외칠 기세인 남자를 당해 낼 방법은 없었다.
‘참 나, 여자들이랑 노닥거릴 때는 언제고 이제 와 이 난리야? 심지어는 눈앞에서 도망쳐도 못 알아보던 주제에.’
들러붙는 남자들에게 적당히 작별 인사를 건넨 밀라이아는 잔뜩 화가 난 채로 공작과 함께 홀을 빠져나갔다.
그러잖아도 이랬다저랬다 하는 남자 때문에 심히 불쾌한데, 등 뒤를 따라붙는 의미심장한 시선들 때문에 기분이 더 나빠졌다. 보나마나 야릇한 상상들을 잔뜩 하고 있으리라.

—하아, 하아.

—아으읏! ……어스! 조금만 더……!

'이건 또 뭐야? 공작은 이런 장소가 여기 있는지는 어떻게 알고 이리 오는 건데? 악, 짜증 나!'

살짝 열린 방문 사이로 들려오는 신음에 진절머리를 친 그녀는 그가 빈 방의 문을 열자마자 성큼성큼 안으로 들어서며 빽 고함을 질렀다.

"지금 이게 뭐 하는……!"

쾅.

부술 듯 격하게 닫히는 문소리에 절로 입이 다물어졌다.

잡아 뜯을 기세로 가면을 벗어 던진 공작이 사납게 으르렁거렸다.

"신이 분명 경계심을 좀 가지시라고 말씀드렸을 텐데요. 방금 그 자식이 전하께 무슨 짓을 하려고 했는지 알고 계십니까?"

활화산처럼 분노를 쏟아 내는 남자를 보자 속에서 불길이 치솟아 올랐다. 누가 누구에게 화를 낼 상황인데 도리어 큰소리란 말인가? 여자들이 몸을 비비거나 말거나 가만히 내버려 두었던 작자가!

"남이야 누구랑 뭘 하든 무슨 상관이에요? 공작이 나랑 무슨 관계가 있다고!"

"말씀 다 하셨습니까? 무슨 상관이냐니, 지금 그게 전하 앞에서 사랑을 구걸한 남자에게 할 소립니까?"

"구걸은 무슨! 그냥 해 본 소리겠죠! 좋아하긴 뭘 좋아해? 뒤에서 실컷 딴짓이나 하면서!"

답답하게 얼굴을 가린 가면을 벗어던지며 버럭 소리를 지르자,

공작은 기가 막힌다는 듯 물었다.

"그건 또 무슨 말도 안 되는 소립니까? 딴짓을 하다니, 누가요?"

"흥, 그렇게 날 좋아한다는 사람이 이딴 파티에나 들락날락하고 다녀요? 게다가 아까 보니 여자들이 몸을 비비거나 말거나 신경도 안 쓰더만?"

"그건 또 무슨 소립니까? 비비긴 뭘 비벼요?"

"하, 내가 다 봤는데 어디서 발뺌이에요?"

어이없어하는 남자를 보며 더 황당하다는 표정을 지은 밀라이아가 그를 잡아 제 몸 쪽으로 확 끌어당겼다. 어디서 변명이란 말인가! 분명 제가 두 눈으로 똑똑히 봤는데!

"자, 봐 봐요! 이렇게 이렇게, 아주 대놓고 몸을 붙이고 비비더만! 이래도 모른다 발뺌할 셈이에요?"

단단한 팔을 끌어안고 여자들이 그랬던 것처럼 가슴을 쓱쓱 문지른 밀라이아는 어디 한번 변명해 보라는 얼굴로 그를 올려다보다 눈을 동그랗게 떴다. 뻣뻣하게 굳어 버린 공작의 귓불이며 얼굴에 붉은 물이 확 피어오른 것이 보였기 때문이다.

"지금 뭐, 뭐 하시는 겁니까? 신이 제발 경계심 좀 가지시라고 했습니까, 안 했습니까?"

"……흐응."

잔뜩 빨개진 얼굴로 버벅거리는 공작을 보자 짙은 만족감이 피어올랐다. 분명 아까 그 여자들이 그랬을 때는 얼굴이 붉어지기는커녕 아무렇지도 않아 보이는 남자였는데.

잔뜩 솟구쳤던 짜증이 그제야 좀 가라앉는 것 같아서, 밀라이아는 다소 풀어진 얼굴로 공작을 바라보며 물었다.

"그럼 아까 그 여자들한텐 왜 그랬는데요?"

"그러긴 뭘 그랬다는 겁니까? 안 그래도 짜증스럽게 달라붙는 게 싫어 죄다 경고하고 오는 길인데요. 거기다 여기에 들락날락한 건 다 이유가 있어서……!"

신경질적으로 말을 받아치던 목소리가 점점 작아지는가 싶더니, 이내 사라졌다.

생각에 잠긴 표정으로 그녀를 바라보던 공작이 이윽고 물었다.

"한데 전하께서는 신이 다른 여자와 몸을 비비건 말건 무슨 상관이십니까? 신이 싫으시다면서요?"

갑자기 훅 치고 들어오는 말에 움찔한 밀라이아가 말했다.

"누가 싫다고 그랬다는 거예요? 난……!"

"그 말이 그 말 아닙니까. 마음을 받아들일 수 없다는 건 곧 남자로 보기는 싫으시단 얘기니까요. 한데 신이 다른 여자와 만나건 말건 전하께서 무슨 상관이시냔 말입니다. 설마 내가 갖긴 싫어도 남 주기는 아깝다는, 뭐 그런 심봅니까?"

또박또박 따져 묻는 소리에 갑자기 말문이 막혔다.

입만 벙긋거리는 그녀를 보며 팔짱을 낀 공작이 말했다.

"한데 이걸 어쩝니까. 신은 그런 쪽으로는 취미가 없는데요. 받아 줄 듯 말 듯 하며 남의 마음을 갖고 노는 사람은 딱 질색입니다. 그러니 혹시 그런 생각으로 신을 건드리시는 거라면 접으시는 게 좋을 겁니다."

"……."

꽉 움켜쥐었던 주먹에서 스르르 기운이 빠졌다. 어찌 보면 그의 말이 틀린 것도 없었으니까. 저는 곧 떠나야 할 사람이니 마음을 받아들일 수 없다 하면서도, 정작 그에게 달라붙는 여자들은 또 잔뜩 신경 쓰고 있던 것이 바로 좀 전의 자신 아닌가.

할 말이 없어 침묵하자, 길게 한숨을 내쉰 공작이 말했다.

"……신이 구차해서 다시는 묻지 않으려고 했는데, 마지막으로 한 번만 더 여쭙겠습니다. 방금 왜 그러신 겁니까? 전하께서도 신을 마음에 담고 있어 그러신 것이 아닌지요?"

잿빛 눈동자가 희망을 담은 채 그녀를 응시했다.

"대답해 주십시오. 전하의 마음속에 신이 들어갈 자리는 정녕 없는 것인지. 이번에도 아니라 하시면, 다시는 전하께 이런 얘기를 꺼내지 않겠습니다. 물론 공무 외의 일로 찾아뵈어 귀찮게 해 드리는 일도 없을 겁니다. 제 이름을 걸고 맹세하지요."

밀라이아의 눈에 커다란 파문이 일었다.

지난 일주일도 공허한 마음에 시달리며 살았는데, 앞으로도 쭉 그런 기분으로 지내야 한단 말인가? 그것도 오늘처럼 공작 옆에 다른 여자가 있는 걸 지켜보면서?

'안 돼. 싫어. 절대로 그럴 순 없어.'

순간 이성을 단숨에 짓눌러 버린 본심이 입술 밖으로 튀어 나갔다.

"싫어요."

가만히 그녀를 내려다보던 공작이 한숨 섞인 목소리로 답했다.

"역시 그렇군요. 죄송합니다, 전하. 다시는……."

"아니, 그거 말고!"

빽 소리를 지른 밀라이아가 말했다.

"공작이 날 멀리하는 건 싫다고요. 다른 여자랑 만나는 것도."

재색 눈동자가 커다랗게 뜨였다. 그 안에는 혹시 잘못 들은 건 아닐까 하는 빛이 역력하게 드러나 있었다.

붉어진 얼굴로 색색 숨을 몰아쉬는 그녀를 멍하니 바라보던 공작이 물었다.

"방금 그 말씀…… 신이 제대로 들은 게 맞습니까? 그러니까, 전하께서도 신을……."

"알면서 뭘 자꾸 물어요? 그렇다니까!"

밀라이아는 자꾸만 같은 말을 되풀이하게 하는 공작을 노려보며 팩 짜증을 부렸다. 어차피 이렇게 된 것, 이제는 이판사판이었다.

"공작이랑 멀어지는 거, 싫어요. 다른 여자랑 있는 꼴을 보는 것도 싫어요. 다 싫다고요. 됐어요? 그러니까 나만 혼자 팽개쳐 두지 말란 말이에요!"

"패, 팽개쳐 두다니요? 신이 언제 그런……."

"몰라서 물어요? 지난번에 집무실에 놀러 갔을 때도 그랬고 지난 일주일 동안도 그랬잖아요! 내가 정말로 싫어서 그런 것도 아니고, 다 자길 생각해서 그런 건데……. 대체 사람이 왜 그렇게 쪼잔해요? 그거 한마디 했다고 삐쳐서는……!"

폭포수처럼 쏟아지는 비난에 황망한 표정으로 그녀를 바라본 공작이 말했다.

"삐쳤다니요? 신은 단지 전하께서 싫다 하시니까……."

"시끄러워요! 씨이, 그러게 왜 사람을 흔들어서는 이렇게 만들어요? 그냥 조용히 할 일만 하다가 가려고 그랬는데. 나라고 뭐 그렇게 말해 놓고 마음이 편했는 줄 알아요? 내가 진짜…… 지난 일주일 동안 내가 얼마나……."

갑자기 눈앞이 뿌옇게 흐려지는가 싶더니, 이내 서러운 눈물이 뚝뚝 떨어졌다.

끝끝내 저를 밀어붙여 본심을 토해 내게 한 저 남자도, 이런 상황에 저를 던져 놓고 사라져 버린 글로리아도, 아니 그냥 저를 둘러싼 모든 것이 다 미웠다. 대체 자신이 왜 이런 일을 당해야 한단 말인가. 저는 그냥 열심히 살아온 죄밖에 없는데.

거칠게 눈가를 문지르자, 공작이 몹시 당황한 얼굴로 말했다.

"왜, 왜 갑자기 울고 그러십니까. 신이 잘못했습니다. 전부 다 신이 잘못했으니 울지 마십시오."

"닥쳐요. 이게 다 공작 때문이잖아요."

"네, 모두 신의 탓입니다. 그러니까 일단 진정하시고 차분하게 대화를……."

"시끄럽다고 했죠! 실컷 사람 가슴 졸이게 해 놓고 이제 와 자기 탓이라고 하면 다예…… 큭, 콜록콜록."

울먹거리며 고함을 지른 탓일까, 갑자기 사레가 들렸다.

콜록거리며 기침을 토해 내는 그녀에게 슬그머니 다가온 공작이 등을 두드려 주며 말했다.

"그러게 울지 마시라니까요. 보십시오, 지금도 이렇게 사레가 들리셨잖습니까."

"몰라요. 콜록콜록, 이게 다, 윽, 공작 때문이에요. 콜록콜록, 후우."

"네, 전부 신 때문입니다. 그러니 일단 진정하십시오, 네? 이러다가 숨넘어가실까 봐 걱정된단 말입니다."

도닥도닥, 깨질세라 조심스럽게 등을 두드려 주는 손길이 기분 좋았다. 젖은 눈가를 쓸어 주는 손가락이 따스했다.

가만히 저를 안고 달래는 남자의 품이 꽤나 포근해서, 밀라이아는 저도 모르게 몸에서 힘을 빼며 그에게 기댔다. 일주일 내내 켜켜이 쌓였던 서러움과 외로움이 그제야 스르르 녹아내리는 느낌.

겨우 진정한 그녀를 보며 안도의 한숨을 내쉰 공작이 말했다.

"지난주의 일은 죄송합니다. 그, 음, 솔직히 좀 화가 났거든요. 답답하기도 했고요."

"흥. 나도 그러고 싶어서 그랬던 건 아니에요, 뭐. 여러 가지 걸리는 게 있어서 그랬던 거지."

"압니다. 신이 싫어서 그러신 게 아니었다면, 아마도 시간 때문이겠지요. 전하께서는 언젠가 이곳을 떠나셔야 하니까 말입니다. 맞습니까?"

"……네."

마지못해 답하자, 그는 조심조심 그녀를 품에서 떼 놓고는 곧게 시선을 마주쳐 왔다.

"신을 생각해서 그리 말씀하신 건 알겠습니다. 하지만 전하, 신은 그런 건 아무래도 상관없습니다. 아니, 오히려 그렇기 때문에 이렇게 엇갈리며 보내는 시간들이 더 아깝습니다."

"하지만……."

"남겨진 뒤의 일은 신이 알아서 하겠습니다. 그러니 전하께서는 지금 이 순간만 보십시오. 이대로 밀어내기만 하다 떠나신다면, 전하께서는 정녕 후회하지 않을 자신이 있으십니까? 신은 오히려 그게 두고두고 회한이 될 것 같은데요."

"……그래도 어떻게 그래요? 나야 가면 그만이라지만, 공작은 여기 남을 사람인데."

여전히 망설이는 모습에 공작은 진지한 얼굴로 답했다.

"그렇게 치면 전하께서도 마찬가지 아니십니까. 신이야 그냥 그리워하면 된다지만, 전하께서는 신을 두고 왔다는 생각까지 안고 사실 테니까요."

"그건 그렇지만……."

"그것 보십시오. 그러니 신은 괜찮습니다. 오히려 전하가 걱정이지요. 실은 그래서 그냥 이대로 지내는 게 낫지 않을까 고민도 해봤습니다만, 신은 전하보다 훨씬 이기적인 사람이라서요. 그 정도로는 도저히 만족을 못하겠더군요. 정해진 시간 동안만이라도 한껏 마음을 표현하고 돌려받으면서 살고 싶단 말입니다."

조곤조곤 건네 오는 말에 밀라이아의 눈이 살짝 커졌다. 저만 그런 걱정을 하고 있는 줄 알았는데, 그 역시 자신과 비슷한 생각을 했던 모양이었다. 그것도 꽤나 깊게.

"가지 마시라 붙들지는 않겠습니다. 전하께서도 그곳에서의 삶이 있으실 테니, 돌아가신 다음에 다른 누군가를 만나시는 것도 뭐라 안 합니다. 다만, 이곳에 계시는 동안만큼은 신에게 마음을 열어 주십시오. 이렇게 간청드립니다."

"……하지만 남은 시간이 채 일 년도 안 될지도 몰라요."

머뭇머뭇 말을 꺼내자, 공작은 한 치의 망설임도 없이 답했다.

"그렇다면 더더욱 시간을 아껴야지요. 후회 없이 마음을 나누려면 말입니다."

"……."

"처음부터 사정을 몰랐던 것도 아닙니다. 충분히 고민도 했고요. 하나 그런데도 전하가 좋은 걸 어찌합니까. 그러니 이제 그만 밀어내시고 저 좀 받아 주십시오, 네? 지난 일주일 동안 가슴이 타다 못해 재가 되는 줄만 알았단 말입니다."

얼굴이 화르르 달아올랐다. 간절하게 건네 오는 말의 내용도 내용이었지만, 애원하듯 저를 내려다보는 눈동자에 담긴 감정들이 너무나도 짙게 가슴을 울려서.

슬그머니 시선을 아래로 내리깐 그녀가 투덜거리듯 답했다.

"씨이, 또 나만 나쁜 사람 만들어. 알았어요. 그렇게 하면 되잖아요."

"하면 받아 주시는 겁니까?"

"네. 말이야 바른 말이지, 나도 일주일 내내 외로워 죽는 줄 알았거든요? 자기야말로 남의 심장을 쑥대밭으로 만들어 놓……."

쪽.

삽시간에 입술을 훔치고 지나간 보드라운 감촉에 눈이 크게 뜨였다.

반사적으로 입술을 가리자, 한 걸음 다가온 남자가 말했다.

"지금부터 키스할 겁니다. 싫으시면 당장 밀어내십시오."

느릿느릿 다가온 팔이 입술을 가린 손을 부드럽게 잡아 내렸다. 열기를 가득 담은 재색 눈동자가 온전히 그녀만을 품은 채 답을 기다리고 있었다.

허락을 구하듯 조용히 바라보는 남자를 가만히 올려다보던 밀라이아가 샐쭉하게 말했다.

"뭐 해요? 빨리 안 하고."

"……!"

그 순간, 남자의 얼굴이 뭔가에 한 대 얻어맞은 듯한 표정으로 변했다.

잠깐 동안 입만 벙긋거리던 그는 이내 고개를 절레절레 저으며 크게 소리 내어 웃었다.

"하아, 정말. 하여간 예상을 벗어나는 데는 일가견이 있으십니다."
"그래서, 싫어요?"
"아뇨, 그럴 리가요."
여전히 웃음기 남은 얼굴로 답한 남자가 왼손으로 부드럽게 볼을 감쌌다.
어느 틈엔가 등 뒤로 돌아온 오른팔이 그녀를 바짝 끌어당기고, 열기를 품은 재색 눈동자가 조금씩 거리를 좁히며 가까이 다가왔다.
강렬한 그 눈빛에 저도 모르게 눈을 감는 순간, 파르르 떨리는 입술 위로 나비처럼 연약한 감촉이 나붓이 내려앉았다. 얇은 피부 위를 훑고 지나가는 축축한 무언가에 반사적으로 몸이 움찔 굳었다.
가만가만 어루만지는 손길을 따라 발갛게 불길이 피어올랐다. 한 치의 틈도 없이 맞닿은 심장이 터질 듯 빠르게 뛰었다. 젖은 입술 위로 와 닿는 따뜻한 숨결에 몸이 바르르 떨렸다.
"하아……."
차오르는 호흡을 내쉬려 입술이 스르르 벌어졌다.
살짝 열린 입술 안으로 말캉한 무언가가 비집고 들어왔다. 그러고는 낯선 침입자에 놀라 움츠러든 혀를 가만히 건드려 보더니, 자꾸만 도망가려는 그녀를 붙잡아 부드럽게 어루만졌다.
살짝살짝 비볐다가 강하게 빨아들였다가, 조심스럽게 얽어 들었다가 스르르 풀어 주는 그 느낌에 온몸으로 짜릿한 전율이 퍼져 나갔다. 뜨겁게 달아오른 피가 머리끝부터 발끝까지 내달리는 것이 느껴졌다.
저도 모르게 목을 그러안으며 매달리자, 손으로 뒤통수를 받친 그가 그녀를 더욱 바짝 끌어당겼다.

한 치의 틈도 없이 입술을 맞붙인 채, 그는 낮게 가라앉은 목소리로 밀어를 덧그렸다.

"사랑합니다, 밀라 님."

"나, 나도……."

가쁜 호흡을 몰아쉬며 나온 대답은 또다시 입술 사이를 비집고 들어온 그에게 가로막혀 소리 없이 사라졌다.

말캉한 혀가 입천장이며 치열을 빠르게 훑어 내렸다. 쉴 틈도 주지 않고 격하게 얽어 오는 그 때문에 혀뿌리가 저릿저릿했다.

조금씩 호흡이 가빠 왔다. 얼굴이 점점 빨갛게 달아오르고, 그의 목을 끌어안은 팔에서 힘이 빠졌다. 머릿속이 차츰 몽롱하게 변했다.

힘이 풀린 다리가 푹 꺾이는 순간, 빠르게 그녀를 잡아챈 공작이 마지막으로 가볍게 입을 맞추고는 웃었다.

"그렇게 좋으셨던 겁니까? 힘까지 풀리실 정도로요?"

"……죽고 싶어요?"

매섭게 노려보자, 쿡쿡 웃은 공작은 그녀를 부축해서 의자에 앉혀 주었다. 그러고는 당연하다는 듯 옆에 붙어 앉아 손을 잡아 올리며 답했다.

"어떻게 전하의 마음을 얻었는데 죽겠습니까. 절대로 그럴 순 없지요."

"흥, 말만 번지르르하기는. 레노아 영윤이랑 붙어 다니더니 말버릇도 옮아 온 거예요?"

새침하게 답한 밀라이아는 문득 드는 생각에 사납게 눈을 치켜떴다.

"바람둥이 짓까지 옮아 왔기만 해 봐요. 죽여 버릴 거야."

"설마 그럴 리가 있겠습니까? 신에게는 오직 전하뿐입니다."

"흥, 그런 사람이 여기엔 왜 왔어요? 자주 나타난다고 소문까지 돌 정도로."

입술을 삐죽이자, 그는 슬그머니 손깍지를 껴 오며 답했다.

"볼일이 있어서 왔습니다. 레노아 영윤과 처리할 일이 좀 있었는데, 그가 부득불 장소를 여기로 정해서요. 겸사겸사 확인해야 할 것도 있었고요."

"하여튼 그 작자는……."

손에서 전해져 오는 낯선 느낌에 손가락을 꼼지락거린 밀라이아가 말했다.

"그래서 볼일은 다 봤어요? 확인해야 할 일도 끝냈고요?"

"네. 실은 진즉 끝났어야 하는데 자꾸만 시간을 끄는 바람에 좀 늦어졌지 뭡니까. 한데 전하께선 여기 어쩐 일이십니까? 아까 보니 무척 신나신 것 같던데, 설마 그새 손이 근질근질하셔서……."

"아, 아니거든요? 사람을 뭐로 보고 그래요? 물론 결과적으로 좀 즈, 즐기긴 했지만, 어쨌든 처음부터 그러려고 온 건 아니에요, 뭐."

펄쩍 뛰어오르는 그녀를 의심스럽게 바라보며 남자가 물었다.

"그럼 여긴 왜 오신 겁니까? 역시 사스테인 영애가 그새를 못 참고 모셔 온 겁니까?"

"공작이 그걸 어떻게 알아요?"

눈을 동그랗게 뜨자, 그는 그럴 줄 알았다는 듯 푹 한숨을 내쉬었다.

"이곳이 사스테인가가 운영하는 곳이라는 건 진즉 알고 있었고, 그들이 눈이 삐지 않았다면 전하의 가치를 알아보고 접근했을 테니까 그렇지요. 때문에 전하가 오실 만한 곳인지 직접 확인한 후

다시 얘기하자 했는데, 그새를 못 참아서……."

"응? 그럼 겸사겸사 확인해야 할 일이라는 게 그거였어요?"

"당연하지요. 신이 뭘 믿고 전하를 이리 위험한 장소에 보내 드리겠습니까? 온갖 질 나쁜 자들만 모이는 이런 곳에 말입니다."

"그랬구나. 난 그것도 모르고……."

갑자기 웃음이 나왔다. 그가 이런 장소에 드나든다기에 무척 속이 상했었는데, 실은 저 때문에 그런 거였다니. 그것도 제게 거절당하고 마음까지 상한 상태에서.

생글거리는 그녀를 보며 눈썹을 치켜세운 공작이 물었다.

"어찌 그러십니까?"

"그냥, 좋아서요."

"……."

그는 황급히 입을 다물었다. 그러고는 조금 시간이 흐른 뒤에야 다시 말했다.

"신을 죽이실 작정입니까? 심장이 멎을 뻔했잖습니까."

"뭐래. 자기는 그보다 더한 말도 해 놓고는."

"어라, 그러고 보니 그렇군요. 이거 좀 억울한데요? 그렇게 구걸하다시피 매달렸는데, 맞고백은커녕 제대로 된 답변조차 못 들었다니 말입니다."

그러니 어디 한번 얘기해 보라는 눈빛에 움찔한 밀라이아가 말했다.

"내, 내가 언제 한마디도 안 했다고 그래요? 아까 대답하려고 했는데 공작이……."

목소리가 조금씩 작아졌다. 그 상황을 어떻게 말로 설명한단 말인가. 아까 전에야 분위기에 휩쓸려 아무렇지 않게 굴었다지만, 몰래 다시 떠올리기만 해도 이렇게 부끄러운데.

빨갛게 달아오른 얼굴로 색색 숨을 몰아쉬는 그녀에게 바짝 다가온 공작이 물었다. 숨결이 닿을 만큼 가까워진 거리에 몸이 움찔 굳었다.

"아까, 뭐요? 하시던 말씀은 마저 하셔야지요."

"그게, 그러니까……."

스윽.

한 손으로 뺨을 감싼 그가 흠칫하는 그녀를 도닥이며 엄지손가락으로 입술을 건드렸다.

좀 전의 격렬했던 입맞춤을 연상시키듯 은밀한 손놀림에 심장이 미친 듯이 뛰었다.

눈을 질끈 감은 밀라이아가 말했다.

"나, 나도 좋아한다고요."

"흠. 그게 아닐 텐데요? 좋아한다는 건 누구에게나 쓸 수 있는 말이잖습니까. 아니면 설마 신에 대한 전하의 마음은 겨우 그 정도인 겁니까? 자꾸 불쌍하게 구니까 마지못해 받아 주셨다거나……."

"그, 그럴 리가 없잖아요!"

황급히 부인한 밀라이아가 말했다.

"그러니까 나, 나도……."

"네, 전하도요?"

"나, 나도…… 사, 랑…… 한다고요. 으……."

고개를 홱 돌리며 손부채질을 하자, 작게 소리 내어 웃은 공작이 이마 위에 입을 맞췄다.

"감사합니다, 전하. 앞으로 정말 잘하겠습니다."

"다, 당연한 것 아니에요? 지난주처럼 마음고생시키기만 해 봐. 가만 안 둘 거야."

"절대로 안 그러겠습니다. 걱정 마십시오."

호언장담하는 그를 밉지 않게 흘겨본 밀라이아가 몸을 슬쩍 뒤로 빼며 말했다.

"하여튼 말은 잘한다니까. 그런 건 다 어디서 배운 거예요? 어쩐지 과거가 의심스러운데."

슬금슬금 거리를 넓히는 모습을 귀엽다는 듯 바라본 공작이 답했다.

"남자의 과거는 묻는 게 아닙니다. 그럴 만한 일도 없었고요."

"흥, 그런 것치고는 대단히 능숙해 보이던데. 뭐, 됐어요. 알아봐야 기분만 나쁘지. 아무튼 그럼 일주일 내내 여기에 온 거예요? 영윤이랑 같이?"

편안하게 자세를 고치며 묻자, 공작은 고개를 끄덕였다.

"네. 전하께서 오셔도 될 만한 곳인지 살펴보기도 하고, 레노아 영윤과의 일도 처리하고요. 겸사겸사 정계 복귀를 원하는 왕당파 가문들도 좀 만나 보고…… 뭐, 그랬습니다. 확실히 은밀한 만남을 가지기에는 이런 곳이 좋더군요."

"그랬구나. 그럼 가문에 일이 있다는 건 역시 거짓말이었던 거예요?"

"음, 네. 집무실에 있자니 자꾸만 맞은편에 앉아서 서류를 읽던 전하의 모습이 떠올라서요. 도무지 일에 집중을 할 수가 없길래, 그냥 궁 밖으로 유출해서는 안 될 문서들만 빼고 전부 집으로 가져오라 했습니다."

"그것 봐. 내가 그럴 줄 알았다니까."

그가 조곤조곤 털어놓는 일상이 몹시 기분 좋게 들렸다. 일주일 내내 허전했던 가슴이 이제야 비로소 꽉 차는 느낌.

따스하게 저를 바라보는 잿빛 눈동자를 마주하자 자꾸만 웃음이 나와서, 밀라이아는 저도 모르게 생글거리며 타박했다.

“내가 그동안 얼마나 섭섭했는지 알아요? 어쩜 그렇게 한 번도 안 나타날 수가 있어요? 환송식 때도 공식 행사가 끝나자마자 휭하니 가 버리고.”

“하지만 그때는 신도 섭섭했는걸요. 그날도 돌아가시는 길에 길리안 대법관과 대화를 나누셨잖습니까. 심지어는 웃어 주기까지 하시고 말입니다.”

“응? 내가 그랬어요?”

“네, 그러셨습니다. 전하의 말씀대로 신은 쪼잔한 남자인지라 하나도 빠짐없이 기억에 담아 두었지요.”

“윽…….”

작게 신음을 삼키자, 그는 깍지 낀 손을 살살 어루만지며 말했다.

“그나저나 슬슬 국서 후보들을 정리해야겠군요. 레노아 영윤은 걱정하지 마십시오. 신이 알아서 잘 처리하겠습니다. 사실 이미 눈치를 챈 것 같기도 하고요.”

“그게 무슨 소리예요? 이미 눈치를 챘다니?”

“그럴 일이 좀 있어서요. 이런 말씀 드리기는 민망하지만 실은 신이 예전에, 음…….”

“아아, 끼 부리지 말라고 했다고요? 나랑 만나고 난 다음에는 뭐 했는지 일일이 다 보고하게 하고.”

순간 멈칫한 공작이 조심스럽게 물었다.

“……들으셨습니까?”

"네. 어찌나 달달 볶는지 아주 죽을 맛이라고, 자기 좀 살려 달라고 하던데요."

"후우. 이것 참, 오늘 여러모로 모양이 빠지는군요. 하긴 신이 전하 앞에서 자존심을 세워 뭘 하겠습니까. 맞습니다. 그랬던 적이 있었죠."

"뭐, 모양 좀 빠지면 어때요? 어차피 내 남자인데."

"내 남자……."

낮게 중얼거린 공작이 그녀를 돌아보았다. 재색 눈동자가 또다시 열기를 품은 채 그녀를 담고 있었다.

"키스해도 됩니까?"

"내 참, 언제까지 일일이 허락을 구할 생각이에요? 무드 없……."

……게 진짜.

채 입 밖으로 내지 못한 말이 어느새 맞닿은 입술 안으로 빨려 들어갔다.

다급하게 혀를 얽어 오는 남자의 목에 팔을 두르며, 밀라이아는 스르르 눈을 감았다.

온몸을 감싸오는 시트러스 향이 무척 달았다. 마치 그와의 입맞춤처럼.

다음 날.

점심때가 한참 지나서야 잠에서 깨어난 밀라이아는 잘 떠지지 않는 눈을 비비며 몸을 일으켰다. 전날 밤을 새우다시피 하며 놀다 들어온 탓에 머리며 몸이 몹시 무거웠다.

'아아, 피곤하다. 그래도 오랜만에 재밌게 잘 놀았으니까, 뭐.'

지난밤의 화려했던 전적을 떠올린 밀라이아가 피식 웃었다.

어차피 가면을 썼으니 딱히 눈치 볼 필요도 없겠다, 그녀는 간만에 실력을 발휘해 도박판을 실컷 휩쓸어 버리고 온 참이었다. 그 바람에 주사위 판에서 처음 불렸던 '행운의 레이디'라는 호칭이 파장 무렵에는 아예 이름처럼 불렸을 정도였다.

처음에는 공작과 마주치기 전에 그랬던 것처럼 행운을 빌려 달라며 그녀에게 은근슬쩍 접근해 오는 남자들도 여럿 있었다. 그렇지만 그들은 전부 매섭게 눈을 빛내는 공작에게 걸려 제대로 수작도 걸지 못하고 쫓겨나고 말았다.

현란한 말솜씨로 남자들을 하나씩 침몰시키던 공작을 떠올리자 왠지 웃음이 나왔다. 이런 말을 하면 화낼지도 모르겠지만, 질투심에 불타는 그는 꽤나 귀여웠으니까.

'그나저나 어제 번 돈은 어찌한다? 출처를 밝힐 수 없으니 궁내부에 줄 수는 없고, 기부나 한번 해 볼까? 첫 번째 대신관한테 주고 왕국민을 위해 써 달라고 하면 대단히 잘 먹힐 것 같은데.'

막판엔 적당히 조절하긴 했어도 생각보다 꽤 많이 따 버린 터라, 기껏 돈을 벌었어도 은근히 처치 곤란이었다.

처음에는 달리아에게 돌려줄까 했으나 그녀는 극구 사양한 터. 기왕 허공에 붕 뜬 돈이라면 필요할 만한 사람들에게 쓰는 것이 나을 듯했다.

밀라이아는 아무래도 대신관에게 편지를 써야겠다고 생각하며 컵에 물을 따랐다. 사절단 파견 때문에 바빠 만남을 미룬 지도 꽤 된 터라 슬슬 한번 연락을 취하긴 해야 했다.

'그나저나 세 번째 뿌리는 어떻게 설득해야 하지? 뭔가 좋은 방법이 없을까?'

곰곰이 고민해 봤지만, 그래 봐야 고작 한 번 본 사람에게 그런 부탁을 할 수 있을 만큼 제가 많은 것을 알고 있을 리가 없었다. 그렇다고 해서 프리무스에게 물어볼 수도 없고.

'아무래도 공작과 상의를 좀 해 봐야겠네.'

어느새 익숙해진 얼굴을 떠올리자 절로 웃음이 나왔다.

승승장구하는 그녀를 보며 본래 도박사였던 건 아니냐고 놀리면서도 슬그머니 칩을 따라 거는 모습도 귀여웠고, 제게 집적거리는 남자들에게 승부욕을 불태우며 게임에 집중하는 옆모습 또한 멋있었다.

그리고 제게 겹쳐 오던 입술은—.

'으으. 미안해요, 글로리아. 당신의 몸으로 그런 짓을 해서.'

뜨거우면서도 달콤했던 입맞춤을 떠올린 그녀가 속으로 중얼거렸다. 본디 페르디난드 공작과 사이가 좋지 않았던, 아니 엄밀하게 얘기하면 서로 싫어하는 사이였던 글로리아가 이 사실을 알면 대단히 어이없어 하지 않을까 싶었다.

'그래도 그동안 꽤 열심히 해 왔잖아요? 그러니 이 정도는 그 대가라고 생각해 줘요. 사실 당신이 싫어한다고 해도 이제는 어쩔 수 없지만요.'

어깨를 으쓱하며 컵을 입가로 가져가는데, 불현듯 입술에서 아릿한 통증이 느껴졌다.

밀라이아는 반사적으로 컵을 내려놓으며 거울을 쳐다봤다. 그러고 보니 막 일어났을 때부터 왠지 좀 열기가 느껴진다 했더니, 도톰한 입술은 분명 오늘따라 평소보다 더 부풀어 올라 있었다.

눈에 띄게 빨간 입술을 보며 그녀가 울상을 지었다.

'어쩌지? 다행히 공식 일정은 없다지만, 시녀들이 보면 분명 알아차릴 텐데.'

혹시나 하는 마음에 미지근한 물로 축여 보았지만, 부풀어 오른 입술은 당연하게도 원상태로 되돌아오지 않았다. 하긴 그렇게 핥고 깨물고 했는데 고작 그것 한 번으로 붓기가 가라앉을 리 없었다.

'난 몰라. 이게 다 공작 때문이야.'

그간 가슴 졸인 것을 보상받기라도 해야겠다는 듯 격렬하게 입술을 탐하던 그를 떠올리며 밀라이아가 빵빵하게 볼을 부풀렸다. 어쩐지 좀 얼얼한 것 같아 슬그머니 뒤로 뺐는데도 끗끗하게 한 번 더 덮쳐 오더니, 결국은 이런 사달을 내고 만 남자가 무척 얄미웠다.

'뭐, 그래도 좋긴 좋았지만…… 모르겠다. 그렇다고 하루 종일 방에 박혀 있을 수도 없으니 최대한 뻔뻔하게 구는 수밖에.'

한숨을 푹푹 쉬며 입술을 만져 본 그녀는 하릴없이 줄을 당겼다.

잠시 후 노크 소리가 들리고 이내 한 사람이 안으로 들어오는 것이 보였다. 클로에였다.

"좋은 아침이에요, 전하! 아, 아침은 아닌가? 어쨌든 안녕히 주무셨어요? 피로는 좀 풀리셨고요?"

"네. 클로에도 잘 잤어요?"

부드럽게 묻자, 클로에는 당연하다는 듯 고개를 끄덕이며 답했다.

"그럼요. 저야 베개에 머리만 붙이면 잠드는걸요. 어라, 그런데 전하 입술이…….”

"……."

순간 클로에의 얼굴이 확 달아올랐다. 밀라이아의 침묵에서 무심코 던졌던 질문의 답을 깨달은 모양이었다.

황급히 그녀에게서 시선을 뗀 클로에가 허둥지둥 창가로 다가갔다.

"나, 날씨가 참 좋네요. 정말 여름날 같……!"

쏴아아아.

열린 창밖으로 비 내리는 소리가 유독 크게 들려왔다.

물끄러미 그쪽을 돌아본 밀라이아가 말했다.

"네, 뭐. 비가 엄청 내리는 게 정말 여름날 같네요."

"아하하, 그렇죠. 역시 여름에는 비도 좀 오고 그래야…….”

횡설수설하며 말을 늘어놓던 클로에가 울상을 지었다.

"힝, 모르겠다. 저어, 전하. 그래서 어제 각하는 잘 만나셨어요? 좋은 시간 보내셨고요?"

발갛게 얼굴을 물들인 와중에도 다갈색 눈동자는 궁금해 죽겠다는 양 반짝반짝 빛나고 있었다.

그 모습을 보자 왠지 웃음이 나왔다. 뭐라 정확하게 표현할 수는 없지만, 하는 행동 하나하나가 정말 클로에답다고나 할까.

"음, 네. 즐거운 시간이었어요."

"그러셨군요. 헷. 각하랑 화해하신 것 같아 다행이에요. 요즘 계속 기분이 안 좋아 보이셔서 다들 걱정이었거든요."

"그랬구나. 누가 그렇게 여를 걱정해 주던가요?"

"그야 당연히 사스테인 영애랑 레노아 영윤…… 핫."

'역시 그런 거였군.'

밀라이아는 황급히 입을 틀어막는 클로에를 보며 슬쩍 입꼬리를 끌어 올렸다. 어쩐지 우연치고는 지나치게 공교로운 일들의 연속이다 싶더라니, 역시 저희들끼리 모종의 음모를 꾸몄던 모양이다.

눈에 띄게 창백해진 얼굴로 그녀의 눈치를 살핀 클로에가 말했다.

"그게요, 전하. 저는 전하를 속이려고 그런 게 아니라, 요즘 영 우울해 보이셔서 어떻게 하면 기분을 풀어 드릴 수 있을까 하고 고민하다가 그만……. 죄송해요. 다시는 안 그럴게요."

"괜찮아요. 오해 같은 거 안 할 테니 얘기해 봐요. 셋이서 뭘 어떻게 한 거예요?"

"아, 안 되는데."

한참을 망설이던 클로에는 밀라이아가 거듭 괜찮다고 얘기하고서야 겨우 입을 열었다.

"그게요, 실은……."

그녀의 말은 이랬다.

사절단 송별연이 열린 직후, 눈에 띄게 기분이 가라앉은 밀라이아 때문에 달리아와 그녀는 걱정이 이만저만이 아니었다.

처음에는 최근 들어 사이가 부쩍 좋아진 왕제의 부재 때문에 허전해서 그러는 줄로만 알았는데, 며칠 뒤 찾아온 레노아 영윤은 그들의 짐작을 산산이 무너뜨려 버렸다. 페르디난드 공작이 달달 볶는 바람에 미쳐 버릴 것 같다며 두 사람에게 협조를 부탁한 것.

그제야 진짜 원인을 깨달은 그들은 일단 그의 계획을 듣기로 했고 —여기서 밀라이아는 '그럼 세 사람 모두 알고 있었단 말이에요?' 하고 물어봤다가 '그동안 그렇게 티를 내셨는데 설마 측근인 저희가 몰랐을까 봐요?' 란 답을 듣고 침몰했다— 꽤 괜찮다는 생각에 동의했다고 한다.

그 후 세 사람이 세운 계획에 따라 영윤은 공작을 최근 들어 귀족들 사이에서 유명해지고 있는 밤 세계의 모임으로 이끌기로 하고, 내내 기회를 엿보던 클로에는 밀라이아에게 사교계의 가십을 늘어놓는 척 공작에 대한 말을 꺼낸 것이었다고.

"하지만 거기가 사스테인가에서 운영하는 곳인지는 몰랐어요. 영애가 한마디도 안 해 줬거든요. 제가 그때 얼마나 놀랐는데요."

"그랬군요. 어쩐지."

그제야 그날 클로에가 그리 놀란 이유를 깨달은 밀라이아가 고개를 끄덕였다.

"뭐, 어쨌든 그건 됐어요. 이미 지나간 일이니까. 그보다 영윤과는 좋은 시간 보냈어요?"

푹 찌르고 들어가는 말에 화들짝 놀란 클로에가 답했다.

"넷? 아, 아뇨! 제가 어찌 감히 국서 후보와……."

"이미 알고 있었다면서요? 그럼 내가 레노아 영윤에게 관심 없다는 것도 알 거 아니에요."

"그, 그건 그렇지만……."

발갛게 달아오른 얼굴로 말을 더듬는 그녀를 보자 한숨이 나왔다. 어차피 말려서 될 수준도 지난 것 같으니, 이제는 적당히 조언이나 해 주는 게 나을 듯했다.

"남의 험담을 하려는 건 아니지만, 클로에도 알다시피 그는 여성편력이 화려한 사람이에요. 여는 클로에가 그런 자에게 마음을 주었다 상처받을까 걱정이 되네요."

"네……."

"하지만 내가 그리 생각한다 하여 두 사람 사이를 방해할 이유는 없죠. 그러니 마음 가는 대로 해요. 단, 모든 일이 정리된 다음에요. 알고 있죠? 지스가의 선례가 생긴 터라, 혹시 무슨 일이 생긴다면 여는 여왕으로서 공정하게 클로에도 벌할 수밖에 없다는 걸."

조곤조곤 이어지는 말에, 클로에가 머뭇머뭇 고개를 들어 그녀를 바라보고는 물었다.

"알고 있습니다. 저어, 그럼 허락해 주시는 건가요?"

"허락하고 말고 할 게 있어요? 클로에의 마음인데."

빙긋 웃어 보이자, 클로에는 기어들어 가는 목소리로 말했다.

"감사합니다, 전하."

"아니에요. 그럼 슬슬 집무실에 갈 준비를 해 볼까요? 공식 일정이 없다고는 해도 일은 해야지요."

"네, 얼른 준비하겠습니다!"

영윤의 일로 기운이라도 난 건지, 오늘따라 유독 빠릿빠릿한 클로에의 도움을 받아 빠르게 준비를 마친 밀라이아는 곧장 집무실로 향했다.

오랜만에 잡아 보는 깃펜의 서늘한 감촉을 느끼며 편지지를 꺼내는데, 기다렸다는 듯 노크 소리가 들리고 이내 페르디난드 공작이 안으로 들어섰다.

결이 좋은 검은 머리카락은 늘 그렇듯 단정하게 정돈되어 있었고, 한 치의 흐트러짐도 없이 갖춰 입은 청회색 예복은 몸에 꼭 맞게 떨어졌다.

오만하게 치켜 올라간 눈꼬리도 굳게 다문 얇은 입술도 모두 평소의 공작과 다름없었지만, 재색 눈동자만큼은 늘 무심하게 가라앉아 있던 평상시와는 달리 따스한 빛을 머금은 채 그녀를 응시하고 있었다.

묘하게 빛이 나는 그 모습에 절로 입가에 미소가 걸렸다.

"앗, 공작. 언제 왔어요?"

"전하께서 일어나셨다는 말을 듣고 곧장 달려오는 길입니다. 간밤은 평안하셨는지요?"

"그럼요. 꿈도 꾸지 않고 잤어요. 공작은요?"

"오랜만에 두 발 뻗고 잤지요. 꿈에서도 전하를 뵈었다는 점이 좀 다르지만요."

싱글거리며 답한 그는 서슴없이 다가와 그녀의 손을 잡아 올린 뒤, 천천히 고개를 숙여 손등에 입을 맞추었다. 통상적으로 허용되는 시간보다 훨씬 더 길게.

한쪽 구석에서 차를 우려내던 클로에가 이쪽을 힐끔거리는 것이 느껴졌다.

슬그머니 힘을 주어 그만하라는 신호를 보냈지만, 그럼에도 꿋꿋하게 입술을 대고 있던 그는 시간이 조금 더 흐른 뒤에야 느릿느릿 손을 놓아주었다. 지난밤의 입맞춤을 연상시키듯 은밀하면서도 유혹적으로 손바닥을 긁어내리면서.

어느새 익숙해진 흐름을 따라 마치 키스를 기다리는 사람처럼 입술이 벌어지는 것이 느껴졌다.

밀라이아는 달콤하면서도 짜릿한 그 감각을 애써 손바닥 안으로 오므려 넣으며 작게 속삭였다.

"뭐 하는 거예요? 보는 눈도 있는데."

"뭐 어떻습니까? 어차피 레티시아 영애도 알고 있는데요."

"그래도 사람이란 때와 장소에 따라 행동을 가릴 줄 알아야 하는 법이라고요."

"이거저거 다 따져서야 어떻게 사랑을 합니까. 그동안 표현 못했던 걸 생각하면 일분일초가 아까운데, 굳이 그런 사소한 일에까지 신경을 쓰고 싶진 않습니다."

매끄럽게 이어지는 말에 혀를 내두른 밀라이아가 말했다. 원래도 달변인 건 알고 있었지만, 이제는 거기에다가 뻔뻔함까지 추가된 것 같았다. 그것도 굉장히 많이.

"……어째 더 뻔뻔해진 거 알아요? 난 능글거리는 남자는 딱 질색인데. 확 무르자고 할까 보다."

"반품 불가입니다, 손님."

"와, 그런 게 어디 있어요?"

"그야 어제 쓴 계약서에 그렇게 되어 있으니까요."

"계약서? 그게 뭐예요? 난 그런 걸 쓴 기억이 없는데?"

싱긋 웃은 남자가 답했다.

"없긴 왜 없습니까. 이제부터 너는 내 남자라며, 신의 입술에 그리도 진하게 입술 도장을……."

"꺅! 미쳤어요, 공작?"

빽 고함을 지르자, 공작은 '아뇨, 지극히 정상입니다만.'이라고 답하며 씩 웃었다. 아직도 기억이 안 나신다면 다시 확인시켜 드릴 수도 있다느니 어쩌느니 하면서.

'들었을까? 들었겠지?'

혹시나 하는 마음에 벽 쪽을 흘낏 돌아보았지만 답은 역시나였다.

밀라이아는 목덜미까지 새빨갛게 변한 채 어쩔 줄 몰라 하는 클로에를 보며 푹 한숨을 내쉬었다. 일어나자마자부터 내내 이게 무슨 짓인가 싶었다.

"……차는 됐으니 이만 나가 봐요. 시킬 일이 있거든 그때 부를게요."

"네, 전하."

푹 고개를 숙여 보인 클로에가 도망치듯 방을 빠져나갔다.

잠시 그 뒷모습을 바라보던 밀라이아는 웃음기 어린 얼굴로 저를 바라보는 공작에게 까딱까딱 손짓을 했다.

"잠깐 이리 와 봐요. 거기 말고 책상 뒤쪽으로."

의심스러운 표정을 지은 그가 물었다.

"뭡니까? 또 무슨 짓을 하시려고……."

"일단 와 봐요. 아니면 내가 갈까요?"

"아닙니다. 제가 가지요."

경계하는 눈빛으로 책상을 돌아온 공작은 그녀에게서 세 발짝 정도 떨어진 거리에 멈춰 섰다.

그럼에도 더 가까이 오라 손짓한 밀라이아는 조심조심 다가온 그가 코앞에 멈춰 섰을 때에야 고개를 끄덕였다. 그러고는 단단한 가슴팍에 얼굴을 묻은 채—.

"읏."

손톱을 세워 등을 꼬집었다.

"내가 하지 말라고 했죠? 듣는 귀도 있는데 왜 그래요, 정말?"

"하지만 좋은 걸 어찌합니까. 마음 같아서는 온 궁을 돌아다니면서, 아니 왕국 전체에다가 전하께서 신의 마음을 받아 주셨다고 고래고래 소리 지르고 싶은 심정이란 말입니다. 하지만 사정이 아직 여의

치 않으니 진실을 알고 있는 사람들 앞에서라도 자랑할 수밖에요."

"……아, 진짜. 화술은 또 어디 가서 더 연습하고 온 거예요? 그것도 하룻밤 사이에."

"글쎄요. 사랑의 힘 아닐까요? 한데 전하."

"왜, 왜요, 또?"

그윽하게 바라보는 눈빛에 저도 모르게 몸을 뒤로 빼며 밀라이아가 더듬더듬 물었다. 어제 마차에서도 저 눈빛에 당한 터라, 지금 그가 무엇을 하고 싶어 하는지 모르려야 모를 수가 없었다.

최대한 의자 등받이에 몸을 붙이는 그녀를 보며 의미심장하게 웃은 공작이 고개를 숙였다.

"입술이 부푸셨군요. 색이 빨간 것이, 열도 좀 오르신 것 같고요."

스윽 올라온 오른손이 부어오른 입술을 부드럽게 어루만졌다.

"평소보다 한층 붉게 물든 것이, 색이 아주 예쁩니다. 굉장히 맛있어 보인다고나 할까요?"

"마, 맛있어 보이다니, 무슨 표현이 그……!"

"그래서 말입니다만, 한 입만 맛봐도 되겠습니까? 아, 이것도 무드 없다고 싫어하시려나요?"

"아, 안 돼요. 내일은 공식 행사만 두 개란 말이에요."

부어오른 입술만큼이나 빨갛게 얼굴을 물들인 밀라이아가 거리를 좁혀 오는 남자를 황급히 밀어냈다. 가뜩이나 이리 부었는데, 여기에다가 한 번의 키스가 더해지기라도 하는 날에는 더 이상 수습이 불가능해질 것이 분명했다.

"그렇습니까? 흠. 아쉽지만 하는 수 없죠."

어제의 일을 봐선 좀 더 밀어붙일 줄 알았는데, 공작은 의외로 담백한 태도로 물러났다.

그 모습을 보자 안심이 되는 한편 묘하게 섭섭한 기분이 들었다. 언제부터 그렇게 제 말을 잘 들었다고 저리 단박에 물러난단 말인가. 무, 물론 안 된다고 그를 밀어낸 건 저였지만 어쨌든.

새쭉한 눈으로 공작을 노려본 밀라이아가 깃펜을 휙 집어 들며 물었다.

"그나저나 웬일이에요, 이 시간에? 혹시 그새 뭔가 일이라도 터졌어요?"

"아뇨. 그냥 전하가 보고 싶어서 왔습니다."

"어……."

잠시나마 섭섭했던 마음을 단번에 날려 버리는 그 발언에 밀라이아가 멍한 표정으로 느릿느릿 눈을 깜빡였다.

"……정말요?"

"신이 이런 걸로 전하를 속여 뭐 하겠습니까. 정말입니다."

비죽 웃음이 나왔다. 보고 싶어서 왔다니, 이거야말로 진짜 연인 같지 않은가.

"그럼 둘이 뭐라도 하고 놀아야 하나요? 근데 나, 할 일 있는데."

책상 위에 펼쳐 둔 편지지를 흘낏 쳐다보자, 공작은 어깨를 으쓱하며 답했다.

"하십시오. 그러실 줄 알고 신도 할 일을 챙겨 왔습니다."

"아, 그래요?"

"네."

가만히 주위를 한번 둘러본 그는 책상 위에 놓인 두 개의 화병을 잠깐 쳐다보다 집무실 한쪽에 놓여 있던 의자를 가져와 맞은편에 앉았다.

"웬 의자예요? 내 집무실에 이런 게 있었나?"

"신이 가져다 두라 했습니다. 왠지 자주 쓸 일이 생길 것 같아서요."

별거 아니라는 듯 답한 남자가 말했다.

"그보다 깃펜 하나만 주시겠습니까? 잉크도 주시면 좋고요."

"잠깐만요. ……자, 여기."

여분의 필기구를 꺼내 내밀자, 공작은 가져온 서류를 펼쳐 들며 말했다.

"전하께서 신을 찾아오셨을 때가 생각나는군요. 그때도 이렇게 마주 앉아 일을 했는데 말입니다."

"그랬죠. 누구누구 씨가 하루 종일 사람을 굶기는 바람에 힘들었죠, 아마?"

새침한 대답에 남자가 슬쩍 미소 지었다.

"그게 다 전하께서 사람을 심란하게 만드셔서 그런 것 아닙니까. 언제 적 일을 아직도 꺼내십니까? 신보고 쪼잔하다 하시더니 전하께서도 만만치 않으신 것 같습니다."

"이익, 아니거든요? 됐으니까 일이나 해요."

눈꼬리를 확 치켜뜬 밀라이아가 깃펜에 잉크를 적셨다.

작은 웃음소리가 들리는가 싶더니, 이내 펜촉이 사각거리는 소리가 너른 공간을 울렸다. 누가 일중독 아니랄까 봐 그새 집중하기 시작한 모양이었다.

밀라이아는 뚝뚝 떨어지려는 잉크를 황급히 수습한 뒤 편지지에 펜을 가져갔다. 그런 다음 걱정과 염려를 담뿍 담아 왕제에게 보내는 답장을 작성해 꼼꼼하게 봉했다. 그간의 부단한 연습 끝에 이제는 완벽하게 글로리아의 필체를 흉내 낼 수 있었으므로, 그에게 서신을 보낸다 해서 문제될 건 없었다.

새 편지지를 꺼내 대신관 프리무스에게 보내는 편지를 적기 시작한 그녀는 새로운 일감을 찾았는데 하겠냐며, 보수는 늘 그랬듯 듬뿍 주겠다는 내용까지 쓰다 잠시 깃펜을 내려놓았다. 그러고 보니 공작이 오면 상의해 봐야겠다 생각해 놓고 잊고 있었던 일이 떠올랐기 때문이다.

"저기, 공작?"

"말씀하십시오."

"혹시 대신관 테르티우스에 대해 좀 알아요?"

난데없는 질문에 서류에서 시선을 뗀 남자가 그녀를 바라보았다.

"테르티우스라면, 최근에 수도로 들어온 그 대신관 말씀이십니까?"

"네, 맞아요."

아무래도 얘기가 길어질 거라 생각한 듯, 공작이 깃펜을 내려놓고는 말했다.

"글쎄요. 좀 독특한 인물이라는 얘기는 전해 들었습니다만, 그것 외에 딱히 더 들은 건 없습니다. 한데 갑자기 그건 왜 물으십니까?"

"그냥, 전염병 문제도 그렇고 지난번에 얘기해 준 레드드래곤의 분노 문제도 그렇고, 여차하면 대신관의 조력을 좀 얻어 볼까 해서요. 한데 그런 부탁은 맨입으로 할 수가 없잖아요? 그렇다고 신전을 끼고 하기에는 좀 찜찜하고."

미리 생각해 두었던 답을 꺼내자, 공작은 그도 그렇다는 듯 고개를 끄덕였다.

"하긴 그렇지요. 그러고 보니 그 신전 말입니다만, 듣자 하니 그들이 뭔가를 찾고 있다고 하더군요. 워낙 쉬쉬하고 있는 문제라 그것 외에는 더 알아낸 바가 없으나, 전하께 접근한 걸 보면 왕실에서 갖고 있는 뭔가를 노리는 건 아닐까 싶습니다."

"……그래요?"

"네. 한데 전하."

손가락으로 톡톡 책상을 두드린 그가 물었다.

"대신관들을 계속 주변에 불러 모으시는 진짜 이유가 뭡니까? 전염병이라든가 레드드래곤의 분노 같은 표면적인 이유 말고요."

"……네?"

'헉, 어떻게 알았지?'

다짜고짜 너는 누구냐고 물었을 때와 똑 닮은 눈빛이 저를 바라보고 있었다.

예리하게 빛나는 눈동자를 마주 바라본 밀라이아가 숨을 크게 들이쉬었다. 보아하니 적당한 핑계를 대고 넘어가기는 그른 것 같았다.

하나 그렇다고 해서 소원의 돌에 대해 얘기해 줄 수도 없는 노릇이었으므로, 그녀는 몰래 한숨을 내쉬고는 답했다.

"그건 알려 줄 수가 없겠는데요."

"그렇습니까?"

"네. 공작의 말대로 다른 이유가 더 있는 건 맞아요. 하나 그게 뭔지 말해 줄 순 없어요. 미안해요."

밀라이아는 최대한 자분자분하게 거절 의사를 표했다.

아무리 마음을 나누는 상대라 하더라도 소원의 돌에 대한 것을 알려 줄 수는 없었다. 그것은 왕실의 비밀이었으니까. 그것도 오랜 세월 국왕 및 그 후계자들에게만 전해져 내려왔던 기밀 중의 기밀.

"그렇군요. 알겠습니다."

'어라?'

그게 무슨 소리냐고 묻거나 적어도 섭섭해하는 기색은 보일 거라고 생각했는데, 돌아온 것은 예상 밖으로 담백한 대답이었다.

고개를 갸웃하며 바라보자, 내려놓았던 깃펜을 도로 집어 든 공작이 태연한 목소리로 말했다.

"그리 눈치를 보실 필요는 없습니다. 전하께서는 단지 공과 사를 구분하신 것뿐이 아닙니까. 신도 그 정도 분별은 할 줄 압니다."

"어…… 이해해 줘서 고마워요."

"아니요. 연인 사이라 하여 생각 없이 말씀해 주셨다면 오히려 화냈을 겁니다. 그런 걸로 서운해할 일은 없으니 심려치 마십시오."

우아한 손놀림으로 펜촉에 잉크를 적신 그가 말을 이었다.

"대신 전하께서도 그런 상황이 왔을 경우 신에게 서운타 생각지 마셔야 합니다. 물론 사적인 비밀은 빼고요."

"물론이죠."

그제야 안심한 밀라이아가 배시시 웃었다.

미소 짓는 그녀를 보며 눈꼬리를 휜 공작이 말했다.

"그럼 이제 말씀해 주시겠습니까? 전하의 진짜 이름이 뭔지."

"……뭐라고요?"

"진짜 이름이요. 애칭 말고 풀네임 말입니다."

"……."

갑자기 말문이 막혔다. 답을 해 줄 수 없어서가 아니라, 너무 황당해서.

"그거, 한 한 달쯤 전 얘기 아니에요?"

"아마 그럴걸요. 말씀드렸잖습니까? 신은 일단 눈길을 주면 절대로 놓지 않는 성격이라고요. 한데 한 번 든 의문이라고 다를 게 있겠습니까?"

"와, 정말 대단하다……."

다시 한번 눈앞의 남자와 적으로 만나지 않아서 다행이라는 생각이 들었다. 치밀한 데다 집요하기까지 한 남자가 적이라니 상상만 해도 끔찍했다.

할 말을 잃고 입만 벙긋거리는 그녀를 보며 씩 웃은 공작이 말했다.

"좀 전에 사적인 것들은 비밀에서 빼기로 하셨잖습니까. 그러니 말씀해 주십시오. 전하의 진짜 이름이 뭡니까?"

"……지난번에 공작이 한 번 맞혔던 이름이에요. 밀라이아. 밀라이아 데 루아."

여기서 더 버텨 봐야 소용없을 것 같아서, 밀라이아는 기운 빠진 목소리로 순순히 답했다.

묘한 표정을 지은 공작이 말했다.

"밀라이아라. 그랬군요. 밀라 님이라고만 들어서 풀네임이 무엇일지 무척 궁금했는데, 설마 그게 진짜 이름일 줄은 몰랐습니다."

"흐응. 그래서 만족해요?"

"네. 밀라이아, 밀라이아라……. 예쁜 이름이로군요. 전하와 잘 어울립니다."

본디 밀라이아라는 단어는 고어古語로 어둠 속 한 줄기 빛이라는 뜻. 한데 그 이름이 제게 잘 어울린다니 왠지 좀 부끄러웠다.

괜스레 입술을 삐죽 내민 그녀가 말했다.

"언제는 나 같은 사람이랑 어울리지 않는 이름이라더니?"

"당연히 농담이었지요. 애초에 전하와 어울리지 않는다 생각했다면 신이 왜 그 이름이 맞느냐고 여쭈었겠습니까? 하물며 잘 쓰이지도 않는 고어를요."

매끄럽기 짝이 없는 답변에 얼굴이 달아올랐다.

손으로 슬그머니 뺨을 감싼 밀라이아가 말했다.

"……둘만 있을 때는 이름으로 불러도 좋아요. 애칭이나."

"감사합니다, 밀라 님. 하면 신도 에른이라고 불러 주십시오."

"그래요, 에른."

생글거리며 답하자, 남자는 그녀를 향해 부드럽게 미소를 지어 보이고는 멈췄던 깃펜을 다시 움직이기 시작했다.

'어라, 그러고 보니 성에 대해선 아무것도 묻지 않네? 언제는 뭐 하시던 분이냐고 그렇게 궁금해하더니.'

의아한 눈으로 쳐다보았지만, 공작은 그새 일에 다시 집중한 듯 서류에 눈길을 고정한 채 뭔가를 열심히 적고 있었다.

그 바람에 하릴없이 깃펜을 집어 든 밀라이아는 채 완성하지 못했던 서신을 마저 작성한 뒤 슬쩍 한숨을 쉬었다. 막 여왕의 몸에 들어왔을 때를 제외하고는 늘 이런저런 업무에 치여서 살았기 때문인지 할 일이 없다는 사실이 왠지 어색했다. 혹시 뭔가 빠뜨린 건 없을까 괜스레 깔끔한 책상 위를 뒤적거리게 될 정도로.

그 모습이 신경 쓰이기라도 한 걸까? 맞은편에서 열심히 깃펜을 놀리던 공작이 물었다.

"어찌 그러십니까?"

"그게, 할 일이 없어서요."

"할 일이 없으면 좋아하셔야지, 왜 그리 어쩔 줄 몰라 하고 계십니까. 가만히 보면 밀라 님께서도 어지간히 일중독이십니다."
타박하듯 말한 공작이 제가 보던 서류를 톡 건드리며 물었다.
"하면 이거라도 같이 보시렵니까? 저도 이게 마지막이라서요."
"응. 사실 나 아까부터 무척 궁금했어요. 뭘 그렇게 열심히 보나 하고."
생글거리며 그가 앉은 쪽으로 돌아온 밀라이아가 허리를 숙여 서류를 들여다보았다.
그 바람에 두 사람의 머리가 맞닿을 듯 가까워졌다. 금색과 검은색 머리카락이 허공에서 하나로 얽혀 들며 어둡고 밝은 그림자를 만들었다.
"어라? 이거, 사절단에서 보내온 거네요? 벌써 1차 보고서가 온 거예요?"
"아뇨. 실은 이게 세 번째 보고서입니다. 각 계파가 섞여 있다 보니 아무래도 문제가 발생하기기 쉽겠다 싶어서, 되도록 사흘 간격으로 보고서를 보내라 했거든요."
"그랬군요. 어디 보자……. 흠, 별건 없네요. 대공자도 아직까지 얌전한 것 같고요. 하긴 아직 왕국을 벗어나지도 못했으니까."
전체적인 내용을 다시 한번 빠르게 훑으며 말하자, 공작은 가볍게 수긍했다.
"네. 벌써부터 사고를 쳐서는 곤란하니 철저히 감시하는 중입니다. 아마 삼공자도 그러고 있을 테고요."
"하긴. 오죽하면 길리안 공작이 삼공자를 붙여서 보냈겠어요? 그런 자를 지금껏 후계자 경쟁에 둔 것만 해도 용하지."
무심하게 답하는데, 문득 한 가지 기억이 떠올랐다. 사절단이 떠나던 날, 환송식을 위해 자리를 옮기는 그녀를 가로막은 대공자가 떠들었던 이야기가.

—전하께서 무슨 짓을 하신지 아십니까? 지난 십오 년 동안 제가 그 자식의 광기를 억누르기 위해 얼마나 열심히 감시했는지 아시느냔 말입니다. 한데 국서 후보라니요. 그것 때문에 그 자식이 통제에서 벗어나기 시작한 건 아십니까?

—무슨 소리예요, 그게? 하면 길리안 대법관이 미치기라도 했다는 소리예요?

—보면 모릅니까? 어제 전하를 바라보는 눈빛을 보니 이미 반쯤 돌았던데요. 그래도 삼 년을 따라다닌 정으로 충고해 드리건대, 앞으로는 몸조심하시는 게 좋을 겁니다. 험한 꼴을 보기 싫으시다면요.

거만하기 짝이 없는 목소리를 떠올린 밀라이아가 손가락으로 머리카락을 뱅글뱅글 돌렸다.

대공자의 말에 따르면 길리안 대법관이 뭔가 이상하다는 건데, 아무리 그렇기로서니 설마 그 자신보다 문제가 있을까 싶었다.

게다가 그는 루시어스에게 국서 후보 자리를 빼앗긴 이후로 대단히 격노하는 모습을 보여 주지 않았나. 그러니 이런 식으로 모함해 그녀와의 사이를 갈라놓으려 한다 해도 무리는 아니었다.

'하지만 그날따라 눈빛이 좀 싸했던 것도 사실이지. 손목을 꽉 움켜쥐고 놔주지 않던 것도 그렇고.'

저를 바라보던 분홍색 눈동자를 떠올리며 그녀가 눈썹을 찌푸렸다.

생각할수록 참 웃기는 형제 사이다 싶었다. 아무리 계승권을 사이에 두는 순간 남보다 못한 게 동기간이라지만, 따로 지침까지 내려가며 형을 감시하는 동생과 제게 쪼르르 달려와 동생을 험담하는 형이라니.

'아무래도 이 건은 달리아에게 부탁해 봐야겠군.'

아직까지는 그녀보다야 공작이 더 믿음직스러웠지만, 그에게 얘기했다가는 설사 대공자의 말이 거짓이었다 하더라도 진실로 탈바꿈해서 가져올 가능성을 무시할 수 없었다.

고개를 한쪽으로 기울인 공작이 물었다.

"무슨 생각을 그리 하십니까? 보고서에 뭔가 걸리는 내용이라도 있으신지요?"

"아, 잠깐 사절단에 대해 생각하고 있었어요. 대공자도요."

대수롭지 않게 답하자, 그는 이해했다는 듯 말했다.

"그랬군요. 걱정 마십시오. 정 안 되면 숙부님에게 따로 부탁해 둔 것도 있으니까요."

'이것 봐. 역시 공작이나 나나 이런 쪽으로는 사고가 비슷하다니까.'

소리 없이 웃은 밀라이아는 잠시 망설이다 입을 열었다.

"알겠어요. 그런데요, 공작. 이건 좀 미안한 얘기인데……."

"말씀하십시오."

"아무래도 이따가 길리안 대법관을 한번 찾아가 봐야 할 것 같아요. 지난 송별연 때 밀려난 일로 사교계가 꽤나 시끄러운 모양이라, 자존심을 좀 달래 줄 필요가 있어서요."

순간 잿빛 눈동자가 차갑게 굳는 것이 보였다.

슬그머니 눈치를 살피는 그녀를 보며 한숨을 푹 내쉰 그가 말했다.

"하는 수 없지요. 솔직히 마음에는 안 들지만, 길리안가를 끌어내리지 않는 한 밀라 님과 제 사이는 비밀로 해야 할 테니까요."

"그렇죠. 미안해요."

"아닙니다. 전부 제때 청혼하지 못한 제 탓이지요. 너무 마음 쓰지 마십시오. 밀라 님께서도 어쩔 수 없는 일이잖습니까."

그녀를 안심시키려는 듯 담담하게 답한 공작이 보드라운 손을 잡아 올려 가볍게 입을 맞추었다.

"대신."

"대신?"

"길리안가를 치워 버리는 순간 바로 공표할 겁니다. 제가 당신의 진짜 남자라고요."

망설임 없이 선언하는 말에 흠칫 몸이 굳었다.

"하지만 그건……."

"쉬잇. 밀라 님께서는 현재만 생각하시기로 약속하셨잖습니까. 미래의 일은 제게 맡겨 두십시오."

"……알았어요."

하릴없이 답하자, 오만하게 치켜 올라간 눈매가 부드럽게 휘는 것이 보였다.

왠지 찔리는 기분에 슬그머니 시선을 내리는데, 보고서 사이에 꽂혀 있는 종이 한 장이 눈에 들어왔다. 오직 그것만이 하나로 철이 되어 있지 않고 낱장으로 떨어져 있었던 것.

'이건 뭐지?'

무심코 종이를 빼 든 그녀가 눈을 가늘게 떴다. 가장 위에 적혀 있는 제목부터 심상치 않았기 때문이다.

연인과 함께하고 싶은 백 가지 일

끝없이 이어지는 목록을 보며 황당한 표정을 지은 밀라이아가 물었다.

"이게 뭐예요, 에른?"

"거기 적혀 있잖습니까. '연인과 함께하고 싶은 백 가지 일'이라고요."

"그럼 아까부터 적던 게 이거였어요? 난 또 되게 열심히 일한다고 생각했더니."

헛웃음을 짓자, 그는 몹시 당당한 얼굴로 말했다.

"이것도 무척 중요한 일입니다. 하루에 한 가지씩만 한다 해도 무려 백 일이 걸리잖습니까? 미리미리 짜 두지 않으면 곤란합니다."

"허……."

분명히 일을 저지른 건 그인데 왜 부끄러움은 그녀의 몫인지 알 수가 없었다.

할 말을 잃고 입술만 벙긋거리자, 공작은 싫으면 말라는 듯 손을 내밀었다.

"안 보실 거면 이리 주십시오. 아직 덜 적었습니다."

"……아냐, 볼 거예요."

"뭐, 그럼 그러시든가요."

"아, 정말. 공작, 원래 이런 사람이었어요? 어제부터 진짜 적응 안 되는 거 알아요?"

밉지 않게 그를 흘겨본 밀라이아가 목록을 펼쳐 들었다.

1. 정식 연인으로 세상에 공표하기
2. 서로를 애칭으로 부르기
3. 마음을 담은 정표 주고받기

.

.

.

.

67. 머리카락 손에 감아 보기

"이건 뭐예요? 머리카락을 손에 감아 보다니?"

그녀가 짚어 주는 부분을 흘낏 쳐다본 공작이 답했다.

"왜, 그거 있잖습니까. 밀라 님께서 뭔가를 고민하실 때마다 하는 버릇이요."

"아아, 이거요?"

손가락으로 머리카락을 뱅글뱅글 돌려 보이자, 공작은 맞는다는 듯 곧장 고개를 끄덕였다.

"네, 그거요. 실은 그리하시는 모습을 볼 때마다 궁금했거든요. 어떤 느낌인지 말입니다."

갑자기 웃음이 터져 나왔다.

'아, 진짜. 이 남자, 왜 이렇게 귀엽지?'

세상 진지한 얼굴로 이런 목록이나 작성하고 있던 것도, 정말 백 가지를 채울 기세로 온갖 사소한 일들을 쭉 적어 둔 것도, 그리고 무엇보다 머리카락을 휘감는 게 어떤 느낌일지 궁금했다는 좀 전의 이야기가 너무 귀여웠다. 여태껏 그녀가 보아 왔던 모습은 뭐였나 싶을 정도로.

키득거리고 웃은 밀라이아가 머리를 내밀었다.

"자, 해요, 해. 어려운 것도 아니고."

"감사합니다. 하면 여기 잠시 앉아 주시겠습니까?"

정중하게 고개를 숙여 보인 남자가 좀 전까지 서류가 놓여 있던 책상 위, 즉 그와 마주 보는 자리를 톡톡 두드렸다.

"고작 머리카락 한번 만져 보는 일에 준비가 뭐 이리 거창해요? 어쨌든 알았어요. 그러죠, 뭐."

웃음기 어린 목소리로 답한 밀라이아는 그가 시키는 대로 순순히 책상 위에 앉았다.

그제야 의자에서 천천히 일어난 공작이 왼손으로 책상을 짚었다. 입가에 의미심장한 미소를 머금은 채로.

'어라?'

뭔가 이상하다는 느낌에 눈을 동그랗게 뜨는 순간, 부드럽게 눈매를 휜 남자가 그녀를 향해 손을 뻗었다.

기다란 손가락이 머리카락을 사이에 끼고 어루만지듯 느릿느릿 아래로 내려갔다. 그러고는 쇄골 부근에 이르러서야 천천히 한 바퀴, 그리고 또 한 바퀴를 뱅글뱅글 돌리며 휘감기 시작했다.

'뭐, 뭐야, 이거?'

조금 남아 있던 웃음기가 급속도로 사그라졌다.

그의 손이 닿는 부분마다 오싹한 전율이 느껴졌다. 머리카락이 그리 민감한 감촉을 느낄 수 있을 거라고는 한 번도 생각해 본 적이 없었는데, 사르륵사르륵 소리가 들려올 때마다 자꾸만 몸이 움찔거렸다.

어느새 코앞까지 가까이 다가온 공작이 숨을 색색 몰아쉬는 그녀에게 속삭였다.

"입술은 안 하겠습니다. 걱정 마십시오."

"뭐……!"

튀어나오던 목소리가 힘없이 허공으로 흩어졌다. 휘감았던 머리카락을 풀어 준 손이 손가락을 전부 펼친 채 느릿느릿 뿌리부터 끄트머리까지 쓸어내렸기 때문이다.

발끝까지 퍼지는 짜릿한 느낌에 저도 모르게 몸이 바르르 떨렸다.

망설임 없이 다가온 입술이 이마 위에 나붓이 내려앉았다.

이마에서 눈두덩과 발갛게 달아오른 뺨 위를 지나쳐 턱으로 미끄러진 그것은 제가 내려온 경로를 반대로 돌아 또다시 이마 위에 멈췄다. 그러고는 어찌할 바를 모르고 떠는 연인의 콧대를 달래듯 어루만진 뒤, 도톰하게 부풀어 오른 입술 위로 당연하다는 듯 내려앉았다.

쪽.

"……!"

감겼던 눈이 번쩍 뜨였다.

그래도 양심은 있는지 가볍게 닿기만 하고 떨어진 남자를 쏘아보며 밀라이아가 말했다.

"이 거짓말쟁이. 입술은 안 한다면서요?"

"이런, 의외로 순진한 구석이 있으시군요. 원래 남자의 말은 믿는 게 아닙니다. 특히 이런 짓을 할 때는 말이지요."

"씨이, 몰라요. 나 이제 갈 거야."

단단한 가슴을 확 밀친 밀라이아가 책상 밑으로 내려섰다.

새근거리는 그녀의 허리를 부드럽게 휘감은 공작이 속삭였다.

"화내지 마십시오. 너무 예뻐 보이셔서 그랬습니다."

"흥, 내가 그런다고 넘어갈 줄 알아요?"

"물론 아니지요. 그래도 잠시만 기다리십시오. 머리카락이 흐트러졌거든요. 목걸이도 삐뚤어졌고요."

달래듯 조곤조곤 말을 건넨 남자가 담백한 손길로 머리카락을 매만져 주었다. 좀 전의 일이 명백한 유혹이었다는 방증.

눈을 가늘게 뜨자, 그는 아차 하는 표정으로 서둘러 목걸이의 위치를 바로잡아 준 뒤 말했다.

"이제 완벽합니다. 가시지요. 최고법원 앞까지 모셔다 드리겠습니다."

"……나중에 봐요. 그냥 안 넘어갈 거야."

입술을 삐죽인 밀라이아가 그가 열어 주는 문밖으로 향했다.

에스코트하는 척 부드럽게 그녀의 오른손을 감싸 쥔 공작 역시 방을 나섰다.

탁, 문이 닫혔다.

삼십 분 뒤.

"창공의 드높음을 경배하라. 루시어스 라 길리안이 고귀하신 여왕 전하를 뵙습니다."

"오랜만이에요, 길리안 대법관."

밀라이아는 정중하게 허리를 숙여 보이는 청년을 향해 애써 미소를 지었다.

"한데 옷이 법복이네요? 혹 여가 업무를 방해한 건가요?"

"아닙니다. 막 마친 참이었습니다. 그리고 전하께서 오신다는데 당연히 달려와야지요."

"그렇다면 다행이네요. 공연히 바쁜 사람을 부른 건 아닌가 잠시 걱정했거든요."

관찰하는 빛을 숨기며 가만히 바라보자, 어느새 평상시처럼 따뜻하게 돌아온 눈동자가 그녀를 응시하는 것이 보였다. 시선이 마주치자마자 곧바로 움찔하며 다른 곳을 쳐다보는 것도.

서둘러 고개를 숙인 청년이 말했다.

"지난 연회에서는 대단한 결례를 저질렀습니다. 용서하여 주십시오."

"……괜찮아요. 솔직히 좀 놀라긴 했지만요."

"죄송합니다. 신이 한순간의 감정을 조절하지 못하는 바람에 그만……."

가만가만 이어지는 청년의 말은 더는 못 참겠노라며 마음을 고백해 오던 공작의 그것과 거의 비슷했지만, 이상하게도 그녀에게는 그 둘이 무척 다르게 들렸다. 어쩌면 그것은 싱긋 웃는 공작의 얼굴을 떠올려서일 수도 있고, 아니면 실제로 그 안에 담긴 무언가가 달랐기 때문일지도 모른다.

미묘한 표정을 짓는 그녀에게 다시 한번 고개를 숙여 보인 청년이 꽃다발을 내밀었다. 언뜻 보면 새까맣게 보일 정도로 검붉은 장미 꽃다발이었다.

"전하께서 오신다기에 부랴부랴 준비한 것입니다. 부디 성의를 생각하시어 가납해 주십시오."

“……고마워요, 길리안 대법관. 참 예쁜 꽃다발이네요.”

밀라이아는 의아한 마음 반 떨떠름한 기분 반으로 꽃다발을 받아 들었다.

물론 늘 재스민으로 가져올 필요는 없었지만, 굳이 어떤 꽃을 좋아하느냐며 물어 갔던 사람이 장미꽃을 내미는 모습에서 왠지 모를 위화감이 느껴졌던 것이다. 게다가 죽은피를 연상시키는 저 색깔은 또 뭐란 말인가?

‘왜 하필이면 흑장미지? 시간이 없어서 그랬나? 아무리 그래도 선물용으로 보통 흑장미는 잘 안 고르지 않나?’

영 애매한 기분이 들었지만, 어쨌거나 예의를 차리지 않을 수는 없었다.

가만히 꽃다발을 들여다본 그녀는 개중 좀 밝아 보이는 장미 한 송이를 뽑아 들었다.

그 순간, 갑자기 따끔 하는 느낌과 함께 손가락에서 화끈한 열기가 느껴졌다.

“아얏!”

저도 모르게 장미를 놓은 밀라이아가 반사적으로 손가락을 감쌌다. 새하얀 손가락 위에 붉은 피가 꽃잎처럼 피어오르고 있었다.

“전하!”

서둘러 자리에서 일어난 청년이 품에서 손수건을 꺼내 들었다.

당황한 기색이 역력한 그 모습에 일단 천 조각을 받아 든 밀라이아가 말했다.

“괜찮아요. 가볍게 찔린 것뿐인데요, 뭐. 봐요, 벌써 피도 멎었잖아요?”

안심하라고 보여 준 것뿐이었는데, 청년은 오히려 더 사색이 된 얼굴로 황급히 무릎을 꿇었다.

“송구합니다, 전하. 감히 전하께 위해를 가한 신을 벌하여 주십시오.”

“됐어요. 장미 가시가 한두 개도 아니고, 뭐 이만한 일에 무릎까지 꿇고 그래요? 괜찮으니 그만 앉아요.”

가볍게 손을 저은 그녀는 그의 눈이 여전히 제 얼굴에 못 박혀 있는 것을 보고는 혀를 찼다. 물론 갑작스러운 일에 조금 놀라기는 했지만, 그렇다고 해서 고작 요만한 일로 뭘 또 저렇게까지 나오나 싶었다.

—혹시 첫눈에 반했다고 안 하던가요? 전하께서는 딱 그 자식이 좋아할 만한 여자거든요. 작고 연약하고 불쌍한.

문득 떠오르는 대공자의 목소리에 그녀는 고개를 한쪽으로 기울였다.

‘어라. 그러면 여기서 호들갑을 떨었어야 하는 건가? 유약한 글로리아라면 그랬을 테니까?’

하지만 칼에 찔려 죽을 뻔했음에도 다 낫지도 않은 몸으로 돌아다니던 걸 생각해 보면 꼭 그렇지도 않은 것 같았다.

알쏭달쏭한 기분에 눈을 두어 번 깜빡인 그녀가 말했다.

“뭐, 그건 그렇고……. 지난 연회의 일로 사교계에서 말이 많다는 소문은 들었어요. 미안해요. 여가 본의 아니게 길리안 대법관에게 피해를 입혔군요.”

“……아닙니다. 뜻이 있어 하신 일에 신이 감히 왈가왈부할 수는 없지요.”

"이해해 줘서 고마워요. 길리안 대법관은 정말 상냥한 사람이군요."

최대한 나긋나긋하게 웃어 보인 밀라이아가 이어 말했다.

"그래서 말인데…… 길리안 대법관은 뭘 좋아해요? 지난 일에 대해 사과도 할 겸 그동안 받았던 것에 대한 답례도 할 겸, 뭐라도 선사하고 싶어서요."

서둘러 손사래를 친 청년이 말했다.

"아, 아닙니다, 전하. 굳이 그렇게까지 신경 써 주실 필요는 없습니다. 신은 이미 전하께 많은 것을 받은걸요."

"네? 여한테요?"

"그렇습니다. 일전에 신을 국서 후보로 삼아 달라 청하면서 드렸던 말씀을 기억하십니까? 신을 국서나 그에 근접한 위치로 만들어 주신다면, 길리안가의 절대적인 충성을 바치겠다 말씀드렸던 것 말입니다."

진중하게 이어지는 말을 들은 밀라이아가 고개를 끄덕였다.

"네. 기억나요. 하면……."

"맞습니다. 어제 아버님이 그러시더군요. 사절단이 돌아오고 나면, 둘째 형님을 제외한 셋 중에서 본격적으로 후계자를 정하겠다고요."

'오, 이공자는 탈락이구나. 그래도 대공자를 빼지 않은 건 좀 의외네. 말은 누구든 상관없다 해도 역시 장자라 이건가? 그렇게 사고를 쳐도 계속 기회를 주는 걸 보면 말이지.'

속으로 중얼거리는데, 잠시 숨을 고른 청년이 계속해서 말을 이었다.

"물론 사절단에서의 성과에 따라 조금 갈리기는 하겠지만, 그래도 신의 생각으로는 꽤 승산이 있을 것 같습니다. 전하께서 그새 신을 버리거나 하지 않으신다면요."

"네? 버리다뇨?"

"어찌 그리 놀라시는지요? 농담입니다."

밀라이아는 희미하게 미소 짓는 청년을 가만히 바라보았다.

'혹시 뭔가를 알아채서 저런 말을 하는 건 아니겠지?'

하지만 아무리 살펴봐도 분홍색 눈동자는 고요하기만 했다.

정중하게 고개를 숙여 보인 그가 말했다.

"감사합니다, 전하. 그때 전하께서 형님을 택하셨다면 신에게 오늘 같은 기회는 오지 않았을 겁니다. 베풀어 주신 은혜, 결코 잊지 않겠습니다."

"아니에요. 여가 뭐 한 게 있나요."

왠지 좀 찔리는 기분이었지만, 어쩌면 이게 그에게 그나마 조금이라도 보상할 수 있는 길이라는 생각도 들었다.

어차피 페르디난드 공작의 계획이 먹힌다면 대공자와 삼공자의 입지는 대단히 불리해질 터. 그렇다면 길리안가의 후계자 자리는 자연스럽게 그에게 돌아갈 테니, 이후 국서 후보 자리에서 물러난다 하더라도 그렇게까지 심한 타격은 없지 않을까.

물론 어디까지나 그녀의 생각일 뿐인 데다 막상 일이 그리될 경우 이 몸을 사랑한다 말하는 그가 어찌 나올지는 모르는 일이었지만, 그러면 그나마 글로리아에게도 덜 미안할 것 같았다.

'어휴, 힘드네. 레노아 영윤이야 처음부터 서로 마음이 없는 걸 확인했으니 괜찮다지만, 길리안 대법관은 그게 아니니 원. 게다가 겉으로 표현하지 못해서 그렇지, 실은 글로리아와 서로 좋아했던

자이기도 하고.'

사실 그런 사람치고는 아직까지도 사랑하는 여인의 알맹이가 바뀐 것을 모른다는 게 좀 이상하긴 했지만, 누구도 사람의 영혼이 바뀔 수도 있다는 생각은 쉽게 하지 못할 테니 뭐라 하기가 애매했다. 기껏해야 성격이 심하게 많이 바뀌었다고 생각하는 정도겠지.

'그러고 보면 공작도 정말 대단하단 말이야. 아무리 그런 기록을 봤어도 그렇지, 어떻게 딱 한 번 보고 사람이 바뀐 걸 알아차린 건지 원.'

"어쨌든 축하해요. 부디 좋은 결과가 있길 바라요."

"감사합니다, 전하."

정중하게 고개를 숙여 보인 루시어스가 문득 생각났다는 듯 말했다.

"참, 말씀 드리는걸 깜빡하고 있었습니다만, 그 광인 말입니다."

"네, 그자가 왜요?"

혹시 뭐라도 새로 나온 게 있나 싶어 묻자, 청년은 손가락으로 턱을 문지르며 말했다.

"죽었습니다. 내내 헛소리만 늘어놓으며 식음을 전폐하더니, 이틀 전 벽에 스스로 머리를 부딪쳐 생을 마감했다 하더군요. 전하께서 그에게 꽤 신경을 쓰셨던 것 같아 뒤늦게나마 말씀드립니다."

"……그렇군요."

아쉬웠다. 점점 더 상태가 심해진다기에 제대로 된 답을 듣기 어려울 거라 생각은 했지만, 그래도 만에 하나가 있다는 생각에 계속 살려 두라 명했던 자였는데.

'그럼 이젠 정말 만일의 사태를 대비해 감시 인원을 상주시켜 두는 방법밖에 없나? 무연탄 개발도 해야 되는데 무작정 출입을 통제

할 수는 없으니.'

저도 저이지만, 아무래도 에드워드가 돌아오면 반드시 이 일을 언급해 줘야겠다 싶었다. 레드드래곤의 분노는 왕국의 미래가 걸린 중대한 사안이었으니까.

"한데 전하."

"네?"

"앵무새는 잘 지내고 있습니까? 지난번에 봤을 때는 상당히 회복된 것처럼 보이기는 했는데, 이제 날개 뼈는 다 붙었나 궁금해서요."

순간 보랏빛 눈이 가늘게 뜨였다. 그저 단순한 우연의 일치겠지만, 그날 그를 만나고 난 뒤 봤던 앵무새의 모습이 떠오른 탓이다.

'분명 그날 이후로는 또 목의 깃을 잡아 뽑거나 하는 일이 없었단 말이지.'

"네, 이제 붕대도 다 풀었어요. 모이도 잘 먹고 활발하게 놀고요."

"그렇군요. 다행입니다."

고개를 끄덕이는 남자를 가만히 바라보던 그녀는 문득 생각났다는 양 말했다. 매번 이리 별다른 결론도 없이 빙빙 돌아가느니 한 번쯤 대놓고 찔러 보는 것도 나쁘지 않을 듯했다.

"참, 그러고 보니 글쎄, 그 아이가 말을 하더라고요. 아무리 앵무새라고는 해도 새가 사람 말을 하다니 무척 신기했답니다."

"네? 말…… 이요?"

찰나의 순간 분홍색 눈동자가 미미하게 흔들리는 것이 보였다.

"네. 돌보는 시녀 중에 누군가가 가르치기라도 한 건지, 어느 날부터인가 여를 부르더군요. '여왕'이라고. 앵무새라 해도 말 한 마디도 못하는 경우가 태반이라던데, 그 아이는 제 은인을 닮아 머리가 좋은가 봐요."

"……그렇군요. 하면 그것 외에 또 할 줄 아는 말이 있습니까? 그렇게 똑똑한 아이라면, 대체 몇 가지 말이나 할 줄 아는지 궁금합니다."

"음, '안녕'이라고도 하던데요. '고마워요'라고도 하고요. 아! 뭘 찾아야 한다고도 했었다."

막 생각났다는 듯 이야기하자, 그는 손가락으로 턱을 만지작거리며 말했다.

"그렇군요. 전하의 말씀대로 대단히 머리가 좋은 새인가 봅니다."

"그렇죠? 덕분에 요즘 사는 맛이 난다니까요. 고마워요, 길리안 대법관. 그대에게는 매번 받기만 하네요."

"아닙니다, 전하. 보잘것없는 선물을 기꺼워해 주시니 감사할 따름이지요. 그보다 신이 최근에 시를 하나 더 지었는데……."

'헉, 시를 지었다고? 또?'

똑똑.

손발이 사라지는 것 같았던 그때의 경험을 떠올리며 밀라이아가 바르르 몸을 떨었다.

그때, 노크 소리가 들렸다.

잠시 후 안으로 들어선 서기관 복장 차림의 여자가 말했다.

"송구합……."

"뭐지? 지금 전하께서 와 계신 것 모르나?"

"하지만 대법관께서 자리를 비우시는 바람에 재판이 계속 밀리고 있습니다. 하여 재판장께서 가능한 한 전하께 양해를 구하고 모셔 오라고……."

‘뭐야, 도중에 나왔던 거야?’

슬쩍 눈썹을 찡그린 밀라이아가 말했다.

“이런, 그런 줄도 모르고 여가 방해를 했군요. 어서 가 봐요. 여도 이만 돌아가 볼 테니까요.”

“아, 아닙니다. 전하께서 오셨는데 어찌 그런…….”

“아뇨. 공무를 방해할 수는 없죠.”

‘그리고 그 무시무시한 자작시도 피해야 하고.’

뒷말을 삼킨 밀라이아가 곧장 자리에서 일어났다.

망설임 없이 문가로 향하는 그녀를 보며 한숨을 쉰 루시어스 역시 자리에서 일어났다.

‘어쨌든 당장 해야 할 의무는 마쳤군. 이제 당분간은 안 찾아와도 되겠지.’

길리안 대법관과 만나는 것은 항상 어딘가 좀 불편한 기분을 들게 했지만, 오늘은 유독 더 그런 느낌이었다. 아마도 이곳에 오기 전 공작과 만나고 왔기 때문이리라. 혹은 불길한 색을 품은 이 꽃다발 때문이거나.

“그럼 다음에 봐요.”

“네, 전하. 가장 높이 나는 분께 창공의 무궁함이 함께하시기를.”

정중하게 허리를 숙여 보인 청년이 한쪽으로 비켜섰다.

짙게 가라앉은 분홍색 눈동자가 홀가분한 모습으로 멀어지는 그녀를 응시하고 있었다.

사흘 뒤.

"드디어 시간이 됐나 봅니다."

"……그런가 보네요."

밀라이아는 지난번보다 더 달달하게 우려낸 클로 차를 벌컥벌컥 마시는 남자를 보며 한숨을 내쉬었다.

오늘은 평소보다 좀 늦게 당분이 당겼던 것인지, 정해진 시간에 거의 맞춰 왔음에도 테르티우스는 그녀로 하여금 삼십 분 가까이를 더 기다리게 하고서야 찻잔으로 손을 뻗은 참이었다.

조용히 기다리자, 맛을 음미하느라 닫혔던 눈꺼풀이 스르르 열리며 초점이 돌아온 연둣빛 눈동자가 모습을 드러냈다.

"생명의 축복이 함께하시기를. 오랜만에 뵙습니다, 여왕 전하."

"네, 오랜만이네요, 대신관 테르티우스."

'그래도 지난 작별 인사에 대한 답은 안 하는군.'

느긋하게 시로 열매를 한 개 집어먹은 그가 입을 열었다.

"지난번에는 만남이 그리 끝나 무척 아쉬웠습니다. 실은 신의 특별한 축복을 받으신 분과 더 오래 대화를 해 보고 싶었거든요. 하나 당시에는 대단히 중요한 생각을 하던 중이었기에 더 이상 시간을 할애할 수 없었던 점을 용서하십시오. 그렇다 하여 전하와의 시간을 소중하게 여기지 않는다는 오해는 하지 마시고요."

"그랬군요. 하면 오늘은 좀 더 시간을 할애해 주면 되지 않을까요?"

“그러잖아도 그러기 위해 평소보다 조금 늦게 차를 마신 참입니다. 하던 생각을 마저 정리해야 대화에 집중할 수 있을 것 같아서요.”

“아하, 어쩐지 좀 늦는다 싶었는데 그런 이유에서였군요. 고마워요, 대신관 테르티우스.”

생글거리는 그녀를 보며 보란 듯 한숨을 쉰 테르티우스가 말했다.

“한데 전하께서는 재회를 이리도 기대하던 저를 신전에 팽개쳐 두고는 돌아보지도 않으셨지요. 일주일 뒤에 다시 보자 하시더니 말입니다. 그 바람에 제가 첫 번째 뿌리에게 얼마나 착취를 당했는지 아십니까? 평소 이것저것 생각을 좀 하느라 답이 느린 틈을 타서 신전의 각종 행사에 저를 밀어 넣은 뒤 나 몰라라 했단 말입니다.”

“미안해요. 하지만 갑자기 이런저런 정무가 겹치는 바람에, 도저히 대신관이 당분을 섭취하는 시간을 맞출 수가 없었어요.”

애써 미안한 표정을 만들어 낸 밀라이아가 답했다. 그래도 이제 좀 적응이 된 것인지, 숨 쉴 틈도 없이 쏟아지는 말도 나름 들을 만했다.

“뭐, 정무가 급하셨단 얘기는 첫 번째 뿌리를 통해 전해 들었습니다. 주신의 아이들을 위해 분주하셨던 것이니 이해해 드려야지요. 어쨌거나 오랜만에 신전에 틀어박혀 이 일 저 일을 해 보는 것도 그리 나쁘지는 않더군요. 평소에는 다들 답답하다며 제게는 일을 거의 시키지 않거든요. 한데 지난번 뵈었던 때보다 생명력의 색깔이 많이 탁해지셨습니다. 그새 무슨 일이라도 있으셨습니까? 어딜 다치셨다거나 혹은 대단히 무리하셨다거나요.”

뜬금없는 소리에 눈썹을 찡그린 밀라이아가 물었다.

“……그게 무슨 소리예요? 생명력의 색깔이 탁해지다니요?”

"아, 제게는 각 사람마다 고유한 생명력의 색깔이 보이거든요. 그것은 각자의 몸 상태에 따라 밝아지기도 어두워지기도 하는데, 전하의 것은 지난번에 뵈었을 때에 비해 많이 탁해졌다 싶어서 말입니다. 보통 그 정도 연치이신 분들은 그리 큰 변화를 보이지 않거든요. 하나 너무 걱정하지는 마십시오. 그렇다고 해서 당장 무슨 일이 생긴다거나 하는 건 아니니까요. 대부분은 일시적인 현상으로, 휴식을 취하거나 상처를 회복하면 원래대로 색이 돌아오곤 합니다."

쭉 말을 늘어놓던 남자는 그녀의 얼굴이 기묘하게 일그러지는 것을 보고서야 아차 하는 표정을 지었다.

"이런, 실수했군요. 늘 혼자만의 사색에 잠겨 살다 보니 이런 주제가 대단히 민감한 종류의 것이라는 사실을 깜빡했습니다. 결례를 용서하십시오."

"……뭐, 괜찮아요."

밀라이아는 애써 부드럽게 미소를 지어 보이며 답했다.

처음에는 조금 충격적이었으나, 생각해 보면 그리 이상한 일도 아니었다.

글로리아의 영혼이 온전히 흩어지는 시간은 이제 길어야 이 년여. 하루하루 남은 시간이 줄어드는 만큼 그가 말하는 생명력의 색이라는 것도 점점 탁해지는 거겠지.

"한데 신기하네요. 대신관들은 전부 그런 걸 볼 수 있는 건가요?"

"아닙니다. 제가 특별한 경우지요. 같은 대신관이라 해도 각자 자신 있는 분야는 다르거든요. 이를테면 저는 질병 치유에 특화되어 있고, 저기 저 첫 번째 뿌리는 축복이 장기입니다. 비록 전임자의 장난질 때문에 트라우마가 생겨 잘 베풀지는 않지만 말입니다."

"쓸데없는 소리는 집어넣지."

'아하, 그때 그 꽃잎이 떨어지던 것 말이로군.'

밀라이아는 서둘러 말을 자르는 프리무스를 흘낏 쳐다보며 속으로 웃었다. 그러고 보면 그와의 첫 만남 때 그 비슷한 이야기를 들었던 듯도 했다.

"그렇군요. 답변 고마워요, 대신관 테르티우스. 하면 이제 지난번에 하다 만 이야기를 마저 들려주지 않겠어요? 기온의 변화 어쩌고 했던 것 말이에요."

그와 만난 이후로 묘하게 계속 걸리던 이야기를 꺼내자, 테르티우스는 눈을 반짝이며 답했다.

"안 그래도 한때 거기에 대해서도 한참 고민을 해 봤습니다만, 아무래도 루아 왕국에 비가 자주 내리는 이유는 온도와 습도가 점점 높아지고 있기 때문이 아닌가 싶습니다. 그 경우 기온이 조금만 떨어져도 강우량이 증가할 확률이 늘어나거든요."

"온도와 습도라고요?"

"네. 현재 왕국의 기온이 계속 오르고 있다는 것쯤은 알고 계시지요? 저도 루아 왕국에 꽤 머물러 본 사람입니다만, 올해 여름만큼 날이 더웠던 적은 처음입니다. 듣자 하니 특히 동쪽 지역이 많이 그렇다 하더군요. 제국과의 국경지대 쪽 말입니다."

고개를 끄덕인 밀라이아가 물었다.

"그렇군요. 하면 혹시 신전이 여에게 바라는 게 뭔지 알아요? 듣자 하니 뭔가를 찾는다던데."

"아, 왕실에서 감추고 있는 뭔가를 찾아와야 한다고 하던……. 음?"

무심코 답변하던 테르티우스가 말을 멈췄다.

밀라이아의 눈빛이 서늘하게 가라앉았다.

'왕실에서 감추고 있는 무언가라. 설마설마했는데, 정말로 소원의 돌의 존재를 눈치챈 건가? 아니면 나도 모르는 무언가가 있나?'

"그럼 비를 그치게 하려면 어떻게 해야 하죠? 아무리 여가 노력한다 한들 기운이 올라가는 걸 어찌할 방도는 없잖아요?"

속으로 의문을 깊게 감추며 다시 원래의 화제로 돌아가자, 테르티우스는 뭐라 형언할 수 없는 눈빛으로 그녀를 바라보다 입을 열었다.

"……그야 그렇지요. 그건 신의 영역이지 인간이 어찌할 수 있는 건 아니니까요."

"네, 그래서 묻는 거예요. 그렇다면 이 비를 그치기 위해 여가 할 수 있는 게 무언지에 대해서. 결국 원점으로 돌아와 전염병과 식량에 대한 대책을 세우는 것 외에는 할 수 있는 게 없다는 건가요?"

'아무래도 세 번째 대신관에게 소원의 돌 복원을 요청하는 건 보류해야겠군. 신전과 꽤 친밀한 것 같으니, 첫 번째 대신관처럼 신성력을 걸게 하지 않는 한 입도 벙긋하지 않는 게 좋겠어.'

마음속으로 결론을 내리며 묻자, 테르티우스는 그제야 복잡한 심정을 떨쳐 낸 듯 흥미가 동한 얼굴로 말했다.

"그렇군요. 아무래도 이번에는 그 점에 대해 생각을 좀 해 봐야겠습니다."

"어…… 다시 사색으로 들어가나요? 그렇다면 미리 인사를 건네두죠. 오늘도 즐거운 대화였어요, 대신관 테르티우스."

"네, 저 역시 즐거운 시간이었습니다. 뒤통수가 좀 얼얼하긴 하지만요."

그 말을 끝으로, 연두색 눈동자에서 초점이 사라졌다.

언제 수다를 늘어놓았느냐는 듯 멍하니 허공을 올려다보는 남자와 묵묵히 시중을 드는 소년을 일별한 밀라이아가 옆을 돌아보았다.

"대신관 프리무스, 잠시 얘기 좀 할까요?"

"그리하시지요."

재깍 고개를 끄덕인 그가 무어라 기도문을 외웠다.

언젠가 봤던 것처럼 손끝에서 하얀 빛이 새어 나오는가 싶더니, 이내 공기 중으로 흩어졌다. 소리를 차단하는 특유의 신성 결계였다.

"이제 전하와 제 얘기를 들을 수 있는 사람은 없습니다. 말씀하십시오."

"고마워요. 실은 대신관에게 한 가지 부탁하고 싶은 것이 있어 잠시 대화를 청했답니다."

가만가만 건네는 목소리에 고개를 한쪽으로 기울인 대신관이 물었다.

"부탁이요? 그게 뭡니까?"

"그 전에 이것부터 물어야겠군요. 방금 전에 세 번째 대신관이 이야기했던 것, 여가 짐작하고 있는 그것이 맞나요?"

"글쎄요. 대충 보셔서 아시겠지만 저는 고위 신관들과 그리 사이가 좋은 편이 아니라서요. 전하께서도 그걸 아시기에 제가 아니라 테르티우스에게 물으신 것이 아닙니까?"

어깨를 으쓱하는 남자를 보며 슬며시 미소 지은 밀라이아가 물었다.

"이런, 티가 났나요?"

"네. 한데 저를 너무 믿으시는 것 아닙니까? 아무리 신성력을 걸고 맹세했다 한들 저 역시 신전 쪽 사람인데 말입니다."

"그러니까 믿는 거랍니다. 대신관은 고작 그것 때문에 신성력을 버릴 사람이 아니니까요."

'그리고 그렇게 되면 그 좋아하는 돈도 못 벌게 되고 말이지.'

생글거리며 답하자, 프리무스는 못 말리겠다는 듯 고개를 저었다.

"이것 참, 아니라고 할 수도 없고……. 그래서 제게 부탁하고 싶으신 것이 뭡니까? 미리 말씀드리지만, 테르티우스를 설득하게 해 달라거나 신성력을 걸고 맹세시킬 만한 무언가를 알려 달란 의뢰는 안 받습니다. 아무리 그래도 신전의 행사를 정면에서 방해할 수는 없으니까요."

"설마 그런 걸 요구할 리가 있겠어요? 여도 그 정도 양심은 있는 사람이랍니다."

물론 그가 먼저 제약을 두지 않았다면 그걸 물었을 확률이 꽤 높았지만, 밀라이아는 그런 건 전혀 생각지 못했다는 듯 태연한 얼굴로 계속해서 말했다.

"여가 부탁할 건 이거예요. 세 번째 뿌리 말고 다른 대신관 한 명을 더 불러 달라는 것. 대신관도 알다시피 세 번째 뿌리를 설득한다 한들 아직 꽃잎 한 장이 더 남아 있으니까요."

"흠. 불러 드리는 거야 어렵지 않습니다만, 괜찮으시겠습니까? 아무리 루아 왕국이 왕국 중에서는 1, 2위를 다툰다고 해도, 제국도 아닌 왕국에 대신관이 셋이나 모이면 분명 신전에서도 뭔가 이상하다 생각할 텐데요."

좀 전에 테르티우스가 했던 이야기를 다시 상기시키는 말에, 밀라이아는 잠시 고민한 후 답했다.

“그 점은 여가 따로 생각해 볼게요. 대신관은 마지막 대신관을 부르는 것에만 집중해 줘요.”

“알겠습니다. 하면 저도 방법을 한번 고민해 보지요. 한데 전하.”

“네?”

고개를 갸웃하자, 씩 웃어 보인 대신관이 말했다.

“어쩐지 요즘 들어 부쩍 아름다워지시는 것 같습니다. 흔히들 사랑을 하면 그렇다고 하던데, 혹 국서 후보 중에 마음에 드는 분이라도 있으신 겁니까? 제 생각으로는 그 둘이 아니라 검은 머리카락의 누군가가 원인일 것 같습니다만.”

“……그게 무슨?”

“실은 알현실에 도착해 잠시 정원을 내려다보고 있었는데, 마침 두 분이 함께 걸어오시는 모습을 봤거든요. 아주 꿀이 뚝뚝 떨어지던데요.”

“…….”

할 말이 없어 침묵하자, 대신관은 마치 손녀를 보는 노인처럼 흐뭇한 미소를 지으며 답했다.

“괜찮습니다. 본디 감기와 사랑은 못 숨긴다고들 하지 않습니까. 그리고 뭐, 제가 원래 눈치가 좀 빠른 편이기도 하고요.”

“……비밀, 지켜 줄 거죠?”

한숨을 삼킨 그녀가 하릴없이 물었다.

대신관은 그럴 줄 알았다는 듯 눈꼬리를 휘며 답했다.

“그야 물론입니다. 하면 테르티우스와 저는 정해진 일정을 소화하러 이만 가 봐야 할 것 같군요. 다음에 또 전갈 주십시오. 맡겨 주신 일은 최대한 빨리 처리해 보겠습니다.”

“그래요. 다음에 보죠.”

“네, 전하. 다시 뵙는 그날까지 생명의 축복이 함께하시기를.”

손가락을 탁 튕겨 결계를 해제한 대신관이 자리에서 일어났다.

‘그럼 나도 돌아가 볼까?’

고개를 절레절레 저은 밀라이아가 몸을 일으켰다.

어쨌거나 급한 일은 얼추 처리했으니, 사절단에서 연락이 올 때까지 당분간은 좀 느긋하게 지내도 될 것 같았다. 제가 돌아오기만을 기다리는 연인과 함께.

제3곡

sequéntĭa
속송

11부

umbra opāca
짙은 그림자

umbra opāca

짙은 그림자

"창공의 드높음을 경배하라. 에르네스토 라 페르디난드가 고귀하신 여왕 전하를 뵙습니다. 이리 친히 왕림해 주시니 실로 영광입니다, 전하."

"초대해 줘서 고마워요, 페르디난드 공작. 이런 자리에 불러 줘서 여야말로 영광이네요."

밀라이아는 검은 예복을 맵시 있게 차려입은 공작을 향해 부드럽게 눈꼬리를 휘어 보였다. 오늘따라 유독 멋져 보이는 모습에 자꾸만 입가에 웃음이 걸렸다.

정신없이 바빴던 칠월이 어느새 모두 가고 벌써 팔월의 둘째 날. 그녀가 대신관들을 만난 지도 어느새 열흘이 지났다.

문제를 일으키는 인물들이 대부분 사라져서일까, 지난 열흘은 모처럼 아무 일 없이 평온하게 흘러갔다.

덕분에 밀라이아는 페르디난드 공작과 더불어 한가롭게 시간을 보낼 수 있었다. 하루가 멀다 하고 집무실에 들이닥치는 그와 함께 이런저런 이야기들을 나누면서.

사실 그녀는 그것도 나쁘지 않다 여겼지만, 그의 생각은 조금 달랐던 모양이었다. 며칠 전 정무 회의가 끝나자마자 갑자기 웬 초대장 하나를 불쑥 내민 것을 보면.

—이게 뭔가요?

—연주회 초대장입니다. 실은 이번에 저희 가문에서 후원하는 악사들을 모아 연주회를 열기로 해서요. 보잘것없는 자리이나 친림해 주신다면 큰 영광이 될 것입니다.

당시 밀라이아는 뜬금없는 초대에 잠시 어리둥절했지만, 이내 그의 속내를 깨닫고는 터져 나오는 웃음을 참기 위해 애써야 했다.

그러니까 그것은 일종의 데이트 신청이었다. 그것도 공식 석상에서의.

지위가 더 높은 왕족이나 귀족이 자택을 방문할 경우 안주인이 나와 접대하는 것이 통상적인 관례.

그렇다면 여왕인 그녀가 연주회에 친림할 경우 그녀를 접대해야 할 사람은 바로 공작이었다. 즉 사람들의 눈을 의식하지 않고서도 공식 석상에서 함께할 수 있는 것이다.

—좋아요. 그러잖아도 무료하던 참이었는데 마침 잘되었군요.

—영광입니다.

태연하게 제게 초대장을 건네던 그날의 남자를 떠올리며 밀라이아가 빙긋 웃었다.

"이쪽은 가신인 말린 자작과 사촌 아인트라고 합니다. 전하께 인사 올리도록."

“창공의 드높음을 경배하라. 플랑 로 말린이 여왕 전하께 인사 올립니다.”

“아인트 페르디난드가 고귀하신 여왕 전하를 뵙습니다.”

“두 사람 모두 반가워요. 그러잖아도 공작에게 얘기는 종종 들었답니다.”

처음 보는 사람인 양 태연하게 인사를 건네자, 말린 자작은 ‘영광입니다.’라며 태연하게 다시 한번 고개를 숙여 보였다.

그러나 눈치 빠르게 장단을 맞추는 그와는 달리 아인트는 안절부절못하는 얼굴로 말했다.

“일전에는 신이 결례가 많았습니다. 부디 용서를…….”

“일전이라니요? 여가 그대를 만난 적이 있던가요?”

“기억 안 나십니까? 왜, 지난번 가면……!”

“송구합니다, 전하. 아무래도 저희 도련님이 뭔가를 착각한 모양입니다. 각하? 이만 전하를 안으로 모시는 것이 좋겠습니다.”

황급히 앞으로 나선 자작이 아인트의 입을 틀어막았다.

못마땅하다는 듯 눈썹을 찡그린 공작이 말했다.

“그럼 뒷일을 부탁하지. 안으로 드시지요, 전하. 신이 직접 모시겠습니다.”

“아, 네. 고마워요.”

‘그것 참. 눈새로 통한다 하더니 정말로 눈치가 없네. 이 자리에서 그런 소리를 늘어놓으면 어쩌자는 거야?’

여전히 뭔가 말하고 싶어 하는 얼굴로 버둥거리는 남자를 슬쩍 노려본 밀라이아는 공작의 손 위에 당연하다는 듯 제 것을 올린 채 돌아섰다.

커다란 문을 통과해 안으로 들어서자 전혀 예상치 못했던 광경이 눈앞에 펼쳐졌다. 어째서 본관이 아니라 별채로 장소를 정했나 했더니, 놀랍게도 건물 전체가 하나의 오페라 극장같이 꾸며져 있는 것이 아닌가.

"와……."

탄성을 흘리는 그녀를 돌아본 공작이 물었다.

"어떻습니까? 왕립 극장보다는 못하지만, 그래도 나쁘지는 않지요?"

"나쁘지 않다뇨? 대단히 훌륭한데요. 어떻게 집에 이런 걸 만들 생각을 했어요?"

동그랗게 눈을 뜨자, 공작은 씩 웃었다.

반원을 그리고 있는 왕립 오페라 극장의 객석과는 달리 이곳은 그저 무대를 마주한 객석이 일 층과 이 층으로 나뉘어져 있을 뿐이지만, 아무리 공작가라 해도 이 정도의 시설을 자택 내에 보유하고 있다는 사실이 놀라웠다. 그녀가 살던 시대에조차 이런 시설을 갖춘 귀족은 흔치 않았는데.

"제국에 유학을 갔을 때 배워 온 겁니다. 본국에 돌아오자마자 이것부터 건축하기 시작했지요."

"그랬구나. 그래도 대단하네요. 난 또 웬 연주횐가 했더니, 공작에게 이런 취미가 있을 줄은 몰랐네요."

여전히 감탄 섞인 목소리로 말하는데, 삼삼오오 대화하던 사람들이 그녀의 등장을 그제야 알아차리고는 하나둘 일어나 예를 갖추기 시작했다.

밀라이아는 손을 들어 올려 방해받고 싶지 않다는 의사를 표한 뒤 공작과 함께 이 층으로 향했다. 앞으로 있을 시간에 대한 기대감 때문일까, 붉은 카펫을 밟는 발걸음이 몹시 가벼웠다.

"그럼 후원하고 있는 예술가의 수도 꽤 많겠네요?"

"아마 그럴 겁니다. 정확한 수까지는 기억하지 못하지만요."

"그렇군요. 다음에……."

도란도란 이어지던 대화가 일순간 멈췄다. 계단을 오르자마자 한 남자가 기다렸다는 듯한 분위기를 풍기며 서 있는 것을 발견했기 때문이었다.

싸늘하게 가라앉은 분홍색 눈동자가 그녀와 공작을 한번 훑는가 싶더니, 느릿느릿 숙여지는 고개에 가려 이내 자취를 감추었다.

"루시어스 라 길리안이 여왕 전하를 뵙습니다."

"어…… 오랜만이에요, 길리안 대법관. 그대도 페르디난드 공작의 초대를 받았나 보네요."

"네. 엄밀하게 따지면 아버님이 받으셨습니다만, 몸이 좋지 않으시어 신이 대신 오게 되었습니다. 이런 자리를 만들어 주셔서 감사드립니다, 공작 각하."

고개를 까딱한 공작이 말했다.

"고마워해야 하는 건 이쪽이겠지. 초대에 응해 줘서 고맙네, 길리안 대법관. 부친에게도 빠른 쾌유를 빈다 전해 주게. 전하, 가시지요. 이쪽입니다."

"네. 그럼 길리안 대법관, 다음에 또 봐요."

인사를 건넨 밀라이아가 막 걸음을 떼려는 그때, 슬쩍 한 걸음을 옮겨 두 사람을 가로막은 청년이 말했다.

"송구하나 전하는 신이 모시는 편이 낫겠습니다. 왕제 저하께서 계시지 않는 지금 공식 석상에서 전하를 에스코트할 수 있는 자격이 있는 사람은 저와 레노아 영윤 둘뿐이니 말입니다."

순간 검은 눈썹이 꿈틀거리는 것이 보였다.

눈앞의 청년 못지않게 싸늘하게 눈빛을 가라앉힌 공작이 말했다.

"관례도 모르는가? 자택을 방문한 귀빈을 모시는 것은 주인의 의무이자 권리일세."

"하나 이 경우는 다르게 해석해야 하지 않겠습니까? 실제로 과거에는 왕녀 저하의 방문 시 집주인을 대신하여 그 약혼자가 에스코트를 한 기록도 있고 말입니다."

"글쎄, 약혼자의 경우라면 혹시 그럴지도 모르지. 하나 현재 길리안 대법관은 어디까지나 일개 '후보'가 아닌가. 전하께 어떤 권리를 주장할 지위는 아니라고 보네만."

말을 마친 공작이 어디 한번 반박해 보라는 듯한 얼굴로 내려다보았다.

분홍색 눈동자가 날카롭게 번뜩이며 그를 노려보는 것이 눈에 들어왔다. 제 아비의 것처럼 번들거리는 그 눈빛에 소름이 돋았다.

저도 모르게 손끝에 힘을 준 밀라이아가 짐짓 난처하다는 듯 말했다.

"이런, 아무래도 여가 분란의 근원이 된 것 같아 마음이 불편하네요. 음…… 길리안 대법관?"

"네, 전하."

"미안하지만 오늘은 공작의 에스코트를 받는 편이 옳은 듯해요. 페르디난드가에서 이리 좋은 자리를 마련해 주었는데, 그 주인의 손을 비워 두어서야 되겠어요?"

주먹을 꽉 움켜쥔 청년이 답했다.

"……알겠습니다."

"양해해 줘서 고마워요. 그럼 가요, 공작."

"네, 전하."

오만하게 한쪽 입꼬리를 끌어 올린 공작이 걸음을 옮겼다. 뚫어질 듯한 시선을 느끼며 밀라이아도 종종걸음을 쳤다.

대단히 흡족해 보이는 얼굴로 복도를 조금 더 걸어간 공작은 잿빛 늑대의 문장이 새겨져 있는 문 앞에서 멈춰 섰다. 아마도 이곳이 그를 위한 박스석인 모양이었다.

안으로 들어서자, 문을 굳게 닫은 그는 커튼까지 꼼꼼하게 치고서야 푹 한숨을 쉬었다.

"드디어 둘만 남게 되었군요. 오늘따라 무슨 방해꾼이 이리도 많은지, 답답해 죽는 줄 알았습니다."

"그러게요. 눈치 없게 알은체하던 모모 씨부터 해서 말이지요."

웃음기 어린 말에 공작은 고개를 절레절레 저었다.

"그 녀석은 그냥 포기했습니다. 아무리 야단을 쳐도 바뀌질 않더군요. 오죽하면 별명이 그 모양이겠습니까?"

"그러게요. 그때는 그냥 몰라서 그러나 보다 했는데, 오늘 보니까 왜 그런 별명이 붙었는지 십분 이해가 가더라니까요?"

피식거리며 말을 받은 밀라이아는 얇은 여름용 장갑을 벗으면서 박스석 안을 둘러보았다.

정면을 가로막은 무릎 높이의 난간은 위에서 아래로 내려다볼 때는 시야를 가리지 않으나 아래층에서 위를 올려다보는 시선은 대부분 차단할 수 있도록 교묘하게 설계되어 있었다.

편안하게 공연을 관람할 수 있도록 푹신해 보이는 일인용 의자

서너 개와 다인용 소파 하나가 무대 쪽을 향해 놓여 있고, 그 사이에는 다과 등을 올려놓을 수 있도록 탁자가 비치되어 있었다. 바닥에 깔린 카펫은 문을 가리는 벨벳 커튼과 같은 진청색이었다.

왕립 극장 못지않게 잘 꾸며져 있는 모습에 밀라이아는 다시 한번 감탄하며 일인용 의자 쪽으로 향했다. 아니, 그러려고 했다. 저를 저지하는 공작이 아니었다면.

"깜짝이야. 왜 그래요, 에른?"

"모처럼 둘만 남았는데 그리 거리를 두시깁니까? 이쪽으로 앉으시지요."

그가 가리키는 곳은 다인용 소파였다. 비스듬히 누워서 관람할 수 있도록 등받이가 상당히 뒤로 젖혀져 있는.

"알았어요. 그러죠, 뭐."

어깨를 으쓱한 밀라이아가 소파에 앉았다.

미리 준비되어 있던 차 세트를 가져온 그가 그녀의 옆에 자리하며 물었다.

"한잔 드시겠습니까?"

"아뇨. 지금은 별생각이 없네요."

"흠. 그럼 필요하실 때 말씀해 주십시오."

"네."

가볍게 고개를 끄덕이자, 그는 제 몫의 잔에만 차를 따른 뒤 그녀를 돌아보았다.

"한데 오늘따라 너무 예쁘게 차려입고 오신 것 아닙니까? 뵙자마자 가슴이 뛰던 차에 그런 눈웃음까지 보여 주셔서, 하마터면 사람들 앞인 것도 잊고 넋을 놓을 뻔했지 뭡니까."

"어, 정말요?"

활짝 웃음이 나왔다.

클로에의 한숨을 견디며 두 시간이 넘도록 옷을 고른 보람이 있었다. 물론 엄밀히 따지면 지금 입고 온 건 제가 고른 것이 아니었지만 어쨌든.

좀 전까지만 해도 묘하게 성에 안 차던 드레스가 갑자기 예뻐 보이기 시작해서, 밀라이아는 생글거리는 얼굴로 말했다.

"다행이다. 실은 영 좀 이상한 게 아닌가 고민했거든요. 그러는 에른도 오늘따라 유독 멋지던데요? 아까 들어오다가 다시 한번 반할 뻔한 거 있죠."

"그렇습니까? 열심히 신경 쓴 보람이 있군요."

씩 웃음을 지은 공작이 찻잔을 들어 올리며 말했다.

"그나저나 이런 장소에서 뵈니까 좋군요. 매번 집무실에서만 뵙자니 영 갑갑했거든요."

"그랬어요?"

"네. 뭐, 어쩌겠습니까. 하필이면 사람들의 이목을 항상 신경 써야 하는 분을 마음에 담은 제 탓이지요."

어깨를 으쓱해 보인 그가 차를 한 모금 마셨다.

그때, 연주자들이 등장하는 것이 보였다.

"오, 곧 시작하겠네요."

밀라이아는 반색하며 말했다.

본디 그녀는 음악을 무척 좋아했지만, 오페라며 음악회가 대단히 활성화되어 있던 백 년 후와는 달리 이곳은 특별한 일이 있지 않고서는 공연을 잘 올리지 않았기에 그동안 한 번도 접해 보지 못했다.

그랬기에 공작이 초대장을 주었을 때 얼마나 반가웠는지 모른다. 궁 밖은 위험하니 절대 안 된다던 앤트워스 후작의 반대를 무릅쓰고 초대에 응한 것은 공개적으로 데이트를 한번 해 보자는 공작을 실망시킬 수 없었기 때문이지만, 그 안에는 분명 오랜만에 참석하는 연주회에 대한 설렘도 포함되어 있었다.

기대에 가득 찬 얼굴로 무대를 내려다보자, 잔을 내려놓은 공작이 슬그머니 그녀의 손을 잡았다.

눈치를 살피듯 조금씩 파고드는 그를 흘깃 돌아본 밀라이아가 피식 웃었다.

"뭐야. 늘 대범하게 굴 땐 언제고 오늘따라 이리 소심해요?"

"……나름 공공장소라 자제하고 있을 뿐입니다만. 그럼 이렇게 해 드릴까요?"

삽시간에 어깨를 감싼 팔이 그녀를 부드럽게 끌어당겼다.

온몸을 감싸 오는 달콤한 시트러스 향, 뺨에 와 닿는 단단한 가슴의 감촉에 키득 웃음이 나왔다.

어느새 익숙해진 품 안이 무척 포근하게 느껴졌다. 정수리에 와 닿는 입술의 감촉도.

"좋네요. 이래야 내 남자죠."

"……뭡니까. 지금 도발하시는 겁니까? 정말 본격적으로 해 볼까요?"

"꿈도 꾸지 마요. 그보다 혹시 이것도 그거예요? 연인과 함께하고 싶은 백 가지 일?"

생글거리며 말을 돌리자, 공작은 얄미워 죽겠다는 얼굴로 그녀를 바짝 끌어당기며 답했다.

"네. 아마도 스물세 번째 항목이었나 그럴 겁니다."

"그래도 그새 꽤 많이 했네요. 사과 한 쪽 나눠 먹기도 했고, 서로 머리카락 빗겨 주기도 했고, 얼마 전에는 옷에 같은 단추도 달았으니까…… 한 열두 가지쯤은 한 것 같은데?"

그의 품에 얼굴을 기댄 채 빠뜨린 게 있나 잠시 꼽아 보는데, 아래층에서 악기 조율하는 소리가 들려왔다. 슬슬 연주회가 시작되는 모양이었다.

"앗, 조율한다. 우리 이제 잡담은 그만해요. 오랜만의 연주회라 무척 기대하고 왔단 말이에요."

벌떡 몸을 일으키는 그녀를 보며 몹시 황당하다는 표정을 지은 남자가 말했다.

"지금 이 상태에서 연주가 귀에 들어옵니까? 가만있는 사람의 마음에 불을 질러 놓으실 땐 언제고 이제 와 모른 척이라니요. 너무 잔인하신 것 아닙니까?"

"쉿, 조용히 해 봐요. 지금 현악기 하나가 음이 좀 이상한 것 같단 말이야."

귀찮다는 듯 손을 휘휘 젓자, 공작은 기가 막힌다는 목소리로 말했다.

"알아서 조율하겠지요. 그러라고 있는 시간이니까요. 지금 그게 문제가 아니잖습니까."

"아니, 연주회에서 음이 이상한 거보다 더 큰 문제가 어디 있단 말이에요? 설마 그럼 이런 거나 하려고 만나자 한 거였어요?"

가늘게 눈을 뜬 밀라이아가 그를 돌아보았다. 물론 그가 저를 좋아한다는 건 잘 알고 있지만, 이럴 때 보면 가끔 그가 좋아하는 게 저인지 아니면 이 외모뿐인지 헷갈렸다.

"대답해 봐요. 공작이 좋아하는 게 나예요, 아니면 글로리아예요?"
"아니, 얘기가 갑자기 왜 그리로 튑니까?"
"말해 봐요, 얼른. 둘 중 누구냐니까요?"
"뻔한 걸 왜 묻습니까? 당연히 밀라 님이지요."
황당한 표정으로 답한 공작이 한숨을 푹 쉬었다.
"됐습니다. 이제 안 건드릴 테니 그냥 감상이나 하십시오."
"진짜죠? 그럼 나 이제 무대에 집중할 거예요?"
"뭐, 그러시든가요."
투덜거리며 답한 남자가 등받이에 몸을 기댔다.
삐친 것이 분명한 그 모습에, 밀라이아는 모르는 척 손을 뻗어 슬그머니 그의 손 안으로 파고들었다. 아까 전에 그가 그랬던 것처럼.
나름의 애교가 통한 것일까? 처음에 반응이 없던 남자는 이내 피식 웃고는 단단하게 손가락을 얽어 왔다.
밀라이아는 그제야 편안한 마음으로 음악에 귀를 기울였다. 어느새 도입부가 시작되고 있었다.
즐거운 기분으로 음악에 집중하기를 한참.
장엄하게 가녀리게, 빨랐다가 느려졌다 하는 멜로디에 귀를 기울이던 그녀는 소리 없이 감탄을 삼켰다.
'와, 들으면 들을수록 정말 다르구나. 아무리 악기가 조금씩 다르다고는 하지만 이렇게까지 차이 날 수가 있나? 내가 백 년 후에 듣던 것은 분명 이런 소리가 아니었는데.'
신기함 반 감동 반으로 열심히 연주를 감상하는데, 문득 어깨 위에 무언가가 얹히는 것이 느껴졌다.
의아한 눈으로 옆을 돌아보자, 언젠가 그랬던 것처럼 눈을 감은 채 잠들어 있는 공작이 보였다. 곧게 뻗은 속눈썹이 감긴 눈꺼풀 아래로 검은 그늘을 드리우고 있었다.

'어라, 공작이 웬일이지? 짧은 시간 안에 연주회를 준비하느라 너무 무리한 건가?'

하긴 그럴 만도 했다. 서로 마음을 확인하자마자 준비를 시작했다 해도 겨우 보름 정도밖에 시간이 없었을 텐데, 그 안에 이만한 규모의 연주회를 열기 위해서는 해야 할 일이 한둘이 아니었을 테니까.

잠시 어찌할까 고민하던 밀라이아는 아무래도 그냥 자게 두는 것이 낫겠다는 생각에 슬금슬금 옆으로 이동했다. 그러고는 불편하지 않도록 소파 위에 다리를 올려 준 후, 그의 머리를 조심조심 제 무릎 위에 뉘었다.

'그러고 보면 무릎베개도 목록에 있었지, 아마?'

피식 웃음이 나왔다.

그가 편안하게 잠들 수 있도록 자세를 고정한 그녀는 열심히 음악에 귀를 기울였다. 이따가 피후원자의 성과를 치하하는 말을 무사히 마치게 하려면 열심히 들어 둬야 했다.

'저 연주자는 열심히는 하는데 감정이 좀 아쉽군. 저자는 감정은 되는데 기교가 약간 떨어지는 것 같고. 가장 두드러지는 실력자는 역시 저기 가운데에 있는 자이려나?'

예술을 후원하기 위해서는 후원자의 안목도 높아야 하는 법.

음악이며 미술에 대한 안목이 곧 교양의 척도와 마찬가지인 시대에 살던 그녀에게 이 정도쯤은 그리 어려운 일도 아니었다. 실제로 국왕이나 에스페라 공작 같은 자들은 그녀보다 훨씬 날카로운 눈과 귀를 갖고 있기도 했다.

악사들의 얼굴과 장단점을 기억하며 한참 동안 흐르는 음악에 집중하는데, 미동도 없이 잠들었던 공작이 몸을 뒤척이는 것이 느껴졌다.

반사적으로 시선을 아래로 내린 순간, 살짝 드러난 셔츠 깃 사이로 붉은 무언가가 눈에 들어왔다. 얇고 길게 그어진 그것은 분명 날카로운 무언가에 베인 상처였다. 아직 딱지도 다 떨어지지 않은 걸로 보아 비교적 최근에 생긴 것이 분명한 데다, 아마도 그 모양이나 굵기로 보아 검에 의한 것이 틀림없어 보이는.

'이게 뭐야. 공작에게 왜 이런 상처가 있어?'

눈썹을 확 일그러뜨린 밀라이아가 서둘러 그를 흔들었다. 곤히 잠이 든 건 알고 있지만, 이게 뭔지 당장 확인하지 않으면 답답해 죽을 것 같았다.

"에른? 잠깐만 일어나 봐요, 에른!"

"으음……."

"빨리요. 어서 일어나서 이게 뭔지 설명 좀 해 봐요. 그러고 나면 다시 자도 뭐라고 안 할 테니까."

다시 한번 거세게 흔들자, 굳게 닫혀 있던 눈꺼풀이 파르르 떨리며 위로 올라가는 것이 보였다. 멍하니 초점이 풀려 있던 잿빛 눈동자가 서서히 저를 담는 것도.

"……밀라 님?"

"여기 이거, 뭐예요? 왜 당신에게 검상劍傷이 있어요? 문관이 이런 곳에 상처 입을 일이 뭐가 있다고."

다짜고짜 묻는 목소리에 몸을 벌떡 일으킨 공작이 손으로 상처를 가렸다.

"그냥 좀 긁힌 것뿐입니다. 밀라 님께서 신경 쓰실 만한 일은 아닙니다."

"흥, 요즘은 그냥 좀 긁혀서 검상을 입나 보죠? 그것도 상처가 얕았기에 망정이지, 자칫 깊게 베였으면 위험할 수도 있는 자리에?"

"잘못 보신 겁니다. 밀라 님의 말씀대로 제가 검상을 입을 일이 뭐가 있겠습니까?"

"누굴 바보로 알아요? 내가 설마 검상도 구분 못할까 봐? 누가 이랬어요? 누가 내 남자에게 이딴 상처를 입혔냐고요!"

눈썹을 하늘 높이 치켜세운 밀라이아가 낮은 목소리로 추궁했다.

그때, 은은하게 들려오던 연주 사이로 웅성거리는 소음이 섞여 드는 것이 느껴졌다.

절로 시선이 무대 쪽으로 향했다. 잠시 연주에 섞였다고 하기에는 지나치게 큰 데다, 잠잠해지기는커녕 지금도 점점 더 소란스러워지고 있었기 때문이다.

'뭐지? 아래층에 무슨 일이라도 생겼나?'

일 층 객석을 확인하기 위해 막 몸을 일으키는 순간, 박스석의 문이 벌컥 열리며 한 사람이 구르듯 안으로 들어섰다. 앤트워스 후작이었다.

노크도 없이 공간을 침범한 그는 다급한 얼굴로 말했다.

"전하, 송구하나 당장 환궁하셔야겠습니다. 궁 밖에 계속 계시는 것은 위험합니다."

"알겠어요. 당장 일어나죠. 한데 무슨 일인가요?"

"지스 영애가 시체로 발견되었다고 합니다. 그것도 이곳, 페르디난드 공작저에서 얼마 떨어지지 않은 곳에서요."

"네?"

반사적으로 고개가 옆으로 돌아갔다.

저를 향한 눈빛을 읽은 공작이 억울해하는 얼굴로 답했다.

"왜 그런 눈으로 보십니까? 신은 아닙니다."

"……하긴, 공작이었다면 자택 근처에서 발견되게 하진 않았겠죠. 그럼 그건 됐고."

노기사를 돌아본 밀라이아가 물었다.

"그게 여가 급히 환궁할 만한 사유가 되나요? 물론 영애의 사망은 안타까운 일입니다만, 어쨌거나 지금은 공식 석상입니다. 한데 여가 그런 이유로 급히 빠져나갔다가는 공연히 소란만 더 키울 듯한데요."

연주 소리가 완전히 멎어 버린 아래층을 눈짓하자, 앤트워스 후작은 다소 굳은 얼굴로 답했다.

"하나 호위 문제도 있고, 실은 시체의 상태가 좀……. 아무래도 조용한 곳에서 따로 말씀을 드려야 할 것 같습니다."

"흠. 알겠어요. 일단 환궁합시다. 조용히 빠져나갈 만한 곳이 있나요?"

"신이 안내하겠습니다. 이쪽으로."

신속하게 고개를 숙여 보인 공작이 앞장섰다.

공작가의 사람들만 이용한다는 통로를 통해 수월하게 별채 밖으로 빠져나온 밀라이아는 신경을 잔뜩 곤두세운 후작과 적어도 수십은 되어 보이는 기사들에게 둘러싸인 채 왕궁으로 돌아왔다.

때 이른 귀환에 놀라워하는 레티시아 백작 부인과 두 전속 시녀, 그리고 앤트워스 후작과 그 부관 윈터 경만을 알현실로 들인 그녀는 어안이 벙벙해진 세 여자를 향해 말했다.

"한때 여의 전속 시녀로 발탁되었던 지스가의 영애가……. 아, 후작이 말한 사람이 여가 알고 있는 그 지스 영애가 맞나요? 지스가의 차녀?"

오른편을 돌아보며 묻자, 노기사는 즉각 답했다.

"네. 얼마 전 영지로 유배를 명받고 감옥에서 풀려난 그 영애가 맞습니다."

"그렇군요. 어쨌든 그녀가 시체로 발견되었다고 해요. 하필 발견 장소가 페르디난드가의 인근이었던 터라, 만약을 대비해 급히 환궁한 참입니다."

"어찌 그런 참혹한 일이……. 대체 어떻게 된 일이랍니까?"

놀라워하는 백작 부인을 향해 밀라이아가 어깨를 으쓱해 보이고는 답했다.

"여도 거기까지는 아직 몰라요. 앤트워스 후작, 설명을 좀 해 주겠어요?"

"아, 실은 윈터 경이 시체의 최초 발견자입니다. 하니 먼저 윈터 경에게 설명을 들으신 후 신이 마저 말씀드려도 되겠습니까?"

"그렇게 해요."

가볍게 고개를 끄덕이자, 앤트워스 후작을 대신해서 조심스럽게 입을 연 윈터 경이 설명을 시작했다.

"하면 신이 먼저 말씀드리겠습니다. 실은……."

그의 말은 이랬다.

비록 사전에 미리 봉쇄했다지만, 불과 한 달쯤 전에 불순분자들을 검거해 놓고도 부득불 궁 밖으로 나가겠다는 여왕 때문에 앤트워스 후작은 대단히 심기가 불편했다.

그래서 그는 평소의 세 배에 가까운 인원을 데리고 페르디난드가에 도착했고, 저택에 남은 일부를 제외한 나머지 인원에게 근처를 샅샅이 순찰하라는 지시를 내렸다. 조금이라도 거동이 수상해 보이는 자가 있거든 일단 잡아들이라는 말과 함께.

본디 후작은 부관이라고 해서 편의를 주거나 하는 사람이 아니었으므로, 윈터 경 역시 그렇게 순찰을 돌게 된 기사들 중 하나였다. 그래서 다른 기사 넷과 함께 한 조를 이루어 저택 주변을 순찰하던 도중 정말로 수상한 행동을 하는 자를 발견했다고.

"흠, 그래서요?"

"한데 동료들과 함께 다가갔더니 허겁지겁 도망을 치는 게 아니겠습니까? 하여 셋은 그자를 쫓고 신과 다른 동료 한 명은 남았는데, 대체 뭘 하고 있었나 싶어 그쪽으로 가 보니 시신이 있었습니다."

그는 시신을 보자마자 단순한 살인 사건이 아님을 깨달았다고 했다. 이미 죽은 지 여러 날이 지난 듯 부패가 조금씩 진행된 상태였던 데다, 얼굴마저 알아보기 힘들 정도로 잔뜩 뭉개져 있었기 때문.

그럼에도 신원을 확인할 수 있었던 건 치마 안감에 새겨진 'E. 지스'라는 이름 덕분이었다고.

"……얼굴이 뭉개져 있었다고요?"

"그렇습니다. 수법이 잔인한 것으로 보아 아무래도 지스가나 영애 개인에게 원한을 가진 자의 소행이 아닐까 싶습니다. 혹은 귀족에게 불만을 가진 자이거나요."

"그렇군요."

그렇다면 후작이 신경질적인 반응을 보인 것도 이해가 갔다. 그녀의 손으로 내치기는 했어도 어쨌거나 지스가는 대외적으로 여왕을 지지하는 가문으로 분류되어 있는 데다, 자칫 귀족에게 불만을 품은 자가 무차별 테러를 가한 것일 경우 왕족인 그녀는 분명 더 눈에 띄는 대상일 테니까.

게다가 하필이면 그녀가 페르디난드가를 방문한 날 시체를 거기에다 가져다 둔 것도 그랬다. 이건 마치 경고 같은 느낌이잖은가. 그 대상이 그녀인지 혹은 페르디난드 공작인지는 모르겠지만.

"확실한 건 누군가가 그녀를 살해한 뒤 뒤늦게 그곳에 유기하려 했다는 건데……. 그 수상하다는 자는 잡았나요?"

"네, 우여곡절 끝에 간신히 추포追捕할 수 있었습니다."

"그나마 다행이군요. 당연히 취조에 들어갔겠죠?"

"최대한 빨리 입을 열게 만들라 했으니 그럴 겁니다."

"좋아요. 하면 그쪽은 경들에게 맡겨 두고, 당장은 관계자들을 좀 소환해야겠군요. 수도방위기사단장…… 아, 부재중이지. 그럼 부단장과 치안대장, 지스 백작…… 그리고 대법관 중에 이런 일 담당이 누구죠? 길리안 대법관이던가요?"

의견을 구하듯 돌아보자, 앤트워스 후작은 담담한 목소리로 답했다.

"네, 그라고 하더군요. 하여 전하를 모시러 가는 길에 곧장 길리안 대법관과 다른 세 사람을 데려오라 명령을 내려 두었습니다. 아마 지금쯤 열심히 달려오고 있을 겁니다."

묵직한 대답에 고개를 끄덕인 밀라이아가 말했다.

"그래요. 그럼 그들이 올 때까지 기다리면 되겠군요. 아, 사인死因은 뭐던가요? 얼굴 외에 뭔가 특이 사항 같은 건 없고요?"

"아마도 목이 졸려 사망한 것으로 보입니다. 나무 진액으로 보이는 액체가 시체 일부분에 묻어 있었고, 음…… 정사의 흔적이 남아 있었습니다."

조심스럽게 답하는 목소리에 멈칫한 밀라이아가 조금 뒤에야 물었다.

"……강제로 당한 건가요?"

"그것까지는 잘 모르겠습니다."

"그렇군요."

한참 동안 무거운 정적이 흘렀다.

끔찍하다는 듯 손으로 입을 가린 클로에나 눈 하나 까딱하지 않은 채 앉아 있는 달리아, 고요한 얼굴이나 눈동자가 미미하게 떨리는 백작 부인을 한번 돌아본 밀라이아가 물었다.

"혹시 지스 영애에게 원한을 품을 만한 사람을 알고 있나요? 같이 지낸 기간이 짧다고는 하지만, 어쨌거나 그녀도 잠시 궁에 몸을 담았으니까요."

"신은 잘 모르겠습니다."

"신도 잘 모르겠습니다."

"음, 혹시……."

고개를 흔드는 두 사람과는 달리 머뭇거리는 클로에에게 좌중의 시선이 향했다.

일제히 쏠린 다섯 쌍의 눈동자가 불편한 듯 몸을 움찔거린 그녀가 말했다.

"저도 잘 모르기는 하는데요…… 혹시 길리안가의 소행은 아닐까요? 지스 영애의 일이 있고 나서 레노아 영윤보다 밀려나기도 했고, 길리안 공작은 평소 전하께 제 아들들이 아닌 다른 남자가 접근하는 걸 몹시 싫어했다고 하니 그럴 수도 있을 것 같은……. 으음, 죄송해요. 헛소리 그만할게요."

고개를 푹 숙이는 그녀를 물끄러미 바라보던 밀라이아가 손가락으로 팔걸이를 톡톡 쳤다.

'길리안가라……. 아주 허튼소리는 아닌 것 같은데, 그들이 과연 그렇게까지 하려고 했을까? 자칫 그랬다가 휘하의 다른 가문들이 전부 등을 돌릴 수도 있는데 말이지.'

지스가는 아네스가와 더불어 내내 길리안가의 오른팔과 왼팔로 활약한 가문.

그러니 제아무리 길리안 공작이 몰인정하다 한들 한 번 실수를 저질렀다 하여 그런 가문의 영애를 저리 만들 리는 없을 것 같았다. 그리해서 얻는 이득보다는 들켰을 때의 손해가 훨씬 크잖은가. 감정적인 문제야 분명 있겠지만.

'그럼 누굴까? 역시 취조 결과가 나오길 기다려 봐야 하나?'

이런저런 생각을 거듭하는데, 노크 소리가 들렸다.

잠시 후 안으로 들어온 사람은 총 다섯이었다. 수도방위기사단의 부단장 두 명과 치안대장, 지스 백작, 그리고 길리안 대법관.

아마도 사정을 아는 근위기사들이 모두 모이기를 기다렸다가 들여보낸 듯했다.

하나같이 얼굴이 굳은 사람들을 둘러본 밀라이아가 말했다.

"모두 오면서 사정은 들었을 것으로 알아요. 음…… 지스 백작?"

"네, 전하."

"영애의 일은 유감입니다. 고인의 명복을 빌어요."

"감사, 합니다."

고개를 숙이는 남자의 목소리는 잔뜩 잠겨 있었다.

그 심정을 고려해 잠시 침묵한 밀라이아는 좀 더 시간이 흐른 뒤에야 다시금 입을 열었다.

"힘든 것은 알지만 대답을 좀 해 줘야겠어요. 혹 이전에 영애의 실종 신고를 하였나요? 듣자 하니 사망 후 시일이 좀 지난 것 같던데, 지스 영애가 실종되었다는 보고는 받은 적이 없는 듯해서요."

"……아니요, 하지 않았습니다."

"어째서요?"

"전하께서도 아시다시피 신의 가문은 모레면 영지로 내려가야 하는지라, 유폐가 싫어 도망이라도 친 줄 알았습니다. 하여 사실대로 알렸다가 경을 칠까 두려워 몰래 찾는 중이었습니다."

"아."

순간 더 대꾸할 말이 사라져, 밀라이아는 그가 감정을 추스르기를 기다렸다가 물었다.

"하면 혹 용의자로 지목할 만한 인물은 있나요? 평소 영애에게 원한을 품었다거나 하는 사람 말이에요."

"없습니다. 에세로아는 비록 전하께 그런…… 죄를 저지르긴 했으나 기본적으로 활달하고 친구 관계도 무난하던 아이입니다. 그런 끔찍할 일을 당할 정도로 원한을 살 만한 일은 없었습니다."

"그런가요? 흠."

그야 백작은 아비이니 그리 말하는 것일 수도 있지만, 그래도 뭔가 좀 애매하기는 했다. 아무리 뒷배가 있었다 한들 그의 말대로 무난한 성격이 아니었다면 전속 시녀로 발탁될 수 있었을까 싶기도 하고, 제게 보여 주었던 모습들을 생각하면 꽤나 만만치 않았던 것이 의외로 적이 좀 있었을 것도 같아서.

머리카락을 뱅글뱅글 돌리며 잠시 생각에 잠기는데, 어디선가 따끔따끔한 시선이 느껴졌다.

무심코 돌아보자 저를 빤히 바라보고 있는 청년이 눈에 들어왔다.

그제야 본디 이 일이 그의 소관이었다는 점이 떠올라서, 밀라이아는 아차 하는 얼굴로 말했다.

"이런. 여가 급한 마음에 그만 대법관의 일을 방해했군요. 더는 참견하지 않을 터이니 얘기해요."

"아니요, 더 물어볼 이야기는 없습니다. 다만 영애의 시중을 들던 모든 시녀와 하녀들에 대한 취조권을 주셨으면 합니다. 아, 소지품과 방에 대한 수색 권한도요."

"좋아요. 수도방위기사단과 함께 수색하는 걸 허락하죠. 백작도 동의하나요?"

"네, 전하."

지스 백작은 무겁게 고개를 끄덕였다.

밀라이아는 수도방위기사단의 두 부단장을 돌아보며 말했다.

"경들, 방금 이야기 들었죠? 비록 작위는 없다 해도 귀족 살해 사건입니다. 철저하게 수사해서 반드시 범인을 밝혀내도록 해요."

"명을 받듭니다."

"또한 범인이 잡힐 때까지 경계 근무령을 내리겠습니다. 수도를 출입하는 이들을 철저하게 검문하고, 수상한 자들은 모두 걸러 내서 데려오도록 해요. 치안대 역시 마찬가지입니다. 알아들었나요?"

"넵!"

"좋아요. 마지막으로 부재중인 왕제를 대신해서 현재 수도에 머무르고 있는 다이스 후작을 엄중 보호…… 아, 아니다. 그는 그냥 궁으로 불러들이는 편이 낫겠군요. 앤트워스 후작, 부탁해요."

한 발짝 앞으로 나선 노기사가 정중하게 허리를 숙였다.

"즉시 조치하겠습니다."

"그래요. 그럼 여는 이만 자리를 비켜 줄 터이니, 그대들은 이곳에서 구체적인 사안을 논의하도록 해요. 변동 사항이 생기면 즉각 보고하고요."

"네, 전하."

"전하, 잠시만……."

일제히 예를 갖추는 남자들 사이에서 홀로 다른 목소리를 잡아낸 밀라이아가 물었다.

"무슨 일이죠, 길리안 대법관?"

"신에게 잠시만 시간을 내 주실 수 있겠습니까? 따로 드리고 싶은 말이 있습니다."

집요하리만큼 제게 쏟아지는 분홍색 시선을, 밀라이아는 말없이 바라보았다. 어딘가 묘하게 거슬리던 기분이 조금씩 더 커지는 느낌.

"미안하지만 여가 오늘은 좀 피곤해서요. 게다가 그대가 빠지면 다른 사람들이 제대로 논의를 할 수 없잖아요? 그 얘기는 밝은 날 다시 하도록 해요. 그래도 되겠지요?"

손가락으로 눈가를 꾹꾹 누르자, 그는 어쩔 수 없다는 듯 '네.'라고 답하며 고개를 숙여 보였다.

"고마워요. 참, 지스 백작은 이번 사건이 해결될 때까지 형을 유예해 주겠어요. 단, 저택 밖으로의 출입이나 외부와의 교류는 금지이니 그 점을 명심하고, 범인 검거에 적극 협조하도록 해요."

"네, 전하."

"그럼 수고해요."

느릿하게 이야기한 밀라이아가 자리에서 일어났다.

즉시 몸을 일으킨 백작 부인과 두 시녀, 그리고 윈터 경이 뒤에 따라붙었다.

굳은 얼굴로 방에 돌아온 밀라이아는 문 앞을 지키고 서려는 기사에게 잠시 들어오라 말한 뒤 문을 굳게 닫았다. 그러고는 의아한 표정을 짓는 그에게 말했다.

"지금 이 이야기는 만에 하나를 대비해서 하는 겁니다. 경이 여를 위해 한 가지 해 줘야 할 일이 있어요."

"하명하십시오."

"이번 사건, 따로 조사해 줬으면 해요. 길리안가가 모르도록. 무슨 뜻인지 알죠?"

담담하던 기사의 눈동자에 미미한 파문이 일었다.

친애하는 누님께.

그간 안녕하셨는지요?

편지를 보내기로 해 놓고 또 늦어졌군요. 실은 요 며칠 여장을 풀고 연회에 참석하는 등의 일로 눈코 뜰 새 없이 바빴거든요.

저는 지금 제국의 수도 카스티야에 와 있습니다. 이미 별궁에 짐도 풀었고요. 지난 사흘간 여독을 푼 뒤 오늘 오전부터 협상 테이블을 펼친 참입니다.

처음 겪어 보는 외교 협상이란 무척 신기하고 또 흥미로운 것이더군요. 가히 무기 없는 전쟁을 보는 듯했습니다. 물론 아직 막 시작 단계라 승패를 논하기는 한참 이르지만요.

누님께서 말씀해 주신 일을 상의하면서 웨스트우드 백작을 비롯한 본국의 실무진은 모두 뛰어난 인물이라 생각했는데, 제국의 베리타 공작은 정말이지 무시무시한 자더군요.

식량 수입 문제를 꺼내자마자 기다렸다는 듯 눈을 번뜩이는 것이 어휴, 정말 장난이 아니더라고요. 그나마 희대의 천재라 불리던 선대 공작보다는 못하다는 데도 그 정도라니, 대체 선대 공작은 어땠다는 건지 궁금할 지경이었지 뭡니까.

말씀해 주신 그 일은 아직 꺼내지 않았습니다. 실무 책임자들이 식량 문제부터 매듭지은 뒤 꺼내는 게 낫겠다 해서요. 일단은 모르는 척하는 중입니다.

편지를 꼼꼼하게 훑어가던 밀라이아가 빙긋 웃었다.

그러잖아도 요 며칠 연락이 끊겼기에 대충 그럴 거라 짐작하고 있었는데, 이렇게 잔뜩 신이 나서 적은 내용을 보자 왠지 웃음이 나왔다.

참, 그제 연회에서 고모님을 만나 뵈었습니다. 말로만 듣던 둘째 고모님 있잖습니까? 라스가로 시집을 가신 바로 그분이요.

부군이 현 공작에게 작위를 물려주고 은퇴하는 바람에 그분 역시 영지에 내려가 계셨다는데, 본국에서 사절단이 온다는 소식을 전해 듣고 부랴부랴 귀성하셨다 하더군요. 누님과 꼭 닮은 보랏빛 눈동자가 무척 인상 깊은 분이었습니다. 상냥하기도 하셨고요.

그 덕분인지 이곳의 귀족들 모두 사절단에게 호의적인 분위기입니다. 심지어는 아드리안 황제 폐하께서 너무 예뻐하는 탓에 다소 안하무인이라던 1황녀 전하마저요.

1황녀 전하는 올해 연치 여덟이라고 하는데, 은색 머리카락과 푸른 눈 때문에 겉으로는 차가워 보이나 사실은 무척 귀여운 소녀입니다.

그녀가 얼마나 귀엽냐면요, 글쎄 오늘 아침에는 제게 달려와서 웬 꽃을 한 송이 선물해 주지 뭡니까. 그러고는 배시시 웃는데 음, 이런 말씀 드리기 면구하지만 누님께서 왜 저를 보실 때마다 귀엽다고 하시는지 조금은 이해가 될 것도 같았습니다.

갑자기 웃음이 터져 나왔다.

'요것 봐라? 일하라고 보냈더니 이제 겨우 여덟 살짜리 황녀랑 소꿉장난을 하고 있는 거야?'

킥킥 웃으며 다음 장을 넘긴 밀라이아는 황녀에 대한 이야기가 잔뜩 적혀 있는 부분을 빠르게 지나친 뒤 끄트머리를 읽었다.

……쨌든 사절단은 잘 지내고 있으니 걱정 마십시오.

한데 요새 길리안 대공자가 좀 이상해 보이더군요. 길 가다 말고 멍하니 서 있질 않나, 다짜고짜 화를 내질 않나, 가끔은 뭔가를 걷어차질 않나.

물론 저에게야 그렇게까지 막 대하지는 못한다지만, 이러다가 그자 때문에 사절단 내부에서 불만이 생길까 좀 염려가 됩니다.

이런, 어느새 오찬 시간이군요. 그만 나가 봐야 할 것 같습니다.

왕국은 날씨가 무척 덥다 들었습니다. 한낮의 햇볕은 위험하니 서늘한 곳에 계시고, 항상 건강에 유의하십시오.

그럼 또 편지하겠습니다.

에드워드 데 루아.

'대공자가 이상하다? 페르디난드 공작이 손을 써 둔 것이 슬슬 먹히고 있는 건가?'

그렇다면 이쪽에서도 슬슬 준비를 하는 것이 나을 듯했다.

'한데 지스 영애 건에 발목이 묶여 만나질 못하고 있으니 원.'

연인의 얼굴을 떠올린 밀라이아가 혀를 찼다.

사흘 전 그녀에게서 지스 영애 살인 사건에 대해 조사권을 일부 위임받은 길리안 대법관과 수도방위기사단은 지스 백작저를 낱낱이 훑어보는 한편, 피해자의 주변 인물들과 더불어 페르디난드 공작을 관계자로 소환했다. 전자의 경우는 참고 조사를 위함이고, 후자는 하필이면 왜 시신이 페르디난드가 근처에서 발견된 건지 밝혀내야겠다는 이유에서였다.

워낙 영민한 사람이니 며칠 내로 태연하게 돌아오겠지만, 어쨌거나 그 바람에 공작이 업무에 정상적으로 복귀하기 전에는 대공자 건에 대해서도 딱히 뭔가 조치를 더 취할 수가 없었다. 그냥 준비해 둔 것이 있다 했을 뿐 자세한 계획은 알려 주지 않았기에 더더욱.

'어쩔 수 없지. 그가 돌아올 때까지 기다리는 수밖에.'

하릴없이 편지를 내려놓은 밀라이아는 문득 드는 생각에 고개를 들었다.

제국과의 협상이 시작되었다면 며칠 내로 각 귀족가에도 슬슬 소식이 전해질 터. 무연탄 지대에 대해서 왜곡된 정보가 알려지기 전에 빨리 일을 마무리 지을 필요가 있었다.

대기하고 있던 달리아에게 별궁 손님을 호출해 줄 것을 명한 뒤 잠깐 다른 일을 보고 있을 때, 노크 소리가 들렸다.

잠시 후 안으로 들어선 사람은 다이스 후작이었다. 왕제를 대신해 수도에 들어온, 왕위계승권 7위의 중년 후작.

"창공의 드높음을 경배하라. 고귀하신 여왕 전하께 유진 세 다이스가 인사 올립니다."

"오랜만이에요, 다이스 후작. 그래, 별궁 생활은 할 만한가요?"

보일 듯 말 듯 미소 짓자, 남자는 사뭇 정중한 태도로 답했다.

"살펴 주신 덕에 편안히 지내고 있습니다. 감사드립니다."

"아니에요. 여가 뭐 한 게 있다고. 아, 일단 앉아요. 담소는 그 뒤에 나누죠."

"네, 전하."

밀라이아는 제 맞은편에 와서 앉는 남자를 보며 잠시 말을 골랐다.

사실 선순위 계승권자가 많음에도 그녀가 에드워드의 공백을 채우기 위한 사람으로 다이스 후작을 지목한 건 오직 한 가지 이유 때문이었다. 무연탄 지대가 앤트워스 후작령과 그의 영지에 걸쳐 있다는 것.

달리아를 통해 그가 원래 왕당파 출신이라는 것과 나름대로 왕실에 대한 충성심을 지니고 있다는 점 정도는 파악해 두었지만, 밀라이아는 지금 이 일을 어디까지 설명해야 하는지 확신할 수가 없었다. 어쨌거나 그의 영지이니 설명 없이 강제로 앗기에는 대외적으로 명분이 살지가 않았고, 그렇다고 해서 무작정 다 설명해 줬다가 비협조적으로 나오기라도 하는 날에는 한바탕 귀찮은 일을 각오해야 했으니까.

머리카락을 뱅글뱅글 돌리며 고민하는데, 묵묵히 그녀를 바라보던 후작이 불쑥 말했다.

"혹 신의 영지에 묻혀 있다던 그것 때문에 그러십니까? 그, 무연탄이라는 것 말입니다."

'어떻게 알았지?'

보라색 눈이 가늘게 뜨였다.

새치름하게 올라간 눈꼬리를 보며 난감하다는 듯 웃어 보인 남자가 말했다.

"이런, 신이 너무 직설적으로 말씀드렸나 봅니다. 변방에서는 중앙에서처럼 돌려 말하는 법이 거의 없어서요. 놀라시게 해 드렸다면 죄송합니다."

"괜찮아요. 그보다는 좀 전에 했던 얘기에 대해 듣고 싶네요."

속으로는 여전히 경계하면서 빙긋 미소 짓자, 다이스 후작은 고개를 절레절레 젓고는 말했다.

"이것 참, 그새 중앙 정계 사람이 다 되셨군요. 아무래도 페르디난드 공작의 말이 거짓은 아니었나 봅니다."

"칭찬으로 듣죠. 한데 페르디난드 공작이라니요? 그가 무슨 말을 했나요?"

살짝 놀란 표정을 지은 남자가 말했다.

"모르셨습니까? 실은 신이 수도에 올라오자마자 페르디난드 공작이 찾아왔었습니다. 오랜만에 귀성했는데 가볍게 술이라도 한잔해야 하는 게 아니냐면서요."

"흠, 그래서요?"

생각해 보면 다이스 후작 역시 구왕당파 출신이라 했으니 둘 사이에도 인연이 있겠다 싶었다.

계속해 보라는 얼굴로 바라보자, 후작은 말을 고르는 듯 잠시 침묵하다 이내 한숨을 쉬었다.

"후, 오랜만에 중앙 화법을 써 보려고 했는데 잘 안 되는군요. 그냥 편안하게 말씀드릴 테니 너그러이 이해해 주시면 감사하겠습니다."

"그렇게 하죠."

"감사합니다. 음, 아시다시피 신은 삼 년 전까지만 해도 중앙 정계에서 나름대로 활약하던 사람입니다. 본디 후작들은 영지를 비우고 올라오기가 쉽지 않으나 신의 영지는 동맹국인 제국과 국경을 마주하고 있는 데다 한 살 터울인 동생이 영지를 잘 관리하고 있었기에 가능한 일이었지요."

잠시 말을 끊은 후작이 계속해서 이야기했다.

"어쨌든 신이 중앙에서 한창 활동하던 당시, 막 작위를 물려받은 페르디난드 공작은 꽤나 대화가 잘 통하는 젊은이였습니다. 그러던 그와 결정적으로 사이가 틀어진 건 삼 년 전의 그 일 때문이었지요."

"그 일이라면……?"

"알고 계시지 않습니까? 모두 전하께서 자초하신 일이니 말입니다. 이제 와 무슨 잘잘못을 따지겠느냐마는, 당시 저희 왕당파는 갑작스러운 사태에 당황하긴 했어도 전하께 힘을 실어 드릴 생각이었습니다. 어쨌거나 왕위에 오른 분은 전하셨으니까요."

그의 이야기는 이랬다.

전혀 예상치 못했던 자가, 그것도 평범한 왕녀였던 글로리아가 왕위에 오르게 되어 당혹스러운 와중에도 그들은 왕당파로서의 본분을 다하기 위해 최선을 다했다.

즉위 과정에서 길리안가를 비롯한 일부 귀족파 세력이 여왕의 심복을 자처하며 정국을 쥐락펴락하려는 움직임이 보였기에, 그들은 우선 흔들리는 왕권을 다잡고자 길리안 공작을 궁지로 몰아넣을 책략을 열심히 짜냈다.

하나 여왕은 신속하게 결단을 내리기는커녕 내내 망설이다 결국 길리안 공작에게 빠져나갈 시간을 주고 말았다.

허탈하기 짝이 없는 일이었지만, 그럼에도 그들은 심기일전하여 귀족파를 몰아낼 수 있는 새로운 방법을 짜냈다. 이번에는 여왕이 일을 망치지 않도록 단체로 압박하기를 결의하고서. 한데 실행에 들어가기 직전 페르디난드 공작의 배신으로 일이 무산되었다고.

"네? 페르디난드 공작이요?"

"당시에는 그렇게 보였습니다. 다 같이 행동하기로 해 놓고 혼자 쏙 빠져나가 다른 두 공작과 어울리기 시작했으니까요."

도무지 힘을 실어 주지 않는 여왕과 핵심 가문 중 하나인 페르디난드가의 이탈로 왕당파 귀족들은 극심한 허무감에 시달렸다.

하나 그렇다고 해서 정치적 신념이 다른 귀족파에 붙을 수도 없었으므로, 그들은 결국 낙향하여 각자의 영지에 틀어박히는 쪽을 선택하게 되었다.

'아하, 일이 그렇게 된 거였군. 어쩐지 여왕이 즉위했다는 이유만으로 그 많던 귀족들이 대부분 낙향했다는 게 이상하다 싶었다.'

에스페라 공작 역시 거기에 대해서는 언급해 준 바 없었으므로, 밀라이아는 그냥 길리안 공작이 유약한 글로리아를 쥐고 흔드는 꼴이 보기 싫어 그랬던 게 아닐까 어림짐작했었다. 한데 거기에 페르디난드 공작의 사연까지 끼여 있었을 줄이야.

"흠. 그래서요?"

손깍지를 끼며 몸을 뒤로 기대자, 후작은 다시 한번 놀란 표정을 지었다.

"……인사를 드렸을 때부터 느꼈던 거지만, 정말 많이 달라지셨군요. 신이 알던 전하였다면 이쯤에서 눈물을 보이시거나 적어도 얼굴을 붉히셨을 텐데 말입니다."

"세월은 모든 사람을 변하게 하죠."

"정말 그런 것 같군요. 하면 계속 말씀드리겠습니다."

느릿하게 답한 남자가 잠시 끊겼던 말을 다시 이었다.

다이스 후작 역시 그렇게 내려간 사람 중 하나였다.

화려한 중앙 정계에서 쫓겨나듯 변방으로 돌아온 그는 한참 동안 울화를 삼키며 칩거했다. 애초부터 별 기대도 없었던 여왕에게는 그렇게까지 큰 유감이 없었으나, 나름대로 친분을 쌓았던 페르디난드 공작의 배신이 뼈아팠던 탓이다.

그렇게 흘러간 세월이 삼 년이었다.

그리고 며칠 전, 왕제의 사절단행으로 어쩔 수 없이 수도로 돌아온 그에게 페르디난드 공작은 다짜고짜 찾아와 말했다. 당신의 도움이 필요하다고.

다이스 후작은 당연히 썩 꺼지라며 화를 냈다.

하지만 공작은 뻔뻔스럽게도 두고두고 후회하기 싫거든 제게 한 시간만 내어 달라고 했다. 전하께서 당신을 필요로 하지 않으셨다면 저 역시 이곳을 찾아올 일은 없었을 거라 말하면서.

여왕을 대단히 싫어한다고 알음알음 알려져 있던 남자의 그 같은 말은 후작의 흥미를 자극했고, 결국 그는 공작을 안으로 들였다.

그리고 이어진 설명은 그를 몹시 놀랍게 만들었다.

"전부 오해였습니다. 그는 왕당파의 몰살을 막기 위해 일종의 희생을 한 거였죠."

"귀족파가 함정을 팠던 모양이군요."

후작이 침울한 얼굴로 답했다.

"맞습니다. 당시 전하께서 길리안 공작에게 쥐여 주셨던 감사권 때문이었죠. 자칫 모두가 누명을 뒤집어쓰고 불명예스럽게 쫓겨날 뻔한 것을, 공작이 먼저 알아차리고 몰래 거래를 했던 겁니다. 국법에 따라 정해져 있는 재상 자리를 마음대로 바꿀 수는 없으니 길리안 공작도 그의 협조를 받는 조건으로 응한 거고요."

"……그렇군요."

이제야 그가 그동안 글로리아에게 보여 주었던 태도가 이해됐다. 그녀가 저지른 실책 때문에 권력도 신념도, 심지어는 동지까지 잃고 반 허수아비 신세가 되었으니 당연히 싫어할 수밖에.

왕당파의 수를 줄이고 싶어 했을 길리안 공작이 그런 내막을 알리게 두었을 리도 없으니, 배신자로 낙인찍히고도 한마디 변명조차 못했기에 더 그랬을 게다.

'쯧, 그래서 지난번에 배신자라느니 어쩌느니 하는 말을 하며 그

런 표정을 지었구나.'

어차피 양쪽 사이에서 저울질이나 하며 살던 게 사실이라며, 페르디난드가가 재상직을 맡을 차례가 아니었다면 낙향했을지 모른다 했던 그날의 공작이 떠올랐다. 그녀를 만나게 되어 참으로 다행이라며 느릿느릿 건네 오던 목소리도.

'그러고 보니 공작, 조사는 잘 받고 있으려나.'

갑자기 그가 보고 싶어졌다.

마음 같아서는 비밀 통로를 통해 몰래 찾아가 보고 싶지만, 지금 같은 비상 상황에서 그리 행동할 수는 없었다. 지스 영애를 살해한 범인의 의도가 무엇인지 아직 알 수 없는 이상 더더욱.

'한데 그자, 생각보다 오래 버티는군.'

그날 잡았다던 시체 유기범을 잠시 떠올리는데, 후작이 다시 입을 열었다.

"이미 다 알아들으신 듯하니 더 말씀드릴 필요는 없겠군요. 그는 본디 끝까지 비밀을 지킬 생각이었으나, 전하와 왕국을 위해서는 신의 도움이 반드시 필요하기에 처음으로 이야기한다 했습니다. 그 무연탄이라는 것이 그렇게 활용할 곳이 많다면서요?"

"음. 네."

최대한 말을 아끼는 그녀를 보며 혀를 내두른 남자가 말했다.

"이런, 너무 그리 경계하지 마십시오. 과거야 어쨌든 신도 왕당파 출신입니다. 왕실의 피가 흐르고 있기도 하고요. 협조해 드리지 않을 리가 없잖습니까? 더욱이 공작에게 그런 얘기까지 들었는데 말입니다."

"그리 생각해 주니 고맙군요. 하면 매달 사용료를 지불하는 식으로 하면 되겠어요?"

은근슬쩍 미끼를 던지자, 후작은 빙그레 웃으며 말했다.

"그럴 리가요."

"좋아요. 후작에게 일 할의 지분을 넘기는 걸로 하죠. 그럼 되겠죠?"

어깨를 으쓱하는 그녀를 보며 다시 한번 웃은 남자가 말했다.

"끝까지 손해는 안 보시는군요. 뭐, 좋습니다. 어차피 왕실에서 언급하지 않았으면 몰랐을 일이니까요. 그럼 세부적인 사항이 결정되면 말씀해 주십시오."

"그러죠. 협조해 줘서 고마워요."

"별말씀을. 이리 성장하신 모습을 뵙게 되어 무척 기쁘군요. 저하께서 돌아오시면 안심하고 내려갈 수 있을 것 같습니다."

'아깝다. 이쪽으로 끌어들이면 꽤 도움이 될 것 같은데.'

몰래 입맛을 다신 밀라이아가 물었다.

"다시 정계로 복귀할 생각은 없나요?"

"네. 가끔씩 옛 생각이 나긴 합니다만, 몇 년 내려가서 살다 보니 변방이 편하더군요. 게다가 명색이 후작인데 국경을 지키고 있어야 하지 않겠습니까. 말씀하신 것 같은 보물을 가지고 있다면 더더욱 말입니다."

"뭐…… 그건 그러네요. 알겠어요. 하면 세부 사항이 결정되는 즉시 다시 전갈을 보내죠. 궁에 머무는 동안 편안하게 지내길 바라요."

"네, 감사합니다."

정중하게 고개를 숙여 보인 남자가 자리에서 일어났다.

'이제 협상도 전부 끝났겠다, 회의 소집만 하면 되겠군. 그 전에 공작이 먼저 돌아와야 할 테지만 말이지.'

멀어지는 남자를 바라보는 밀라이아의 눈빛이 반짝 빛났다.

일주일 뒤.

“창공의 드높음을 경배하라. 에르네스토 라 페르디난드가 고귀하신 여왕 전하를 뵙습니다. 그동안 강녕하셨습니까?”

말끔한 예복 차림의 남자가 한쪽 무릎을 꿇은 채 예를 갖추었다. 오랜만에 보는 것이라 그런지, 시녀들을 전부 내보낸 뒤 단둘만 남았는데도 사뭇 정중한 태도였다.

“나야 잘 지냈죠. 에른은 어땠어요? 이것저것 조사받느라 무척 힘들었을 것 같은데.”

밀라이아는 제 손을 잡아 올려 입을 맞추는 남자를 찬찬히 살펴보았다. 겉으로는 말끔해 보였지만, 생각보다 조사가 훨씬 길어졌기에 정말 괜찮은지 걱정이 되었다.

“뭐, 괜찮습니다. 대단히 귀찮은 경험이기는 했지만요.”

“왜요, 길리안 대법관이 빡빡하게 굴던가요?”

“네, 지긋지긋할 정도로 집요하게 굴더군요. 나중에는 글쎄…… 후우, 아닙니다. 굳이 그 긴 이야기를 다 할 필요는 없겠죠.”

대강 말을 삼킨 공작은 입술을 뗀 후에도 계속 잡고 있던 손을 그제야 놓아주며 말했다.

“어쨌든 이렇게 뵙게 되니 정말 좋군요. 다른 거야 그렇다 치고,

그동안 밀라 님이 정말 많이 그리웠거든요."

"정말요? 나도 그랬는데."

"그럼 한 번만 안아 주시면 안 되겠습니까? 수고했다고 등도 토닥여 주시면 더 좋고요."

"왜 안 되겠어요? 이리 와요."

키득거리며 웃은 밀라이아가 팔을 넓게 벌렸다.

어서 안겨 들라는 듯한 그 모습에, 성큼 다가온 남자가 그녀를 덥석 끌어안았다. 그러고는 기다란 머리카락에 얼굴을 묻으며 나지막하게 중얼거렸다.

"좋군요. 하아, 이제야 좀 살 것 같습니다."

"……뭐야, 안아 달라더니. 그나저나 정말 고생이 많았나 보네요. 공작이 이런 어리광을 다 부리고."

밀라이아는 팔을 뻗어 그의 등에 둘렀다. 그러고는 좀 전에 그가 원하던 대로 토닥토닥 두드려 주며 작게 속삭였다.

"이럴 줄 알았으면 길리안 대법관에게 미리 한마디 해 놓을 걸 그랬나 봐요. 괜히 그랬다가 두고두고 말이 나올까 봐 참았는데."

"잘하셨습니다. 밀라 님께서는 되도록 그자와 엮이지 마십시오."

"에른이 고생하니까 속상해서 그렇죠. 그럼 이제 다 끝난 거예요?"

나긋나긋한 물음에 짜증 섞인 한숨을 내쉰 공작이 답했다.

"아뇨. 일단 증거불충분으로 풀려나긴 했는데, 당분간은 궁과 저택만을 오가라고 합니다. 아직까지 완벽하게 혐의를 벗은 건 아니라나요?"

"그래요? 흠. 다른 용의자 얘기는 안 하던가요?"

"네. 아주 저를 목표로 삼은 것 같은 느낌이던데요. 하긴 뭐, 애초에 시체를 집 근처에 갖다 뒀을 때부터 이걸 노린 거겠지만요."

대수롭지 않게 돌아오는 답을 듣고서 밀라이아가 손을 멈췄다.

"대체 누가 이렇게 공작을 집요하게 노리는 거죠? 목에 칼집을 내질 않나, 다짜고짜 집 앞에 시체를 던져두질 않나. 짐작 가는 사람이라도 있…… 느냐고 물어보면 많겠구나, 참."

혀를 차는 소리에 공작이 움찔하더니 그제야 머리카락에 묻었던 얼굴을 슬그머니 들어 물었다.

"……그거, 아직도 안 잊어버리셨습니까?"

"잊어버릴 리가 있어요? 감히 내 남자를 죽이려 들었는데. 그러니 어떻게 된 건지 얘기해 봐요. 속일 생각 하지 말고요."

"지난번에도 말씀드렸지만 그냥 좀 긁힌 것뿐……."

"달리아한테 이미 다 보고받았거든요? 암살자가 들었다면서요!"

그와 재회하기 직전 들었던 말을 떠올린 밀라이아가 눈을 치켜떴다.

제법 흉흉한 그 기세에 가볍게 혀를 찬 공작이 말했다.

"이런, 연인이 너무 유능해도 문제로군요. 하얀 거짓말조차 못하게 되니 말입니다."

"그걸 이제 알았어요? 그래서 범인이 누구예요?"

"아직 모릅니다. 자결했거든요."

"……."

갑자기 목이 꽉 막혔다. 누구의 소행이냐며 닦달할 때까지만 해도 그 정도는 아니었는데, 답을 듣는 순간 잘못했으면 정말로 큰일 날 수도 있었겠구나 하고 실감이 들어서.

할 말을 잃고 바라보자, 그는 곧장 그녀를 다독였다.

“그런 눈으로 보지 마십시오. 안 죽습니다. 그날 암살자를 잡은 사람도 저인걸요.”

“……그래도 조심해요. 약속했잖아요. 나 혼자 버려두지 않겠다고.”

“절대 안 그럴 테니 걱정하지 마십시오. 저 그렇게 만만한 남자 아닙니다.”

그러니 안심하라며 부드럽게 속삭인 공작이 말했다.

“곧 잡을 수 있을 겁니다. 실은 그동안 이것저것 함정을 좀 파 놓았거든요.”

“함정이라고요?”

“네. 이대로 한 대 얻어맞고 끝내기는 아쉬워서요.”

삐딱하게 입꼬리를 끌어 올리는 남자를 걱정스럽게 올려다보고는 밀라이아가 물었다.

“그러다가 괜히 더 위험해지는 거 아니에요? 어떤 식으로 함정을 팠는데요?”

“적당히 빈틈을 제공하는 거죠. 사실 연주회도 그중 하나였는데, 하필이면 지스 영애 사건이 터지는 바람에 쓸모없게 됐지 뭡니까.”

“그럼 그것 때문에 나더러 데이트하자 그런 거였어요? 맨날 집무실에서만 보니 답답했다느니 어쩌느니 하고 핑계대면서?”

삐친 척 팩 고개를 돌리자, 공작은 슬그머니 그녀의 손을 잡아오며 답했다.

“아시잖습니까? 제가 원래 한 가지 목적으로만 일을 처리하지 않는 거. 그리고 선과 후가 틀렸잖습니까. 당연히 밀라 님과 데이트를 하려는 게 주 목적이었지요. 겸사겸사 다른 일을 조금 섞어 넣긴 했지만 말입니다.”

"흥, 뭐가 선이고 뭐가 후인지 알 게 뭐예요? 진실은 공작만이 알겠죠."

"화내지 마십시오. 기껏 열심히 준비한 연주회가 망쳐져서 저도 슬펐단 말입니다. 말이야 바른 말이지, 일주일 만에 그걸 준비하느라 제가 얼마나 힘들었는지 아십니까?"

엄살을 피우는 남자를 보자 웃음이 나왔다. 사실 그녀도 말만 그렇게 한 것뿐, 그의 의도를 진짜로 그리 해석한 건 아니었으니까. 당연히 정말로 삐친 것도 아니었고.

못 말린다는 듯 소리 내어 웃은 밀라이아가 말했다.

"그게 일주일 만에 준비한 거였어요? 난 그래도 열흘은 걸렸을 줄 알았는데."

"뭐, 좀 빠듯하긴 했어도 못할 정도는 아니었습니다. 물론 시간이 조금만 더 있었다면 그거보단 완성도가 더 높았을 테지만요."

"그래도 꽤 괜찮았는걸요? 생각해 보니 영 아쉽네요. 오랜만에 참석하는 연주회라 무척 기대했었는데."

입맛을 다시는 그녀를 물끄러미 바라보던 공작이 말했다.

"정말 음악을 좋아하시나 보군요. 알겠습니다. 근시일 내에 다시 한번 자리를 마련해 보도록 하죠."

"오, 정말이죠? 약속했어요."

"물론입니다."

밀라이아는 고개를 끄덕이는 남자를 보며 생긋 웃었다.

음악도 음악이지만, 그와 함께 다음을 기약하며 보내는 하루하루가 무척 소중했다. 생명력의 색이 탁해졌다는 대신관의 말을 듣는 순간 제게 남은 시간이 예상보다 꽤 적을지도 모르겠다는 생각이 들었기에 더 그랬다.

“그러고 보니 며칠 전 다이스 후작을 만나셨다면서요? 협상은 잘 하셨습니까?”

“그걸 왜 나한테 물어요? 판을 다 짜 놓은 건 에른이면서.”

어깨를 으쓱해 보이자, 공작은 무덤덤한 얼굴로 답했다.

“저야 밑밥만 깐 거고, 어떤 식으로 권리를 나눌지는 밀라 님께서 결정하셨을 것 아닙니까. 어땠습니까? 순순히 협조하겠다고 하던가요?”

“그럼요. 옛 동지의 얼굴을 봐서라도 협조해 드려야겠다고 하던데요? 그동안 오해했던 게 미안하다면서요.”

“……그렇게 안 봤는데 은근히 수다스러운 자였군요. 전하께 그런 말씀은 뭐 하러 드렸답니까.”

투덜거리는 그를 보며 밀라이아가 고개를 갸웃하고는 물었다.

“어라, 내가 들으면 곤란한 얘기였어요? 하지만 공작이 잘못한 건 하나도 없던데?”

“모양이 빠지잖습니까. 그 일은 어쨌거나 제가 한때는 뜻을 같이 했던 자들에게 믿음을 전혀 받지 못했다는 증거와 마찬가지니까요.”

“어…… 그런 생각은 안 해 봤는데.”

느릿느릿 눈을 깜빡이자, 슬쩍 눈썹을 찡그린 공작이 말했다.

“그렇잖습니까? 제가 정말 신뢰 있는 사람이었다면 그런 일이 있었어도 다들 조금은 더 믿어 줬겠지요. 한데 어찌 된 거냐 물어오는 사람은 극히 드물더군요. 대부분은 그저 손가락질하며 배신자라 말할 뿐이었죠.”

“음. 그렇게 생각하면 또 그러네요.”

"네. 해서 저는 사실 구왕당파 귀족들을 썩 좋아하지 않습니다. 다만 밀라 님께서 필요로 하시니 다시 잘 지내는 척하고 있을 뿐이지요."

"헉, 정말요?"

좀 전에도 그랬지만, 이건 정말 뜻밖의 이야기였다.

놀란 눈으로 공작을 올려다본 밀라이아는 잠시 고민하다 이내 한숨을 쉬었다.

"미안해요. 내가 여왕이 아니었다면 여기서 공작의 마음을 헤아려 더는 그들을 불러들이지 않겠노라 말할 텐데, 차마 그렇게는 이야기하지 못하겠네요."

"안 하셔도 됩니다. 그리하시는 게 맞고요. 아무리 제가 유능하다지만 그들 모두를 대신할 수는 없잖습니까. 그리고 설사 가능하다 해도 그럴 시간에 밀라 님과 단둘이 보내는 것이 낫지, 굳이 수많은 일에 치이고 싶진 않습니다."

어깨를 으쓱한 그는 시간을 슬쩍 확인하고는 말했다.

"그보다 슬슬 정무 회의에 참석하실 시간이군요. 남은 얘기는 다녀와서 마저 하고, 이만 가실까요? 제가 모시겠습니다."

"어라, 벌써 시간이 그렇게 됐네요."

요 며칠 그렇게도 시간이 안 가더니, 오늘은 정말 쏜살같이 흐른다 싶었다.

손을 뻗어 그가 내민 손에 깍지를 끼자, 공작은 무척 놀랍다는 듯 과장된 어조로 말했다.

"밀라 님께서 저를 너무 좋아하시는 건 알겠습니다만, 저희 아직은 비밀 연애 중 아니었습니까? 뭐, 굳이 이러고 가시겠다면야 말리지는 않겠…….”

“……익, 이게 다 공작 때문이잖아요? 어느새 습관을 들여 놔서는……!”

서둘러 깍지를 풀어낸 밀라이아가 달아오른 얼굴을 홱 돌렸다.

부끄러워하는 그녀를 보며 소리 내어 웃은 남자가 말했다.

“네, 다 제 탓입니다. 그러니 다시 손을 주시지요. 이러다 늦겠습니다.”

“……하여튼 얄밉다니까.”

입술을 삐죽인 밀라이아가 공작이 내민 손 위에 제 것을 얹었다. 이번에는 예법에서 한 치의 어긋남도 없는 바른 자세로.

두 개의 그림자가 방을 나섰다. 다정하게 서로 붙어 선 채로.

높게 뻗은 유리창 안으로 황금빛 햇살이 쏟아졌다. 더위 먹은 꽃잎들이 축축 늘어지고, 구름 한 점 없는 하늘은 눈부시게 밝은 태양 때문에 숫제 하얀색으로 보였다.

어느새 팔월 하고도 중순에 접어든 시점.

뜨거운 햇볕 아래 너른 방 안이 후텁지근하게 달아올랐다. 지난달까지만 해도 실내에 있으면 그나마 버틸 만했건만, 폐부를 찌르는 더운 공기에 숨이 턱턱 막혔다.

‘와, 정말 심각하긴 심각하네.’

올해는 평년보다 훨씬 기온이 높다더니, 이제는 정말이지 심각할 정도로 더웠다. 호흡이 힘겨울 정도로 뜨거운 공기에 머리가 어질어질했다.

'한때는 비가 너무 내려서 말썽이더니, 이제는 또 이놈의 더위가 문제네.'

유리창 너머로 보이는 아지랑이를 한참 노려보는데, 노크 소리가 들렸다.

잠시 후 안으로 들어선 남자가 서둘러 허리를 숙여 예를 갖췄다.

"창공의 드높음을 경배하라. 수석화가 라파엘로 람도란트가 고귀하신 여왕 전하께 인사 올립니다. 이렇듯 아틀리에까지 직접 왕림해 주시니 실로 영광입니다."

"오랜만이군, 람도란트 경."

겨우 한마디만을 하는데도 호흡이 가빴다.

힘겨운 기색이 역력한 그녀를 향해 다시 한번 고개를 숙여 보인 화가가 답했다.

"아틀리에가 많이 덥지요? 하나 햇빛이 들어와야 제대로 된 색을 낼 수 있기에 어찌할 도리가 없었습니다. 그래도 오늘만 작업을 하면 얼추 마무리가 될 듯합니다."

"그렇군. 하면 되도록 빠르게 부탁하네. 이렇듯 성장盛裝하고 있으려니 생각보다 힘이 들어서 말일세."

"네, 최선을 다하겠습니다."

재깍 답한 남자가 제자들을 향해 손짓했다. 우르르 다가온 화가들이 사람의 키만 한 캔버스에 매달려 분주히 이곳저곳을 오갔다.

밀라이아는 이마에 솟은 땀을 닦아 내는 시녀를 뒤로 물린 뒤 자세를 취했다.

하필이면 햇살을 정면으로 받는 유리창 앞에 선 탓일까, 가만히 서 있기만 해도 땀이 솟아나는 것 같았다.

'아, 더워. 대신관도 올 여름이 유독 덥다 하더니, 정말 심할 정도로 덥네. 분명 내 기억에 이렇게까지 심하게 기온이 올라갔던 적은 없는 것 같은데.'

뜨거운 공기 때문일까, 조금씩 호흡이 가빠 오는 것이 느껴졌다. 어쩌면 아틀리에 안에 가득 퍼진 물감 특유의 냄새 때문에 가슴이 답답해진 것일지도 모른다.

빨개진 얼굴로 숨을 색색 들이쉬는 모습이 심상치 않다 느껴졌는지, 걱정스러운 표정으로 그녀를 지켜보던 백작 부인은 시녀들에게 무어라 지시를 내렸다.

서둘러 다가온 시녀들이 화가의 시야에 거슬리지 않을 정도의 위치에 하나둘 자리 잡고는 커다란 부채로 바람을 일으키기 시작했다.

워낙 공기가 뜨거운 탓에 그것 역시 그리 시원하지는 않았지만, 그럼에도 일단 얼굴에 바람이 와 닿자 꽉 막혔던 호흡이 조금이나마 트이는 것 같았다.

"어떻습니까, 전하? 조금 나으신지요?"

"하아, 네. 한결 낫네요."

길게 숨을 토해 낸 밀라이아는 화가들이며 시녀들의 얼굴에도 땀이 송골송골 맺힌 것을 깨닫고는 말했다.

"한데 유모, 아니다. 달리아가 낫겠네요. 달리아? 잠시만 이쪽으로 와 보겠어요?"

갑작스러운 호명에 서둘러 다가온 달리아가 물었다.

"부르셨습니까, 전하?"

"네. 가만 보니 다들 너무 더워하는 것 같아서요. 시원한 얼음물이라도 한 잔씩 들게 하고 싶은데, 달리아가 좀 가져다줄 수 있겠어요?"

"즉시 다녀오겠습니다."

곧장 고개를 숙이는 그녀에게 미안하다는 표정을 지어 보인 밀라이아가 말했다.

"참, 이쪽에만 돌리기는 뭐하니, 빙고 관리자에게 일러 근위기사단과 행정부, 그리고 궁내부 모두에게 얼음물을 하사하라고 전해줘요. 더운데 왔다 갔다 하게 해서 미안해요."

"아닙니다, 전하. 하면 다녀오겠습니다."

희미하게 미소 지은 달리아가 방을 나섰다.

밀라이아는 이제 그만 이쪽을 보시라는 람도란트의 말에 시선을 바로 했다.

등줄기에서 땀이 주르르 흘러내리는 것을 느끼며 미동도 없이 서 있는데, 문득 함께 초상화를 그리던 소년이 떠올랐다. 그때는 비록 듣는 귀가 있어 심각한 주제는 꺼내지 못했어도 주거니 받거니 대화해 주는 이가 있어 심심하지는 않았는데, 이렇게 더운 날 혼자서 이러고 있자니 너무 지루하고 힘이 들었다. 물론 오늘 같은 날씨라면 함께 있어 봐야 말할 기운도 없어 침묵했을지도 모르지만 어쨌든.

'잘 지내고 있으려나?'

아틀리에로 오는 도중 받았던 두 통의 편지를 떠올린 밀라이아가 백작 부인 쪽을 힐끔 곁눈질했다. 그 자리에서 열어 볼 수도 없는 노릇이라 그대로 그녀에게 맡겨 둔 것이 생각나서였다.

'지금쯤이면 슬슬 결과가 나올 때도 됐는데. 흠, 뭐라고 적혀 있을까?'

협상도 그렇고 페르디난드 공작의 계획도 그렇고, 모두 슬슬 가시적으로 드러날 때가 되었기에 왠지 마음이 급했다.

쉬는 시간에 바로 저것부터 읽어 봐야겠다 생각한 그녀는 부채 바람 덕에 그나마 좀 시원해지는 것을 느끼며 숨을 들이쉬었다.

'이래서야, 수해나 전염병이 아닌 다른 문제도 생기겠는데.'

어느 정도 국가에서 대비가 가능한 다른 문제들과는 달리, 더위는 그녀가 어찌할 수 있는 영역이 아니었다. 모든 이에게 얼음을 나누어 줄 수 있는 것도 아니고, 건물 안에만 있어도 이리 더운데 무슨 대책이 있겠는가.

'이제 좀 편해지나 했더니 또 이런 일이 생기네. 요새는 꿈도 잘 안 꾸길래 좀 살 만하다 했더니.'

마지막으로 악몽을 꿨던 때를 가늠해 본 그녀는 소리 없이 한숨을 쉬었다. 확실히 악몽이 사라지고 나니 정신적으로나 육체적으로 편안하기는 한데, 한편으로는 언제 또 무슨 내용을 꿀지 모른다는 생각에 불안했다.

그때 노크 소리가 들리고, 잠시 후 얼음물이 담긴 유리잔을 쟁반 가득 든 시녀들이 안으로 들어왔다.

사람들의 시선이 전부 물방울이 맺힌 유리잔으로 향하는 것을 본 밀라이아가 말했다.

"날도 더운데 잠깐 쉬었다 하지. 모두 한 잔씩 받아 가도록."

"감사합니다, 전하!"

희색이 만면한 사람들이 일제히 외쳤다.

밀라이아는 달리아에게서 컵을 받아 시원하게 한 잔을 다 들이켠 뒤 백작 부인에게 다가갔다.

"아까 맡겨 둔 편지를 좀 주겠어요?"

"네, 전하. 여기 있습니다."

소맷자락에서 봉투 두 개를 꺼낸 백작 부인이 정중하게 내밀었다.

밀라이아는 곧바로 그것을 받아 들어 인장을 확인했다.

두 통의 편지 중 하나에는 에드워드의 인장이, 다른 하나에는 제국 황실의 인장이 찍혀 있었다.

'어라, 황실에서 왜 이런 걸 보낸 거지? 그것도 공문이 아니라 사적인 편지 형식으로 말이야.'

눈썹을 찡그린 그녀가 봉투를 뒤집어 끄트머리에 적힌 서명을 읽었다.

알리시아 샤나 카스티나

'알리시아라면 현 황후잖아? 황후가 내게 왜 편지를 보낸 거야?'

서둘러 봉투의 봉인을 뜯어낸 밀라이아는 그 안에 든 편지지를 꺼내 펼쳤다. 그러고는 내용을 빠르게 훑어 내려가기 시작했다.

시선이 점점 아래로 내려갈수록 곧게 뻗은 눈썹이 미미하게 찡그려졌다.

복잡한 외교적 수사나 돌려서 하는 말을 제외하고 본론만을 파악해 보면, 그 안에 담긴 내용은 오직 한 가지였다. 제1황녀가 에드워드를 몹시 마음에 들어 하는 데다 황제 부부 역시 그러하니, 겸사겸사 그를 제국에 일이 년 정도 유학시킬 수 없겠느냐는 것.

'설마 볼모를 잡잔 얘긴 아닐 테고……. 지금 우리가 도움을 요청한다고 얕보는 건가?'

기분이 확 가라앉았다.

공문 형식이 아니라 사적인 서신으로 보낸 것으로 보아 황후는 진실로 그가 마음에 들어서 그랬을 확률이 높았다. 오랜 시간 우호관계를 유지해 온 사이에 괜스레 볼모 같은 걸 요구했다가 척을 질 필요는 없을 테니까. 이미 프린시아 왕녀, 즉 전 라스 공작 부인의 비호 아래 본국의 왕족들이 유학을 다녀온 선례도 있고.

하지만 그럼에도 어딘가 기분이 나쁜 건 어쩔 수가 없었다. 어찌되었든 에드워드는 제1순위 왕위계승권자가 아닌가. 게다가 자신은 그에게 그만한 시간을 줄 수 없다는 것을 알기에 더 그랬다. 제게 허락된 시간은 이제 반년에서 이 년 반 정도. 한데 어떻게 그를 유학시킨단 말인가.

'그렇게는 못하지.'

만일 그사이 제가 떠나기라도 한다면 왕위를 두고 한바탕 소동이 일어날 터.

원래의 계획대로 평온무사하게 그에게 왕위를 물려주려면 이 일은 절대 승낙할 수가 없었다. 그에게는 분명 좋은 기회라는 것을 알고 있음에도 그랬다.

'잘못하면 실컷 원망을 듣겠는데.'

푹 한숨을 내쉰 밀라이아는 일단 황후의 편지를 접어 소맷자락 속에 넣었다. 그러고는 에드워드의 편지를 보며 잠시 고민하다, 느릿느릿 봉인을 뜯었다.

친애하는 누님께.

잘 지내고 계시지요? 왕국은 무척 덥다던데 강녕하시고요?

협상은 잘 진행되고 있습니다. 식량은 우리가 제시한 조건대로 가격과 양을 맞춰서 팔아 주기로 했고요. 대신 햇곡은 안 된다 해서 제국에서 비축해 놨던 삼 년 전 곡식으로 받기로 했습니다.

이 정도는 예상했던 범위라 승인하고 어제 오후 협약서에 인장을 찍었습니다. 빠르면 다음 달 안에 왕국으로 인도해 준다고 합니다.

가라앉았던 기분이 조금 나아졌다.

'일단 한 가지 문제는 해결했군.'

무연탄 지대 협상이 끼어들면서 다소 그 비중이 줄어든 감이 없잖아 있었지만, 사실 제국에 사절단을 보낸 주 목적은 식량을 수입하기 위함이었다. 그 부분이 해결되었다니 일단 다행이었다.

한데 한 가지 문제가 생겼습니다. 길리안 대공자가, 하……. 그 망나니 같은 작자가 하필이면 모니크가의 영애에게 구애를 하는 바람에 —그것도 꽤나 무례한 태도로 말입니다— 한바탕 큰 소동이 벌어질 뻔했거든요. 네, 전 황후의 외손녀이자 현 황제의 조카인 바로 그 영애에게 말입니다.

다행히 일이 커지기 전에 어찌어찌 수습을 하긴 했습니다만, 그 바람에 무연탄 지대 협상에 조금 난항을 겪고 있습니다.

'뭐라고?'

절로 눈썹이 찌푸려졌다.

어차피 사고를 치라고 보낸 자였고 조만간 그럴 거라는 사실도 알고 있었지만, 아무리 그렇다 한들 하필이면 하고 많은 것 중에 그런 종류의 일을 저질렀을 줄은 몰랐다.

'보나마나 나한테 한 것처럼 들이댔겠지. 쯧. 그자는 정말로 그렇게 하는 걸 여자들이 좋아한다고 믿는 건가?'

혀를 찬 밀라이아가 편지의 아랫부분으로 시선을 내렸다. 일단은 끝까지 다 읽어 본 다음 생각해 보는 것이 나을 듯했다.

덕분에 베리타 공작만 신이 났습니다. 그러잖아도 우리는 우리 쪽에서 먼저 발견해서 알려 준 거니 적어도 7의 지분은 가져야 한다고 주장해 왔고, 제국은 국경에 걸쳐 있다면 당연히 반반으로 나눠야 하는 것 아니냐며 버티는 중이었거든요.

제가 하도 한숨을 푹푹 쉬어서인지 어젯밤 페르디난드 백작이 찾아와 최악의 경우에는 따로 방법이 있다며 호언장담을 하고 갔습니다만, 그게 뭔지는 얘기를 안 해 줘서 모르겠습니다.

죄송합니다, 누님. 얼른 좋은 결과를 보여 드리려고 했는데 실망시켜 드린 것 같아 마음이 영 좋지가 않습니다.

'곤란하네. 페르디난드 공작이 절대로 무연탄 지대 협상에 피해가 가지 않도록 하겠다 장담하긴 했지만, 이미 관련 얘기도 다 끝내 놓은 상황에서 문제가 생기면 안 되는데 말이지.'

공작과 함께 참석했던 정무 회의에서의 일을 떠올린 밀라이아가 다시 한번 혀를 찼다. 어떻게든 한 발을 걸쳐 보려는 귀족들을 꽉 잡아 눌러놓은 것이 불과 이틀 전이었는데, 괜히 이런 식으로 발목이 잡히면 곤란했다.

'정 안 되면 인맥이라도 동원해 준다 했으니 괜찮겠지? 페르디난드 백작이 한 말도 그거인 것 같고.'

슬쩍 한숨을 내쉰 밀라이아는 잡다한 일상이 가득 적힌 부분을 빠르게 훑은 뒤, 편지지의 마지막 장으로 시선을 옮겼다. 장황한 서론 끝에 적은 본심이 그 안에 있었다.

저를 어여삐 본 알리시아 황후가 제국에 일이 년 정도 머무르며 공부해 보는 건 어떻겠느냐고 물었다는 것, 곰곰이 따져 보니 상당히 괜찮은 기회 같다는 것, 제1순위 왕위계승권자인 제가 제국에 유학하는 게 모양새가 조금 그렇기는 하나 그래도 한번 해 보고 싶다는 것, 그러니 허락해 주시면 안 되겠느냐는 조심스러운 물음까지.

아마도 꽤나 끌렸던 듯, 거의 한 페이지에 걸쳐 쓴 부탁은 과장을 조금 보태면 숫제 애원조로까지 보였다.

그 바람에 가슴이 더 무거워졌다. 저렇게까지 바라는데 못 이기는 척 들어줄 수 없는 상황이 미안해서.

'어쩔 수 없지. 공연한 위험을 감수할 필요는 없으니까.'

씁쓸하게 입맛을 다시는데, 빈 잔을 시녀에게 건넨 람도란트가 눈치를 살피며 조심스럽게 물었다.

"다시 작업을 시작해도 되겠습니까, 전하?"

"……그렇게 하게."

느릿하게 고개를 끄덕인 밀라이아는 왕제의 편지를 소맷자락 속에 집어넣었다.

서둘러 달려든 시녀들이 매무시를 바로잡아 준 후 뒤로 물러났다.

모두 전보다는 한층 편안해진 얼굴이었다. 에드워드의 일 때문에 머릿속이 복잡해진 그녀를 제외하고는.

"그쪽은 좀 더 진한 색으로. 거기도 마찬가지고. 정신 똑바로 못 차리나? 빛이 틀렸잖아!"

고함을 지르는 람도란트의 지시에 맞춰 붓들이 바삐 움직이기 시작했다.

황금빛 햇살이 아틀리에를 가득 메우고 있었다.

다음 날.

밀라이아는 루시어스를 만나러 최고법원으로 향했다.

그간 조사가 어떻게 진행되었나 물어볼 겸, 윈터 경의 보고와 내용이 일치하는지 비교도 해 볼 겸 해서였다. 혹시라도 범인에 대한 단서는 잡았는지 궁금하기도 했고.

―그자가 드디어 입을 열었습니다.

최고법원으로 향하기 전 윈터 경에게 들었던 이야기를 떠올린 그녀가 슬쩍 눈썹을 찌푸렸다.

―자신은 그저 보수를 받고 시킨 일을 했을 뿐이라고 합니다. 상대는 늘 모습을 감춘 데다 목소리를 낸 적도 없어 누군지 알 수는 없답니다. 단 입고 있는 옷의 천이 고급스러웠던 점이나 향수를 쓴다는 점, 손이 희고 고운 점 등으로 미루어 보아 귀족임은 분명하다고요.

—귀족이 사주했다……. 하면 역시 단순 강도 사건은 아니란 소리군요.

—그렇습니다. 한데 한 가지 좀 이상한 점이 있었습니다. 그럼 시신은 어찌 넘겨받았느냐 하였더니, 자신은 그저 지붕에 매달려 있던 시체를 풀어냈을 뿐이라는 것이 아니겠습니까?

차분한 목소리로 설명해 주던 내용이 떠오르자 절로 한숨이 나왔다.

그자의 말이 사실이라면, 정말로 누군가가 페르디난드 공작을 노리고 그런 일을 저지른 것이 확실했다. 문제의 남자가 했던 일은 단순한 시체 유기가 아니었으니까.

죽은 지 이미 여러 날이 지났다는 말을 듣고 어딘가에 은닉해 놨던 시체를 굳이 그 근처로 가져와 버린 거라 짐작했는데, 설마하니 처음부터 대놓고 페르디난드가 근처 저택의 지붕에 방치해 두었을 줄은 꿈에도 몰랐다. 그것도 그런 형식으로는 더더욱.

—뿐만이 아닙니다. 혹 영애의 몸에 나무 진액이 묻어 있었다 말씀드렸던 걸 기억하십니까?

—네.

—자백을 받자마자 곧바로 해당 장소로 달려가 확인했더니, 시체를 묶었던 것으로 보이는 줄과 함께 반쯤 갉아 먹힌 나무 기둥이 있었습니다. 기둥 주위에는 흰개미가 우글우글했고요.

—설마…… 시간을 맞춘 건가요?

—네. 시체를 미리 기둥에 묶어 둔 다음, 개미가 갉아 먹어 자연스럽게 떨어지게끔 연출해 두었던 것으로 보입니다. 그러다 시간이 맞지 않자 사람을 보낸 게 아닐까요?

다시 생각해 봐도 등골이 서늘했다. 시신을 농락한 방식이며 유기 방법까지, 아무리 생각해 봐도 그것은 경고나 누명 씌우기, 혹은 복수였다. 그녀나 페르디난드 공작, 혹은 지스가에 보내는.

'게다가 정신이상자의 소행임이 분명해. 그렇지 않고서야 굳이 그런 식으로 시신을 훼손할 리가 없지.'

그리 생각해 보면 길리안가에서 벌인 일일 확률은 더 낮아지는 셈이었지만, 이상하게도 클로에가 했던 말이 자꾸만 신경 쓰였다.

어쩌면 왕국을 떠나기 전 대공자가 했던 말이 여전히 머릿속에 남아 있는 탓일는지도 모른다. 달리아가 가져온 중간 조사에 따르면 그에 대한 주변의 평가가 다 좋은 것뿐이었음에도 그런 걸 보면.

생각에 잠긴 채 독수리상을 지난 밀라이아는 루시어스의 집무실로 곧장 향했다.

방해하고 싶지 않으니 조용히 들어가겠다는 말로 시종을 물린 그녀는 소리 없이 안으로 들어섰다. 혹시나 뭔가 있을지도 모른다는 생각에서였다.

"4의 8, 2에서 우로 6. 4의 8, 2에서 우로 6. 4의 8, 2에서 우로 6……."

책상 위에 서류를 잔뜩 펼쳐 둔 채 청년이 무언가를 중얼거리고 있었다. 얼마나 깊이 집중한 건지, 그는 그녀가 들어온 것조차 눈치채지 못한 채 같은 말을 계속해서 반복하고 있었다.

"4의 8, 2에서 우로 6. 4의 8, 2에서 우로……."

'저게 무슨 뜻이지?'

의미를 알아들을 수 없는 문장에 고개를 갸웃한 밀라이아는 일단 그에게 다가가 책상을 두드렸다.

똑똑.

"뭐야? 내가 분명 방해하지 말라고……! 헛, 전하?"

순간 분홍색 눈동자에 당혹감이 스치고 지나가는 것이 보였다.

밀라이아는 아무것도 보지 못한 척 의아한 얼굴로 물었다.

"무슨 일을 그렇게 집중해서 하고 있어요? 가까이 다가올 때까지 눈치도 못 채고."

"아, 아무것도 아닙니다. 한데 언제 오셨습니까?"

"막 들어왔어요. 여가 너무 무례했나요? 방해할까 봐 조용히 들어오긴 했는데."

"아닙니다. 그럴 리가요. 이쪽으로 앉으십시오."

서둘러 일어난 그가 자리를 양보했다.

폭신한 의자에 앉은 밀라이아는 그가 간이 의자를 들고 돌아올 때까지 책상 위에 펼쳐진 서류를 쓱 살펴보았다.

하지만 그것은 그저 지스 영애 사건 및 그가 맡은 다른 일들에 대한 자료들일 뿐 별다른 점은 없었다. 좀 전까지 그가 중얼거리던 말과의 연관성도 물론 없었다.

소리 없이 맞은편에 앉는 청년을 바라보고는 밀라이아가 말했다.

"지난번엔 고마웠어요. 겉으로는 아닌 척했어도 실은 무서웠는데, 친절하게 위로 편지랑 꽃다발을 보내 줘서요."

대공자가 했던 말을 떠올리며 부러 연약한 척 연기하자, 청년은 눈에 띄게 밝은 얼굴로 답했다.

"그러셨군요. 하긴 그리 끔찍한 이야기를 듣고도 태연해 보이시어 이상하다 생각은 했습니다. 전하께 조금이나마 위로가 되었다니 다행입니다."

"고마워요. 일전에도 한번 이야기했지만, 길리안 대법관은 정말 자상한 사람이로군요."

진심으로 그리 생각한다는 양 이야기한 밀라이아는 정말 내키지 않는다는 듯한 목소리로 물었다.

글로리아를 생각해서라도 되도록 이런 짓은 하고 싶지 않았지만, 이런 태도가 나름대로 먹힌다는 것을 확인한 이상 원하는 답을 얻어 내기 위해서는 약한 척을 좀 할 필요가 있겠다 싶었다.

“그래서 조사에 진전은 좀 있었나요? 범인으로 짐작되는 사람은 있고요?”

“다방면에 걸쳐 조사 중입니다만, 아직까지 범인이 귀족이라는 것 외에 알아낸 점은 없습니다. 죄송합니다. 그리고 음, 이런 말씀을 드리기는 송구하나…….”

제법 긴 시간을 머뭇거린 루시어스가 말했다.

“전하께서도 아시겠지만, 현재 가장 유력한 용의자는 페르디난드 공작입니다. 그러니 범인이 명백하게 밝혀질 때까지는 되도록 그를 멀리하시는 게 좋겠습니다.”

“네? 페르디난드 공작이요? 그러잖아도 그가 조사를 받았다는 이야기는 들었는데, 공작이 설마 그런…….”

깜짝 놀란 척 가슴 위에 손을 얹자, 루시어스는 그녀를 물끄러미 바라보다 말했다.

“그를 신뢰하시는 것이 아니었습니까? 신이 보기에는 공작과 꽤 깊이 지내시는 듯했는데 말이지요.”

‘칫, 안 넘어오네.’

속으로 아쉬운 입맛을 다신 밀라이아가 답했다.

“하지만 선왕께서 늘 말씀하셨는걸요. 이런 일에는 모든 가능성을 열어 두어야 한다고 말이에요. 음, 혹시 여가 뭘 또 실수한 건가요?”

“아닙니다. 그리 넓게 생각하시면 좋지요.”

손가락으로 턱을 문지른 청년이 마침 잘됐다는 듯 말했다.

“그래서 말입니다만, 아무리 생각해도 지난번 참고인 조사가 좀 부족했다는 생각이 들어서요. 이틀 정도만 페르디난드 공작을 더 조사해 봐도 되겠습니까? 전하께서 허락해 주신다면 주위의 압박도 좀 덜할 것 같습니다.”

‘헉, 또 조사하겠다고? 공작을?’

마음 같아서는 이제 그만 좀 내버려 두라고 하고 싶었지만, 지금까지 해 온 말이 있는데 아무 명분도 없이 거절할 수는 없었다.

결국 그녀는 하릴없이 고개를 끄덕였다.

“……좋아요. 대신 하루로 끝내도록 해요. 일솜씨 하나는 발군인 자라, 그가 부재하는 동안 일이 많이 밀렸거든요.”

“사정이 그렇다면 하는 수 없지요. 감사합니다, 전하. 보여 주신 믿음에 어긋나지 않도록 최선을 다해 범인을 밝혀내겠습니다.”

희미한 웃음기를 머금은 분홍색 눈동자가 그녀를 곧게 바라보았다.

태연하게 그 눈빛을 마주 응시하면서, 밀라이아는 공작을 향해 몰래 사과했다. 저자가 뭘 한다 한들 순순히 당할 사람은 아니겠지만 —오히려 뭔가 기회를 포착해 온다면 모를까— 그럼에도 걱정이 되는 것은 어쩔 수 없었다.

‘미안해요, 에른. 하루만 더 고생해 줘요. 모레 다시 만나면 확실하게 보상해 줄 테니까.’

한숨 섞인 미소가 청년에게로 향했다.

인세에 지옥도가 펼쳐져 있었다.

해조차 제대로 보이지 않는 잿빛 하늘 아래, 붉은 염화炎火로 물든 땅이 시커먼 연기를 뿜어내며 분노를 토하고 있었다.

사방이 열기로 가득하고, 공기를 가득 메운 매캐한 연기 때문에 숨쉬기가 힘들었다. 뿌연 사위 탓에 침침해진 눈은 이미 한 치 앞조차 가늠하기 어려워진 지 오래였다.

"불이 마을로 번진다!"

"어서 물을 더 가져와! 모래도!"

"서둘러! 저걸 못 끄면 우린 모두 죽어!"

사람들의 다급한 목소리가 어수선한 공간을 울렸다.

옷이며 얼굴에 검댕을 한가득 묻힌 채로, 그들은 최선을 다해 물이며 모래를 퍼다 날랐다.

시커먼 연기 탓에 제가 선 위치조차 제대로 파악하기 어려웠지만, 그럼에도 그들이 물이며 모래를 필요한 곳에 제대로 나를 수 있었던 건 역설적이게도 곳곳에 피어오른 불길이 길잡이 역할을 해 준 덕분이었다.

하지만 그들이 아무리 물이며 모래를 들이부어도 불길은 잡히기는커녕 조용히, 묵묵하게 계속해서 타올랐다. 나무며 집에 붙은 불은 그나마 조금씩 잡힌다지만 오직 그것뿐, 땅에서 새어 나오는 붉은 불꽃은 도무지 사그라질 생각을 하질 않았다. 사방으로 번져 나가는 화염은 마치 살아 있는 생물과도 같았다.

우지직! 쿵!

나무를 얼기설기 엮어 만든 집들이 하나둘 단말마를 지르며 무너지기 시작했다.

삶의 터전을 잃어버린 자들의 절망 어린 신음과 아이들의 비명 섞인 울음, 어떻게든 불을 끄기 위해 필사적으로 뛰어다니는 사람들의 발소리와 여기저기서 들려오는 기침 소리가 매캐한 연기로 가득 찬 공간을 뒤흔들었다.

"빌어먹을! 대체 영주 성에선 언제쯤 사람을 보내는 거야!"

"소용없어. 우리는 ……라 보호해 주지도 않을 거야."

"찢어 죽일 귀족 놈들! 우리가 무엇 때문에 여기까지 쫓겨 왔는데!"

"대체 여왕은 뭘 하고 있는 거지? 이게 벌써 며칠째냐고!"

절망 어린 눈빛으로 불길을 바라보던 사내가 텅 빈 양동이를 집어던지며 버럭 화를 냈다.

"소용없어. 귀족들 품에서 놀아나는 허수아비 여왕이 우릴 생각이나 할 것 같아?"

"제기랄! 이놈이고 저년이고 간에 모두 다 똑같아! 대체 여왕이 즉위하고 나서 제대로 돌아가는 일이 뭐가 있어?"

"역시 아무것도 모르는 왕녀 따위가 왕이 되어서는 안 됐어! 지금 우리 꼴을 보라고!"

불꽃이 번져 가는 속도만큼이나 빠르게 번져 간 분노가 군중을 하나둘 집어삼키기 시작했다.

붉은 화염에 한껏 달아오른 돌길이 걸음걸음마다 열기를 가득 불어넣고 있음에도, 사람들은 발바닥에서 전해져 오는 뜨거운 기운

마저 위로 끌어올려 치솟는 화를 토해 냈다.

“이게 다 여왕 때문이야! 그 여자만 왕이 되지 않았어도 귀족들이 지금처럼 날뛰지는 않았을 거라고!”

“맞아! 그 여자가 왕위에 있는 한 우리는 절대로 주린 배를 채울 수 없을 거야!”

“저 불도 마찬가지야! 그렇게 물과 모래를 퍼부었는데 저렇게 멀쩡하다는 게 말이 돼? 분명 주신께서 노하신 거야! 자격이 없는 자가 왕이 돼서 벌을 내리시는 거라고!”

“꺄악!”

양동이를 나르던 소녀 하나가 풀썩 쓰러졌다.

영문을 모르겠다는 얼굴로 제 발을 건 것을 확인한 소녀의 얼굴이 공포로 질렸다. 도저히 믿을 수 없는 장면을 목도한 탓이었다.

쩍! 쩍! 쩌저적!

진회색 연기를 뿜어내던 돌길이 열기를 견디지 못하고 좌우로 갈라지고 있었다.

마치 어린아이가 그린 선처럼 삐뚤빼뚤 갈라지는 길을 멍하니 바라보던 소녀가 뒤늦게 외마디 비명을 질렀다.

“꺅!”

어느새 갈라진 바닥 틈에서 붉은 불길이 새어 나오고 있었다.

차마 일어날 생각조차 못한 채 엉덩이를 주춤주춤 뒤로 빼는 소녀의 얼굴이 절망으로 물들었다.

“지, 지옥이야…….”

타닥타닥.

사위를 태우는 화염의 웃음소리와 검은 연기의 춤이 세상을 가득 메웠다.

"헉!"

외마디 비명을 토해 낸 여자가 벌떡 몸을 일으켰다.

바닥에 깔린 카펫이며 희붐하게 동이 터 오는 창밖을 찬찬히 둘러본 그녀는 길게 한숨을 내쉬며 젖은 머리카락을 뒤로 쓸어 넘겼다. 주변을 가득 메운 후텁지근한 공기 때문일까, 아직도 탄 냄새가 코끝을 맴도는 듯했다.

떨리는 손을 뻗어 컵에 물을 따른 그녀는 더위 때문에 미적지근한 그것을 단숨에 들이켰다. 그러고는 빈 잔을 내려놓으며 다시 한 번 한숨을 쉬었다.

"또 시작인가……."

한동안 잠잠하기에 영 불안하다 했더니, 결국은 이런 식으로 악몽이 또 시작되나 싶었다. 그것도 지난번과는 또 다른 내용으로.

'참 나, 이제는 굶어 죽는 사람들로도 모자라서 불까지 나오나? 그것도 아무리 끄려고 해도 꺼지지 않는……!'

젖은 머리카락을 모으던 손길이 멈칫했다.

'어라, 잠깐만. 꺼지지 않는 불에 계속 피어오르는 연기라면 레드 드래곤의 분노잖아. 한데 그게 왜 여왕의 꿈에 나오는 거야? 내가 알기로 그건 분명 에드워드 3세 시대의 일인데?'

혼란스러운 표정을 지으며 머릿속을 헤집던 밀라이아는 이내 푹 한숨을 내쉬었다.

'하긴, 그렇게 치면 여왕이 돌에 맞아 죽은 것도 역사에는 없었던 일이구나. 그럼 이건 또 뭘 의미하는 거지? 그동안의 꿈들은 전부 실제로 벌어졌는지 아닌지를 확인할 수 없는 일들이었는데, 이것만큼은 분명 발생했던 일이잖아. 아, 아닌가? 여왕 시대의 일은 아니었으니까 이것도 그냥 다른 악몽들과 같은 건가?'

잊을 만하면 자꾸 꾸는 걸로 보아 뭔가 의미가 있는 것 같기도 한데, 또 막상 그렇다고 보기에는 그녀가 알고 있던 것들과 다른 점이 많아 영 혼란스러웠다.

'아니면 요새 계속 무연탄 지대에 대해서 생각하고 있어서 이런 꿈을 꾼 걸까? 지난번에도 페르디난드 공작 때문에 며칠 싱숭생숭했더니 꿈 내용이 바뀌기도 했었으니까.'

식량 창고를 보러 교외로 나갔던 날 마차에서 꿨던 꿈을 떠올린 밀라이아가 고개를 갸웃했다.

그러고 보면 대부분 제가 겪은 일처럼 생생하기는 해도 기본적으로는 글로리아의 감정에 이입하는 식으로 꿈을 꿨었는데, 그날만큼은 그녀가 아닌 자기 자신으로서 꿈을 꿨던 것도 같았다.

'오늘 꿈은 글로리아 시점이었으니까, 그때 그거랑은 또 다르려나? 그럼 이건 그동안 꿨던 다른 것들이랑 연결되는 건가? 아니면…….'

이것저것 가정해 보던 밀라이아가 고개를 흔들었다.

'모르겠다. 애초에 꿈의 의미 같은 걸 어떻게 알겠어? 이런 걸 고민할 시간에 그냥 현실에 충실하면서 할 수 있는 모든 일을 하는 게 나아.'

상념을 털어 버린 그녀가 줄을 당겼다. 오늘은 할 일도 많으니 슬슬 일어나야 했다.

두 시간 뒤.

"창공의 드높음을 경배하라. 고귀하신 여왕 전하께 레오나르 수 레노아가 인사 올립니다."

"오랜만이에요, 레노아 영윤. 그동안 잘 지냈나요?"

"전하의 은덕에 힘입어 잘 지냈습니다. 음…… 아마도요."

"아마도는 뭐예요? 그럼 그런 거고 아님 아닌 거지."

밀라이아는 여보란 듯 고민스러운 표정을 지어 보이는 남자를 쳐다보며 피식 웃었다.

공작이 제가 알아서 해결하겠노라며 차단한 이후로 한 번도 만난 적이 없었는데, 거의 한 달 만에 마주하는 영윤은 여전히 유쾌하고 밝은 모습이었다. 그간 내심 미안했던 마음이 스르르 사라질 정도로.

"사실 각하의 눈총을 더 이상 안 받아도 되는 건 너무 좋습니다만, 그 바람에 전하를 못 뵙게 된 건 좀 슬퍼서요. 전하와 함께 보내는 시간은 항상 즐거웠는데 말입니다."

"어라, 지금 끼 부리는 거예요? 확 이를까 보다."

피식 웃자, 과장된 동작으로 가슴 위에 손을 얹은 남자가 말했다.

"아무리 그래도 옛정이 있는데 너무하신 것 아닙니까? 그러시면 신은 정말로 죽습니다."

"옛정은 무슨? 듣자 하니 그새를 못 참고 여자들 사이에 파묻혀 산다면서요? 그 바람에 영윤과 여 중 누가 먼저 찼느냐를 두고 한바탕 내기가 벌어졌다던데."

"그건 또 언제 들으셨습니까? 맞습니다. 그게 바로 요즘 사교계에서 가장 뜨거운 주제지요. 이건 비밀인데요, 실은 신도 몰래 돈을 좀 걸었답니다."

"뭐라고요? 참 나, 자기 얘기에 돈을 거는 사람이 어디 있어요?

……그래서 어디다 걸었는데요?"

내심 궁금함을 감추지 못하는 그녀를 보며 빙긋 웃은 남자가 답했다.

"당연히 신이 차인 쪽에 걸었지요. 그게 사실이잖습니까? 그것도 전하도 아니고, 각하에게서 일방적인 통보를 받고 말입니다."

"……거기에 대해서는 할 말이 없네요. 미안해요."

"어어, 답지 않게 왜 그러십니까? 그럴 때는 그냥 새삼스럽게 상처받은 척하지 말라고 말씀하셔야지요. 어차피 전하께서 신을 막 대하신 게 하루 이틀도 아니고 말입니다."

어깨를 으쓱한 남자가 계속해서 말했다.

"어쨌든 오늘 전하께 알현을 요청한 이유는 인사를 드리고 싶어서입니다. 아무리 그래도 석 달이 넘게, 공식적으로는 넉 달이 넘도록 국서 후보로서 지냈는데 인사 한 번 없이 사라지는 건 예의가 좀 아닌 것 같아서요. 직접 뵙고 그간 감사했다는 말씀을 드리고 싶었습니다."

"아…… 그렇군요."

"네. 물론 공식적인 관계는 아직 정리되지 않았으니 따로 뵐 날이야 있겠지만, 어쩐지 각하가 보는 앞에서는 제대로 인사도 못 드릴 것 같아서 말입니다. 하여 각하가 부재중인 틈을 타서 잽싸게 알현을 신청했지요. 보나마나 내일 또 한바탕 잔소리를 들을 테지만, 그거야 뭐 내일의 신이 알아서 해결할 거라 믿습니다."

시답잖은 농담을 늘어놓으며 하하 웃은 영윤은 언제 그랬느냐는 듯 진지하게 표정을 굳히며 말했다.

"그리 길지 않은 기간이었지만, 뵙게 되어 영광이었습니다. 덕분에 막연히 품기만 했던 꿈에 성큼 다가갈 수 있게도 되었고요. 진심으로 감사드립니다. 전하께선 실로 신의 은인이십니다."

"……뭐예요, 영영 안 볼 사람처럼. 어쨌든 여도 영윤을 만나 즐거웠어요."

어깨를 으쓱하며 답하자, 영윤은 눈꼬리를 둥글게 휘었다.

"그리 말씀해 주시니 영광입니다. 하지만 글쎄요, 앞으로는 지금처럼 단독으로 뵙기는 어려울 것 같은데요? 공식 석상이라면 또 모를까요."

"……뭐, 그건 그럴지도요."

바로 수긍하는 그녀를 보며 그것 보라는 듯 웃어 보인 남자가 말했다.

"신이 언제쯤 물러나 드리면 되겠습니까? 보아하니 길리안 대법관은 이 일에 대해서 전혀 모르고 있는 것 같던데요."

"맞아요. 알다시피 그쪽은 문제가 좀 더 복잡한지라. 그리고 시기에 대해서는 아직 확실하게 정해진 게 없어서요. 미안하지만 조금 더 수고해 줘야겠어요."

"물론입니다. 걱정 마십시오."

즉각 답하는 남자를 향해 눈꼬리를 늘어뜨려보인 그녀가 말했다.

"미안해요. 대신 레노아가에는 최대한 피해가 가지 않도록 해 주겠어요. 영윤에게도요."

"괜찮습니다. 모르고 시작한 것도 아니고, 처음부터 각오하고 받아들였던 건데요, 뭐. 게다가 원래 조건은 일 년이었잖습니까? 아직 절반도 안 지났는데 그 정도쯤이 대수겠습니까?"

"흔쾌히 이해해 주니 고맙군요. 대신이라고 하기엔 뭐하지만, 여가 그동안 대 주었던 투자금은 이자 없는 대출의 형식으로 상단에 귀속시켜 주겠어요. 부족하지만 조금이나마 위로가 되었으면 좋겠군요."

"헛, 정말이십니까? 감사합니다, 전하. 아주 큰 위로가 되었습니다."

행복해하는 남자를 보자 피식 웃음이 나왔다. 다른 것은 몰라도 돈 하나만큼은 정말 좋아하는구나 싶어서.

'그래, 이렇게 적당히 서로에게 필요한 것만 주고받는 관계가 편한데 말이지. 내가 어쩌다가 길리안 대법관과 엮이게 되어서…….'

머리가 좋은 건지 아니면 정말로 별다른 게 없어서인지, 딱히 건진 것도 없으면서 골머리만 썩였던 어제의 만남을 떠올린 밀라이아가 눈썹을 찡그렸다.

그 바람에 괜히 애꿎은 공작만 또다시 소환되어 최고법원으로 향하지 않았느냔 말이다. 정작 그는 기왕 이렇게 된 것 역으로 한번 털어 보겠노라며 의욕을 불사르고 갔지만 어쨌든.

—그래도 저를 귀찮게 만드신 것에 대한 보상은 치러 주시겠지요? 그자랑 되도록 엮이지 말라 부탁드렸는데도 부득불 찾아가신 일에 대한 것도요.

—알겠어요. 내가 뭘 해 주면 돼요?

—글쎄요. 제가 뭘 바랄 것 같으십니까?

알아서 생각해 보라는 양 빙글거리던 공작을 떠올린 밀라이아가 슬그머니 입가로 손을 가져갔다. 장난스럽게 되물었지만, 잿빛 시선은 분명 저의 입술에 못 박혀 있던 것이 기억나서였다.

'조사는 잘 받고 있으려나? 지금쯤 한창 문답 중이겠지?'

최고법원이 있는 방향을 슬그머니 돌아보는데, 영윤이 문득 생각났다는 듯 물었다.

"참, 제국으로부터 식량을 수입한다는 소식을 들었습니다. 덕분에 곡가가 조금씩 떨어지고 있다 하더군요."

"그래요? 잘됐군요."

"네. 그래서 말입니다만, 신은 어찌 되는 것인지요? 마땅히 기뻐해야 할 일에 이런 것을 여쭙기는 죄송스러우나, 그간 사들인 식량의 분량이 그리 적지는 않아서 말입니다."

"흠. 이제 더는 비축해 두지 않아도 되니까, 더 떨어지기 전에 팔고 싶거든 팔아요. 아니면 여에게 넘겨도 되고요."

활짝 얼굴을 편 영윤이 말했다.

"감사합니다, 전하. 하면 판로나 개척할 겸 시중에 직접 팔아 보겠습니다. 이렇게 좋은 기회를 주셨는데 십분 활용해야지요."

"그렇게 해요. 너무 심하게 남겨 먹진 말고요. 알고 있죠?"

"네. 적당히 하겠습니다. 감사합니다."

싱글벙글하며 고개를 숙여 보인 남자가 말했다.

"한데 각하 말입니다. 추가 조사 때문에 최고법원에 출두한 일로 뒷말이 많더군요. 물론 아무리 그래 봐야 명확한 물증이 없는 이상 감히 각하를 어찌하지는 못하겠지만, 그래도 왠지 좀 마음에 걸려서요. 정말 괜찮은 겁니까? 이러다 자칫 범인으로 몰리는 건 아닌지……."

"그럴 일은 없을 테니 걱정 마요. 애초에 공작이 지스 영애에게 무슨 억하심정이 있어 그런 일을 저지르겠어요?"

"하나 자칫 이 일을 구실 삼아 저쪽 계파에서 공격이 들어올 수도 있지 않겠습니까? 그러잖아도 요즘 들어 저희를 눈엣가시처럼 여기고 있는데 말입니다."

어깨를 으쓱한 밀라이아가 답했다.

"별걱정을 다 하는군요. 공작이 알아서 하겠다 얘기하지 않던가요?"

"물론 그랬습니다만, 그래도 다들 불안한 건 어쩔 수 없나 봅니다. 아무래도 사안이 사안이니만큼 혹시나 하는 거겠죠."

—그렇잖습니까? 제가 정말 신뢰 있는 사람이었다면 그런 일이 있었어도 다들 조금은 더 믿어 줬겠지요.

문득 며칠 전 공작이 했던 말이 떠올라, 밀라이아는 슬쩍 눈썹을 찡그리며 말했다.

"그대들은 계파의 수장에 대한 믿음이 별로 없는가 보군요. 그동안 페르디난드 공작이 보여 준 능력이 상당함에도 이리 불안에 떠는 걸 보면."

"그런 의미로 드린 말씀은 아니었습니다만……."

"좀 전에 했던 말을 곰곰이 떠올려 보면 알 텐데요. 정말 그런 의미로 했던 말인지 아닌지."

싸늘한 대답에 잠시 침묵하던 영윤이 말했다.

"이런. 원래도 가진 것이 참 많은 분이라 생각했지만, 오늘부터는 각하가 진심으로 부러워질 것 같군요. 맞습니다. 각하는 그리 쉽게 허언할 분이 아니죠."

"그럼 기다려요. 말끔하게 해결될 테니까."

"네. 계파의 사람들에게도 그리 일러두겠습니다. 공연한 말씀으로 심기를 어지럽혀 드려 송구합니다."

정중하게 고개를 숙인 남자는 시계를 한번 흘낏 쳐다보고는 말했다.

"생각보다 시간이 많이 지났군요. 어쩐지 혼나고 도망가는 느낌이라 기분이 이상하긴 합니다만, 이만 물러감을 허락해 주시겠습니까? 거래처를 한 바퀴 돌려면 시간이 꽤 걸릴 듯해서 말입니다."

"그렇게 해요. 여의 도움이 필요하거든 언제든 찾아와도 좋아요."

"감사합니다, 전하. 가장 높이 나는 분께 창공의 무궁함이 함께 하시기를."

정중하게 예를 갖춘 남자가 문가로 다가갔다.

그때, 노크 소리가 들리는가 싶더니 곧이어 문이 열렸다.

초록색 편지 봉투가 담긴 은쟁반을 손에 든 클로에가 놀란 표정으로 말했다.

"앗, 레노아 영윤?"

"오랜만에 뵙습니다, 레티시아 영애. 먼저 들어오십시오. 제가 나중에 나가겠습니다."

부드럽게 미소 지은 남자가 문을 잡아주는 것이 보였다. 클로에와 새장을 든 또 다른 시녀가 안으로 들어설 때까지 기다리다 두 사람이 방에 모두 발을 들인 뒤에야 밖으로 나가는 것도.

문가 쪽을 한번 곁눈질한 클로에가 말했다.

"분부하신 대로 앵무새를 데려왔습니다. 그리고 신전에서 서찰이 하나 왔어요. 첫 번째 뿌리가 보내는 거라고 합니다."

웃음을 참은 밀라이아가 고개를 끄덕였다. 기왕 이렇게 된 것 원망이라도 듣지 않게 좀 풀어 줘야 할 것 같았다.

"알겠어요. 그럼 여는 잠시 휴식을 취할 테니, 클로에도 한 시간 정도 쉬다 오도록 해요. 혹시 필요한 게 생기거든 다른 시녀를 부르지요."

"앗, 정말요? 감사합니다, 전하!"

희색이 만면해진 클로에가 봉투를 그녀에게 넘겨주고는 곧장 밖으로 향했다. 머뭇머뭇 새장을 내려놓은 시녀 역시 그 뒤를 따랐다.

눈 깜짝할 사이에 사라지는 모습에 참았던 웃음이 터져 나왔다. 혹시 그새 레노아 영윤이 사라지기라도 할까 봐 무척 급했던 모양이다.

'아직도 모르는군. 내가 아는 그자라면 분명 근처 어딘가에서 기다리고 있을 텐데 말이지.'

밀라이아는 새장을 흘낏 쳐다본 뒤, 우선 프리무스가 보냈다는 편지를 집어 들었다.

초록빛 봉투를 봉한 하얀 밀랍 위에는 나무를 형상화한 듯한 주신 비타의 문장이 기하학적인 무늬와 함께 찍혀 있었다.

여왕 전하께.

일전에 요청하셨던 의뢰를 무사히 수행하였음을 알려 드립니다.

목표는 현재 높은 산맥 꼭대기에 잠시 그늘을 드리우고 있으며, 아마도 보름 내에 그 뿌리를 이곳까지 뻗을 수 있지 않을까 짐작됩니다.

다시 뵙는 날까지 주신의 축복이 함께하시기를.

프리무스.

'성공했구나.'

삼 주가 넘도록 아무 소식이 없기에 실패한 줄 알았는데, 그는 결국 또 다른 대신관을 이곳으로 불러들이는 데 성공한 모양이었다.

'무슨 수를 썼는지는 모르겠지만 진짜 대단하다. 아무리 첫 번째

뿌리라고는 해도 대신관 둘을 앉은 자리에서 불러들이다니.'

생각할수록 정말 수완이 좋다 싶었다.

사실 혹시나 하는 마음에 부탁을 하면서도 대륙에 여섯 명밖에 존재하지 않는다는 대신관 중 셋을 왕국에 머무르도록 하는 건 거의 불가능에 가깝지 않을까 생각했는데, 처음 만난 대신관이 그여서 정말 다행이다 싶었다. 만일 테르티우스 같은 자가 먼저 왔다면 아직도 어떻게 운을 띄워야 하나 고민만 하고 있었을지도 모른다.

'그런 걸 생각하면, 되도록 그가 떠나기 전에 모든 일을 끝마쳐야 해. 처음 만났을 때 두세 달 정도까지는 머무를 수 있다 하였으니 이제 한 달 정도 남은 건가?'

밀라이아는 손가락으로 머리카락을 휘감아 뱅글뱅글 돌리며 생각에 잠겼다.

첫 번째 대신관이야 어찌어찌 잘 넘어갔다지만, 신전과의 사이가 제법 두터워 보이던 세 번째 대신관도 그렇고 곧 올 대신관도 그렇고 어떤 식으로 설득해야 할지 영 감이 서지가 않았다. 신전이 찾고 있다는 것이 소원의 돌로 짐작되는 이상 신성력을 걸고 비밀 유지를 맹세시켜야 안전한데, 웬만한 일이 아니고서야 그런 짓을 하지는 않을 테니까.

"어떻게 해야 복원할 수 있지? 소원의 돌이라. 소원의 돌……."

"소원의 돌!"

"……응?"

무심코 중얼거리던 목소리가 뚝 멎었다. 설마 하는 표정으로 돌아본 밀라이아의 시선이 새장 위에서 멎었다.

까만 눈을 되록되록 굴리며 앵무새가 그녀를 바라보고 있었다.

황망한 얼굴로 새를 쳐다본 밀라이아가 물었다.

"……방금 네가 말한 거야?"

"삐이!"

"다시 한번 말해 봐. 방금 소원의 돌이라고 한 거 맞아?"

"삐이! 소원의 돌!"

"헉, 맞잖아……."

당혹스러웠다. 그동안 그렇게 애썼는데도 고작 두 단어를 가르친 게 다였는데, 하필이면 왜 소원의 돌이란 말인가.

저 앵무새에게 '안녕' 하나를 가르치려고 클로에가 얼마나 노력했던가? 거의 백 번은 했다며 정말 힘들었다고 징징대지 않았던가. 그 말에 호기심이 발동한 밀라이아가 '고마워요'를 가르치기 위해 쏟은 노력도 클로에와 거의 비슷했다.

한데 겨우 두어 번 중얼거렸다고 난데없이 말을 배우다니. 이게 무슨 날벼락 같은 일이란 말이다.

'혹시 이미 배워서 알고 있던 단어인 걸까? 깜빡 잊고 있다가 내가 말하는 걸 듣고 갑자기 기억났다거나?'

생각에 잠긴 눈으로 앵무새를 바라본 밀라이아는 일단 추측을 점검해 보기 시작했다.

"여왕."

"여왕!"

"안녕."

"안녕!"

"고마워요."

"고마워요!"

"찾아야 해."

"찾아야 해!"

"소원의 돌."

"소원의 돌!"

여기까지는 그전에 배웠던 다른 단어들을 따라하는 것에 지나지 않았다. 소원의 돌이 하나 더 추가된 것 외에는.

'그렇다면 이건 어떨까?'

되록되록 눈을 굴리는 앵무새를 똑바로 바라보며, 밀라이아는 한 글자 한 글자를 또박또박 발음했다.

"밀라이아."

"……."

"밀라이아, 밀라이아."

"삐이!"

"역시 안 되는군."

멀뚱멀뚱 저를 쳐다보는 새를 마주 바라보며 그녀가 작게 중얼거렸다.

대부분의 사람들에게 소원의 돌이란 그저 전설 속의 보물에 불과한 존재.

한데 자주 쓰는 말도 아니고 옛 문헌에나 나오는 물건의 이름을 백 번이나 들려줄 일이 얼마나 되겠는가. 그러니 상식적으로 생각해 본다면 저 앵무새는 소원의 돌이란 단어를 들어 본 적이 없어야 했다.

'그런데 내 이름은 따라하지 못했지.'

사장되다시피 한 고어이니 제 이름을 앵무새가 들어 봤을 확률은 거의 '0'에 수렴하는 바. 고작 두어 번 중얼거린 걸 듣고 말을 배운 것이 맞는다면 지금 제 이름도 따라했어야 했다.

한데 그걸 못한다는 것은—.

'역시 일전에 들어 본 적 있다는 말이겠지. 그것도 꽤나 많이.'

보랏빛 눈이 차갑게 가라앉았다.

일전에 배웠던 걸 잠시 잊었다 떠올린 것이든 이제야 겨우 익힌 것이든 간에, 어쨌거나 앵무새가 소원의 돌이라는 단어를 이미 여러 번 들었던 것은 거의 확실했다. 불과 몇 번 듣고 말을 따라하게 된 것을 보면.

그녀가 길리안 대법관에게 앵무새를 선사받은 것은 대략 두 달 전.

그렇다면 과연 두 달 전에 들었던 단어에 대해서도 앵무새의 기억이 살아 있는지 여부에 따라서 소원의 돌이란 말을 저 새에게 알려 준 사람이 갈릴 터였다. 길리안 대법관이냐 혹은 클로에냐가.

'하면 두 가지로 시험을 해 봐야 한다는 얘기인데……. 그동안 앵무새의 입은 어떻게 막는다지? 제대로 확인하려면 적어도 두 달이라는 시간이 필요하잖아.'

생각할수록 머리가 지끈거렸다.

그때, 날개를 한 번 푸득거린 앵무새가 외쳤다.

"삐이! 소원의 돌!"

"하지 마, 그거."

야단치듯 꽁지깃을 건든 밀라이아가 한숨을 쉬었다.

이유야 어찌 되었든 앵무새가 '소원의 돌'이란 말을 하게 된 것은 되돌릴 수 없는 사실.

이대로 저 새를 내버려 두었다가 클로에나 다른 사람들이 소원의 돌이란 말을 듣기라도 한다면, 보나마나 큰 문제가 생길 것이 틀림없었다.

가뜩이나 신전에서 찾고 있다는 물건일 확률이 높은 상황이 아닌가. 한데 만일 신전에서 그 존재를 알게 된다면?

'안 되지, 안 돼.'

상상만 해도 골치가 아팠다. 그렇게 될 경우 보나마나 그 소유권을 놓고 한바탕 분쟁이 일어날 것이 분명했으니까.

그리고 그러다 자칫 타국에까지 얘기가 흘러가기라도 한다면, 레드드래곤의 분노로 인해 대신관들의 비밀이 알려졌다던 때만큼이나 큰 소동이 일어날 것 역시 자명했다. 한 번뿐이라고는 해도 원하는 소원을 뭐든 이룰 수 있다는 보물을 갖고 싶지 않아 할 자가 얼마나 되겠는가?

갈등 어린 눈빛이 앵무새를 응시했다.

비밀을 유지할 수 있는 가장 좋은 방법은 지금 이 자리에서 저 새를 영원히 침묵하게 하는 거겠지만, 정확한 범인을 가려내기 위해서는 시간이 필요했다. 그리고 설사 그렇지 않다 해도 그동안 정이 든 새를 그렇게 처리할 마음은 차마 들지가 않았다.

'어쩌지? 몰래 날려 보내 버리기라도 해야 하나?'

아무것도 모른다는 듯 눈을 되록되록 굴리는 앵무새를 보며 푹 한숨을 내쉰 밀라이아는 일단 아무 의미 없는 소리의 조합을 두 가지 만들어 냈다. 아무도 없는 곳에서 놓아주든 혹은 다른 수단을 쓰든 간에, 우선 한 가지라도 확실하게 테스트해 봐야 할 것 같았다.

"아리로글."

"삐이?"

"자, 따라해 봐. 아리로글, 아리로글."

글로리아의 이름을 뒤집은 이 단어라면 아마도 처음 들어보는 것일 터.

앵무새에게 느릿느릿 같은 말을 구십 번 정도 반복해 준 밀라이아는 여전히 '삐이!' 혹은 그간 배운 다른 말만을 되뇌는 앵무새를 보며 삐딱하게 입꼬리를 끌어 올렸다.

혹시나 했지만 역시나 소원의 돌의 경우가 특이했던 거지, 그녀나 클로에의 실험이 틀렸던 건 아니었다. 제 이름으로 시험해 봤을 때도 그렇고 지금도 그렇고, 분명 일정 횟수 이하로 들려줬을 때에는 돌아오는 반응이 없으니까.

이번에는 본래의 제 이름을 뒤집어서 구십 번 정도 반복해 봤고, 앵무새는 이 역시 따라하지 못했다.

그녀는 앵무새를 보며 천천히 고개를 끄덕였다. 아무래도 예측이 점점 하나로 좁혀지는 듯했다.

'한시가 급하니 내일 한번 테스트를 해 보는 걸로 하고, 클로에에게 당분간은 집무실에 새장을 두겠다 해야겠군. 모이랑 물은 내가 챙겨 주겠다고 하고.'

앵무새를 바라보는 밀라이아의 눈이 싸늘하게 빛났다.

다음 날.

아침 식사를 마치자마자 서둘러 집무실로 달려간 밀라이아는 전날 굳게 걸어 잠갔던 문이 누구의 손도 타지 않은 채 그대로인 것을 확인하고는 안도의 한숨을 내쉬었다. 혹시나 하는 마음에 새장 위에 한 겹 덮어 두고 갔던 천도 그대로였다.

검은 천을 들어 올리자 횃대에 앉아 꾸벅꾸벅 졸고 있는 앵무새가 보였다.

누구는 저 때문에 속을 끓이고 있는데 무척 태평해 보이는 그 모습에 왠지 괘씸한 기분이 들었지만, 밀라이아는 일단 조용히 새장 문을 열고 클로에에게 들은 대로 모이통이며 물통을 갈아 주었다. 새가 깨어나는 대로 어제 미리 가르쳐 놨던 단어 중 하나를 시험해 볼 생각이었다.

미리 준비해 간 대야에 손을 씻은 그녀는 서랍에서 편지지를 꺼내 에드워드에게 보내야 할 편지를 작성하기 시작했다. 뭐라고 답해야 좋을까 고민하다 시간을 많이 버린 터라, 오늘은 그에게 반드시 답장을 써야 했다.

친애하는 에드워드.

말머리만 간신히 적어 놓은 밀라이아는 펜촉으로 빈 종이를 톡톡 두드렸다.

어찌 되었거나 그녀는 그의 청을 거절해야 할 입장.

한데 제가 그리하는 진짜 이유를 밝힐 수 없으니 갑갑했다. 자신이 곧 떠날지도 모르니 원활한 왕위 승계를 위해서는 어쩔 수 없다고 적을 순 없잖은가. 그렇다고 해서 다른 사유를 대자니 영 설득력이 떨어졌다.

'답답하네.'

이래서야 저를 설득하려는 에드워드와 몇 번이나 편지 왕래를 하며 허송세월할지 알 수가 없었다. 이미 보내온 서신의 내용으로 보아 웬만한 이유가 아니고서야 쉽게 납득할 것처럼 보이지가 않았으니까.

'결국 이러는 수밖에 없나.'

푹 한숨을 내쉰 밀라이아는 다시 펜을 잉크에 적셔 단호한 어조로 편지를 적기 시작했다.

잘 지내고 있다니 다행입니다.

식량 협상에 대한 보고서는 잘 받아 보았습니다. 그만하면 아주 훌륭하게 일을 잘 처리했더군요. 그간 고생이 많았습니다.

무연탄 지대 협상은 좀 더 두고 보도록 하죠. 본국에서도 일단 따로 방안을 마련해 볼 테니, 가능한 한 최선을 다해 주길 바라요.

한데 에드워드, 미안하지만 오늘은 이 누이가 한 소리를 해야겠습니다.

그 제안이 진실로 순수한 호의에서 비롯된 것인지 여부는 차치하더라도, 왕국의 제1순위 왕위계승권자가 타국에서 장기간 머무르겠다니요? 지금 제정신입니까? 그것이 본국과 타국에 어떤 식으로 보일 것인지에 대한 고려는 전혀 하지 않은 거냐 말입니다.

무언가 말을 하기 전에는 그 여파에 대해 고민하고 또 고민한 다음 신중하게 결정해야 한다 그리 가르쳤는데, 왕제는 아직도 자신의 위치에 대해 제대로 자각하지 못하고 있나 봅니다.

유학은 허락할 수 없습니다. 또한 본디 약속했던 보름의 자유 시간 역시 거두겠습니다. 피오르 공작을 비롯한 다른 이들에게도 일러둘 터이니 협상을 마치는 즉시 귀국하도록 해요.

명심해요. 이건 권유가 아니라 명령입니다.

부디 본국에 귀환할 때쯤에는 본인의 위치에 대해 조금이나마 자각하길 바랍니다.

글로리아 데 루아.

'마음 상하겠지?'

가만히 제가 쓴 내용을 훑어본 그녀는 입가에 씁쓸한 미소를 띠었다. 이제야 겨우 좀 친해졌나 싶었는데, 이대로 편지를 보낼 경우 그와의 사이에 도로 균열이 갈 것은 불 보듯 뻔했으니까.

쓴 입맛을 다시며 깃펜을 제자리에 꽂아 넣는데, 노크 소리가 들리고 잠시 후 한 남자가 들어서는 것이 보였다. 페르디난드 공작이었다.

"여왕 전하를 뵙습니다."

"어서 와요, 에른."

애정이 가득 담긴 눈동자를 보자 울적했던 기분이 사르르 사그라졌다. 어느새 쓰디쓴 미소 대신 맑은 웃음이 입가에 걸렸다.

고개를 슬쩍 기울인 공작이 물었다.

"혹시 무슨 일 있으셨습니까? 안색이 썩 좋지 않으신 것 같습니다만."

"아뇨, 아무 일도 없었어요. 에른이야말로 별일 없었어요? 조사는 잘 끝났고요?"

“흠. 뭔가 좀 이상한데…….”

석연치 않다는 표정을 지은 공작이 슬그머니 그녀의 손을 끌어당겨 손가락을 얽어 오며 말했다.

“조사야 뭐, 지난 열흘간과 똑같았지요. 어느 분께서 저를 팔아넘기시는 바람에 하루가 더 늘어난 것만 빼면 말입니다.”

“……윽, 미안해요. 그래도 그나마 이틀을 부르는 걸 하루로 줄인 거라고요.”

“그건 그나마 다행이었군요. 그런 집요한 자랑 이틀을 보낼 뻔했다니 말입니다.”

생각만 해도 짜증이 난다는 듯 얼굴을 확 일그러뜨린 공작이 물었다.

“한데 그자에게는 왜 찾아가신 겁니까? 그제는 너무 바빠 못 여쭈었습니다만, 어쩌다가 저를 팔아넘기게 되신 건지 궁금합니다.”

“아, 음.”

이런 말을 해도 되나 잠시 망설인 밀라이아는 며칠 전 루시어스가 했던 이야기를 떠올리고는 입을 열었다.

본래는 그러잖아도 그를 싫어하는 공작이 없는 일을 만들어서라도 치워 버리려 할까 봐 되도록 언급을 자제하고 있었지만, 어차피 그도 공작을 밀어내기 위해 애쓰는 판국인데 아무려면 어떠랴 싶었다.

“실은 길리안가의 동향을 좀 알아보고 싶어서 갔어요. 시신의 상태나 기타 정황으로 보면 공작에게 원한을 가진 자의 소행일 확률이 높긴 한데, 이상하게 자꾸 길리안가가 신경 쓰이더라고요. 따로 알아본 바로도 별다른 점은 없던데 말이에요.”

“하면 그런 생각을 하시게 된 계기라도 있습니까? 혹시 그자가 좀 이상한 태도를 보였다거나 뭔가 따로 언질받으신 게 있다거나 하는 일들 말입니다.”

날카로운 질문에 움찔한 밀라이아가 답했다.

“네, 있어요. 실은 사절단이 떠나던 날 길리안 대공자가 그러더라고요. 길리안 대법관은 이상한 사람이니 조심하는 게 좋을 거라고 말이에요.”

“그렇습니까?”

“네. 게다가 사실 동기만 놓고 보면 그가 가장 유력하잖아요? 지스 영애의 일로 국서 건에서 확 불리한 지위가 되었으니까요.”

‘거기다가 소원의 돌 문제 때문에 더 의심스러워지기도 했고.’라는 뒷말을 삼킨 밀라이아가 공작을 바라보았다.

묵묵히 그녀의 말을 듣던 공작이 고개를 끄덕였다.

“그야 그렇지요. 그리고 흠, 대공자라……. 아무래도 신뢰성이 좀 떨어지는 상대이긴 합니다만, 어쩌면 핏줄만이 알 수 있는 무언가가 있을 수도 있겠지요. 반쪽뿐인 핏줄이래도 어쨌든 혈육은 혈육이니까요.”

“네? 반쪽뿐이라뇨?”

고개를 갸웃하는 그녀를 보며 의아한 표정을 지은 공작이 반문했다.

“모르셨습니까? 그는 본디 혼외자 출신이지 않습니까. 비록 이년 전 첫 번째 공작 부인이 사망하고 생모가 후처로 승격된 덕에 적자로 인정받긴 했지만 말입니다.”

“어, 그랬어요? 전혀 몰랐네요.”

그제야 도무지 이해되지 않던 몇 가지 문제가 한 번에 풀어졌다. 우선 스스로를 외동이라 일컬은 것을 '도발'이라 표현하던 레노아 영윤의 이야기가 그랬고, 어딘가 비정상적으로 보이던 대공자와 루시어스의 관계가 그랬다.

클로에에게 듣기로 레노아가의 차남 역시 혼외자라는 소문이 있다 하였으니, 레노아 영윤의 그 같은 말은 도발이 맞았다. 그것도 루시어스의 약점을 정통으로 찌르는.

'그래서 그렇게 노려봤구나.'

그렇다면 그토록 선명하게 마음을 드러내던 글로리아에게 선뜻 다가가지 않은 것도 이해할 수 있었다. 적자로 인정받기는 했어도 본디 혼외자 출신이었던 것이 마음에 걸렸겠지.

아마도 그래서 대공자에게 유독 약한 모습을 보였던 게 아닐까. 물론 국서 후보로 뽑힌 후에는 조금 달라지긴 했지만, 처음 봤을 때만 해도 기이할 정도로 끌려다니는 느낌이었으니까.

'그 때문에 대공자와 서로 그리 견제를 했던 걸까? 따로 감시까지 시키고 말이지.'

그리 생각해 보면 의심이 좀 풀리는 것 같기도 했다. 저는 앨런과 동복 남매였는데도 그랬는데 그들은 오죽하랴 싶었다고나 할까.

하지만 조금이나마 의심을 내려놓은 그녀와는 달리, 공작은 오히려 더 눈썹을 찌푸리며 생각에 잠긴 목소리로 말했다.

"길리안가라……. 한번 알아봐야겠군요. 실은 저도 그쪽이 묘하게 거슬렸었거든요."

"그렇게 해요. 어차피 겸사겸사 정리도 해야 하니까. 아, 맞다. 길리안가 얘기를 하다 보니 생각났는데, 대공자 말이에요. 꽤나 큰 사고를 쳤던데, 보고는 받았나요?"

"아, 들었습니다. 모니크가의 영애에게 무례를 저질렀다고요."

대수롭지 않다는 반응에 고개를 갸웃한 밀라이아가 물었다.

"왕제의 말로는 그 때문에 협상에 좀 차질이 생겼다 하던데, 괜찮을까요?"

"걱정 마십시오. 지금쯤이면 아마 숙부님이 저하께 필요한 자료들을 넘기셨을 겁니다."

"그거면 확실하게 수습이 되나요?"

깍지 낀 손을 살살 문지른 그가 느긋한 어조로 답했다.

"네. 하필 상대가 모니크가의 영애라 그렇지, 자세한 내용을 들어보니 그리 큰 문제도 아니더군요. 그저 대공자 특유의 그 오만한 태도 있잖습니까. 그것 때문에 영애가 좀 황당해했던 것 같더군요."

"그래요?"

"네. 상대가 상대인지라 일이 좀 부풀려지긴 했습니다만, 잠시 강경하게 나오다가 슬쩍 봐준다는 식으로 넘어갈 공산이 큽니다. 정 안 되면 숙부님의 자료를 쓰시면 되고요. 그러니 저하께도 그리 전해 주십시오."

"그럴게요."

잠시 잊고 있던 생각이 떠오른 탓일까, 가라앉은 목소리가 입술 밖으로 흘러나갔다.

그 작은 변화를 기민하게 눈치챈 공작이 물었다.

"어찌 그러십니까? 혹 그래도 걱정이 되시는 겁니까?"

"아뇨. 그보다 어서 앉아요. 내가 반가운 마음에 너무 오래 세워 뒀네요."

은근슬쩍 화제를 돌리자, 공작은 석연치 않은 표정으로 고개를 끄덕이고는 소파 쪽으로 걸어갔다. 아니, 정확하게는 걸어가려다가 말고 멈칫했다.

"왜 그래요, 에른?"

그의 시선이 향한 곳을 따라가자 새장이 보였다. 정확하게는 그 안에서 곤히 잠들어 있는 앵무새가.

뚱한 표정으로 그쪽을 쳐다본 공작이 말했다.

"지난번에는 알현실이더니, 이제는 집무실에까지 가져다 두신 겁니까? 정말 어지간히 예뻐하시나 봅니다."

"뭐, 예쁘기는 하죠. 사람과는 달리 애정을 주면 그대로 돌아오니까요. 똑똑하기도 하고."

밀라이아는 '물론 그것 때문에 상당히 피곤해지긴 했지만.'이라는 말을 삼키며 공작의 시선을 앵무새에게서 차단했다. 그러고 보니 그에게 정신을 파느라 앵무새의 존재를 깜빡하고 있었는데, 마침 자고 있어 다행이다 싶었다.

'갑자기 깨어나서 말을 하거나 하진 않겠지?'

왠지 좀 불안하긴 했지만, 그가 막 도착했을 때라면 모를까 이제와 새장을 곁방에 가져다 두는 건 뭔가 모양새가 이상했다. 그렇다고 해서 저 새를 다른 누구에게 맡길 수도 없었다.

걱정스러운 눈초리로 새장 쪽을 한 번 쳐다본 밀라이아는 맞잡은 공작의 손을 잡아당겨 소파로 향했다.

슬그머니 옆자리에 붙어 앉자, 공작은 손가락으로 손등을 살살 쓸며 물었다.

"새가 그리 좋으시면, 제가 한 마리 선물해 드릴까요? 저것과 같은 앵무새도 좋고, 아니면 밀라 님이 좋아하시는 다른 새여도 괜찮고 말입니다."

"아뇨, 괜찮……."

한 마리도 피곤한데 또 무슨 새인가 싶어 거절하려던 그녀는 문득 드는 생각에 말을 멈췄다. 왜 그런 방법을 진즉 떠올리지 못했나 싶었다.

"그럼 저 아이랑 똑같은 새로 한 마리 구해 줄 수 있어요? 깃털 색이나 반점의 위치도 같은 아이로요."

"흠? 바꿔치기할 것도 아닌데 굳이 그런 것까지 같아야 합니까?"

'당연하지. 그게 목적인데.'

속으로 중얼거린 밀라이아는 대수롭지 않은 얼굴로 고개를 끄덕였다.

"네. 그 부분이 가장 마음에 드는 거라서요."

"뭐, 알겠습니다. 그렇게 하지요."

흔쾌히 대답한 공작은 고개를 돌려 앵무새를 한참 동안 바라보았다. 그러고는 문득 생각났다는 듯 그녀를 돌아보며 의미심장한 얼굴로 속삭였다.

"한데 밀라 님."

"네?"

"보상은 언제 해 주실 겁니까? 저를 길리안 대법관에게 던져 버린 대신 원하는 건 무엇이든 해 주마 하셨잖습니까."

급격한 화제 전환에 움찔한 밀라이아가 말했다.

"……갑자기 왜 얘기가 그리로 튀어요? 새랑 보상이 무슨 상관이라고."

“저 새를 보니 어제 하루 종일 길리안 대법관에게 시달렸던 기억이 새록새록 떠올라서 말입니다. 그러니 작은 보상 정도는 해 주셔야지요.”

“어, 그건…….”

그제 원하는 게 뭐냐 물었을 때 보았던 눈빛을 떠올린 밀라이아가 말끝을 흐렸다. 어느새 저를 향한 눈빛 역시 그때와 같은 온도로 바뀌어 있는 것이 아닌가.

열기를 품은 눈으로 그녀를 바라보던 남자가 자유로운 손을 스윽 뻗었다. 보드라운 뺨을 손바닥으로 감싼 그는 좀 전에 그랬던 것처럼 엄지손가락으로 콧등을 살짝 건드리며 말했다.

“답을 못하시는 걸 보니 딱히 생각해 두신 때는 없는 듯하군요. 하면 지금 받아 가도 되겠습니까?”

“뭐, 그러든가요.”

애써 떨림을 감추며 답하자, 콧등을 건드렸던 손가락이 스르르 위로 올라가 눈꼬리를 살살 어루만졌다.

파르르 떨리는 속눈썹을 신기하다는 듯 살짝 건드리고 다시 콧날을 타고 내려온 그것은 부드럽게 인중으로, 그리고 마지막으로 입술 위에 내려앉았다.

입맞춤을 연상시키듯 연약한 피부를 쓰다듬는 손길에 몸이 나른하게 풀렸다.

스치듯 입꼬리를 건드리고 지나간 손이 머리카락을 가만히 귀 뒤로 넘겨 주었다. 귓바퀴를 스치고 지나가는 손길이 부드러우면서도 오싹했다.

슬며시 깍지를 풀어낸 손이 그녀의 등 뒤를 받쳤다. 동시에 다시 한번 입술을 건드린 오른손이 뺨을 감쌌다.

서서히 가까워지는 거리에 저절로 눈이 감겼다.

자유로워진 두 팔을 들어 목에 감는 순간, 입술에 따스한 숨결이 얹히는 것이 느껴졌다.

맛만 보겠다는 듯 연약한 피부 위를 한 번 핥고 지나간 혀가 살짝 열린 입술 사이를 가르며 당연하다는 듯 파고들었다. 그러고는 수줍게 뒤로 빠지려는 혀를 잡아채 도망치지 못하도록 칭칭 휘감았다.

강렬하게 뿌리까지 얽어 오는 힘에 몸이 움찔 굳었다. 그간 그와 여러 번 입맞춤을 나누어 왔지만, 오늘처럼 부드러움 속에 짙은 소유욕을 드러낸 키스는 애정을 막 확인했을 때 이후로 처음이었다.

집요하리만큼 격하게 탐해 오는 그 때문에 그새 약간 익숙해졌다 여겼던 호흡이 조금씩 가빠 왔다.

차오르는 숨을 쉬기 위해 슬쩍 밀어내자, 입술을 뗀 그가 그녀의 이름을 속삭이며 귓바퀴 쪽으로 얼굴을 미끄러뜨렸다. 잠시 쉬고 있으라는 양 입술 대신 도톰한 귓불을 가볍게 깨문 그는 어루만지듯 그 부분을 혀로 살살 쓸었다.

순간 몸이 확 튀어 오르며 온몸으로 짜릿한 전율이 번져 나가는 것이 느껴졌다.

"읏, 에른……."

"쉬잇. 괜찮습니다. 가만히 느껴 보십시오."

어쩔 줄 몰라 하는 그녀를 달래듯 토닥인 그가 허리를 바짝 끌어안았다.

그때, '삐이—' 하는 울음과 함께 새 특유의 끽끽거리는 듯한 말소리가 들려왔다.

"찾아야 해!"

"헉!"

화들짝 놀란 밀라이아가 공작을 밀치며 벌떡 몸을 일으켰다.

갑자기 밀려난 그가 놀란 눈으로 바라보는 것이 느껴졌지만, 그녀는 그에게 무어라 말하는 대신 서둘러 새장 쪽으로 달려갔다. 당장 저 새를 조용하게 만들어야 했다.

"하지……!"

그러나 때는 이미 늦은 후였다.

푸드덕하는 날갯짓 소리와 함께 또 다른 단어 하나가 귓가를 두드렸다.

"소원의 돌!"

온몸이 차갑게 얼어붙었다.

'들었을까? 들었겠지?'

지금이라도 새장을 치워야 하나 생각하며 굳었던 다리를 도로 떼는데, '삐이!' 하고 운 앵무새가 다시 한번 외쳤다.

"소원의 돌! 찾아야 해!"

"……."

'망했군.'

절로 한숨이 나왔다. 저 눈치 빠른 공작이 한 번도 아니고 두 번이나 반복된 말을 못 들었을 리가 없으니까.

아니, 들었다 뿐인가? 지금쯤이면 분명 그 안에 내포된 의미마저 다 파악했을 것이 분명했다. 그 증거로 지금 저리 무섭도록 침묵하고 있잖은가.

쭈뼛쭈뼛 뒤를 돌아보자, 평소보다 훨씬 가늘어진 눈동자가 눈에 들어왔다.

떨리는 시선을 잡아채 제게 묶은 공작은 한참 후에야 침묵을 깨며 말했다.

“밀라 님.”

“……네?”

“우리, 아무래도 진지한 대화의 장을 좀 마련해 봐야 할 것 같지 않습니까? 그러고 계시지 말고 이리 오시지요. 아, 그 새장도 들고 오시고요.”

“……네.”

원망스러운 눈으로 앵무새를 노려본 밀라이아가 조심스럽게 새장을 집어 들어 그에게로 돌아갔다.

톡톡.

탁자 위에 놓인 새장을 바라보며 손가락으로 무릎을 두드린 그가 물었다.

“지금 저 앵무새가 말한 소원의 돌이 제가 알고 있는 그 소원의 돌이 맞습니까? 신성 제국의 국보로 알려진 그것 말입니다.”

“…….”

밀라이아는 침묵했다. 지금 이 시점에서는 무어라 긍정하기도, 그렇다고 해서 부정하기도 애매했기 때문이다.

답이 없는 그녀를 물끄러미 바라본 공작이 말했다.

“부정하지 않으시는 걸 보니 맞는가 보군요. 앵무새가 그런 단어를 아는 걸 보면 아마도 밀라 님 근처에서 주워들은 말일 테고……. 흠, 그렇군요. 이제야 빠져 있던 마지막 조각이 맞춰진 기분입니다.”

시원한 미소가 그의 입가에 걸렸다.

“신전에서 찾는 물건이 그것이었군요. 그동안 행방이 알려지지 않은 것으로 보아 왕가에서 은밀하게 보관해 왔을 테고요. 혹시 대신관을 불러들이시는 이유도 그거였습니까? 구동하거나 하는 데 신성력이 필요한 모양이지요?”

‘와, 정말 대단하다.’

밀라이아는 애써 놀란 기색을 감추며 옆에 앉은 남자를 올려다보았다. 본래도 머리가 잘 돌아가는 사람이기는 했지만, 대수롭지 않게 툭툭 던지는데도 어쩌면 저렇게 하나도 틀리지 않고 다 맞히나 싶었다.

“그리 묵언하셔도 소용없습니다. 왕실의 일원이시니 그간 은밀히 전해 내려온 보물에 대해 발설하기 어려우시다는 점은 이해하겠지만, 지금은 상황이 좀 다르잖습니까.”

“……어떻게 알았어요? 내가 왕족인 거?”

불쑥 묻자, 공작은 새삼 무슨 소리냐는 듯한 얼굴로 답했다.

“직접 말씀해 주셨잖습니까? 풀네임으로요.”

“아니, 그거 말고요. 그 전부터 알고 있었잖아요. 내가 풀네임 얘기해 줬을 때 전혀 놀라는 기색도 없더만.”

“흠. 이름을 듣고 알았다 하면 믿어 주시렵니까? 잘 쓰지도 않는 고어에, 그런 의미를 가진 단어를 이름자로 붙이려면 왕족 정도는 되어야 할 테니까요. 그것도 직계 말입니다.”

“글쎄요. 분명 틀린 말은 아닌데, 꼭 그 이유만은 아닐 것 같다는 생각이 드는걸요. 말해 봐요, 진짜 이유가 뭐예요?”

어서 답하라는 표정으로 올려다보는 그녀를 잠시 바라보던 공작이 싱긋 웃었다.

"그럼 이렇게 하죠. 밀라 님께서 앵무새가 저 말을 알고 있는 이유를 먼저 말씀해 주시면, 저도 밀라 님의 정체를 어떻게 알았는지 말씀해 드리겠습니다. 서로 진실 하나씩을 맞교환하는 거지요. 어떠십니까?"

'쳇, 안 넘어오네. 이걸로 어떻게 좀 넘어가 볼까 했더니.'

속으로 혀를 찬 밀라이아가 물었다.

"내가 얘기 안 해 줘도 관심 안 접을 거죠?"

"말씀드렸잖습니까. 저는 한 번 눈길을 주면 절대로 놓지 않는 성격이라고요."

"칫, 알았어요. 얘기해 주면 되잖아."

하릴없이 답한 그녀는 새장 쪽을 힐끔 돌아보며 잠시 말을 골랐다.

기껏 이리 곤란하게 만들어 놓을 때는 언제고, 작은 새는 어느새 횃대에서 내려와 모이를 콕콕 쪼아 먹고 있었다. 또다시 말을 하려거나 하는 생각은 전혀 없는 것처럼.

'어휴, 정말. 저럴 거면 계속 조용하든가. 하필이면 왜 또 그 단어를 콕 집어서 얘기한 거람.'

푹 한숨이 나왔지만, 이미 엎질러진 물을 도로 주워 담을 수는 없는 노릇이었다.

결국 밀라이아는 차근차근 설명을 시작했다. 본디 저 앵무새가 할 줄 아는 말은 '안녕', '여왕', '고마워요', '찾아야 해' 이렇게 네 개였다는 것, 그중 '안녕'과 '고마워요'는 클로에와 자신이 가르쳤다는 것, 그리고 '여왕'과 '찾아야 해'를 가르친 사람은 루시어스일 확률이 높다는 이야기 등을.

그리고 그렇다면 '소원의 돌'이라는 말은 누가 가르친 거냐는 질문에 한숨을 푹푹 내쉬며 답했다.

"어쩌다 보니 내가 가르친 게 되긴 했는데, 엄밀하게 따지면 내가 그런 건 아니거든요? 그러니까, 음……. 설명하자면 기니까 일단 한번 보여 줄게요. 자아, 따라해 봐. 아리로글."

"삐이!"

"아리로글, 아리로글, 아리로글."

"삐이?"

"아리로글, 아리……."

"아리로글!"

"헉, 진짜로 누적이 되네?"

눈이 동그랗게 뜨였다. 아마 그럴 거라 추측은 하고 있었지만, 정말로 통하는 걸 확인한 건 그녀도 처음이었으니까.

'그럼 정말로 둘 중 하나란 얘기네.'

푹 한숨을 내쉰 밀라이아는 흥미로운 눈초리로 저를 바라보는 공작에게 설명했다.

저 앵무새에게 말을 가르치려면 적어도 백 번 정도는 반복해 줘야 한다는 것, 두 글자나 네 글자 단어만 따라하지만 글자 수를 충족한다고 모든 말을 다 배우는 건 또 아니더라는 것, 그리고 어제 무심코 두어 번 중얼거렸을 뿐인데 말을 따라하는 바람에 몹시 놀랐다는 것까지. 혹시나 하는 마음에 실험을 해 보았는데 일단 하루 전에 들려 준 건 그 백 번에 포함되는 것 같다는 결과도 말해 주었다.

가만히 이야기를 듣던 공작이 물었다.

"길리안 대법관에게 저 앵무새를 선사받으신 게 언제였지요?"

"두 달쯤 됐어요."

"하면 두 달 전에 들었던 것도 기억하느냐에 따라서 소원의 돌의 존재를 알고 있는 사람이 갈린단 얘기군요. 흠. 확인하시는 건 좋습니다만, 그동안 저 새를 곁에 두실 수 있겠습니까? 오늘만 해도 그렇잖습니까. 그나마 제 앞에서 그랬기에 망정이지, 다른 사람 앞이었으면 어쩔 뻔했습니까?"

"그러니까 말이에요. 후우, 솔직히 두 달을 버티는 건 무리예요."

푹 한숨을 내쉬는 그녀를 가만히 바라보던 공작이 제안했다.

"하면 저 새를 제가 데리고 가는 건 어떻습니까? 똑같은 새를 달라고 하셨던 걸로 보아 어차피 바꿔치기할 생각이셨던 것 같은데요."

"어…… 그렇긴 한데, 괜찮겠어요? 비밀을 유지하려면 꽤 힘들 텐데요."

"그건 제가 알아서 하겠습니다. 걱정 마십시오."

단호한 목소리에 갑자기 확 안심이 됐다.

빙긋 웃은 밀라이아가 말했다.

"그럼 그렇게 해요. 실은 어제부터 그것 때문에 계속 안절부절못하고 있었거든요. 에른도 알잖아요? 저게 얼마나 큰 파장을 일으키는 말인지."

"압니다. 듣자마자 왜 제게 알려 주지 않으셨던 건지 단박에 깨달을 정도였으니까요."

무겁게 고개를 끄덕인 공작이 말했다.

"한데 한 가지 여쭙고 싶은 것이 있습니다. 소원의 돌의 정확한 기능이 뭡니까? 정말 전설 속 이야기처럼 소유주의 소원이라면 뭐든지 들어줄 수 있는 겁니까?"

"정확히 어디까지 되는지는 모르겠는데, 한 가지 소원에 한해서는 그렇다고 하더라고요. ……시간을 돌리는 것까지도."

할까 말까 망설이던 말을 꺼내자, 재색 눈동자가 눈에 띄게 흔들리는 것이 느껴졌다. 그 말에 숨겨진 의미를 정확하게 알아차린 모양이었다.

"……그렇군요. 하면 밀라 님께서는……."

"솔직히 말해서 처음에는 그럴 생각이었어요. 지금은…… 잘 모르겠네요."

"그렇습니까."

무거운 정적이 흘렀다.

미동도 않고 침묵하던 공작은 시간이 한참 더 지난 뒤에야 긴 한숨을 내쉬며 말했다.

"알겠습니다. 어차피 모르고 시작한 것도 아니고, 그래도 상관없다 조른 것도 저이니…… 거기에 대해서 제가 뭐라 할 자격은 없지요."

"……미안해요."

"아닙니다. 어쨌든 그렇다면 신전에서 그 사실을 모르도록 함과 동시에 그 존재를 알고 있는 자를 밝혀내야 하는 거군요. 정황상 길리안 대법관일 확률이 높아 보이지만 말입니다."

"음, 네. 한데 에른이 오해하고 있는 게 하나 있어요."

잠시 말을 끊은 밀라이아는 그게 뭐냐는 듯한 얼굴로 저를 돌아보는 공작을 보며 슬그머니 그의 손을 잡았다. 불안감과 기대감이 섞여 있는 재색 눈동자를 마주하자 마음이 영 무거웠다.

"소원의 돌은 아무 때나 쓸 수 있는 게 아니에요. 그리고 지금은 쓸 수 없는 상태고요."

"아……."

의미 모를 탄성을 내뱉은 공작이 느릿하게 그녀의 손을 잡아 올렸다. 그러고는 한참 동안 손등에 이마를 댄 채 침묵하다 물었다.

"하면 완성하기 위해서는 시간이 좀 더 걸리는 겁니까?"

"네."

"……다행이군요. 사실 말은 그렇게 했어도, 혹시 당장 떠난다 하시면 어쩌나 마음 졸였거든요."

"설마요."

더는 무어라 할 말이 없어서, 밀라이아는 오직 그 한마디만을 입 밖으로 토해 낸 채 그를 내려다보았다.

함께 있으면 행복하고 되도록 오랜 시간을 같이 보내고 싶은 마음은 굴뚝같지만, 그것은 그녀의 마음대로 되는 일이 아니었다. 그녀에게는 정해진 시간이 있었으니까. 게다가 설령 그렇지 않다 한들 제가 책임져야 할 수많은 사람들을 두고 이곳에 머무를 수는 없었다.

한숨을 내쉬며 자유로운 손으로 검은 머리카락을 쓰다듬자, 공작은 언제 동요를 보였냐는 듯 감정을 수습하고는 물었다.

"죄송합니다. 잠시 못 볼 꼴을 보여 드렸군요. 그보다 길리안 대법관 말입니다. 만일 그가 소원의 돌의 존재를 알고 있다면, 혹시 밀라 님의 진짜 정체도 알고 있는 것 아닙니까? '여왕'과 '찾아야 해', 거기다가 '소원의 돌'이라니 어쩐지 조합이 영 심상치 않군요."

심각한 표정을 짓는 그를 보며 고개를 끄덕인 밀라이아가 말했다.

"그럴 수도 있을 것 같아요. 그동안 내게 예전과 꽤 달라진 것 같다는 소리를 몇 번 했거든요. 물론 사람이 바뀐 것까지는 모르는 것 같았지만요."

"그렇군요. 아무래도 당분간은 그를 피하시는 게 좋겠습니다."

"알겠어요."

그녀 역시 어제 앵무새가 말을 배운 것을 보고 그런 생각을 했으므로, 당분간 길리안 대법관을 조심할 필요가 있겠다는 공작의 말에는 동감이었다.

순순히 고개를 끄덕이자, 그는 습관처럼 손을 만지작거리며 말했다.

"숙부님께 파발을 띄워야겠군요. 협상 문제도 있고 해서 적당한 선에서 넘어가려 했는데, 일단 길리안가부터 빠르게 처리를 해야겠습니다."

"그렇게 해요. 안 그래도 아까 해 준 얘기대로라면 대공자의 일이 너무 무마하기 쉬운 선에서 끝나 버리는 건 아닌가 했거든요."

"그럴 리가요. 며칠 내로 제국에서 정식 항의가 들어올 겁니다. 그들도 일단 체면치레는 해야 하니까요."

"어…… 그런가요?"

"네. 그 정도도 아니고서야 어찌 길리안가를 밀어낼 수 있겠는지요? 다만 혹시라도 협상을 망칠까 봐 직접 손을 쓰지 않았더니 좀 약한 수위로 걸렸을 뿐입니다. 어쩌면 만일을 대비해 준비해 놨던 두 번째 계획을 실행해야 할지도 모르겠군요."

그 말을 끝으로, 그는 어찌해야 좋을지 방법을 고민하는 듯 침묵에 빠져들었다. 그러는 와중에도 엄지손가락은 계속해서 그녀의 손 위를 배회하며 손가락과 손등을 부드럽게 어루만지고 있었다.

어쩐지 기운이 빠져서, 밀라이아는 등받이에 편안하게 몸을 기댄 채 허공을 바라보았다.

가만히 그에게 손을 맡긴 채 왠지 모를 탈력감에 빠져 있는데, 갑자기 한 가지 생각이 머릿속을 스치고 지나갔다. 그러고 보니 분위기에 휩쓸려 이대로 유야무야 넘어갈 뻔했다 싶었다.

"에른?"

"……."

"에르으은."

자유로운 반대쪽 손으로 소맷자락을 잡아당기자, 그는 그제야 의아한 표정으로 그녀를 돌아보았다.

"어찌 그러십니까?"

"이제 얘기해 줘요. 내가 왕족인 건 어떻게 알았는지. 우리 진실 한 가지씩 교환하기로 했잖아요."

"아, 그랬지요."

느릿느릿 고개를 끄덕인 그가 말했다.

"제 얘기는 밀라 님의 것에 비하면 간단합니다. 흠. 이렇게 얘기하면 되겠군요. 사실 제게는 오래전부터 꾸어 오던 꿈이 한 가지 있습니다."

"네? 꿈이요?"

"네. 아마도 한 삼 년쯤 되었나, 그럴 겁니다."

그의 얘기는 이랬다.

삼 년 전부터 그는 상당히 특이한 꿈을 한 가지 꾸기 시작했다. 지금보다 좀 더 미래인 것처럼 보이는 시대에서 웬 귀족 청년이 되어 살아가는 꿈을 꾸게 된 것.

이상하게도 이름 같은 건 일절 들리지 않았기에 어떤 사람인지는 알 수 없었으나, 그는 상당히 높은 신분처럼 보였다. 그리고 마음에 품은 여인이 있었다. 그것도 아주 절절하게.

"……마음에 품은 여인이 있었다고요?"

"설마 질투하시는 겁니까? 꿈속의 여인에게요?"

"그런 거 아니거든요? 어쨌든 계속해 봐요. 그래서요?"

묘하게 기분이 나빴다. 그는 한낱 꿈으로 치부하는 것 같았지만, 꿈을 통해 글로리아의 삶을 엿보고 급기야 이쪽으로 넘어오기까지 한 그녀로서는 그리 간단한 일이 아니었으니까.

어쨌든 그는 아마 청년의 연정이 짝사랑일 거라 짐작했다. 본디 그는 서너 달에 한 번씩 청년의 꿈을 꾸곤 했는데, 거의 이 년이 넘는 시간이 지나도록 문제의 여인과는 한 번도 마주친 적이 없었으니까.

그러던 어느 날, 청년의 마음을 독차지한 여인이 눈앞에 나타났다. 반년쯤 전의 일이었다.

그녀의 얼굴을 처음 본 공작은 무척 놀랐다. 그도 그럴 것이, 그녀는 여왕, 즉 그가 본디 섬기던 여왕 글로리아와 대단히 닮은 외모의 소유자였던 것.

'글로리아랑 닮았다고? 설마 그거…….'

밀라이아의 눈이 살짝 커졌다.

그러나 공작은 그런 그녀의 표정 변화를 눈치채지 못한 듯 계속해서 말했다.

당시 그는 무기력증이 거의 절정에 오른 상태였기에, 이제는 꿈속에서조차 여왕을 닮은 여자가 나오냐며 그녀를 무척 미워했다.

하지만 청년을 통해 지켜본 꿈속의 여인은 여왕과는 뭔가 달랐다. 외모는 분명 그녀와 거의 흡사했지만, 쾌활하고 당당한 그녀는 늘 주눅이 들어 있는 여왕과는 달리 때로는 자신감이 지나쳐 오만하게 보이기까지 했다.

그때부터 그는 꿈속의 남자를 몹시 부러워하기 시작했다. 물론 꿈속에서는 자신이 곧 그였지만, 현실은 달랐으니까.

이런 사람이 제가 섬기는 여왕이라면 얼마나 좋았을까 하는 생각, 그리고 비록 짝사랑일지언정 그는 그녀를 향해 충분히 연정을 품을 수 있는 사람이라는 사실 때문에 부러움을 감출 수가 없었다. 물론 여인을 보며 애만 태우는 건 좀 안됐다 싶기도 했지만, 저처럼 꿈에서 본 여자에게 관심을 갖는 것보다야 그의 처지가 훨씬 낫지 않은가.

"그, 그래서요?"

떨리는 목소리가 입술 밖으로 새어 나왔다. 어쩐지 그가 말하는 여자가 누구인지 알 것 같다는 생각에 심장이 조금씩 빠르게 뛰었다.

"한데 어느 날, 그녀가 제 앞에 서 있더군요. 꿈속에서 봤던 모습 그대로는 아니었으나 한눈에 알아볼 수 있었습니다. 말투며 몸동작, 그리고 표정 하나하나까지 전부 그녀와 똑같았으니까요."

"……."

"혼란스러웠습니다. 옛 문헌을 뒤져 찾아낸 마법의 존재를 눈앞에 들이밀면서도, 한참을 다그친 끝에 자신은 본래 몸의 주인이 아니라는 답을 들었음에도 그렇더군요. 어째서 그녀가 내 앞에 서 있는 것인지, 이 또한 꿈은 아닌지, 가끔씩 그녀를 그리던 머리가 만들어 낸 망상은 아닌지 고민스러워했지요. 그래서 저는 애써 마음의 외침을 부인했고…… 그 대가를 혹독하게 치르게 되었습니다.

뭐, 그 뒤는 말씀드리지 않아도 아시리라 믿습니다."

어깨를 으쓱한 그가 말했다.

"그래서 알았습니다, 밀라 님. 꿈속의 당신은 누가 봐도 여왕 전하와 같은 핏줄임을 알 수 있을 정도로 닮아 있었으니까요."

"그, 그럼 내 이름은 어떻게 알았어요? 꿈속에서는 이름 같은 것, 들리지 않았다면서요."

더듬거리며 묻자, 희미하게 미소 지은 공작이 답했다.

"딱 한 번, 꿈속에서 들은 적이 있거든요. 당신의 애칭을요. 그래서 그런 애칭이 나올 만한 이름들은 전부 뒤져 보았지요."

"그랬구나……."

조금씩 박동 수를 더해 가던 심장이 이제는 헤아릴 수 없을 만큼 빠르게 뛰고 있었다.

이대로 있다가는 가슴이 터져 비릴 것만 같아서, 밀라이아는 공작의 목을 끌어안으며 어깨에 얼굴을 묻었다.

"왜 진작 얘기하지 않았어요? 그랬으면……."

"연민을 받았겠지요. 하나 제가 원한 것은 사랑이지 동정이 아니었는걸요. 그리고 뭐, 사실 조금씩 단서는 드렸습니다. 밀라 님이 눈치채지 못하셨을 뿐이지요."

그러고 보면 그랬던 것도 같았다. 단지 그때마다 뭔가 중요한 얘기를 섞어서 했기 때문에 그쪽에 정신이 팔렸을 뿐.

가만히 그녀를 떼어 낸 공작이 속삭였다.

"사랑합니다, 밀라 님."

"나, 나도……."

머뭇머뭇 말을 돌려주려 하였지만, 그것은 부드럽게 와 닿은 입술에 막혀 더는 밖으로 나가지 못했다. 느릿하게 입 안을 탐방하는 혀 놀림에 절로 스르르 눈이 감겼다.

느슨하게 풀었던 팔에 다시 힘을 주어 그의 목을 그러안자, 한 손으로 등을 감싼 공작이 은근슬쩍 몸에 체중을 실었다.

어어, 하는 사이에 뒤로 넘어간 몸이 소파에 털썩 쓰러졌다. 삽시간에 바뀐 구도에 눈이 크게 뜨였다.

"……에른?"

"쉬잇."

휘둥그레진 눈에 다시 제 입술을 삼키는 남자의 모습이 커다랗게 들어왔다. 굳게 닫힌 눈꺼풀 아래 가지런히 뻗은 속눈썹이 무척 유혹적으로 보였다.

느긋하게 저를 옭아맨 혀가 뿌리까지 한 번 꼼꼼하게 훑고는 뒤로 물러나는 것이 느껴졌다. 어느새 그녀에게서 떨어진 입술이 스르르 목을 타고 아래로 내려가고 있었다.

"읏, 잠깐만……!"

간질간질하면서도 짜릿한 느낌에 몸이 움찔움찔 떨렸다.

어쩔 줄 몰라 하던 손이 검은 머리카락을 한 움큼 휘감았다.

등을 감쌌던 남자의 손이 슬그머니 빠져나와 허리 부근을 한번 쓸었다. 날씬한 배를 지나 조금씩 위로 향하는 그의 목적지를 본능적으로 깨달은 몸이 뻣뻣하게 굳었다.

그때, 파르르 떨리는 입술 위에 가볍게 입을 맞춘 공작이 말했다.

"더 했다가는 우실 것 같군요. 오늘은 여기까지만 하겠습니다."

"우, 울긴 누가 운다고 그래요?"

"그럼 더 할까요?"

"……아니요."

황급히 고개를 젓자, 쿡쿡 소리 내어 웃은 공작이 그녀를 일으켜 주었다.

밀라이아는 미친 듯이 내달리는 가슴 위에 한 손을 얹은 채 천천히 숨을 골랐다. 아직도 그의 손이 닿았던 부분들이 찌릿찌릿했다.

붉어진 얼굴을 가리며 흐트러진 매무시를 정돈하는데, 때마침 똑똑하고 노크 소리가 들려왔다.

파드득 놀란 밀라이아가 문가를 돌아보았다.

잠시 후 문을 열고 들어온 사람은 백발의 노기사였다.

기사들 특유의 묵직한 발걸음으로 뚜벅뚜벅 걸어 들어온 그는 공작과 나란히 앉아 있는 밀라이아를 보고는 잠시 멈칫하다 이내 예를 갖췄다.

"창공의 드높음을 경배하라. 라스피토 세 앤트워스가 여왕 전하를 뵙습니다."

"어서 와요, 앤트워스 후작."

그동안 부단한 연습을 거친 덕분일까, 평소와 그리 다를 바 없는 목소리가 흘러나왔다. 태연해 보이는 겉모습과는 달리 사실 속마음은 무척 조마조마한 상태였음에도.

'그러고 보니 나, 매무시는 다 정돈했던가?'

힐끔힐끔 제 상태를 확인해 보았지만, 차림을 가다듬는 도중에 그가 들어온 터라 확실하지가 않았다. 게다가 힐끗 돌아본 공작 역시 뒷머리가 삐죽빼죽한 상태였기에 더 불안했다.

슬그머니 머리카락을 한번 쓸어 넘긴 그녀가 물었다.

"웬일로 집무실엘 다 찾아왔나요? 혹 기사단에 무슨 일이라도 생겼나요?"

"그런 것은 아니고, 실은 한 가지 보고 드릴 사항이 있어 찾아뵈었습니다. 마침 공작 각하도 있으니 잘되었군요."

"공작은 왜요? 여와 같이 들어야 할 사안인가요?"

고개를 한쪽으로 기울이며 묻자, 후작은 고민하는 기색도 없이 곧장 답했다.

"네, 그게 나을 듯싶습니다. 지스 영애 사건과 관련됐을 수도 있는 얘기라서요."

"그렇군요. 하면 일단 앉아요. 천천히 얘기하죠."

상석으로 자리를 옮기며 말하자, '네, 전하.'라고 답한 후작이 공작의 맞은편에 앉았다.

하얀 제복이 구겨지지 않도록 꼿꼿하게 앉는 그를 돌아본 공작이 물었다.

"지스 영애 사건과 관련된 얘기라면, 혹 범인이라도 잡힌 거요?"

"아쉽지만 그건 아닙니다. 치안대가 그간 내내 그녀의 행적을 뒤쫓은 모양인데, 아쉽게도 별다른 것은 발견하지 못하였다 하더군요. 그나마 밝혀진 건 시신이 발견되기 열흘 전쯤 친구를 만난다며 외출한 뒤 돌아오지 않았다는 것 정도입니다."

"그 친구가 누구인지는 밝혀졌나요?"

불쑥 끼어들며 묻자, 후작은 즉각 그녀를 돌아보며 답했다.

"아니요. 영애를 섬기던 시녀들을 전부 조사해 봤지만 누구도 구체적으로 누구를 만난다는 말은 못 들었다고 합니다. 다만 어째서인지 몹시 들떠 있었다고만 했습니다. 하여 그녀가 귀가하지 않았을 때 모두 도주했다고 생각한 것 같습니다."

"여도 거기까진 들었어요. 한데 아무리 생각해도 좀 이상하네요. 듣자 하니 실종되기 사흘 전에야 겨우 풀려나 집에 돌아왔다고 하던데, 그럼 가장 친한 친구들에게 편지부터 돌려야 정상 아닌가요? 분명 편지철에도 별다른 건 없다고 했었죠?"

"네, 전하."

"으음, 역시 좀 이상한데……."

밀라이아는 고개를 한쪽으로 기울이며 잠시 생각에 잠겼다.

물론 지스가가 몰락 가도를 걷게 되었으니 모두 안면을 몰수한 것일 수도 있겠지만, 그래도 기본적으로 사교 관계가 나쁘지 않았다면 적어도 한두 명쯤은 만날 사람이 있었을 텐데 이상하다 싶었다.

실제로 시녀들의 말에 따르면 몹시 들떠 있었다고 하지 않은가. 만일 모두에게 절교라도 당했다면 그럴 수 있었겠는가? 대단히 화나고 모멸감을 느끼는 상태였겠지.

"어쨌든 알겠어요. 하면 후작이 가져온 이야기는 뭔가요?"

"아, 사실 신은 최근 일 년 사이 수도에서 일어난 모든 종류의 살인사건을 살펴보고 있었습니다. 혹시 범인을 추적하는 데 도움이 되지 않을까 하는 생각에서였지요. 한데 그중에서 금발 여성만을 대상으로 하는 연쇄살인사건이 있었다는 사실을 알게 되었습니다."

"연쇄살인이라고요? 수도에서요?"

"그렇습니다."

"한데 왜 여는 그런 일이 있는지도 몰랐죠? 단순한 일도 아니고 연쇄살인사건이라는데?"

불쾌한 기색이 역력한 말에 황급히 고개를 숙여 보인 후작이 답했다.

"아마도 피해자들이 전부 빈민가의 사람들이었기 때문인 것 같습니다. 치안대에서도 그런 일은 워낙 비일비재하다며 크게 관심 두지 않더군요. 사실 신도 이번 일이 아니었다면 그런 사건이 있었는지도 몰랐을 겁니다."

"아무리 그래도 그렇지, 어떻게…… 후우. 일단 계속해 봐요. 그래서요?"

팔짱을 끼며 묻자, 후작은 즉각 말했다.

"혹시나 하는 마음에 범행 수법을 분석해 보았지만, 아무래도 지스 영애 사건의 범인과는 다른 자의 소행일 확률이 더 높은 듯싶습니다. 그래도 일단 연쇄살인사건인 데다, 가능성을 아예 배제할 수는 없어 우선 보고 드립니다. 이후 길리안 대법관에게 인계하여 관련성 여부를 좀 더 조사해 볼 생각입니다."

"잠깐만. 지금 금발 여성들이 대상이라 하였소?"

불쑥 끼어든 말에 의아한 듯 그쪽을 돌아본 후작이 답했다.

"그렇습니다."

"혹시 그 여성들의 인상착의가 어떻게 되오? 금발이라는 것 외에 말이오."

"전부 금발에 생머리, 보통보다 조금 큰 키에 늘씬한 체구라는 공통점이 있었습니다. 그리고……."

무심코 답하던 후작의 시선이 공작의 것을 따라 이동했다. 두 사람의 눈길이 닿은 곳에는 밀라이아가 있었다.

표정을 딱딱하게 굳힌 후작이 말했다.

"어쩐지 지금 대단히 외람된 생각을 하고 있는 것 같습니다만."

"아무래도 그 조합이 그리 흔하진 않으니 말이오. 게다가 전하께서는 외부에 노출도 꽤 되신 편이니 마음만 먹으면 인상착의를 알아내는 것쯤은 수월하잖소."

"그럼 공작은 지금 여가 위험할지도 모른다는 얘길 하고 싶은 건가요?"

슬쩍 눈썹을 찌푸리며 묻자 그는 곧바로 긍정했다.

"그렇습니다. 어쩌면 왕가에 원한을 품은 자의 소행일 수도 있지 않겠습니까? 지스 영애 살인사건도 어찌 보면 그 일환으로 저지른 걸 수도 있고요."

"후작도 그렇게 생각해요?"

"뭐…… 조심하셔서 나쁠 건 없을 것 같습니다."

손가락으로 머리카락을 휘감은 밀라이아가 답했다.

"알겠어요. 하면 당분간 궁 밖 출입을 자제하도록 하죠. 그것 외에 또 해야 할 게 있을까요?"

"전하께서는 그 정도만 해 주시면 됩니다. 나머지는 저희 근위기사들이 할 일이지요. 범인이 잡힐 때까지는 호위 인원을 더 늘리도록 하겠습니다."

"그럴 만한 여력이 되나요? 지금도 인원이 간당간당한 걸로 아는데."

고개를 갸웃하자, 후작은 딱딱하게 굳은 얼굴로 말했다.

"조금 빠듯하긴 합니다만, 저희들은 전하와 왕실을 지키기 위한 방패입니다. 전하의 안전이 걸린 문제를 그냥 넘어갈 수는 없습니다."

"하지만 언제까지고 그럴 수는 없을 것 아니에요. 아무래도 조만간 충원을 하긴 해야겠군요. 혹시 추천할 만한 인재들이 있나요?"

"아직까지는 없습니다. 근위기사를 뽑는 일에 사심을 곁들일 수는 없지요. 하나 전하께서 윤허만 해 주신다면, 신이 최선을 대해 충성스러운 인재들을 뽑아 보겠습니다."

"흠, 그래요. 하면 사절단이 귀국하고 난 뒤 자리를 한번 만들어 봅시다."

"감사합니다, 전하."

고개를 깊숙이 숙여 보인 후작이 말했다.

"한데 전하, 만일 각하의 가정대로 왕실에 대해 불온한 마음을 품은 자의 소행이라면 왕제 저하께서도 위험하신 것 아닙니까?"

"어…… 그럴 수도 있겠네요."

그러고 보니 그랬다. 그녀야 왕궁에 틀어박혀 있으면 된다지만, 에드워드는 돌아오는 길 내내 외부의 위협에 노출되어 있을 것이 아닌가. 그러잖아도 식량 관련 협상이 수월하게 끝난 터라 길리안 공작을 비롯한 그 세력들이 호시탐탐 기회를 노리고 있을 텐데, 거기에 혹시 모를 살인자까지 더해진다면…….

'차라리 국내의 일이 좀 정리된 다음에 귀환시키는 게 나으려나? 그러잖아도 거기 좀 더 있고 싶어 하는 아인데, 굳이 데리고 와서 신변의 위협까지 느끼게 할 필요가 있을까?'

잠시 고민하는데, 심각한 표정을 지은 노기사가 물었다.

"어찌하시겠습니까? 즉시 국경지대에 군사를 파견할까요?"

"으음…… 그게 좋겠네요. 그리고 기존 병력들에게도 연락을 넣어 왕제의 신변 보호에 좀 더 신경 쓰라 얘기해 두는 게 낫겠어요."

손가락으로 머리카락을 배배 꼰 밀라이아가 답했다.

혹시라도 에드워드가 위험에 처할까 걱정되기는 했지만, 언제까지고 외지에 둘 수는 없으니 다소 부담을 감수하더라도 왕궁에 빠르게 귀환시켜 두는 게 나을 듯했다.

가만히 둘의 대화를 듣던 공작이 물었다.

"어디서 군사를 차출하겠다는 말이오? 설마하니 여기서 근위기사를 더 빼서 보내지는 못할 거 아니오."

"본가에 지시를 내려둘까 생각하는 중입니다. 다행히 저하께서 귀국하시려면 본가의 영지를 통과하셔야 하니 말입니다."

"하면 국경수비대를 차출하겠다는 거요, 아니면 후작의 사병을 차출하겠다는 거요?"

"당연히 사병이지요. 아무리 본가의 영지에 주둔지가 있다 한들, 본인이 국경수비대를 함부로 움직이는 것은 월권행위가 아닙니까. 게다가 지금은 그 무연탄이라는 것 때문에 제국과도 미묘한 힘겨루기를 해야 할 때잖습니까?"

만족스럽다는 듯 고개를 끄덕인 공작이 말했다.

"좋소. 하면 본인이 사절단에 미리 서신을 보내 놓도록 하지. 전하께서는 어찌 생각하십니까?"

"그게 좋겠네요. 그럼 앤트워스 후작, 잘 부탁해요."

"네, 전하. 안전하게 모셔 올 터이니 걱정 마십시오."

정중하게 예를 갖춘 후작이 공작을 돌아보았다.

두 남자가 세부적인 내용에 대해 잠시 대화를 나누는 동안, 밀라이아는 꾸벅꾸벅 졸고 있는 앵무새 쪽을 힐끔 돌아보며 생각에 잠겼다.

'왕가에 적대적인 세력이라. 이제는 거기까지 범위를 넓혀야 하는 건가? 지스가에 대한 원한이나 페르디난드 공작에 대한 견제에

비하면 가능성이 낮다고 생각했는데.'

좀 전에는 그저 웃고 넘겼지만, 피해자들이 저와 비슷한 체형이라는 것이 내심 좀 찜찜하기는 했다. 게다가 범행 수법이 다르다고 한 걸 생각해 보면, 지스 영애를 죽인 자와는 또 다른 누군가가 활동하는 것일 수도 있다는 이야기가 아닌가.

'이제 겨우 정계를 안정시켰다 생각했더니 이게 뭐람? 혹시 그 때문에 불만을 품은 누군가의 소행인가? 한데 공작이 말하는 것도 그렇고, 왜 자꾸만 한 사람이 생각나는지 모르겠네.'

문득 떠오르는 누군가의 잔상에 흠칫한 밀라이아는 서둘러 고개를 저어 상념을 지웠다.

'설마 그렇지는 않겠지. 아무리 그래도 멀쩡한 사람이 연쇄살인까지 저지르겠어?'

선득한 기분을 털어 낸 그녀가 말했다.

"앤트워스 후작, 하면 연쇄살인사건의 범인을 잡아들이란 지시는 내렸나요?"

"네, 전하. 두 건 모두 확실하게 처리하라 수도방위기사단과 치안대에 전달해 두었습니다."

"그렇군요. 수고했어요."

보랏빛 시선이 책상 쪽을 한번 돌아보았다.

아무래도 두 사람과의 알현을 마친 뒤, 가장 먼저 에드워드에게 편지부터 부쳐야겠다 싶었다. 몸조심하란 얘길 슬쩍 덧붙여서.

'뭔가 한 가지라도 빨리 해결되면 좋겠네. 사절단에 길리안 대공자, 지스 영애 사건에 이제는 연쇄살인까지……. 정계가 조용한 것 하나만 괜찮고 죄다 엉망이잖아?'

푹 한숨을 내쉬는 밀라이아의 얼굴에 짙은 그늘이 드리워졌다.

새장 속에서 앵무새가 잠꼬대처럼 '삐이—' 하고 울었다.

사흘 뒤.

"유스네르 라 길리안이 여왕 전하를 뵙습니다."

"에르네스토 라 페르디난드가 가장 높이 나는 분께 인사 올립니다."

"알론소 수 케네스가 고귀하신 여왕 전하를 뵙습니다."

"어서 와요. 일단 앉죠."

밀라이아는 정중하게 예를 갖추는 세 사람을 향해 고개를 까딱해 보였다.

"간단하게 다과라도 들겠어요?"

"아닙니다. 그보다 신들을 따로 소환하신 이유를 듣고 싶습니다만."

곧장 용건을 물어오는 길리안 공작을 흘낏 돌아본 밀라이아의 눈이 반짝 빛났다.

현재 그녀는 정무 회의를 소집하는 대신 각 계파를 대표하는 세 사람을 소환한 참이었다. 그래 봐야 결과는 별반 다르지 않을 터인데다, 어차피 이번 한 번은 길리안가에게 기회를 주는 형식을 취해야 했기 때문이다.

한데 느긋한 척하던 평소와는 달리 조급해하는 걸 보면, 사절단에서 흘러나온 소식을 그 역시 이미 들어 알고 있는 모양이었다.

"그러죠. 오늘 여가 그대들을 소환한 이유는 바로 이것 때문이에요. 원래는 정무 회의를 소집해야겠지만, 창피해서 차마 공개 석상에서 거론할 수가 없더군요."

기가 막힌다는 듯 길리안 공작을 한 번 쏘아본 밀라이아가 은색 종이 묶음을 꺼내 던지듯 내려놓았다. 언뜻 보기에는 편지지처럼 보이는 그것에는 네 자루의 창과 방패가 새겨진 문장이 찍혀 있었다.

"제국 모니크가에서 공식적으로 보내온 항의 서한입니다. 길리안 대공자가 영애에게 대단히 무례를 저질렀다고요. 길리안 공작, 이 일을 어찌할 건가요? 그나마 왕제를 비롯한 사절단의 일원들이 적극적으로 사태를 수습했기에 망정이지, 자칫하면 정말 큰일이 날 뻔하지 않았습니까."

딱딱하게 굳은 얼굴로 침묵하던 길리안 공작이 반 박자 늦게 답했다.

"……송구합니다, 전하. 뭐라 드릴 말씀이 없습니다."

"할 말이 없다고만 하고 끝날 문제는 아니지 않습니까? 모니크가의 영애라면 현 황제의 조카가 아닙니까. 아무리 혈기왕성한 나이라 해도 그렇지, 하필이면 그런 가문의 영애를 건드릴 수가 있단 말입니까?"

기회는 이때라는 듯 잽싸게 끼어드는 남자를 매섭게 노려보고는 길리안 공작이 말했다.

"케네스 백작, 어휘를 가려서 쓰도록. 건드리다니, 대단히 오해의 소지가 있는 말이 아닌가. 물론 내 자식이 잘못했다는 건 인정하나 그런 식으로 과장된 표현을 쓰는 것은……."

"지금 한낱 어휘를 가지고 꼬투리를 잡을 때가 아닐 텐데요. 이번 일로 실추된 왕국의 명예는 어찌할 것이며, 그로 인해 발생한 불이익들은 또 어찌 해결할 참입니까? 듣기로 대공자의 일 때문에 무연탄 지대 협상에서 상당한 난항을 겪었다던데요."

사나운 말에도, 케네스 백작은 이번 기회에 입지를 확실하게 다지겠다는 심산인지 곧장 꼬투리를 물고 늘어졌다. 하긴 에라스 후작을 비롯한 경쟁자들이 반역죄를 선고받은 덕분에 간신히 얻은 이인자의 자리이니 놓치기 싫기도 할 터였다.

"케네스 백……!"

"뭐, 다소 과한 감이 있기는 하나 케네스 백작이 틀린 말을 한 건 아니잖소? 본 공 역시 길리안가의 이번 행사에 대해서는 유감을 표하지 않을 수가 없군."

느긋한 표정으로 끼어든 페르디난드 공작이 말했다.

"얼마 전 정무 회의에서 이야기했듯, 무연탄과 그 생산 지대의 효용성은 실로 어마어마하오. 하여 혹시라도 동티가 날까 사절단이 출발할 때까지 비밀로 했다고도 얘기하지 않았소. 한데 이게 뭐 하는 짓이오? 도움이 되지는 못할망정 훼방이라니. 리사 왕국과 격차를 확실하게 벌릴 수 있는 절호의 기회가 대공자의 경솔한 행동 한 번으로 날아갈 뻔했단 말이오."

평소 연장자라는 이유로 ―그리고 아마도 삼 년 전 밀약으로 약점이 잡힌 탓에― 어느 정도는 저를 대접해 주던 페르디난드 공작이 퍼붓는 힐난에 길리안 공작이 주먹을 꽉 움켜쥐는 모습이 보였다. 화를 참듯 목울대를 여러 번 울렁인 뒤에야 겨우 입을 여는 것도.

"하나 어쩌겠소. 일은 이미 벌어졌고, 남은 것은 수습뿐인 것을.

내 자식의 부족함은 심히 통감하고 있으나 우선은 왕국에 해가 되지 않도록 상황부터 정리해야 할 것 아니오."

"어째서 이런 일이 있을 때마다 수습은 내 몫인지 모르겠군. 이럴 줄 알았으면 그때 그냥 삼공자를 보내고 대표직은 못 내준다 할 걸 그랬소. 그래도 같은 공작가라고 편의를 한번 봐주었다가 이게 무슨 꼴인지, 원."

고개를 절레절레 젓는 페르디난드 공작을 노려보며 길리안 공작이 이를 악물었다.

'아, 고소하다.'

밀라이아는 화를 삭이는 길리안 공작을 보며 소리 없이 웃었다.

처음 보는 그의 저자세는 생각했던 것보다 훨씬 더 보기 좋았다. 마음 같아서는 지금 저 모습을 영구히 기록으로 남기고 싶을 정도로.

보란 듯 이맛살을 찌푸린 페르디난드 공작이 말했다.

"다행히 모니크가에서 바라는 건 그리 크지 않은 듯하니, 하루바삐 이 사태를 수습하도록 하시오. 그나마 왕실에 직접적으로 항의를 해 오지 않은 것이 어디요? 국가 대 국가와 가문 대 가문은 어마어마한 차이가 있으니 말이오."

"가문 대 가문? 하면 모니크가에서는 길리안가에 한정지어 손해배상을 원했단 말씀이십니까?"

케네스 백작의 물음에 은색 종이 묶음을 내려놓은 페르디난드 공작이 답했다.

"그렇다네. 거기에 가문의 이름으로 하는 공식적인 사과를 덧붙여서 말일세."

"호오, 그거 굉장히 자비로운 처분이로군요. 저는 또 본국에 직접 보내온 건 줄 알고 걱정했지 뭡니까."

"그러게 말일세. 다행히 저하께서 백방으로 힘쓰신 덕분에 이 정도 선에서 마무리가 된 듯하군. 삼십 년 전 제국으로 시집가신 전 왕녀 저하께서도 애쓰신 듯하고."

주거니 받거니 하는 대화를 듣던 길리안 공작의 얼굴이 점점 일그러졌다.

두 사람이 하는 이야기만 봐서는 그리 심한 처분이 아닌 것 같지만, 사실 가문의 이름을 걸고 하는 사과는 말처럼 그리 가벼운 일이 아니었다. 그것은 약간의 과장을 보태면 해당 가문에 완전히 무릎을 꿇는다는 것과 비슷한 의미였으므로.

그렇기에 대부분의 귀족들은 그 정도로 일이 커지기 전에 문제를 일으킨 개인에게 수습을 명하거나, 상황이 심각한 경우 그를 가문에서 파문해 연을 완전히 끊어 버리는 선에서 일을 해결하곤 했다. 한데 지금 모니크가는 그럴 여지조차 주지 않고 무조건적인 사과를 요구하는 것이 아닌가.

서둘러 그녀 쪽을 돌아본 길리안 공작이 말했다.

"전하, 아무리 그래도 가문의 이름으로 사과를 하라는 건 좀 너무하지 않습니까? 다행히 저하께오서 백방으로 노력하신 결과 현재는 협상이 순조롭게 진행 중이라 들었습니다. 그러니……."

"공연히 전하를 들쑤셔서 죄를 감하려 하지 마시지요. 공무에 혈육의 정을 들이대는 건 관료로서 실격 행위나 마찬가지임을 정녕 모르시는 겁니까?"

'잘한다, 케네스 백작. 조금 더 몰아붙여!'

밀라이아는 이때다 싶은 표정으로 불쑥 끼어드는 남자를 몰래 응

원했다.

그 틈을 타서 슬그머니 끼어든 페르디난드 공작 역시 말했다.

"본 공 또한 케네스 백작에게 동감이오. 그대는 어쩜 그리 변함이 없소? 필요할 때마다 혈육을 운운해 전하를 곤란하게 만드는 버릇은 삼 년 전이나 지금이나 여전하군."

이제는 가릴 것이 없다는 양 서슴없이 옛일을 언급한 공작이 계속해서 말을 이었다.

"양심이 있다면 모니크가에 백배 사죄하고 피해를 보상하는 선에서 이 일을 마무리하도록 하시오. 공연히 전하를 끌어들이려 하지 말고. 일개 가문이 지게 되는 빚과 왕실의 그것은 어마어마한 차이가 있음을 알면서도 전하께 이 일을 떠넘기려 하다니, 공작이 지금 제정신이오?"

"전하, 정녕 그것 외에는 방법이 없겠습니까?"

온갖 힐난에도 꿋꿋하게 저를 바라보는 길리안 공작을 쳐다본 밀라이아가 표정을 싹 굳혔다. 물론 속으로는 웃고 있었지만.

"미안하지만 길리안 공작, 이번 일만큼은 여도 페르디난드 공작의 말에 동감입니다. 웬만한 일이라야 덮어 주든 말든 하지, 지금 어디에다 짐을 떠넘기려는 건가요? 애초에 여가 등 떠밀어서 대공자를 보내라 한 것도 아닌데 말이죠."

"하오나 전하."

끈질기게 달라붙는 남자를 짜증스럽게 쳐다본 밀라이아가 물었다.

"하면 여더러 어찌하란 말이에요? 길리안가를 대신해서 왕가의 이름으로 사과라도 하라는 건가요, 지금?"

"그럴 리가 있겠습니까? 신은 단지 전하께서 조금만 중재해 주시면……."

"그러니까 결국 여더러 나서 달란 얘기인 거네요. 아무리 전 황후의 친정이라고는 해도 일개 후작가에 아쉬운 소리까지 해 가면서."

황당하기 짝이 없다는 표정을 짓는 그녀를 보며 눈을 질끈 감은 남자는 한참 뒤 간신히 답했다.

"……아닙니다. 신이 알아서 해결하겠습니다."

"당연히 그래야지요."

삐딱하게 입꼬리를 끌어 올리자, 가만히 상황을 지켜보던 페르디난드 공작이 툭 던지듯 말했다.

"전 황후의 친정이라고 하니 생각났습니다만……. 상황이 어떤 식으로 해결되든 간에, 이미 한 번 오명을 뒤집어쓴 가문에 과연 국서 후보라는 영광스러운 자리를 줘도 되는 건지 의문이 드는군요."

그 순간, 케네스 백작의 눈이 반짝 빛나는 것이 보였다.

미끼를 문 물고기처럼 곧바로 달려든 그가 외쳤다.

"맞습니다! 감히 전하의 곁에 그런 가문의 사람을 둘 수는 없는 법, 당장 길리안 대법관을 국서 후보에서 내치셔야 합니다!"

"뭐라고? 지금 그걸 말이라고 하는 건가!"

버럭 고함을 지른 길리안 공작이 두 사람을 노려보았다.

살기 어린 눈빛을 교환하는 세 사람을 가만히 지켜보던 밀라이아의 입가에 보일 듯 말 듯한 웃음이 걸렸다.

본격적인 언쟁의 시작이었다.

찌는 듯한 더위가 세상을 뜨겁게 달구었다.

작열하는 팔월 말의 태양 아래, 하얀 대리석으로 만든 건물은 숨 막힐 듯 후텁지근한 공기로 가득 차 있었다. 조금이라도 햇볕을 막기 위해 겹겹이 커튼을 쳐 봐도 실내는 더운 공기로 가득할 뿐 결코 서늘하지가 않았다.

땀에 전 사람들이 모두 젖은 빨래처럼 늘어진 늦은 오후.

밀라이아는 네 잔째 얼음물을 들이켠 뒤 빈 잔을 달아오른 뺨에 가져다 대며 더운 숨을 내쉬었다. 시녀들은 그러다 배앓이를 하실지도 모른다며 걱정스러워 하는 기색이었지만, 가만히 앉아 있기만 해도 자꾸만 몸이 뜨거워지는 탓에 어쩔 수가 없었다.

“아, 시원하다. 이제야 좀 살 것 같네.”

달아오른 볼이 겨우 식는 듯한 느낌에 절로 한숨이 나왔다.

유리잔을 뺨에 이리저리 굴리는 그녀를 보며 피식 웃은 남자가 말했다.

“그러다 화장 다 지워지십니다.”

“으으, 하지만 너무 더운걸요. 공작은 안 더워요? 난 쳐다보기만 해도 막 더운데?”

밀라이아는 신기하다는 눈빛으로 눈앞의 남자를 응시했다.

이토록 찌는 날씨에 덥지도 않은 건지, 그는 늘 그렇듯 단정한 진회색 예복에 얇은 여름용 재킷까지 빈틈없이 갖춰 입은 상태였다. 더워 죽겠다며 소매도 평소의 반 정도 길이로 잘라 버린 그녀와는 몹시 대조되는 모습.

"신도 덥습니다. 하지만 그렇다고 해서 예의마저 벗어던져도 되는 건 아니니까요."

담담하게 답한 남자가 검토를 마친 서류를 내밀었다.

잿빛 늑대의 문장 아래 빼곡하게 내용이 채워진 그것은 공작의 숙부인 페르디난드 백작이 제국 수도를 출발하면서 마지막으로 보낸 안부 편지 겸 보고서였다.

그 안에는 막대한 손해배상을 받은 모니크가가 더는 길리안가에 사과를 요구하지 않는 선에서 일을 매듭짓기로 했다는 것, 수입하기로 한 식량 중 일 차 분량이 왕국으로 출발했다는 것, 그리고 마지막까지 사절단 전원을 고생시킨 무연탄 지대 지분 협상은 결국 왕국이 6, 제국이 4의 지분을 가지는 선에서 무사히 마무리가 되었다는 내용이 담겨 있었다.

곧 수도 루아리아에서 다시 만나자는 인사까지 전부 읽어 내린 밀라이아의 얼굴에 씁쓸한 미소가 걸렸다.

마음이 상할 거라 짐작은 했지만 역시나, 그날 그렇게 명령조로 편지를 보낸 이후 겨우 한 장 받은 왕제의 답장이 떠오른 탓이었다.

"'명하신 대로 즉시 귀환하겠습니다.'라고 달랑 한 줄 적혀 있었지, 아마?'

처음 보는 낯선 세상이 놀랍고 신기해 온갖 이야기들을 편지 속에 쏟아 내던 소년은 사라지고, 그 빈자리를 채운 것은 막 글로리아의 몸을 입게 되었을 때 보았던 왕제였다. 까칠하고 냉랭하고, 누이를 적대시하던 그때의.

'어쩔 수 없지. 먼저 그런 식으로 편지를 보낸 것은 나이니.'

푹 한숨을 내쉰 밀라이아가 공작에게 서류를 도로 내밀었다.

"자요. 이제 다들 무사히 귀환만 하면 되겠네요. 길리안가에서는 별다른 움직임이 없나요?"

"네. 그래도 최후의 보루는 사수한 터라, 극도로 몸조심을 하는 듯합니다."

"하긴, 여기서 한 번만 더 문제가 터지면 정말로 국서 후보 자리에서 내려와야 할 테니까요."

"그렇지요. 이번에 확 끌어내렸으면 좋았을 텐데 아쉽습니다."

밀라이아는 진심으로 안타깝다는 양 입맛을 다시는 공작을 보며 피식 웃었다.

열흘 전 모니크가의 항의 서한 건으로 두 계파에게서 맹공격을 당한 길리안 공작은 결국 그녀에게 매달리는 것으로 겨우 목숨 줄을 연장했다. 모니크가와의 일을 홀로 해결하는 대신 루시어스의 지위는 지켜 달라 간청한 것.

솔직히 그 자리에서 루시어스를 끌어내릴 수도 있었지만, 밀라이아는 자비를 베푸는 척 국서 후보 건에 대해서는 건드리지 말라며 길리안 공작을 감쌌다. 아직 에드워드가 귀환하지 않은 시점에서 막다른 골목까지 몰았다가 자칫 그들이 이판사판으로 나오기라도 하는 날에는 곤란했던 데다가, 루시어스에게 품은 여러 가지 의심을 풀 시간도 필요했기 때문이다.

물론 그것은 페르디난드 공작의 2차 계획이 빈틈없이 준비되어 있었기에 가능했던 일이었다. 만일 그러지 않았다면 다소 위험부담을 감수하더라도 길리안가를 밀어내는 쪽으로 가닥을 잡았을지도 모른다.

—미안하지만 외숙, 이번이 정말로 마지막이에요. 오늘 여가 얼마나 힘들었는지 알아요? 너무 편파적으로 구는 것 아니냐고 어마어마하게 압박을 받았단 말이에요.

—알고 있습니다. 감사합니다.

—그럼 제발 대공자 좀 어떻게 해 봐요. 이번이 대체 몇 번째에요? 외숙의 얼굴을 봐서 넘어가 주는 것도 정도가 있죠.

—다시는 이런 일이 없도록 하겠습니다. 걱정 마십시오.

걱정해 주는 척 따로 불러서 했던 대화를 회상한 밀라이아가 소리 내어 웃었다.

키득거리는 그녀를 보며 뚱한 표정을 지은 남자가 말했다.

"뭡니까. 길리안 대법관을 후보로 남겨 둔 게 그리도 좋으십니까? 저는 답답해 죽을 것 같은데요."

"신중을 기하는 게 좋겠다며 먼저 제의할 땐 언제고? 그러지 말고 서류나 마저 줘 봐요. 오늘 안에 마저 끝내야죠."

생글거리며 손을 내밀자, 공작은 달라는 서류 대신 제 손을 올려놓았다. 그러고는 눈을 동그랗게 뜨는 그녀를 향해 부드럽게 눈꼬리를 휘며 말했다.

"날도 더운데 좀 쉬었다 하시죠. 어차피 이제 몇 개 남지도 않았잖습니까."

"그럼 그럴까요? 하아. 근데 오늘 정말 덥네요."

뜨거운 숨을 내쉰 그녀가 파닥파닥 손부채질을 했다.

그 모습을 애정 어린 눈빛으로 바라본 남자가 자유로운 손으로 부채를 집어 들어 느릿느릿 부쳐 주기 시작했다.

살살 불어오는 바람에 밀라이아의 입꼬리가 스르르 올라갔다. 오랜만에 얻는 평화로운 기분에 몸이 나른하게 풀렸다.

그와 맞잡은 손을 들어 볼에 비비는데, 갑자기 노크 소리가 들렸다.

잠시 후 안으로 들어온 달리아가 말했다.

"집무를 방해함을 용서하십시오. 예술원주: 왕실에서 후원하는 악사, 화가, 작곡가, 조각사 등의 예술가들이 기거하는 건물. 외궁에 위치하고 있다 쪽이 소란스럽다는 보고가 들어왔습니다만, 어찌할까요?"

"예술원? 무슨 일이라 하던가요?"

"람도란트 경의 아틀리에에 문제가 생긴 모양입니다. 뭔가를 찾아야 한다며 온 궁을 뒤엎고 있다 하는데, 그게 무언지는 아무도 모른다고 합니다."

"흠, 그래요?"

밀라이아는 고개를 슬쩍 기울이며 잠시 생각에 잠겼다.

사실 초상화 작업은 이제 끝난 데다 완성본은 이미 대알현실에 걸린 상태였으므로 굳이 그를 더 찾을 이유는 없었지만, 대체 무엇을 잃어버렸기에 제게 보고가 들어올 정도로 난리를 치는지 궁금했다.

고민하는 그녀를 보며 고개를 갸웃한 공작이 물었다.

"가 보시려고요?"

"음, 네. 대체 뭘 잃어버렸길래 저 난리인가 궁금해서요."

"뭐, 외궁이긴 해도 어차피 궁내이니 상관없겠죠. 하면 일어나십시오. 신이 모시겠습니다. 사스테인 영애, 앤트워스 후작을 외궁으로 호출하도록."

"네, 각하."

자연스럽게 달리아에게 지시를 내린 공작이 밀라이아의 손을 잡았다.

당연하다는 듯 오른쪽에 붙어 서는 그에게 빙긋 웃어보이고서, 밀라이아는 외궁으로 출발했다.

"없어, 없어, 없다고!"

달리아에게 들었던 것처럼, 람도란트는 반쯤 정신이 나간 얼굴로 온 궁을 정신 사납게 헤집고 있었다. 덥지도 않은지 이 더위에 긴 소매에다가 작업용 앞치마까지 두른 상태로.

"이것도 아니고, 저것도 아니고…… 어딜 간 거지? 대체 어디 있는 거냐고!"

"지금 뭘 하는 거지, 람도란트 경?"

미친 듯이 장 속을 뒤적거리는 람도란트를 바라보던 밀라이아가 물었다. 상태를 보아 하니 저대로 두었다가는 문제의 분실물을 찾을 때까지 대화 한 마디 못할 것 같았다.

"없다고! 대체 어디 간 거야!"

"람도란트 경."

"시끄러! 내가 방해하지 말랬…… 헛, 전하!"

신경질적으로 돌아보던 람도란트가 그제야 고개를 숙였다.

몹시 당황하는 그를 보며 눈썹을 슬쩍 치켜세운 밀라이아가 물었다.

"지금 뭘 하느냐고 물었다."

"그, 그것이…… 아, 아무것도 아닙니다."

"아무것도 아니다? 좀 전까지 온 궁을 발칵 뒤집어 놓고도 말인가?"

황당한 얼굴로 묻자, 고개를 숙이고 선 남자의 몸이 눈에 띄게 움찔하는 것이 보였다. 제가 생각해도 말이 안 된다 느껴지긴 한 모양이었다.

"다시 한번 묻겠다. 뭘 하고 있었나, 람도란트 경?"

"그, 그것이……."

"그것이?"

"그러니까…… 실은 그림을 찾고 있었습니다. 신이 습작 삼아 그렸던 그림들이 상당수 사라져서 말입니다."

"그림을 찾는다고?"

'뭐야, 별것 아니었잖아?'

밀라이아는 눈을 질끈 감은 채 답하는 남자를 바라보며 입꼬리를 슬쩍 비틀었다.

괜한 일로 힘을 뺐다는 생각에 약간 짜증이 났다. 완성품도 아니고 그깟 습작 따위, 본인에게는 중요할지 모르나 그녀에게는 이 더위를 뚫고 달려올 정도로 대단한 물건은 아니었으니까.

"고작 그만한 일로 온 궁을 다 뒤집어 놓은 건가? 여에게 보고가 들어올 정도로 정신 사납게 굴면서?"

날카롭게 저를 노려보는 시선을 슬그머니 피한 남자가 말했다.

"하오나 그게 보통 그림이 아닌지라……."

"보통 그림이 아니다? 하면 뭐란 말인가?"

"그것이…… 실은 전하를 그린 것입니다. 외람된 말씀이오나 전하께서는 그림을 그리는 자에게 대단히 영감을 불러일으키는 분이신지라……. 송구합니다. 감히 윤허도 없이 전하의 진영眞影, 초상화을 그린 신을 벌하여 주십시오."

"뭐라고?"

예상 밖의 말에 밀라이아의 눈이 크게 뜨였다.

왕국법에 따르면 왕족의 초상화를 그리는 것은 혹시 모를 불순한 의도를 차단하기 위해 엄격하게 제한되어 있었다. 아무리 작위까지 수여받은 수석화가라 해도 예외는 아니었다. 한데 람도란트는 지금 그냥 왕족도 아니고 국왕의 초상화를 허락도 없이 그려 갖고 있었다는 말이 아닌가.

황당해하는 그녀를 대신해서 한 발 앞으로 나선 공작이 말했다.

"허가도 없이 전하를 그린 것은 마땅히 처벌받아야 하나, 지금은 그보다 더 중요한 문제가 있군. 보아하니 한 장이 아니라 여러 장이 분실된 것 같은데, 어떤 그림이 얼마나 없어졌단 말인가? 자세하게 설명해 보도록."

"정확한 장수는 모르겠습니다. 하나 적어도 열 점 이상이 없어진 것은 분명합니다. 그것도 예전 그림 위주로요."

"……예전이라고?"

잿빛 눈동자가 가늘어졌다.

고개를 갸웃한 밀라이아가 물었다.

"예전이라면 언제 적 그림을 이야기하는 거지? 여가 어렸을 적을 말하는 건가?"

"아니요. 왜, 전하께서 몇 달 전 예복을 전적으로 바꾸신 적이 있지 않습니까? 그 시기보다 조금 전에 그렸던 그림들이 대부분 사라졌습니다."

"그렇군."

공작이 그랬던 것처럼 가늘게 눈을 뜬 그녀가 빠르게 머리를 굴렸다.

'그럼 글로리아가 아직 이 몸의 주인이던 시기의 그림들만 사라졌단 소린데……. 단순한 우연의 일치인가? 아니면 역시 의도된 것?'

밀라이아는 머릿속을 스치고 지나가는 생각들을 빠르게 정리하며 물었다.

"원래 그 그림을 보관하던 장소가 어디지? 이 방인가?"

"그렇습니다."

"하면 일단 문제의 그림들부터 가지고 오도록. 대체 어떤 것들을 그렸는지 알기는 해야 할 테니."

"……명을 받듭니다."

힐끔힐끔 눈치를 살핀 남자가 서둘러 방 한구석으로 달려가 장속에 고이 간직해 둔 습작들을 꺼냈다.

하나둘 모습을 드러내는 그림들은 생각했던 것보다 가짓수가 더 많았다.

아마도 최근 것으로 짐작되는 그림들 안에는 페르디난드 공작과 함께 정원을 걷는 모습이라든가 레노아 영윤과의 승마 내기, 길리안 대법관에게서 받은 흑장미 다발을 들고 돌아오던 모습, 전속 시녀들과 함께 정원에서 가졌던 티타임, 앤트워스 후작을 만나러 기사단을 방문했던 어느 오후, 그리고 왕제를 끌어안고 까르르 웃으며 머리카락을 쓰다듬던 모습까지 참으로 다양한 광경들이 담겨 있었다.

지난 몇 달간의 추억이 새록새록 떠오르는 느낌이 들어서, 밀라이아는 쉴 새 없이 펼쳐지는 그림들을 바라보며 잠시 상념에 젖었다.

'내가 이랬구나…….'

글로리아의 이름으로 살기 시작한 지 고작 몇 달밖에 지나지 않았는데, 어느 틈에 이리도 많은 추억을 쌓았나 싶었다. 돌아가면 꽤 많이 허전하고 슬프겠구나 하고 새삼 깨달을 정도로.

"……람도란트 경."

"네, 전하."

"원칙대로라면 모두 없애라 명해야겠지만, 그러기에는 경의 실력이 너무 아깝군. 하니 이렇게 하지. 앞으로 경에게 언제든 여를 그릴 수 있는 권한을 부여하겠다."

뜻밖의 말에 눈을 크게 뜬 화가가 물었다.

"차, 참이십니까?"

"왕이 허언하는 것을 보았는가? 단, 조건이 하나 있다. 이 또한 일종의 기록이니, 이런 곳에 보관할 게 아니라 완성되는 즉시 왕실 기록관에 보내도록. 동의하는가?"

저런 곳에 두면 금방 사라지겠지만, 왕실 기록관에 둘 경우 본래의 세상으로 돌아간 뒤에도 그리울 때마다 보러 갈 수 있을 터.

일견 자비로운 제안에, 황급히 허리를 숙인 람도란트가 외쳤다.

"물론입니다! 관대하신 처분에 감사드립니다, 전하!"

"그럼 됐군. 하면 앞으로는 그렇게 하도록 하고 이만 물러가 보도록. 페르디난드 공작과 앤트워스 후작을 제외한 다른 사람들도."

"네, 전하."

일제히 고개를 숙여 보인 사람들이 서둘러 방을 빠져나갔다.

그러는 동안 내내 침묵하던 밀라이아는 모두의 인기척이 완전히 사라진 후에야 뒤를 돌아보며 물었다.

"두 사람은 어떻게 생각해요? 범인 말이에요."

"글쎄요, 신은 잘 모르겠습니다. 전하의 그림을 가져간 걸로 보면 뭔가 불손한 의도가 있는 것 같기는 합니다만, 그렇다면 왜 하필 예전 것만을 가져갔는지 이유를 잘 모르겠군요."

"페르디난드 공작은요?"

"아마도 전하가 생각하는 바와 같을 겁니다."

단호한 대답에 푹 한숨을 내쉰 밀라이아가 말했다.

"역시 그렇군요. 하면 그 역시 진실을 알고 있다고 봐야겠죠?"

"네. 오늘 일로 거의 확실해진 것 같습니다. 물론 어디까지나 전하와 신의 가정이 맞았을 때의 얘기지만요."

"뭐, 그거야 지금부터 알아보면 되겠죠. 앤트워스 후작, 혹시 길리안 대법관이 예술원에 자주 출입을 하나요?"

갑작스러운 물음에 의아한 표정을 지은 후작이 답했다.

"아니요, 그는 이곳 예술원에 발을 들인 적이 거의 없다고 알고 있습니다. 하면 전하께서는 길리안 대법관을 의심하시는 겁니까?"

"네. 한데 출입한 적이 없다고요? 그럼 조력자를 구한 건가? 아니면 설마……."

밀라이아는 얼마 전 달리아에게서 받았던 보고를 떠올리며 한쪽 벽으로 걸어갔다. 그러고는 벽에 그려진 그림과 기둥에 새겨진 조각들을 유심히 살피면서 말했다.

"후작도 알고 있지 않나요? 여와 페르디난드 공작, 그리고 길리안 대법관의 관계를 말이에요."

"네."

"그럼 이제 이해하겠네요. 이건 좀 부끄러운 얘기인데요, 사실 여는 반 년 전만 해도 길리안 대법관을……. 으음, 그랬거든요. 한데 하필이면 없어진 그림이 딱 그 시기 즈음의 것들뿐인지라."

그러니 좀 봐 달라는 표정으로 페르디난드 공작을 슬쩍 눈짓하자, 후작은 그제야 알았다는 듯 황급히 고개를 끄덕이고는 입을 다물었다.

덕분에 겨우 질문에서 풀려난 밀라이아는 뒤통수에 따끔따끔하게 와 닿는 시선을 느끼며 계속해서 벽을 살폈다.

'아니, 자기는 사실을 다 알면서 왜 째려보는 거야? 그건 내가 아니라 글로리아라니까.'

속으로 투덜거리며 오돌토돌한 조각들을 하나씩 짚어 보는데, 문득 어디서 많이 본 듯한 꽃 장식이 눈에 들어왔다. 설마 외궁에도 만들어 두었을까 싶어 반신반의했는데, 다행히 추측이 들어맞은 모양이었다.

'찾았군.'

슬쩍 미소 지은 밀라이아는 꽃 장식이 두 사람의 눈에 보이지 않도록 잘 가린 뒤 줄기 부분을 툭 꺾었다.

그그긍.

묵직한 태엽이 맞물려 돌아가는 듯한 소리가 들리고, 잠시 후 벽이 양옆으로 밀리며 감춰 둔 모습을 드러냈다.

"저, 전하? 이게 무슨……!"

"찾으셨군요. 역시 그쪽을 통해 침입한 겁니까?"

몹시 놀란 듯한 후작의 목소리에 이어 태연하기 짝이 없는 공작의 음성이 들려왔다. 하긴 공작이야 그녀가 비밀 통로를 통해 궁 밖으로 몇 번 왔다 갔다 한 사실을 알고 있으니 딱히 놀랄 이유가 없었다.

"그건 가 봐야 알겠죠. 어쩌겠어요? 두 사람 모두 들어가 보겠어요?"

"당연히 그래야지요. 기껏 통로까지 찾았는데 말입니다."

"……뜻대로 하십시오. 따르겠습니다."

"좋아요. 그럼 따라와요."

고개를 끄덕이자, 황급히 다가온 후작이 먼저 발을 들이려는 그녀를 만류하며 통로 안으로 들어섰다. 그러고는 몇 번이고 이상이 없는 것을 확인한 후에야 말했다.

"별문제는 없는 것 같습니다."

"그럼 우리도 들어가죠."

담담하게 답한 밀라이아가 벽 속으로 발을 들였다. 문가를 한 번 힐끔 돌아본 페르디난드 공작 역시 안으로 들어섰다.

바닥에 놓인 부싯돌을 부딪쳐서 한쪽 벽에 걸려 있는 횃불에 불을 붙인 밀라이아는 그것들을 후작과 공작에게 각각 건네준 뒤 볼록 튀어나온 돌을 눌러 문을 닫았다.

대단히 자연스러워 보이는 그 모습에 후작이 의아해하는 것이 보였지만, 그녀는 아무것도 눈치채지 못한 척 태연한 목소리로 말했다.

"마냥 시간이 있는 건 아니니까, 이리로 침입한 것이 맞는지만 빠르게 확인하고 돌아가죠."

"네, 전하."

일단은 탐색이 먼저라고 생각한 듯 곧바로 수긍한 후작이 횃불을 바닥 쪽으로 가까이 가져갔다.

외궁으로 이어진 비밀 통로라 그런지 거의 사용되지 않은 길에는 뿌연 먼지가 가득 쌓여 있었지만, 놀랍게도 유독 한 곳만은 깨끗했다. 마치 최근에 누군가가 지나간 것처럼.

세 사람의 얼굴이 동시에 굳었다.

“혹시나 했는데 진짜였잖아? 그럼 저택을 짓는다며 인부들을 불러들인 이유가 이거였단 말이야?”

황망한 목소리로 중얼거리자, 의아한 얼굴로 그녀를 돌아본 후작이 물었다.

“그게 무슨 말씀이십니까? 인부들이라니요?”

횃불을 바닥 근처에 가져다 댄 밀라이아가 답했다.

“후작도 들었을지 모르겠지만, 최근에 사교계에 그런 소문이 돈 적이 있어요. 길리안 대법관이 여에게 선사하기 위해 별장을 짓는다고 말이에요.”

“아, 네. 들어 본 적이 있습니다.”

고개를 끄덕이는 후작을 흘낏 돌아본 그녀는 먼지가 사라진 흔적을 따라 천천히 걸음을 옮기며 설명했다.

“그럼 얘기가 쉽겠군요. 당시에는 그냥 그런가 보다 하고 넘겼는데, 최근에 그에게 의심을 품은 일이 있어 겸사겸사 조사를 좀 해 봤거든요? 한데 고작 별장 하나를 짓기 위해 불러 모은 것치고는 인부들이 지나치게 많더라고요. 거기다 하나같이 숙련된 기술자들이었죠.”

콜록콜록.

쌓인 먼지에 갑자기 기침이 튀어나왔다.

자유로운 한 손으로 가슴을 두드린 밀라이아가 계속해서 말했다.

“그때도 뭔가 이상하다는 생각은 했으나 이거다 싶은 이유는 짚어 내지 못했어요. 그래서 그냥 덮어 뒀었는데, 좀 전에 예술원에 들른 적이 없다는 얘기를 듣고 나자 문득 한 가지 가설이 떠오르더라고요. 그래서 정말 비밀 통로가 있나 한번 찾아봤는데…… 이런 걸 발견했네요."

품에서 손수건을 꺼낸 공작이 말했다.

"받으십시오. 돌아가면 그 기술자들의 약력부터 조사해 봐야겠군요."

손수건을 받아 든 그녀가 코와 입을 잘 틀어막았는지 확인한 그는 본격적으로 침입자가 지나갔을 길을 탐색하며 걷는 속도를 높이기 시작했다.

얼굴을 딱딱하게 굳힌 앤트워스 후작이 그 뒤를 따랐다.

얼마나 걸었을까?

두 개로 갈라진 갈림길 앞에서 멈춰 선 공작이 말했다.

"끊겼군요. 여기부턴 먼지의 흔적을 찾아볼 수가 없습니다."

"아…… 그러네요. 그럼 양쪽을 다 살펴봐야 할까요?"

두 개의 길을 흘깃 돌아본 밀라이아가 코에서 손수건을 떼며 답했다.

흔적을 따라 걷느라 내내 구부리고 있던 허리를 펴는데, 문득 갈림길 벽에 새겨진 숫자가 눈에 들어왔다.

4-8

'저게 뭐지? 웬 숫자?'

의아한 눈으로 벽에 새겨진 글씨를 바라보던 그녀의 머릿속에 문득 한 가지 사실이 떠올랐다.

4의 8.

그것은 왕실의 핏줄에게만 은밀하게 전해지는 이야기로, 비밀 통로 속에 숨겨진 기관의 위치를 가리키는 숫자였다. 예를 들어 4의 8이라면 위에서 네 번째 줄에 있는 벽돌 중, 왼쪽에서 여덟 번째에 위치한 것을 누르면 작동한다는 의미.

'그래, 그래야 정상인데……. 난 얼마 전에 이 숫자를 다른 데서 들은 적이 있지.'

얼마 전 최고법원으로 찾아갔을 때, 그녀는 분명 루시어스가 중얼거리던 말 중에 '4의 8'이라는 이야기를 들은 적이 있었다. 스무 번이 넘도록 계속 같은 소리를 되뇌는 바람에 그녀 역시 외워 버리고 말았으므로 확실했다.

'하, 그게 설마 기관 장치 암호를 외운 것인 줄 누가 알았겠어?'

눈에 띄게 당황하던 그날의 청년을 떠올리며 밀라이아가 다시 한 번 혀를 찼다. 그러잖아도 이상하게 자꾸 의심이 가더라 했는데, 이런 식으로 예상치 못한 곳에서 심증 하나를 더하게 되나 싶었다.

'이건 명쾌한 반역의 증거인데. 무엇 때문에 이렇게까지 하는 거지?'

어이없어하며 숫자를 올려다보는 그녀를, 공작이 의아한 눈으로 돌아보고는 물었다.

"전하? 어찌 그러십니까?"

"저기 저 숫자 보여요?"

"네, 보입니다. 한데 저게 왜요? 혹시 뭔가 의미가 있는 내용입니까?"

"실은 지난번에 길리안 대법관을 찾아갔을 때 그가 저 숫자를 중얼거리는 걸 들었거든요. 4의 8, 2에서 우로 6이라고 말이에요. 물론 이 또한 우연의 일치일 수도 있겠지만, 글쎄요. 심증 두 가지가 우연히 맞아떨어질 확률이 얼마나 될까요?"

그녀의 말을 들은 공작이 천천히 고개를 끄덕였다.

"그리 높지는 않겠지요. 흠. 하면 양쪽 모두를 가 보고 2에서 우로 6이 뭔지 찾아보면 되지 않겠습니까?"

"아뇨, 그럴 필요는 없어요. 어차피 둘 다 올바른 길이 아니니까."

단호하게 답한 밀라이아가 공작과 후작을 돌아보며 말했다.

"두 사람 다 다섯 걸음 뒤로 물러서요. 길을 열 테니까요."

"길을…… 여신다고요?"

"네."

근처에 걸린 횃불용 나무 막대기를 집어 든 밀라이아는 두 남자가 의아한 표정으로 물러선 것을 확인한 뒤 좀 전부터 눈여겨보고 있던 작동 장치, 즉 위에서 네 번째, 왼쪽에서 여덟 번째에 위치한 벽돌을 세게 두들겼다.

그그긍—.

두 갈래로 나뉘었던 갈림길이 하나로 합쳐지며 새로운 길을 만들어 냈다.

다섯 걸음 뒤에서 그 모습을 지켜보던 남자들의 눈이 크게 뜨였다.

한 시간 뒤.

"후우. 이제 좀 살 것 같다."

돌을 눌러 문을 닫은 밀라이아는 후텁지근한 공기를 가슴 가득 들이마시며 중얼거렸다. 서늘하던 땅속의 그것에 비하면 바깥 공기는 훨씬 뜨거운 데다 조금 들이마시기만 해도 숨이 턱턱 막혀 왔지만, 그래도 먼지 가득한 지하에서 헤매는 것보다야 이쪽이 나았다.

심호흡하는 그녀의 옆에서 역시나 숨을 깊게 들이쉰 공작이 말했다.

"동감입니다. 이 뜨거운 공기가 이렇게 반가울 줄은 몰랐군요."

"그러니까요. 그래도 먼지 가득한 곳보다는 여기가 그나마 낫네요. 아까는 정말로 기침 때문에 죽는 줄 알았거든요."

고개를 절레절레 젓는 그녀를 걱정스러운 표정으로 돌아본 공작이 물었다.

"이젠 좀 괜찮으십니까? 아까는 정말로 기침이 심하시긴 했습니다."

"네, 지금은 괜찮아요. 아무래도 지하라서 먼지가 너무 많았나 봐요."

"하면 잠시만 코를 좀 막고 계십시오. 옷이 전부 먼지투성이로군요."

정말 괜찮나 보려는 듯 그녀를 살핀 남자가 말했다.

그가 주었던 손수건을 꺼내 시키는 대로 입과 코를 틀어막자, 공작은 머리카락이며 옷에 묻은 먼지들을 세심하게 털어 주었다.

조심스럽기 짝이 없는 손길에 배시시 웃음이 나왔다.

그러자 공작은 그러다 먼지 먹는다며 제대로 가리라고 타박하고는 혹시 남은 것이 없나 여러 번 살펴본 뒤에야 제 옷의 먼지 역시 털었다. 제가 해 주겠다는 말을 극구 사양하면서.

두 사람이 하는 양을 물끄러미 바라보던 후작이 헛기침을 삼키며 물었다.

"크흠. 하면 이제 어찌하시렵니까? 길리안 대법관이 의심스럽다는 말씀에는 신도 동의합니다만, 아쉽게도 어디까지나 심증일 뿐 명확하게 밝혀진 건 아니잖습니까."

새로 열린 길을 한참 걸은 끝에 결국 '2에서 우로 6'의 의미마저 풀어낸 덕분인지, 분명 함께 비밀 통로로 들어설 때까지만 해도 반신반의하는 기색이던 앤트워스 후작은 이제 대단히 심각한 표정이었다.

그도 그럴 법한 것이, 지금 이 문제들은 결코 가벼운 성질의 것이 아니었다.

여왕의 그림을 몰래 가져간 정황도 그랬지만, 그보다는 왕궁으로 통하는 비밀 통로를 알아낸 것으로도 모자라 숨겨진 기관의 작동 원리까지 파악해 내고, 그곳을 통해 실제로 침입을 시도했다는 것이 진짜 문제였다. 그건 반역의 의도가 있다고 봐도 무방한 짓이었으니까.

딱딱하게 얼굴을 굳힌 그를 향해 고개를 끄덕여 보인 밀라이아가 말했다.

"그게 문제죠. 의심은 가는데 나오는 건 없고, 그렇다고 해서 아무 증거도 없이 잡아들이기엔 지위나 신분이 만만치 않으니까요. 사실 그 때문에 지금까지 지켜보고 있기만 했던 거기도 해요."

'하, 정말 대단하네. 이렇게 심증이 많은데 물증 하나 제대로 흘린 게 없다니.'

마음 같아서는 당장에라도 잡아들이고 싶었지만, 확실한 증거를 잡기 전까지는 한 번쯤 숨을 고를 필요가 있었다. 어쨌거나 그는 이 나라에 넷밖에 없는 공작가의 일원이었으므로, 어설프게 몰아세웠다가는 역으로 당하는 수가 있었다.

"그래서 말인데요, 후작, 길리안 대법관에 대한 감시를 좀 부탁해도 될까요? 그동안 궁 밖에서는 그의 일거수일투족을 감시할 수 있었는데, 오히려 궁 안에서는 그게 불가능했거든요."

"그리하겠습니다. 뭔가 이상한 조짐을 보이는 즉시 보고 드리면 되는 겁니까?"

"네. 부탁해요."

"걱정 마십시오. 바로 조치하겠습니다."

듬직한 대답에 희미하게 미소 지은 그녀가 말했다.

"그럼 이제 나가 볼까요? 한 시간도 넘게 있었으니 다들 이상하게 생각할 것 같은데."

"네, 전하."

먼지를 다시 한번 툭툭 털어 낸 두 남자가 그녀의 뒤를 따랐다.

그새 더 뜨거워진 듯한 오후의 햇살을 뚫고 하늘궁으로 돌아온 밀라이아는 시녀들에게 다섯 잔째의 얼음물을 주문하고는 집무실 안으로 들어섰다. 아니, 그러려고 했다. 기다렸다는 듯 다가오는 달리아만 아니었다면.

"전하, 혹 신에게 잠시 시간을 내 주실 수 있겠습니까? 긴히 드릴 말씀이 있습니다."

"어…… 그래요? 급한 일인가요?"

밀라이아는 공작의 눈치를 힐끔 살피며 물었다. 사실은 오늘 안으로 처리해야 할 건이 꽤 있었는데, 람도란트 경의 일로 정무를 보다 말고 갑자기 외궁으로 향했던 데다 갑자기 비밀 통로 탐색까지 벌인 바람에 시간이 생각보다 꽤 지체되었기 때문이다.

"실은 일전에 살피라 명하셨던 문제에 대해 새로운 사실을 발견했습니다. 그, 지스 영애 건 말입니다."

"그래요? 그럼 들어와요. 함께 듣지요."

곧장 승낙한 밀라이아가 문을 열었다. 그동안 아무리 심증을 가지고 이리저리 살펴봐도 별 성과가 없더니, 오늘은 웬일로 수확이 좀 된다 싶었다.

상석에 편안하게 앉은 그녀는 세 사람이 자리를 잡자마자 물었다.

“그래, 새로운 사실이라는 게 뭔가요? 여기 두 사람은 어차피 대강의 사실을 다 알고 있으니 걱정할 필요 없어요.”

“네, 전하.”

고개를 숙여 보인 달리아가 말했다.

“그동안 영애의 주위를 아무리 탐색해 봐도 별다른 얘기가 나오지 않았잖습니까? 아무리 상황이 그렇다 한들 영지로 내려가는데 편지 한 통 받지 못한 것도 이상하고요.”

“네, 그랬죠.”

곧바로 수긍하자, 달리아는 차분한 어조로 설명했다.

“하여 신은 생각을 바꿔 평소 그녀와 사이가 그리 좋지 못하던 영애들 위주로 한번 조사를 해 봤습니다. 친인들이야 몸을 사리느라 서신 왕래를 못했다 쳐도, 평소 사이가 나빴다면 최소한 약을 올리기라도 하지 않았을까 싶어서요.”

“호오.”

가만히 경청하던 밀라이아의 눈이 반짝 빛났다. 생각보다 신선하면서도 그럴싸한 접근 방식이다 싶었다.

두 남자와 빠르게 시선을 교환한 그녀가 물었다.

“그거 말 되네요. 계속해 봐요. 그래서요?”

“네, 전하. 그 결과 신은 최근 이상한 행보를 보이고 있는 영애가 한 명 있음을 알게 되었습니다. 갑자기 사교계 활동을 뚝 끊고 칩거한 것으로도 모자라, 요양을 한다며 영지로 내려간다는 게 아니겠습니까? 불과 한 달 전까지만 해도 몹시 건강하던 영애였는데 말이지요."

이어지는 달리아의 말은 이랬다.

아무리 생각해도 문제의 영애의 행보가 영 수상쩍다 생각한 달리아는 직접 그녀를 찾아갔다.

달리아의 방문 소식을 듣고도 한참 후에야 겨우 아래층으로 내려온 영애는 몹시 불안한 듯 눈을 이리저리 굴리며 시선을 마주치질 못했다. 아프단 얘기가 아예 거짓은 아닌 듯 푸석푸석한 얼굴에 눈밑이 퀭한 상태로.

결국 사교계식 화법이 한참 오간 후에야 겨우 용건을 꺼낸 달리아에게 영애는 어렵사리 한마디를 꺼냈다고 한다. 저는 죽고 싶지 않다고.

뭔가를 알고 있는 것 같은 그 대답에, 달리아는 차근차근 그녀에게서 이야기를 이끌어 내기 시작했다.

그리고 마침내 지스 영애가 실종되기 하루 전 그녀에게 보냈다는 편지를 입수할 수 있었다. 그녀에게 한 달 가까이 불면의 밤을 보내게 만든 문제의 편지를.

"편지라고요?"

"그렇습니다."

"어떤 내용이었나요? 단서는 좀 있었어요?"

서둘러 묻는 그녀에게 고개를 숙여 보인 달리아가 답했다.

"네, 있었습니다."

"오, 그게 뭔가요?"

"직접 보시는 편이 나을 듯합니다. 여기 있습니다."

품에서 편지 한 통을 꺼낸 달리아가 조심스럽게 그녀에게 건넸다.

기대감에 가득 찬 얼굴로 그것을 받아 든 밀라이아는 빠르게 편지지를 펼쳐 내용을 읽었다.

그곳에는 평소의 둘 사이를 입증하듯 은근히 상대방을 깎아내리는 이야기들이 빼곡하게 차 있었다. 그중에서도 그녀의 눈길을 사로잡은 문장은 중간보다 조금 더 아래쪽에 자리하고 있었다.

친절하게 걱정해 주어 고마워요. 하지만 난 괜찮답니다. 그리움에 가슴 적시다 보면 언젠가 결실을 맺을 거라는 확신이 생겼거든요.

영애에게는 미안한 얘기지만, 그 증거로 우리의 하늘은 내가 가져갑니다. 바로 오늘밤에요.

'여기에 뭔가 있는 것 같은데.'

고개를 갸웃하며 편지를 끝까지 읽은 밀라이아는 공작에게 그것을 넘겨주고는 달리아를 돌아보았다.

"우리의 하늘은 내가 가져간다……. 이게 무슨 소리인가요?"

"그러잖아도 신 역시 그 부분이 궁금하여 물어본 결과 간신히 답을 얻을 수 있었습니다. 영애에게 듣기로, 두 사람이 사이가 나빴던 이유는 같은 사람을 마음에 품었기 때문이라 하더군요. 그리고 지스 영애가 마음에 품었던 사람은……."

"길리안 대법관……. 허."

침음이 흘러나왔다. 그러잖아도 자꾸만 그가 관련되어 있을 것 같다는 생각이 들기는 했으나 워낙 수법이 잔혹했기에 긴가민가하고 있었는데, 결국 여기서 그 이름이 튀어나오나 싶었다.

'무엇 때문에 내게 이렇게까지 집착하지? 아니, 정확하게는 글로

리아인가? 대관절 그자의 목적이 뭐야?'

한 손으로 이마를 짚자, 슬그머니 그녀의 눈치를 살핀 달리아가 말했다.

"하온데 전하. 대단히 외람된 말씀이오나, 영애는 지스 영애를 그리 만든 사람이 전하이실 거라고 생각하고 있었습니다."

"뭐라고요? 여요?"

"네. 국서 후보인 그를 탐하려 했다는 이유로 지스가마저 내치신 분이시니, 만일 그녀가 길리안 대법관과 서로 마음을 통한 사실을, 게다가 함께 밤까지 보냈다는 사실을 알게 되었으면 결코 가만두지 않으셨을 거라고요. 하여 평소 그를 사모한다는 사실이 알음알음 알려진 제게도 언제쯤 손을 뻗으실지 모른다며 몹시 두려워하고 있었습니다."

차분하게 이어지는 설명을 듣던 밀라이아의 얼굴이 확 일그러졌다.

"아니, 내가 정말 그럴 마음이 있었으면 애초에 사형을 시켜 버렸지, 뭐 하러 번거롭게 풀어 주는 과정을 거친단 말이에요? 진짜 어이가 없네."

기가 찬 목소리로 중얼거리며 황당한 마음을 다스리는데, 후작에게 편지지를 넘겨준 공작이 물었다.

"사스테인 영애, 혹 길리안 대법관이 그곳에 온 적이 있나? 영애의 가문에서 운영하는 그곳 말이다."

"아뇨, 제가 알기론 없습니다. 하나 모든 분들의 신원을 전부 파악할 수는 없는 노릇이라, 틀림없는 사실이라고 말씀드리지는 못할 것 같습니다. 죄송합니다."

"갑자기 그건 왜 물어요?"

의아해하는 그녀를 돌아본 공작이 되물었다.

"기억나지 않으십니까? 전하와 그곳에서 마주쳤던 날, 복도에서 함께 들었던 소리 말입니다."

"복도요? ……어?"

순간 밀라이아의 얼굴이 기묘하게 일그러졌다. 짜증과 분노에 가득 차 복도를 지나칠 때 들었던 남녀의 신음이 떠올라서였다.

—하아, 하아.

—아으읏! ……어스! 조금만 더……!

그러고 보면 당시 여자가 외치던 이름 역시 루시어스의 그것과 비슷했다.

눈썹을 확 찡그린 그녀가 물었다.

"설마 그게 그들이었다고요? 길리안 대법관과 지스 영애?"

"신도 딱히 거기까지 생각하고 싶지는 않습니다만, 상당히 그럴싸하지 않습니까? 그날 들은 말도 그렇고, '우리의 하늘은 내가 가져가겠다. 바로 오늘밤에.'라는 대목도 그렇고 말입니다. 게다가 시기도 얼추 들어맞고요."

"……틀린 말은 아니네요. 후작은 어떻게 생각해요?"

불쑥 던져진 물음에 편지지를 달리아에게 돌려준 노기사가 말했다.

"상당히 일리 있는 가정이라 느껴집니다. 설사 그게 아니어도 한 번쯤 알아볼 정도로는 충분하다 생각되고요."

"아, 하긴 그렇죠. 여가 다소 마음이 급했네요. 그나저나 공작의 가정이 사실이라면, 지스 영애를 살해한 범인은 역시 길리안 대법관이겠군요."

단정적인 말에 고개를 갸웃한 달리아가 물었다.

"송구하나 전하, 어째서 이야기가 그렇게 되는지요? 정황으로 보아 두 사람이 사통한 것까지는 이해가 갑니다만, 그렇다고 해서 길리안 대법관이 지스 영애를 살해했다는 건 좀 지나친 추측 아닐는지요?"

"음, 그건…… 공작?"

말끝을 흐리며 돌아보자, 천천히 고개를 끄덕인 공작이 말했다.

"그건 본 공이 설명하지. 사실 그리되면 퍽 간단하게 사건이 정리되는 셈이다. 편지의 내용으로 미루어 짐작컨대, 피해자가 제게 연심을 품은 것을 미끼로 접근, 관계를 맺은 뒤 살해했다는 정도로 요약할 수 있을 테니까. 그리고 동기의 경우는 글쎄, 전하와의 사이를 틀어지게 한 것에 앙심을 품었다…… 정도로 해석할 수 있겠지. 정확한 사정을 다 이야기할 수는 없으나 평소 전하께 보이던 집착으로 보아 그럴 가능성이 높다고 생각된다."

"……그렇습니까."

긴가민가하는 표정을 짓는 달리아를 흘낏 쳐다보고는 밀라이아가 물었다.

"한데 공작, 이 편지 또한 물증이라 보기는 애매하지 않나요? 직접적인 언급은 하나도 없으니 말이에요."

"맞습니다. 하니 슬슬 방법을 바꿔 보시는 건 어떻습니까?"

"방법을 바꾼다고요?"

"네. 먼저 문제의 영애를 이용하는 방법이 있습니다. 그녀가 길리안 대법관을 사모한다는 소문에 좀 더 부채질을 해서 그의 귀에 들어가게 하는 거지요. 하면 뭔가 행동을 이끌어 낼 수 있을 테니 말입니다."

"음. 하지만 그 방법은……."

고개를 끄덕인 공작이 말했다.

"압니다. 잘못하면 애꿎은 희생자를 낼 수도 있겠지요. 다른 방법은 조금 안전하게 돌아가는 겁니다. 제보자가 누구인지, 증거가 무엇인지는 밝히지 않은 채 결정적 단서를 확보했다는 소문만 내는 거지요. 이리할 경우 첫 번째 방법보다는 반응이 느릴 수 있으나, 그도 끝끝내 모르는 척하지는 못할 겁니다. 본디 그런 얘기일수록 더 확인하고 싶어지는 것이 사람의 속성이니까요."

"흠……."

잠시 고민한 밀라이아가 답했다.

"조금 느리긴 해도 후자가 낫겠어요. 전자를 취했다가 만에 하나 최악의 상황이 벌어지는 경우, 여왕이 제 일신의 안위를 위해 귀족을 미끼로 썼다는 말을 들을 수도 있으니까요."

"뜻대로 하십시오. 하나 대신 극도로 조심하셔야 합니다. 그리고 음, 혹시 그것이 전하의 침실에도 있습니까?"

"네."

달리아를 의식한 단답에, 가만히 두 사람의 대화를 경청하던 후작이 딱딱하게 얼굴을 굳히며 말했다.

"당분간은 침실 안에도 근위기사를 배치하겠습니다. 여기사 중 실력이 좋은 이들을 선발할 테니 다소 불편하시더라도 양해하여 주십시오."

"알겠어요. 그래야죠, 뭐."

푹 한숨을 내쉰 밀라이아가 달리아를 돌아보았다.

"좀 전에 공작이 한 얘기, 들었지요? 달리아가 수고를 좀 해 줘야겠어요.”

“최선을 다하겠습니다.”

“그래요. 그럼 오늘 이 자리는 일단 여기서 정리합시다. 각자 맡은 바에 충실해 주길 바라요.”

“네, 전하.”

고개를 숙여 보인 세 사람이 즉각 자리에서 일어났다.

하지만 문가로 향하는 두 사람과는 달리 흑발의 남자가 걸어가는 쪽은 책상이 놓여 있는 방향이었다.

외궁으로 잠시 외출하기 전 처리하다 만 서류들을 집어 든 그가 말했다.

“그럼 남은 일을 마저 처리해 볼까요?”

“……네.”

끝없이 밀려드는 일감에 눈꼬리를 축 늘어뜨린 밀라이아가 답했다.

그런 그녀를 바라보는 잿빛 눈동자에 웃음기가 어렸다.

제3곡

sequéntĭa

속송

12부

gemma līvida et flamma rubra

푸른 보석과 붉은 화염

gemma līvida et flamma rubra

푸른 보석과 붉은 화염

"전하, 사절단이 곧 외궁으로 들어선다 합니다."

"오, 그래요? 그럼 여도 이제 슬슬 나가 봐야겠네요."

반색하며 펜을 내려놓은 밀라이아가 자리에서 일어났다.

설레는 마음으로 하늘궁을 나선 그녀는 썰렁하기 짝이 없는 정문 앞을 보고 고개를 갸웃했다. 이만하면 충분히 도착했을 거라고 생각했는데 아무도 없는 것이 아닌가.

하릴없이 외궁과 내궁을 가르는 성벽까지 걸어간 그녀는 눈앞에 펼쳐진 풍경에 저도 모르게 멈춰 섰다.

작열하는 태양 아래, 수많은 사람들이 줄을 맞춰 서 있었다. 더위에 지친 그들이 바라보는 곳에는 세 걸음마다 한 번씩 무릎을 꿇고 기도를 올리는 한 남자와, 그가 세 걸음을 옮길 때마다 겨우 세 걸음씩 전진하는 무리가 있었다.

외궁에 막 진입했다는 이야기를 들은 지가 한참인데 왜 아직도 도착하지 못했나 했더니, 바로 저런 이유 때문이었던 모양이다.

사절단의 발목을 붙든 남자를 살펴본 밀라이아가 눈을 가늘게 떴다. 머리카락 색으로 보아 정체는 알 것 같은데, 그가 저기서 왜 저러고 있는지는 도무지 알 수가 없었다.

“아직 한참 더 기다리셔야 할 것 같습니다. 송구합니다, 전하. 하필 시간이 이렇게 공교롭게 맞아떨어질 줄은 몰랐군요.”

어느새 곁으로 다가온 금발의 청년을 황망한 눈길로 바라보며 밀라이아가 물었다.

“대신관 프리무스, 이게 대체 무슨 일이죠?”

“음, 사실 오래된 율법에 따르면 처음 밟는 신의 땅에서는 세 걸음을 걸을 때마다 한 번씩 기도를 올려야 해서요. 아무래도 전하의 앞에 서기 전까지는 계속 저럴 것 같습니다.”

“뭐라고요?”

면구스럽다는 표정으로 시선을 슬쩍 피한 프리무스가 말했다.

“실은 저치가 율법에 굉장히 엄격한 인물이라서 말입니다. 이제 백 걸음쯤 남은 것 같으니, 앞으로 삼십 분 정도만 더 기다리시면 될 것 같습니다.”

“이 더위 속에서 삼십 분을 더 기다리라고요?”

기가 찼다.

머뭇거리며 전진하지 못하는 사절단과 단신으로 그 앞을 가로막은 대신관을 다시 한번 쳐다본 밀라이아의 눈꼬리가 사납게 치켜올라갔다.

‘지금 저 짓거리를 그냥 지켜만 보고 있으라고? 정말로?’

화가 났다. 생각해 보면 저것은 지금 왕국의 행사를 신전이 훼방

놓고 있는 것이 아닌가. 한데 그에 대한 지적은 하나 없이 저리 전전긍긍이라니.

물론 상대가 대륙에 여섯밖에 없는 대신관이니 척지고 싶지 않은 마음은 이해하겠지만, 그리고 그녀 역시 대신관들의 도움을 받아 소원의 돌을 복원해야 하는 처지이기는 했지만 아무리 그래도 이것은 아니었다. 이건 왕국 전체의 위신이 걸린 문제였으니까.

'내가 뭘 잘 몰라서 이러는 건가? 내가 살던 때에는 이미 신전이라는 존재가 거의 유명무실했으니.'

상상도 못한 장면을 봐서일까, 머릿속이 혼란스러워졌다.

그때, 만류하는 피오르 공작을 뿌리친 왕제가 말에서 내리는 모습이 보였다.

뒤따르던 보좌관에게서 상자를 받아 든 그는 기도를 올리는 대신관이 보이지 않는다는 양 태연하게 그 옆을 지나쳐 그녀 쪽으로 걸어왔다.

'그래도 에드워드가 가장 낫군.'

밀라이아는 속으로 한숨을 내쉬며 무표정한 얼굴로 그 모습을 바라보았다.

여전히 망설이는 사람들과 호위하기 위해 우르르 따라오는 기사들을 뒤로한 채 성큼성큼 걸어온 소년이 깊숙이 허리를 숙여 예를 갖췄다.

"창공의 드높음을 경배하라. 에드워드 데 루아가 고귀하신 여왕전하를 뵙습니다."

"하늘 아래 모든 것들에 찬연한 광휘를. 무사 귀환을 환영해요, 왕제."

고작 두 달 남짓 못 봤을 뿐인데, 눈앞의 소년은 어느새 키가 제법 자라 있었다. 하늘의 푸르름을 머금은 눈빛도 꽤나 깊어져 있었고.

반가운 속마음을 감추며 무덤덤하게 답하자, 그는 딱딱하게 굳은 얼굴로 말했다.

“저, 에드워드 데 루아를 포함한 총 168인은 지엄하신 명을 받자와 제국에 사절단으로 파견, 맡겨 주신 바 임무를 수행하고 돌아왔습니다. 이에 저 에드워드 데 루아는 사절단 대표로서 전하께 전원이 무사 귀환하였음을 보고 드리며, 이 시간부로 제게 부여하신 전면대리권을 반환합니다. 또한 제국과 체결한 협정서를 바칩니다. 가장 높이 나는 분께 창공의 영광이 영원토록 무궁하시기를.”

소년이 들고 온 상자를 두 손으로 받쳐 든 채 조심스럽게 그녀에게 건넸다.

가만히 상자를 받아 뚜껑을 연 밀라이아는 두꺼운 종이 뭉치 맨 위에 찍힌 포효하는 황금 사자의 문장주: 제국 황실의 문장과 날개를 활짝 편 독수리의 문장을 확인한 뒤 그것을 페르디난드 공작에게 넘겼다. 그러고는 그제야 허둥지둥 왕제를 따라온 사람들을 향해 말했다.

“나 루아 왕국의 제27대 국왕 글로리아 데 루아는 에드워드 데 루아를 비롯한 사절단 전원의 임무 완수를 진심으로 치하하는 바이다. 또한 이 시간부로 에드워드 데 루아에게 위임하였던 교섭권을 거두어들이며, 사절단은 해산하여 원래의 위치로 복귀할 것을 명한다.”

“네, 전하!”

“모두 원행에 고생이 많았다. 그대들의 노고를 치하하기 위해 환영 연회를 준비하였으니, 빠짐없이 참석해 주길 바란다."

"명을 받듭니다!"

고개를 숙여 화답한 사절단 일원들은 '그럼 이만 물러가도록.'이라는 말에 다시 한번 예를 갖춘 후 삼삼오오 돌아섰다. 그들을 환영하기 위해 나와 있던 귀족들도.

뿔뿔이 흩어지는 사람들을 싸늘하게 훑어본 밀라이아가 말했다.

"에드워드도 수고가 많았어요. 들어가서 잠시 쉬어요. 이따 저녁 때 보죠."

"네, 누님."

고개를 까딱해 보인 소년이 그대로 몸을 돌려 제 궁으로 향했다.

시선조차 마주쳐 오지 않는 그 모습에 왠지 심란해졌다. 한동안 보여 주던 모습대로라면 어려운 임무를 무사히 마치고 왔다는 점에 스스로 고무되어 어서 칭찬해 달라는 양 눈을 반짝였을 텐데, 그런 것은 일절 없이 홱 돌아서는 모습이 꽤나 쌀쌀맞아 보여서.

'아직도 삐쳤나 보네. 설마 내게 뭔가 찔리는 점이 있어 시선을 피하는 건 아닐 테니까.'

그동안 편지 한 통 없던 일이나 굳은 얼굴로 제가 해야 할 말만을 딱딱 건네는 모습을 보며 대충 짐작하긴 했지만, 그래도 왠지 좀 섭섭했다. 물론 강압적인 편지를 보내 먼저 마음 상하게 한 쪽은 저이나 모두 그를 생각해서 그리했던 거였는데.

멀어지는 소년의 뒷모습을 보며 쓴웃음을 지은 밀라이아는 그 와중에도 꿋꿋하게 세 걸음 걷고 기도 올리기를 반복하는 대신관 쪽을 돌아보았다. 워낙 굼뜨기에 오늘 안에는 올 수 있으려나 했더니, 그래도 그새 절반 정도 되는 거리가 줄어 있었다.

'에드워드야 그나마 대화의 여지라도 있다지만…… 저자는 어쩐다?'

왕제의 기지로 직접적인 충돌은 면했다 하더라도, 왕국의 행사를 방해한 것을 정식으로 항의해야 할지 아니면 아쉬운 소리를 해야 하는 걸 감안해 한 번은 넘어가 줘야 할지 아직 갈피가 서질 않았다.

"대신관 프리무스."

"네, 전하."

"지금 저 대신관 말이에요. 왜 왕궁으로 입궁한 거죠? 세 번째 대신관 때는 그러지 않았잖아요?"

저도 잘 모르겠다는 표정을 지은 프리무스가 답했다.

"글쎄요, 저 역시 그의 성정이라면 곧장 신전으로 향할 줄 알았던지라. 혹시 전하를 뵙고 싶었던 것은 아닐까요? 아시다시피 전하께는 그것이 있으니 말입니다."

"아하. 그럴 수도 있겠네요. 흠."

주위의 시선을 의식해 적당히 얼버무린 밀라이아가 말했다.

"그보다 오늘 일 말인데, 대신관 프리무스는 여가 그동안 신전 친화적인 모습을 보였다는 점에 기대어 저자의 결례를 얼렁뚱땅 덮으려 했어요. 그것도 여에게는 꽤나 불유쾌한 방식으로 말이에요. 인정하나요?"

싸늘한 얼굴로 바라보자, 프리무스는 한숨을 푹 내쉬고는 답했다.

"인정합니다."

"하면 신전이 왕가의 행사에 간섭하려 했다는 것도 인정하는 건가요?"

황급히 손사래를 친 프리무스가 답했다.

"아뇨. 그건 정말 아닙니다. 이번 일은 진실로 우연의 일치였을 뿐입니다."

"우연의 일치라……."

"정말입니다. 물론 제가 잠깐 머리를 굴렸던 것은 맞지만, 결코 전하께서 말씀하신 그런 상황까지 의도한 것은 아닙니다. 애초에 저희가 전하와 척을 져서 좋을 일이 뭐가 있겠습니까? 말씀하신 대로 이미 저희에게 상당 부분 호의를 베풀어 주시는 분인데 말입니다."

'그건 또 그러네.'

어깨를 으쓱한 밀라이아가 말했다.

"좋아요. 그간의 정을 보아 오늘은 그냥 넘어가도록 하죠. 하나 다음부턴 절대 간과하지 않을 테니 그리 알아요."

"네, 명심하겠습니다."

고개를 절레절레 저은 프리무스가 말했다.

"하아. 오늘도 손해가 막심하군요. 어째서 전하만 뵈면 이런 일이 생기는지 모르겠습니다."

"흥, 그러게 누가 가만있는 사람을 건드리래요?"

밀라이아는 의도적으로 샐쭉한 표정을 지으며 답했다.

좀 전까지만 해도 신전의 기를 한번 눌러놓을 겸 정식으로 항의할까 생각했지만, 그나마 대화가 통하는 프리무스에게 이런 식으로 빚을 한번 지워 두는 것도 나쁘지 않겠다 싶었다. 소원의 돌을 복원해야 하는 이상 어쨌거나 대신관들과 완전히 척을 질 수는 없으니까.

"보아하니 대충 오십 걸음 정도 남았군요. 내 대신관의 면을 보아 그 정도는 단축시켜 주도록 하죠."

"감사합니다, 전하."

그 안에 담긴 말뜻을 이해한 프리무스가 빙그레 웃었다.

작열하는 태양을 한번 올려다본 밀라이아는 못 박힌 듯 서 있던 자리에서 걸음을 떼어 또 다른 대신관 쪽으로 향했다. 그러고는 무릎을 꿇은 채 기도를 올리던 남자 앞에 서서 빙긋 웃었다.

"왕국에 방문한 것을 환영합니다. 비록 내 신료들을 맞이하기 위한 자리가 그대를 위한 것으로 탈바꿈될 뻔했지만요."

뼈 있는 말에 천천히 자리에서 일어난 대신관이 고개 숙여 인사를 건넸다.

"생명의 축복이 함께하시기를. 뵙게 되어 영광입니다, 여왕 전하. 저는 주신 비타의 두 번째 뿌리 세쿤두스Secundus, 두 번째입니다. 한데 한 가지 오해가 있으시군요. 저는 전하의 환영을 받으려 한 적이 없습니다만."

"그래요? 워낙 당당하게 중앙 대로를 가로막고 있기에 여는 당연히 그런 뜻인 줄 알았죠."

"그건 그저 제가 정한 의식의 일부였을 뿐입니다. 율법에 따라서 만든."

어쩐지 대화를 몇 번 나누지 않았음에도 눈앞의 남자를 다루는 법을 알 것 같았다.

고개를 한쪽으로 기울인 밀라이아가 말했다.

"그것 참 신기하네요. 왕국법에도 그 정도로 상세한 내용은 규정되어 있지 않는데, 신전의 율법은 좀 다른가 봐요? 듣기만 해도 숨이 턱턱 막히는군요."

"율법을 모욕하지 마십시오! 그것은……!"

“적당히 하게, 세쿤두스. 실컷 결례를 범했으면 됐지 끝까지 이래야겠나? 전하, 이러지 마시고 그만 들어가시지요. 햇볕이 뜨거우니 안에서 대화하시는 것이 낫겠습니다.”

황급히 끼어든 프리무스가 두 사람을 중재했다.

아니, 정확하게는 그러려고 했지만 실패했다. 그게 무슨 소리냐는 듯 눈썹을 치켜세운 세쿤두스 때문이었다.

“들어가긴 어딜 들어간단 말입니까?”

“응? 그야 당연히 왕궁 아닌가.”

“무슨 소립니까? 신전으로 가야지요.”

“뭐? 하면 처음부터 신전으로 갈 것이지, 왜 왕궁으로 와서 여러 사람을 피곤하게 만든 건가?”

황당해하는 프리무스를 보며 삐뚜름하게 눈썹을 치켜세운 세쿤두스가 답했다.

“말했잖습니까? 그것이 내가 정한 의식의 일부였다고. 그리고 프리무스 당신도 지금 그리 한가하게 굴 때가 아닐 텐데요? 내가 본격적으로 파기 시작하면 율법을 어긴 정황이 우수수 쏟아질 텐데, 그 나이 먹고 한번 십 년 반성 기도라도 올려 보고 싶습니까?”

냉랭하게 말을 쏟아 내는 세쿤두스를 보며 코웃음을 친 프리무스가 답했다.

“반성 기도 같은 소리하고 있네. 애초에 내가 그런 게 통할 인물처럼 보이나? 아아, 됐고, 나머지는 돌아가서 이야기하지. 전하 앞에서 이게 무슨 추태인가.”

“이하동문입니다.”

‘저게 대체 뭐 하는 짓이야?’

밀라이아는 거의 동시에 고개를 돌리는 대신관들을 보며 실소를 지었다. 아무리 못해도 사십 대 이상은 되었을 자들이 꽤나 귀엽게 논다 싶었다.

푹 한숨을 내쉰 프리무스가 말했다.

"전하, 송구하나 이만 물러감을 허락해 주시겠습니까? 내내 제멋대로 구는 것 같아 뭐라 드릴 말씀이 없으나, 세쿤두스가 한번 고집을 부리기 시작하면 설득하기가 쉽지 않아서요."

"십 년 반성 기도 때문이 아니고요? 어쨌든 알겠어요. 여도 사절단 때문에 분주한 차였는데 잘되었군요."

선선히 고개를 끄덕이자, 두 명의 대신관은 그럼 다음에 뵙겠다며 꾸벅 인사를 건네고는 그대로 돌아섰다. 언제 그렇게 알짱거리며 훼방을 놓았냐는 듯 빠른 퇴장이었다.

'뭐야. 이럴 거면 왜 그렇게 사절단 앞을 가로막고 서 있던 건데?'

헛웃음이 나왔다.

멀어지는 두 사람의 뒷모습을 바라보던 밀라이아가 느릿느릿 돌아섰다.

작열하는 태양이 머리 위에서 황금빛 열기를 쏟아붓고 있었다.

다섯 시간 뒤.

연회용 드레스로 갈아입은 밀라이아는 무거운 몸을 이끌고 방을 나섰다. 땡볕을 맞으며 한 시간 가까이 밖에 서 있었던 탓인지 영 기운이 없었다.

터덜터덜 밖으로 나서자, 문 앞에서 기다리던 소년이 고개를 숙여 인사를 건넸다.

"누님 전하를 뵙습니다."

"또 보네요, 에드워드. 그래, 잠깐이지만 좀 쉬었나요? 오랜만에 궁으로 돌아오니 어떻던가요?"

느릿느릿한 물음에 잠깐 멈칫한 소년은 이내 무표정한 얼굴로 답했다.

"나쁘진 않았습니다. 가시죠."

"음, 네."

간접적인 거부 표시에 어깨를 으쓱한 밀라이아는 말없이 그의 에스코트를 받으며 잠시 생각에 잠겼다.

'괜히 빚을 하나 얻어 내겠답시고 버텼나? 돈 밝히는 자와 하루 종일 생각에 빠져 있는 자에 이어 이제는 율법지상주의자라니. 어쩜 이렇게 제대로 된 사람이 하나도 없지? 이래서야 빚을 제대로 받아 낼 수는 있는 건가?'

말끝마다 율법을 운운하던 세쿤두스를 떠올리며 실소를 짓던 그녀는 갑자기 머리가 핑 도는 느낌에 멈칫 멈춰 섰다. 시야가 하얗게 변하며 깜빡깜빡 점멸하고 있었다.

당장에라도 주저앉을 것 같은 느낌에 저도 모르게 손에 힘을 주자, 눈썹을 찡그린 소년이 그녀를 홱 돌아보았다.

"뭡니까? 갑자기 왜…… 누님?"

까칠하게 묻던 소년이 하얗게 질린 그녀를 보며 놀란 표정을 지었다.

잠시 머뭇거리던 그가 말없이 그녀를 에스코트한 손에 힘을 주어 무게를 지탱하도록 받쳐 주는 것이 느껴졌다.

소리 없는 배려에 희미하게 미소 지은 밀라이아가 말했다. 다행히 일시적인 현상이었던 듯, 깜빡거리던 시야며 균형 감각이 모두 정상으로 돌아와 있었다.

"고마워요, 에드워드. 갑자기 현기증이 좀 나서요."

"……몸 관리도 국왕의 중요한 덕목 중 하나입니다. 앞으로는 조심하시죠."

싸늘하게 답한 소년이 고개를 홱 돌렸다.

밀라이아는 주의하겠노라 간단히 답하고는 천천히 연회장으로 향했다. 기운이 조금 없는 것 빼고는 이제 괜찮은 데다, 몸 상태가 다소 안 좋다 해서 오늘 같은 날 자리를 비울 순 없었다.

연회장 앞에 도착하자, 의전관이 깊숙이 허리를 숙이고는 외쳤다.

"가장 높이 나는 분, 고귀하신 여왕 전하와 에드워드 왕제 저하께서 드십니다!"

사람들의 시선이 전부 문가로 쏠렸다.

밀라이아는 입가에 활짝 미소를 머금은 채 활기찬 걸음으로 연회장에 들어섰다. 아무리 피곤해도 다수의 사람이 모인 만큼 행동이며 표정 관리를 철저하게 해야 했다. 그렇지 않는다면 보나마나 왕제의 성공에 안색이 어둡더라며 헛소문이 돌 것이 분명했으니까.

모두 일어나라 쾌활하게 명한 그녀는 단상 위에 놓인 옥좌에 자리한 후, 세 가문을 대표해서 사절단에 합류했던 길리안가의 두 공자와 피오르 공작, 그리고 페르디난드 백작에게 앞으로 나설 것을 명했다.

"오랜만에 반가운 얼굴들을 보니 기분이 좋군. 아까도 얘기했지만, 원행을 다녀오느라 모두 수고가 많았소. 식량 수입 문제나 무연탄 지대 활용에 대한 협상은 왕국의 미래와 직결된 바, 내 그대들이 세운 공로는 결코 잊지 않을 것이오."

'물론 중간에 사소한 문제가 좀 생기긴 했지만.'이란 말을 의도적으로 삼키며 기뻐하는 기색이 역력한 얼굴로 말하자, 다섯 사람은 일제히 고개를 숙여 예를 갖췄다.

"황공합니다, 전하."

"그래, 오가는 길에 별문제는 없었소? 전원 무사 귀환했다는 보고는 들었으나 그래도 걱정이 되어서 말이오."

한 발 앞으로 나선 피오르 공작이 답했다.

"비적들의 습격 같은 사소한 일은 있었으나, 염려하시는 것만큼 그리 큰 문제는 없었습니다. 그보다는 수도가 문제였다 들었습니다만. 신이 자리를 비운 사이 불미스러운 사건이 터졌다고요?"

"뭐, 그런 일이 있긴 했소."

"쯧. 송구합니다, 전하. 고작 두 달 정도 자리를 비웠을 뿐인데, 그새 이런 일이 생길 줄은 몰랐습니다."

곧장 사죄하는 피오르 공작의 얼굴에는 뿌듯한 빛과 못마땅한 빛이 동시에 떠올라 있었다.

고개를 절레절레 젓는 그를 일별하며 한 발 앞으로 나선 페르디난드 백작이 말했다.

"아뢰옵기 송구하오나 전하, 오가는 길은 무탈했던 대신 제국에 머무르는 동안 몇 가지 문제가 터졌습니다. 대략적인 내용은 이미 보고서를 통해 말씀 올렸습니다만, 자세한 정황에 대해서는 아무래도 따로 찾아뵙고 보고 드려야 할 것 같습니다. 혹 내일 오후에 잠시 시간을 비워 주실 수 있으신지요?"

순간 대공자에게로 돌아갈 뻔한 시선을 빠르게 잡아챈 밀라이아가 고개를 끄덕였다.

"그럽시다. 내 시간을 비워 두겠소."

"감사합니다, 전하."

정중하게 예를 갖춘 남자가 한 발 뒤로 물러났다.

피오르가와 페르디난드가가 인사를 마쳤으니 이제 남은 것은 길리안가뿐.

은근하던 사람들의 눈길이 노골적으로 길리안 대공자에게 쏠리기 시작했다. 길리안가가 대공자의 일로 모니크가에 막대한 손해배상을 했다는 사실은 웬만한 귀족들에게는 이미 다 알려진 사실이었으니까.

하지만 제게 쏟아지는 시선을 아는지 모르는지, 대공자는 당당하게 한 발 앞으로 나서서는 말했다.

"여왕 전하, 드릴 말씀이 있습니다."

"얘기하오."

"저를 제국으로 돌려보내 주십시오!"

연회장 전체에 정적이 흘렀다.

"……방금 뭐라 했소?"

밀라이아는 황당한 표정으로 대공자를 바라보았다. 망신스러워서라도 다시는 제국에 발을 들이지 못할 판국에 이게 지금 무슨 헛소린가 싶었다.

"저를 제국으로 돌려보내 주십사 청하였습니다."

"이유가 뭐요? 게다가 돌려보내 달라니, 누가 들으면 원래 제국 사람인 줄 알겠군."

"저는 거기서 해야 할 일이……!"

그때, 뛰다시피 다가온 길리안 공작이 대공자의 입을 틀어막았다.

"송구합니다, 전하. 불민한 자식이 원로遠路의 피로를 이기지 못해 그만 실언을 한 듯합니다."

"실언? 길리안 공작의 눈에는 저것이 실언으로 보이오?"

기회를 만났다는 듯 피오르 공작이 눈을 번뜩이며 말했다.

"제국으로 돌려보내 달라니, 그게 지금 이 자리에서 할 소리요? 저 하나 때문에 우리가 얼마나 고생을 했는지 알고 있다면 도저히 저런 말은 할 수 없을 것이외다."

"그렇기에 피로가 쌓여 나온 실언이라 하지 않았소? 그러는 피오르 공작이야말로……."

"그만. 모처럼 좋은 자리인데 언성을 높이는 걸 듣고 싶진 않군. 피오르 공작, 페르디난드 백작, 이만 물러가도 좋소. 길리안 공작과 대공자는 잠시 따라오고."

싸늘한 목소리로 두 사람을 갈라놓은 밀라이아가 왕제에게 말했다.

"나는 잠시 휴게실에 다녀와야겠어요. 자리를 비우는 동안 연회의 주관을 부탁해요."

"네, 누님."

한심하다는 눈빛으로 대공자를 쳐다본 왕제가 고개를 끄덕였다.

또다시 현기증이 올까 천천히 자리에서 일어난 그녀는 즉각 따라붙는 앤트워스 후작과 길리안 부자父子를 뒤로한 채 휴게실로 향했다. 그러고는 안에 들어서자마자 커튼을 내린 뒤, 홀로 태연한 대공자를 향해 다짜고짜 물었다.

"자, 이제 똑바로 얘기해 봐요. 갑자기 제국에는 왜 보내 달라는 거예요? 그렇게 사고를 치고도 아직 모자랐나요? 지금 대공자 한 사람 때문에 길리안가가 얼마나 난처한 처지에 처했는지 모르느냔 말이에요."

"하지만 전 그녀를 사랑합니다. 지금 이러고 있는 동안에도 다른 누군가가 그녀에게 접근할지도 모른단 말입니다."

"뭐라고요? 사랑?"

하도 어이가 없어서일까, 헛웃음이 나왔다.

정말이지 해도 해도 너무한다 싶었다. 평소에도 구제불능이라 생각은 했으나 저 정도로 심각한 줄은 몰랐는데.

"이 판국에 사랑 운운하는 것도 어이없지만 뭐, 좋아요. 거기까진 그렇다 치죠. 한데 그렇게 영애를 사랑한다는 사람이 왜 그런 무례를 저지른 거예요? 이번에는 또 무슨 짓을 하려고 제국으로 보내 달라는 건데요?"

"이게 다 전하가 제가 아닌 그 자식을 골라서 생긴 일이 아닙니까. 그러니 절 좀 도와주시지요. 정말 급하단 말입니다."

"뭐라는 거예요, 정말? 하, 됐으니까 당장 나가요. 꼴도 보기 싫군요."

팩 짜증을 부리며 말하자, 대공자는 그럼 제국에 보내 주는 거냐며 다시 한번 그녀의 속을 뒤집고서야 겨우 밖으로 나갔다.

'길리안이라는 성이 붙은 자들은 하나같이 다 왜 이 모양이야? 이놈이고 저놈이고 간에, 하여간 마음이 드는 인간이 하나도 없어.'

침묵하는 길리안 공작을 신경질적으로 돌아본 밀라이아가 말했다.

"우리 이제 진지한 대화를 좀 해야 할 것 같지 않나요? 그렇게 사고를 친 것으로도 모자라 제국으로 보내 달라니, 대공자가 정녕 제

정신인가요? 그것도 모든 귀족들이 듣는 앞에서 말이에요."

"……죄송합니다, 전하."

"지난번에 분명히 얘기했죠? 이제 더는 못 봐준다고. 자꾸 이런 식으로 트집거리를 만들어 주면 여로서도 어찌할 도리가 없어요. 루시어스를 놓아주는 수밖에 없단 말이에요. 잘 알고 있는 사람이 왜 그래요?"

고개 숙인 남자를 향한 밀라이아의 눈이 날카롭게 빛났다. 잘만 하면 뭔가 얻어 낼 수도 있을 것 같았다.

"저하."

"으음……."

"저하, 듣고 계십니까?"

"네에…… 듣고 있어요."

밀라이아는 반사적으로 고개를 끄덕이며 졸음 가득한 음성으로 답했다. 전날 밤 늦게까지 연회에 참석했던 탓에 몸이 너무 무거웠다.

반쯤 들어 올리려던 눈꺼풀을 도로 닫자, 맞은편에서 쯧쯧 하고 혀 차는 소리가 들려왔다.

"듣고 있긴 뭘 듣고 있으시다는 겁니까? 졸고 계신다면 또 모를까요."

"아냐, 안 졸아요. 그냥 피곤해서 잠깐 눈만 감고 있던 것뿐……."

순간 고개가 툭 아래로 떨어졌다. 기막혀하는 남자의 목소리가 들려온 건 바로 그다음이었다.

"보십시오. 또 졸고 계시지 않습니까. 자꾸 이러시면 왕비 전하께 말씀드릴 겁니다."

"왕비 전하라니. 대공이라면 또 모를까, 나한테 어떻게 왕비가 있을 수가…… 응?"

무심코 말을 받아치던 밀라이아는 왠지 모를 위화감에 눈을 번쩍 떴다.

흐릿한 시야에 짙은 흑발을 단정하게 빗어 넘긴 남자가 들어왔다. 저를 어이없다는 눈빛으로 바라보는 에메랄드색 눈동자도.

'에메랄드색이라. 그것 참 언제 봐도 참 예쁜 색…… 헉?'

갑자기 잠이 확 달아났다.

눈을 비비며 눈앞의 남자를 다시 한번 바라본 밀라이아가 말했다.

"에스페라…… 공작?"

"네, 저하. 한데 왜 그리 낯설게 부르십니까? 누가 보면 굉장히 오랜만에 보는 사이인 줄 알겠습니다."

"……."

말문이 막혔다.

마지막으로 그와 대면했던 것이 거의 반 년 전. 꿈인지 현실인지 모를 상황에서 잠깐 만났던 때부터 센다고 쳐도 어느새 두 달 반이 지났다.

그러니 그녀의 입장에서는 오랜만이 맞았지만—.

'에스페라 공작이 왜 여기에 있어? 지난번에도 그런 식으로 사람을 놀래 놓고는 휙 사라져 버린 주제에.'

눈매를 좁힌 그녀가 눈앞의 남자를 노려보았다.

사실 당시 그가 던진 마지막 말만 아니었어도 본래의 제 세상이 그리워서 꾼 꿈이라 생각할 수 있었을 테지만, 가면무도회에 갈 시간이 다 되었다던 그 말 때문에 그녀는 종종 에스페라 공작의 기억을 떠올려야 했다. 테르티우스에게 단것이 통한다는 사실을 확인한 뒤에는 더더욱.

'한데 그가 왜 여기 있냐고. 좀 전까지만 해도 난 분명히 페르디난드 공작과 함께 있었는데.'

눈썹을 찡그리는 그녀를 보며 보란 듯 팔짱을 낀 남자가 말했다.

"지금 그런 표정을 지어야 하는 건 저하가 아니라 접니다. 신이 지금 몇 번째 깨워 드리는 건지 알고는 계십니까, 네?"

"……몇 번짼데요?"

"벌써 세 번쨉니다. 아니, 오늘따라 왜 그러시는 겁니까? 설마 어젯밤에도 몰래 궁 밖으로 외출하셨던 겁니까? 아니면……."

"아니거든요? 안 그래도 또라이 하나 때문에 궁에 갇혀 사느라 힘들어 죽겠는데 무슨!"

반사적으로 말을 받아치던 밀라이아는 그건 이쪽 일이 아니라 백 년 전 세상의 사건이었다는 사실을 뒤늦게 떠올리며 입을 다물었다. 그래 봤자 에메랄드색 눈동자가 가늘어진 것으로 보아 이미 늦은 듯했지만.

'아, 망했다. 공작의 성격상 분명 그게 무슨 소리냐며 꼬치꼬치 캐물을 텐데.'

몰래 한숨을 삼키는데, 침묵하며 그녀를 바라보던 남자가 말했다.

"좀 전에 말씀드렸을 텐데요? 또라이란 말은 속어이니 사용하시지 않는 편이 좋겠다고 말입니다."

"어…… 그랬죠. 조심할게요."

'어라, 이게 끝이야?'

분명 그게 무슨 소리냐 물을 줄 알았는데, 에스페라 공작은 의외로 말투만을 지적했을 뿐 아무것도 묻지 않았다. 대신 그는 태연하게 책을 펼쳐 그녀에게 건네주며 말했다.

"알면 좀 실천하십시오. 일단 이것부터 받으시고요."

'윽, 보자마자 공부야?'

반년 가까이 공부와는 먼 삶을 살았던 탓일까, 오랜만에 수업을 들을 생각을 하니 벌써부터 머리가 지끈거리는 것 같았다.

푹 한숨을 내쉬며 책을 받아 든 밀라이아는 어떻게든 수업 재개를 피해 보겠다는 생각에 아무 말이나 되는 대로 던졌다.

"그런데요, 공작."

"말씀하십시오."

"그러니까…… 아, 그렇지. 대신관 말이에요. 어떻게 알았어요? 단걸 좋아한다는 거?"

"비밀입니다. 궁금하시거든 직접 캐내 보십시오."

"칫, 치사하게. 그럼 혹시 다른 건 가르쳐 줄 수 있어요? 대신관들이 좋아하는 것이라든가 약점 같은 거요."

제 몫의 책을 펼쳐 들던 에스페라 공작이 그녀를 물끄러미 바라보았다.

"흠. 너무 요행을 바라시는 것 아닙니까? 신은 저하를 그리 가르치지 않았습니다만."

"……알았어요. 직접 알아보면 되잖아."

입술을 삐죽 내민 밀라이아가 답했다.

어쩜 저렇게 하는 행동마저 페르디난드 공작과 똑 닮은 건지 알 수가 없었다. 생김새하며 알려 줄 듯 말 듯 약 올리는 말버릇까지 전부 다.

'그러고 보니 지난번에 같은 영혼이라느니 어쩌느니 하는 말도 했었지.'

문득 드는 생각에 마른침을 삼킨 밀라이아가 물었다.

"한데 공작, 정말로 페르디난드가와 아무런 관계도 없어요? 본인이 아니더라도 선대라든가, 아니면 그 윗대라도 말이에요."

"없습니다. 아시다시피 저희 가문은 오래도록 영지에서 칩거했던지라, 중앙 정계에 있는 가문들과는 엮일 일이 없었는걸요."

하긴 그랬다. 그 때문에 선대 에스페라 공작이 정계에 진출했을 때도 한바탕 파란이 일었다고 하지 않았는가.

'피가 섞인 게 아니라면 대체 뭐지? 정말 같은 영혼이기라도 하다는 거야?'

샘솟는 의구심에 고개를 갸웃한 밀라이아가 물었다.

"그럼 지난번에 그 얘긴 뭐였어요? 세상에는 자기와 똑 닮은 사람이 셋 있고, 그들은 모두 같은 영혼의 소유자라던 얘기 말이에요."

"그냥 전해 들은 얘기를 말씀해 드린 것뿐입니다만. 설마 진심으로 믿으신 겁니까? 알고 보니 아직 순진한 구석이 있으셨군요."

"……아니거든요? 누가 그런 얘기 따윌 믿는다고."

'그럼 그렇지. 같은 영혼은 무슨? 그냥 우연이 겹치다 보니 그런 거겠지. 아니면 에른과 헤어지기 싫어서 자꾸 그런 쪽으로 생각이 가는 거든가.'

신경질적으로 머리카락을 위로 훅 불어 올리던 그녀가 멈칫했다.

'근데 나, 설마 이대로 돌아온 건 아니겠지? 아직 에른이랑 인사도 제대로 못했는데.'

덜컥 겁이 났다.

만일 그녀가 그곳에서 완전히 돌아와 버린 거라면, 갑자기 홀로 남겨진 그는 어찌해야 한단 말인가? 아무리 이미 각오했다고 누누이 말해 왔다지만, 어느 날 갑자기 연인이 사라졌을 때 아무렇지 않을 사람이 과연 얼마나 되겠느냔 말이다. 상대가 인사 한마디 없이 증발해 버린 경우라면 더더욱.

'돌아가야 해.'

무엇보다, 실은 그녀 자신이 아직 이별을 받아들일 준비가 되지 않았다. 다시는 그를 보지 못한다고 생각하자 심장이 욱신거렸다.

가슴 위에 손을 얹은 밀라이아가 말했다.

"미안한데 공작, 난 이만 자러 가야겠어요. 갑자기 너무 피곤해서요."

본디 꿈을 통해 왔다 갔다 했으니, 여기서 잠들었다 깨면 다시 그쪽에서 눈을 뜨게 될지도 모른다.

뜬금없는 소리에 눈썹을 확 찡그린 남자가 말했다.

"허, 이제는 몰래 조는 걸로도 모자라서 당당히 통보까지 하시는 겁니까?"

"하지만 당장 해야 할 일이 있단 말이에요. 빨리 돌아가야 한다고요."

"그깟 잠 따위, 몇 시간 늦게 잔다고 무슨 일 안 생깁니다. 그리고 돌아가다니, 대체 어디로 돌아가신단 말씀이십니까? 저하께서 계셔야 할 곳은 여기입니다. 돌아오셔야 할 곳도요."

황당하다는 표정으로 그녀를 바라본 그는 잠시 후 푹 한숨을 내쉬며 말했다.

"됐습니다. 보아하니 오늘 진도를 나가기는 그른 것 같고, 그냥 빨리 재워 드리는 게 낫겠군요. 어떻습니까. 오랜만에 연주나 들려드릴까요?"

"오, 정말요? 그럼 나야 좋죠. 요즘 제대로 된 연주를 거의 못 들었더니 귀가 영 심심했거든요."

반색하는 그녀를 보며 책을 덮은 남자가 자리에서 일어났다.

밀라이아는 성큼성큼 피아노 앞으로 걸어가는 그를 기대감에 가득 찬 눈초리로 바라보았다.

좀 전에 그에게도 이야기했지만, 한 달 전에 있었던 페르디난드가의 연주회를 제외하고는 반년 가까이 제대로 된 음악을 들은 적이 없었기에 무척 설렜다. 그동안 겪어 본 바에 따르면 에스페라 공작은 상당히 뛰어난 연주자였기에 더 그랬다.

레도시라—.

'하, 그래. 이거지.'

격정적으로 시작되는 도입부를 숨죽인 채 듣던 그녀가 스르르 눈을 감았다. 때로는 화려하게 때로는 무겁게 이어지는, 꾸밈음이 풍성하게 들어가 현란하기 그지없는 연주가 계속해서 귓가를 울렸다.

기분 좋은 탈력감과 함께 공중에 붕 뜨는 듯한 부유감이 온몸을 감싸는 것이 느껴졌다. 이대로 잠이 든다면 무척 행복한 꿈을 꿀 수 있을 것만 같은 느낌.

'아아, 좋다…….'

스르르 미소 지으며 그 선율 속으로 빠져드는데, 끝없이 이어지는 멜로디 사이로 나지막한 음성이 들려왔다.

"안녕히 주무십시오, 밀라 님. 다시 뵙는 그날까지 행복한 꿈을 꾸시기를."

'나, 아직 안 자는데.'

하지만 속으로 그렇게 중얼거린 것과는 달리, 등받이에 편안하게 기댄 몸은 점점 더 나른하게 늘어져만 갔다.

어느새 의식이 수면 아래로 가라앉고 있었다. 그리고—.

—시라.

연주곡의 마지막 음이 무거운 울림을 품은 채 허공으로 흩어졌다.

잠시 정적이 흐르는가 싶더니, 그녀 쪽으로 누군가가 다가오는 소리가 들렸다. 당연하다는 듯 옆에 앉은 남자가 웃음기 어린 목소리로 말하는 것도.

"이런, 기껏 연습해서 들려드렸더니 졸고 계시면 어떡합니까."

"……아냐, 나 안 졸았어요."

"지금도 이리 눈을 감고 계시면서요?"

"진짠데. 정말로 그냥 눈만 감고 있었……."

쪽.

입술에 와 닿는 감촉에 눈이 번쩍 뜨였다. 페르디난드 공작이라면 모를까, 에스페라 공작이 왜 제게 입을 맞춘단 말인가?

반사적으로 확 밀치려는 순간, 스치듯 다시 한번 입을 맞춘 남자가 그녀를 품으로 끌어당기며 속삭였다.

"그럼, 지금처럼 입 맞춰 달라고 감고 계셨던 겁니까?"

은은한 시트러스 향이 코끝을 스치고 지나가는 것이 느껴졌다.

상큼하면서도 묘하게 달콤한 그 향은 분명 익숙한 것이었다.
"에른……?"
"네, 밀라 님."
느릿느릿 돌아오는 답에 그제야 긴장이 탁 하고 풀어졌다. 그러고 보니 주위를 둘러싼 공기가 언제 그랬느냐는 듯 도로 후텁지근하게 변해 있었다.
"……다행이다."
한숨 섞인 말에 한쪽으로 고개를 기울인 남자가 물었다.
"뭐가 말씀이십니까?"
"그냥, 이렇게 에른이랑 둘이서 시간을 보낼 수 있다는 게요."
"내내 주무셔 놓고는 무슨."
뚱한 얼굴로 답하는 남자를 보자 배시시 웃음이 나왔다. 예고도 없이 혼자 두고 온 거면 어떡하나 두려웠는데, 저리 삐친 모습을 보자 정말로 돌아왔다는 실감이 들어서.
"눈만 감고 있었지 다 들었어요. 정말이에요."
"그럼 어디 한번 감상평을 말씀해 보시죠."
"음…… 너무너무 훌륭한 연주였어요. 역시 내 남자가 최고라니까요? 그 바쁜 와중에 연습해서 연주도 다 들려주고. 나 정말 감동받은 것 있죠."
헛웃음을 삼킨 공작이 말했다.
"오늘따라 평이 무척 후하시군요. 그 와중에 구체적인 평이 하나도 없는 것 같은 느낌은 아마도 제 착각일 테고요."
"잘 아네요."
"그럼 분명 안 들으신 것 같지만 얼렁뚱땅 넘어가려는 속셈이 너무 티 난다는 생각도 착각이겠군요."

"그렇죠."

뻔뻔하게 이어지는 대답에 한숨을 내쉰 그가 말했다.

"하아, 됐습니다. 그러실 바에는 차라리 뭔가 보상이라도 해 주시든가요. 말이야 바른 말이지, 다른 사람들에게는 뭐든 후하게 베풀어 주시면서 제게는 왜 그리 매번 박하게……."

쪽.

좀 전에 그가 그랬던 것처럼, 투덜거리는 입술을 태연하게 훔친 밀라이아가 빙긋 웃었다.

"대신 그 사람들에게는 이런 것 안 해 주잖아요. 안 그래요?"

"……해 주시면 큰일 나지요."

가라앉은 목소리로 답한 남자가 입맛을 다시며 그녀의 입술을 바라보았다.

"한데 보상이 너무 적은 것 아닙니까? 이래서야 제게 박하게 구신다는 사실에는 변함이 없잖습니까. 좀 더 선심 쓰시지요."

"으으, 부끄럽게. 알겠어요. 대신 이게 마지막이에요. 더 해 달라고 해도 안 해 줄 거야."

얼굴을 붉히며 이야기한 밀라이아는 알겠다면서 고개를 끄덕이는 남자의 볼을 두 손으로 감쌌다.

스르르 눈을 감으며 그의 입술 위에 제 것을 내리누른 그녀는 그에게 배웠던 것처럼 조심조심 혀를 내밀어 얇은 피부를 쓸었다. 그러고는 부드럽게 아랫입술을 한번 깨문 뒤, 그가 본색을 드러내기 전에 재빨리 몸을 떼며 말했다.

"자, 이제 됐죠?"

"아니, 여기서 끊는 법이 어디 있……."

"더는 아무 말 않기로 동의했잖아요. 설마 그새 잊은 거예요?"

새쭉한 대답에, 억울한 표정으로 입만 벙긋거리던 남자가 반 박자 늦게 답했다.

"……아닙니다."

"그럼 됐네요. 그보다 우리, 아까 어디까지 대화했었죠? 길리안가 얘기를 하다 말았던가요?"

좀 전까지는 갑작스러운 꿈의 여파에 취해 잠시 상황 파악이 안 됐었는데, 생각해 보면 그녀는 아침부터 일감을 한 아름 안고 온 그 때문에 한참 동안 서류에 시달리던 참이었다. 그러다가 잠깐 머리라도 식히자며 연주를 들은 거였고.

한숨을 내쉰 공작이 답했다.

"맞습니다. 길리안 대공자에 대한 이야기를 하고 있었죠."

"길리안 대공자……."

눈썹을 찡그린 밀라이아가 물었다.

"그자는 대체 바라는 게 뭘까요? 뭔가 꿍꿍이가 있지 않고서야 갑자기 모니크가의 영애에게 목을 맨다는 게 말이나 되냐고요."

"뭐, 부전자전인가 보지요. 길리안 공작도 젊은 시절에는 그랬다고 들었거든요."

"네? 길리안 공작이요?"

황당해하는 그녀를 보며 픽 웃은 공작이 답했다.

"믿기지 않으시겠지만 사실입니다. 왜, 현 공작 부인 말고 사별한 전처 있잖습니까? 듣기로는 공작이 그녀에게 한눈에 반해 정말 열심히 따라다녔다고 하더군요. 지금 대공자가 그러하듯 거만하게 들이대면서 말입니다."

"그런데도 결혼을 했단 말이에요? 말도 안 돼. 게다가 그런 식으로 치면 대공자가 나도 좋아했게요?"

"아마 맞을걸요? 정확하게는 밀라 님이 아니라 글로리아 전하였겠지만 말입니다."

뜻밖의 말에 눈을 동그랗게 뜬 밀라이아가 물었다.

"헉. 정말요?"

"네. 해서 제가 거듭 말씀드렸지 않습니까? 형제 사이에 끼어 계시는 건 보기가 영 좋지 못하다고요. 예전 같았으면 절대 말씀해드리지 않았을 테지만, 이제는 대공자가 마음을 접은 듯하니 알려드리는 겁니다."

손을 뻗어 당연하다는 듯 그녀의 손에 깍지를 낀 공작이 말했다.

"어쨌든 그쪽은 딱히 신경 쓰지 않으셔도 될 겁니다. 사절단으로 같이 갔던 자들의 말도 그렇고 세작들의 증언도 그렇고, 아무리 봐도 사랑의 열병에 눈이 뒤집힌 게 맞는 듯하니까요."

"대공자가 글로리아를 좋아했었다니. 와…… 생각도 못했네. 어쨌든 그럼 그건 됐고, 길리안 대법관은 어쩔 거예요? 에른의 말대로 일단 한 번 더 넘어가 주긴 했는데."

"당분간은 그냥 두시는 것이 낫겠습니다. 물론 마음 같아서는 당장 내쳐 버리시라 말씀드리고 싶습니다만, 그랬다가 자칫 눈이 돌아가기라도 하면 큰일이잖습니까? 어차피 물증 하나만 잡아도 끝이니 좀 더 기다리는 수밖에요."

"알겠어요."

고개를 끄덕인 밀라이아가 물었다.

“그러고 보니 그쪽에서는 뭔가 더 나온 게 없나요? 나는 아침에 달리아에게 보고받은 게 한 가지 있어서, 이따가 시험을 좀 해 보려고요.”

“저기 쌓인 보고서 중에 관련 내용도 있을 겁니다. 그보다 시험이라니요? 어떤 시험입니까?”

맞잡은 손을 꼼지락거린 밀라이아가 답했다.

“듣기로 길리안 대법관은 평소 신앙심이 몹시 깊어 적어도 한 주에 한 번씩은 신전이나 대신관을 방문했다고 해요. 한데 최근 두 달 사이에는 그런 적이 한 번도 없다지 뭐예요? 처음 프리무스를 만났을 때까지만 해도 이상하다 싶을 정도로 딱 붙어 있던 자가 말이죠.”

“흠, 한데 그게 이번 일과 무슨 관련이 있습니까?”

“아직까진 아무것도 없긴 한데, 모처럼 얻은 특이 사항이니 한번 살펴보려고요. 혹시 뭔가 나올지도 모르잖아요?”

게다가 일전에 그에게서 들었던 이야기도 있었다. 대신관의 조력이 꼭 필요한 일 어쩌고 했던.

어깨를 으쓱하는 그녀를 보며 손가락으로 팔걸이를 톡톡 두드린 공작이 말했다.

“그렇게 하십시오. 위험할지도 모르니 근위기사를 꼭 대동하시고요.”

“네.”

가볍게 고개를 끄덕인 밀라이아는 잠깐 제 것으로 돌아갔을 때와는 달리 몸이 축축 늘어지는 느낌에 푹 한숨을 쉬었다. 그러잖아도 체력이 떨어지는 육신인 데다가 날씨까지 이 모양이라 더 그런 것 같았다.

느릿느릿 눈을 깜빡이며 머리를 기대자, 깍지 꼈던 손을 풀어 끌어안듯 그녀의 어깨를 감싼 그가 말했다.

"또 졸리신 겁니까? 어쩐지 오늘따라 유독 피곤해하시는 것 같군요."

"으으, 그러게요. 날이 더워서 쉽게 지치는 것 같아요."

"하면 좀 쉬시는 게 낫지 않겠습니까? 왕궁의를 불러 몸을 보하는 약도 좀 받으시고요."

걱정스러운 기색이 역력한 말에 더운 숨을 내쉰 그녀가 답했다.

"그렇긴 한데, 대신관들이랑 접견이 있어서요. 대신 만난 김에 축복 기도라도 부탁해 보죠, 뭐."

"하긴 그게 낫겠군요. 왕궁의라고 죄다 믿을 수 있는 것도 아니니까 말입니다."

곧장 수긍한 공작이 물었다.

"그럼 그때까지 잠시 눈이라도 붙이시겠습니까? 주무시는 동안 일은 제가 끝내 놓겠습니다."

"어……."

순간 그러겠다 답할 뻔한 밀라이아는 이내 고개를 도리도리 저으며 감기려는 눈에 힘을 주었다. 에스페라 공작의 꿈을 꾸어서일까, 여기서 잠이 들었다가 다시는 돌아오지 못하게 될까 두려웠다.

"있잖아요, 에른."

"네, 밀라 님."

느릿하게 몸을 일으킨 그녀가 그를 마주 바라보았다.

그동안은 다가올 시간을 애써 외면하며 회피하고 있었지만, 아무래도 생각난 김에 미리 얘기해 두는 것이 나을 성싶었다. 이렇듯 모처럼 결심이 섰을 때 다만 한마디라도. 그래야 어느 날 갑자기 돌아간다 해도 걱정이 덜 될 것 같았다.

"나중에, 좀 더 나중에 말이에요. 시간이 지금보다 한참 더 흐른 뒤에 언젠가 내가 이곳을 떠나게 되면…… 에른은 내 걱정 말고 몸 건강하게 잘 지내야 해요. 너무 상심하지도 말고요. 알았죠?"

"……."

순간 저를 담은 재색 눈동자가 흔들리는 것이 보였다. 의아하게 바라보던 얼굴이 딱딱하게 굳는 것도.

하지만 그건 잠깐이었을 뿐, 그는 언제 그랬느냐는 듯 이내 표정을 바로하며 답했다.

"당연한 말씀을 하시는군요. 그럼 제가 뭐, 설마 밀라 님을 따라가겠답시고 난동이라도 피울 줄 아셨습니까? 제 걱정은 마시고 밀라 님이나 잘 지내십시오. 저는 저하를 보필하며 잘 살 테니까요."

"그럼 됐어요. 이 얘기, 잊지 말고 꼭 지켜요."

느릿하게 말한 밀라이아는 제게 와 닿는 시선을 모르는 척하며 아직 살펴보지 못한 서류 중 하나를 가져와 펼쳤다.

예정된 이별을 굳이 입 밖으로 꺼낸 탓인가, 마음이 영 무거웠다.

하지만 한편으로는 그만큼 홀가분하기도 했다. 교묘하게 속일지언정 허언은 하지 않는 사람이라는 걸 잘 알고 있었으니까. 일단 한 번 약속한 이상 적어도 지키기 위해 노력은 하리라.

'그래도 이제 최악의 사태는 면한 건가? 적어도 아무 당부도 남기지 않고 사라질 염려는 없어졌으니.'

한숨을 내쉬며 눈에 잘 들어오지 않는 글자들을 겨우겨우 읽어 나가는데, 노크 소리가 들리고 잠시 후 안으로 들어온 달리아가 말했다.

"전하, 대신관들이 알현실에 도착했습니다. 어찌할까요?"

'오, 굉장히 시기적절한 등장이잖아? 그러잖아도 어색해 죽을 뻔했는데.'

몰래 가슴을 쓸어내린 밀라이아가 답했다.

"곧 간다고 전해 줘요. 클로 차와 시로 열매를 내가는 것도 잊지 말고."

"그리하겠습니다."

"그럼 그건 됐고…… 공작?"

머뭇머뭇 돌아보자, 좀 전에 그녀가 그랬던 것처럼 서류에 눈을 고정한 남자가 말했다.

"다녀오십시오. 신은 못다 한 일들을 마저 처리하고 갈 테니까요."

"그냥 두고 가요. 내가 나중에 볼게요."

"됐습니다. 신이 다 처리하고 갈 테니, 전하께서는 그냥 푹 쉬기나 하십시오. 축복 기도를 받는 것 잊지 마시고요."

걱정이 담겨 있는 말에 마음이 겨우 가벼워졌다.

빙긋 미소 지은 밀라이아가 말했다.

"고마워요, 공작. 그럼 다녀올게요."

"그러십시오. 조심하시고요."

"네. 내일 봐요."

사근사근하게 인사를 건넨 밀라이아는 서류를 휙휙 넘기는 남자를 힐끗 돌아본 뒤 달리아와 함께 방을 나섰다.

매무시를 점검하고 알현실로 들어서자, 새하얀 신관복 차림의 남자 셋이 눈에 들어왔다.

그중 상석을 사이에 둔 채 마주 보고 앉은 두 사람은 그녀가 들어

오는 것도 모르고 격한 어조로 말다툼을 하고 있었다.

“허, 그래서 지금 당신이 잘했다는 겁니까, 프리무스?”

“그럼 못한 건 또 뭔가? 나는 어디까지나 원칙에 따라 행동했을 뿐이야. 자네가 그렇게 좋아하는 율법서에 대고 한번 물어보게. 내 행동이 과연 틀렸느냐고.”

빈정거리는 것이 분명한 말에 ‘하’ 하고 머리카락을 쓸어 넘긴 세쿤두스가 말했다.

“하나 그를 위해 당신이 한 짓은 분명 율법에 어긋나는 행위입니다. 당신이 주신의 뜻을 실천한답시고 생각 없이 저지른 일 때문에 내가 얼마나 고생 중인지 알기는 합니까? 게다가 그 바람에 전례 없는 일이 생겼단 말입니다. 미성년도 아니고, 이미 제 몫을 다하는 대신관 셋이 한 장소에 모이다니요. 그것도 이렇게 공개적으로 말입니다.”

“그럼 상황이 그렇게 꼬인 걸 나더러 어쩌란 말인가? 그러게 애초에 내가 도움을 요청했을 때 테르티우스를 대신 보내지 않았다면 이런 일도 없었을…….”

“생명의 아버지께서 주신 아름다움을 찬미하라. 그대에게 우리 주 비타의 축복을 전합니다.”

갑자기 들려오는 기도 소리에 오가던 공방이 뚝 멈췄다.

사방이 꽃향기로 가득 차는가 싶더니, 곧이어 분홍빛 꽃잎이 하나둘 떨어지기 시작했다. 뜬금없이 축복을 받고 놀란 밀라이아의 옷 위에도, 그리고 의아하게 이쪽을 돌아보는 대신관들의 머리카락 위에도.

“대신관 테르티우스? 갑자기 왜…….”

"생명의 아버지께서 주신 아름다움을 찬미하라. 그대에게 우리 주 비타의 축복을 전합니다."

지끈거리던 두통이 조금 가시는 듯한 기분이 들었다.

눈을 동그랗게 뜨는 그녀를 보며 다시 한번 손을 모은 테르티우스가 세 번째 기도문을 외웠다.

"생명의 아버지께서 주신 아름다움을 찬미하라. 그대에게 우리 주 비타의 축복을 전합니다."

또다시 터져 나온 빛이 온몸을 감쌌다.

무거웠던 몸이 한결 가벼워지는 것이 느껴져, 밀라이아는 저도 모르게 사르르 미소를 지었다. 이유야 어찌 되었든 연속으로 축복을 받고 나자 훨씬 살 것 같았다.

"고마워요, 대신관 테르티우스. 한데 여에게 갑자기 축복은 왜 써 준 건가요? 그것도 세 번씩이나."

"……."

연속으로 기도문을 외우기에 당분을 섭취한 다음인가 했더니, 아무래도 그건 아닌 듯했다. 대답이 없는 걸 보면.

의아한 눈으로 그녀와 테르티우스를 한 번씩 돌아본 프리무스가 말했다.

"테르티우스가 갑자기 기도문을 외운 걸 보면, 아무래도 뭔가 문제가 있었나 봅니다. 좀 어떠십니까, 전하?"

"어…… 뭔지는 모르겠지만 훨씬 낫네요. 실은 며칠 전부터 몸이 좀 무거웠거든요."

"그러셨습니까? 흠."

고개를 갸웃한 프리무스가 천천히 기도문을 외웠다.

“생명의 아버지께서 주신 아름다움을 찬미하라. 그대에게 우리 주 비타의 축복을 전합니다.”

그 순간, 테르티우스의 기도 때보다 훨씬 진한 꽃향기가 온몸을 감쌌다.

거듭되는 축복에 눈을 두어 번 깜빡인 밀라이아가 말했다.

“고마워요, 대신관 프리무스. 안 그래도 요새 몸이 좀 무거워서 한번 부탁해 볼까 생각 중이었거든요. 물론 이렇게 연속으로 받을 생각은 없었지만요. 음, 한데 이 기도문…….”

예전에 들었던 사연을 떠올리며 고개를 갸웃하자, 무슨 말을 하려는지 알았다는 듯 고개를 끄덕인 프리무스가 말했다.

“아, 저와 테르티우스만 이 기도문을 씁니다. 하필이면 어린 시절 저희 두 사람을 가르쳤던 전임자가 같은 사람이어서요. 뭐, 그래도 효과 하나는 확실하니 그나마 다행이지요.”

“아하, 그렇…….”

“실은 생명력의 색이 그새 더 탁해져서 말입니다. 다른 색도 좀 섞였고요.”

불쑥 치고 들어오는 말에 멈칫한 밀라이아가 물었다.

“하면 지금은 어떤가요, 대신관 테르티우스? 조금은 나아졌나요?”

“…….”

답변을 들으려면 또 기다려야 할 것 같았다.

이제는 익숙해진 얼굴로 다른 대신관들을 돌아본 밀라이아가 말했다.

“어쨌든 인사가 늦었네요. 두 사람 모두 반가워요. 간밤에는 평온무사하였나요?”

“네. 염려해 주신 덕분에 평온하였습니다.”

“흥, 온 신전을 다 뒤집어 놓고 평온했다니 속도 좋군요. 아, 전하께 드린 말씀은 아니니 오해 마십시오. 그저 신전 내부의 일일 뿐입니다.”

무난하게 화답하는 프리무스와는 달리 인상을 팍 찡그린 세쿤두스가 말했다. 어제부터 자잘한 충돌이 있어서인지 아니면 깐깐해 보이는 인상 때문인지, 확실히 썩 마음에 드는 인물은 아니다 싶었다.

“글쎄요. 정말 그런 거였다면 애초에 여의 앞에서 거론조차 하지 말았어야 하는 것 아닌가 싶지만, 어쨌든 내부의 일이라니 넘어가 드리죠.”

어깨를 으쓱해 보이는데, 멍하니 앉아 있던 테르티우스가 그제야 답을 건네 왔다.

“글쎄요, 조금? 그래도 다른 색은 좀 빠졌는데, 탁해진 건 그다지 돌아오지 않은 것 같습니다. 아무래도 좀 더 관찰을 해 봐야겠는데요.”

“……그렇군요.”

‘슬슬 돌아갈 때가 다가오나 보네. 역시 삼 년을 꽉 채우는 건 무리이려나.’

에스페라 공작의 꿈을 꿨던 것도 그렇고, 아무래도 미리 얘기해 두길 잘한 것 같았다.

왠지 울적해지는 기분에 침묵하자, 묵묵히 그들의 대화를 듣던 세쿤두스가 말했다.

“그리 심각하게 생각하실 것 없습니다. 웬만큼 심각한 상황이 아니고서야 축복을 네 번이나 받고도 나아지지 않을 리는 없으니까요.”

“하긴 그러네요. 고마워요, 대신관 세쿤두스. 아까 어디까지 얘기했었죠?”

제가 바로 그 ‘웬만큼 심각한’ 경우에 속하니만큼 축복을 여러 번 받았다 해서 딱히 달라질 일은 없겠지만, 그럼에도 밀라이아는 한결 안심이 된다는 듯 빙긋 웃었다. 굳이 진실을 저들에게 얘기해 줄 필요는 없으니까.

눈매를 좁힌 세쿤두스가 말했다.

“신전 내부의 일이니 오해 마시란 얘기를 하고 있었습니다만, 생각해 보면 이번 건만큼은 전하를 외인이라 일컬을 수 없겠군요. 차라리 전부 말씀드리는 게 낫겠습니다.”

“적당히 하게. 전하는 왜 또 끌어들이려는 건가? 그동안 베풀어 주신 은혜만으로도 차고 넘치는 것 모르나?”

“그러기에 말씀드리려는 겁니다. 다시는 당신이 이런 짓을 못하게 해야 하니까요.”

‘뭐야, 또 시작이야?’

밀라이아는 말다툼을 재개하는 두 사람을 보며 보일 듯 말 듯 하게 인상을 찌푸렸다. 사람을 앞에 세워 두고 하는 짓들이 참 묘하게 무례하다 싶었다. 특히 저 세쿤두스라는 대신관이.

“그래서 이야기를 하겠다는 건가요, 말겠다는 건가요? 의견을 조율할 시간이 필요하다면 이따가 다시 오죠. 한가롭게 말싸움을 듣고 있기에는 여도 바쁜 사람인지라.”

가시가 숭숭 박힌 말에 난처한 표정을 지은 프리무스가 말했다.

“후. 기왕 일이 이렇게 되었으니 이제 와 아무것도 아니라 변명할 수도 없고……. 그래도 이치보단 제가 설명하는 편이 낫겠지요.

말씀드리겠습니다."

그의 이야기는 이랬다.

사실 루아 왕국에 위치한 신전은 요 근래에 최고의 흑자를 기록했다. 계속 쏟아지는 비와 뒤이어 시작된 폭염으로 신도들의 기부금은 확 줄어들었지만, 그를 보충하고도 남을 만큼 막대한 자금이 왕실과 행정부를 통해서 전달된 덕분이었다.

사실 그들이 처음으로 여왕에게 접근했을 때는 그저 신전의 위상을 높일 겸 대신관의 치유술을 빌미로 한몫 받아내려는 생각뿐이었다 ―못마땅한 얼굴로 프리무스의 설명을 듣던 세쿤두스는 이 대목에서 인상을 확 찌푸렸다―.

한데 눈치 빠르게도 신전의 개입을 거부한 여왕은 역으로 왕국민들을 위해 써 달라며 예상보다 훨씬 많은 재물을 보내 주었다. 물론 용도를 정해 준 기부금이었기에 그들 맘대로 유용할 수 있는 건 아니었지만, 그래도 그 안에서 일정 금액을 신전의 운영 자금으로 제하는 정도는 가능했다. 어디든 단체를 굴리기 위해서는 돈이 필요한 법이었으니까.

"알아요. 그래서 일부러 좀 넉넉하게 보냈던 것 같은데?"

"맞습니다. 한데 여기서 프리무스 저자가 사고를 친 겁니다."

의아해하는 그녀를 보며 은근슬쩍 끼어든 세쿤두스가 물었다.

"솔직히 전하께서는 프리무스를 보면 뭐가 가장 먼저 생각나십니까?"

"그야 당연히 돈……. 어, 설마?"

의심스러운 눈초리로 돌아보자, 펄쩍 뛰어오른 프리무스가 말했다.

"아닙니다. 저를 뭐로 보시고 그런 생각을 하시는 겁니까?"

"하긴, 그래도 대신관인데 그런 짓을 했을 리는 없죠. 미안해요, 대신관 프리무스. 여가 잠깐 오해를 했네요."

"아마 전부 오해인 건 아닐 겁니다. 어쨌거나 그 돈을 가져다 쓴 건 프리무스니까요."

까칠한 표정으로 프리무스를 노려본 세쿤두스가 그를 대신해서 설명했다.

오랜만에 들어온 목돈에 고위 신관들을 비롯한 모두는 환호했다.

기부를 받은 재물이 워낙 많았던 덕분에 운영 자금으로 제할 수 있는 금액도 꽤나 컸으므로, 그들은 모처럼 들어온 자금을 이용해 그동안 미처 처리하지 못했던 일들을 해결하기로 했다. 이를테면 신전의 대대적인 보수라든가 확장 사업, 혹은 생활의 질적 향상 같은.

그 바람에 통상적으로 떼어 가는 비용보다 조금 더 많은 비용이 구호 자금에서 빠져나가게 되었다.

"조금이라고? 본래 떼어 가던 것의 두 배가 훌쩍 넘어갔는데도 말인가?"

프리무스의 반박을 들은 밀라이아의 눈썹이 순간 꿈틀거렸다.

'두 배가 넘는다고?'

그녀가 신전에 구호 자금을 준 것은 어디까지나 왕국민들을 위해 쓰라는 의도에서였지, 그들 자신을 위해 흥청망청 쓰라는 의미는 아니었다.

어차피 왕국 차원에서도 따로 구호 활동을 할 예정이었기에 반쯤은 생색내기용이었던 데다 여차하면 신전에 간섭할 명분으로 삼기 위해 넘겨준 것이었다고는 하지만, 그렇다고 해서 그 본질적 의미가 변질되는 건 아니었다. 더욱이 그를 위해 원래 책정했던 금액보다 더 넉넉하게 퍼 줬음에야.

"대신관 세쿤두스, 이 건은 해명이 좀 필요할 것 같은데요. 그대는 그게 통상적인 비용보다 조금 늘어난 정도라고 생각하나요?"

"아니요, 그리 생각지는 않습니다. 다만 그 문제를 해결하기 위해 프리무스가 취했던 방식은 잘못되었다고 생각합니다."

"그렇다면 어휘 선택에 좀 더 주의를 기울일 필요가 있겠네요. 그리고 첫 번째 뿌리가 대체 일을 어떻게 해결했기에 그래요?"

"운영 자금으로 빼둔 재물을 가로챘습니다. 그러고는 구호 자금과 함께 지방 곳곳으로 내려보냈지요. 덕분에 신전은 지금 지불할 돈이 없어 난리가 난 상태입니다."

"……."

갑자기 말문이 막혔다. 다른 사람도 아니고 프리무스가 그런 일을 벌였을 줄은 상상도 못했다. 그것도 일말의 융통성조차 보여 주지 않고 싹 털어 갔을 것이라고는 더더욱.

헛웃음을 삼킨 밀라이아가 물었다.

"대신관 프리무스, 왜 그런 거예요? 솔직히 여는 그런 쪽에서는 그대가 제일 관대할 줄 알았는데 말이죠."

확 인상을 찌푸린 프리무스가 답했다.

"아니, 해도 해도 너무하지 않습니까. 아무리 평소 제 신념이 '내가 즐거워야 그만큼 더 베풀 수 있다'라는 거지만, 일신의 안위도 적당히 취해야 하는 법입니다."

"그래도 다른 방법을 쓰지 그랬어요. 잘 생각해 보면 무궁무진하게 나왔을 텐데. 아, 혹시 그래서 두 번째 뿌리가 온 건가요? 첫 번째 대신관이 율법을 위반해서?"

불쑥 끼어든 세쿤두스가 말했다.

"그렇습니다. 이유야 어찌 되었든 신전의 자금을 횡령한 것이니까요. 하나 지위가 지위이니만큼 중재할 만한 사람으로 저를 부른 게지요."

"그렇군요. 그래도 그런 자리까지 맡기는 걸 보면 두 번째 대신관은 고위 신관들과 꽤 친밀한 사이인가 보네요. 첫 번째 뿌리는 별로 그래 보이지 않던데."

"뭐, 어차피 같은 아버지를 섬기는 존재들이 아닙니까? 굳이 반목할 이유가 없지요."

신경질적으로 머리카락을 쓸어 올린 세쿤두스가 말했다.

"그래서 프리무스, 이제 어쩔 겁니까? 당신 하나 때문에 대신관들 모두가 난처해졌단 말입니다."

"어차피 정처 없이 떠도는 인생인데 그딴 게 뭐가 중요한가? 게다가 나는 세쿤두스 자네가 중재에 나선 이유도 납득할 수 없네. 백번 양보해서 내가 횡령을 했다 치지. 하면 기부금 유용은 율법 위반이 아닌가?"

"해서 그들에게는 이미 전부 백일 금식 및 일 년간의 반성 기도를 명했습니다. 남은 건 당신뿐입니다."

'그러니까 요는 돈 문제라 이거지?'

밀라이아는 팽팽하게 맞서는 두 사람을 바라보며 손가락으로 머리카락을 뱅글뱅글 돌렸다.

그들이 왜 자신을 사이에 두고 이런 대화를 나누는지는 이미 파악한 지 오래였지만, 저들이 바라는 대로 움직여 줬을 때 과연 그녀가 원하는 것을 얻을 수 있을지가 아직 불확실했기 때문이다.

‘가만히 지켜봐야 어차피 계속 둘러 가기만 하는 것, 한번 질러나 볼까?’

속으로 중얼거리며 머리카락을 두어 번 더 돌린 밀라이아가 왼쪽을 돌아보았다.

“대신관 세쿤두스, 여가 알기로 신전의 율법 중엔 받은 만큼 베풀라는 게 있는데, 맞나요?”

“그렇습니다. 은혜의 경우 두 배로 갚으라는 이야기도 있지요.”

“그렇군요. 흠.”

손가락에서 머리카락을 풀어낸 그녀가 말했다.

“하면 단도직입적으로 얘기하죠. 만일 여가 신전에 추가 기부를 한다면, 그대는 여의 소원을 두 가지 들어줄 용의가 있나요? 한 가지는 반드시 들어줘야 하는 것, 다른 한 가지는 들어보고 결정해도 되는 것이랍니다. 두 가지 모두 율법에 어긋나는 부탁은 아니지만, 후자의 경우에는 그대의 신념과 다소 충돌할 수도 있어요.”

“……아무래도 전하께서 바라시는 건 신성력 같은데, 율법에 의하면 신성력을 대가로 재물을 주고받는 것은 엄격하게 금지되어 있습니다.”

딱딱하게 답하는 남자를 보며 속으로 피식 웃은 밀라이아가 말했다. 그쯤이야 조금만 돌려 말하면 충분히 해결되는 문제였다. 물론 그래 봐야 눈 가리고 아웅이라는 건 그도 알겠지만.

“이런, 여가 오해를 사도록 얘기했군요. 물론 여는 그런 대가가 없어도 기부를 할 거랍니다. 그러니 대신관은 그저 율법에 따라 받은 만큼의 선의를 갚아 주면 돼요.”

“어차피 그 말이 그 말이잖습니까.”

눈썹을 꿈틀거린 세쿤두스가 이어 말했다.

"뭐, 좋습니다. 다른 사람이었다면 무시했겠지만, 상황이 상황인데다가 주신의 표식을 받으신 분의 부탁이니 그리하지요. 물론 율법에 어긋나지 않는 한에서만 들어드릴 겁니다. 동의하십니까?"

"물론이에요. 하면 최대한 빠른 시일 내에 용도를 지정하지 않고 기부하도록 하죠. 소원은 그 이후에 이야기하면 되겠죠?"

"네."

꽤나 불유쾌해 보이는 남자를 보자 웃음이 나왔다.

그렇게 치면 이쪽 역시 물주가 된 기분이 썩 유쾌하지만은 않지만, 원래 거래라는 건 다 그런 법이었다. 게다가 기분이야 어쨌든 소원의 돌 복원을 위한 포석을 깔았으니 이만하면 됐다 싶었다.

'그나마 왕실이 부유하기에 망정이지, 안 그랬으면 어쩔 뻔했담?'

속으로 중얼거리는데, 창가에 서서 밖을 내려다보던 테르티우스의 목소리가 들려왔다.

"검은색에 핏빛…… 흑마법이군."

"뭐?"

"뭐라고?"

동시에 벌떡 일어난 프리무스와 세쿤두스가 외쳤다.

"자네 지금 뭐라고 했나? 흑마법이라고?"

"흑마법이라니! 그게 정말인가?"

"갑자기 그게 무슨 소리예요? 흑마법이라니요?"

뜬금없는 소리에 어안이 벙벙해진 밀라이아가 물었다. 그녀가 살던 시대는 물론이거니와 지금 이 시간대에도 마법 같은 건 거의 실전되었다고 알고 있는데, 이야기책 속에서나 읽어 봤던 단어가 갑자기 왜 튀어나오나 싶었다.

흑마법.

그것은 누군가의 생명 혹은 영혼을 담보로 해서 펼치는 마법으로, 주로 주신의 뜻에 역행하는 것이 많은 데다 그 수법이 사악하기 때문에 배척당하는 마법 중 하나였다.

그렇기에 일반 마법보다도 훨씬 오래전에 전부 사라졌다고 알고 있었는데, 그 얘기가 왜 여기서 거론된단 말인가.

세쿤두스처럼 테르티우스에게 달려가는 대신, 프리무스는 그녀를 돌아보고는 설명했다.

"흑마법이 뭔지는 알고 계시지요? 사람들은 그게 전부 실전됐다고 알고 있지만, 사실 대륙에는 아직도 그 잔재가 조금씩 남아 있습니다. 하여 저희 대신관들은 흑마법의 잔재를 발견할 때마다 철저히 캐내어 없애 버리곤 하지요."

"그렇군요. 그런 사실이 있는 줄은 미처 몰랐네요."

"그러셨을 겁니다. 저희 대신관들 정도나 아는 얘기니까요. 어쨌든 그 방면에서는 테르티우스가 저희들 중 가장 뛰어납니다. 사실 그는 사람의 얼굴을 알아보지 못하는 대신 오직 그 생명력의 색으로 구분하거든요. 해서 타락한 영혼을 알아보거나 몸의 이상을 알아내거나 하는 등의 일은 그를 따를 자가 없습니다. 한데 그가 지금……."

"왕궁에 흑마법을 쓰는 자가 있다고 했다고요?"

"그렇습니다."

"하……."

길게 숨을 내쉰 밀라이아가 테르티우스를 응시했다.

그는 계속되는 세쿤두스의 질문에도 멍하니 허공만 올려다보며 묵묵부답하고 있었다.

"그러지 말고 스스로 말을 하게 만들죠. 대신관 프리무스, 잡아요. 대신관 세쿤두스는 먹이고요."

"그렇군요. 그게 좋겠습니다."

한 치의 망설임도 없이 동의한 프리무스가 테르티우스의 몸을 뒤에서 잡아 고정했다.

탁자 위에서 은 접시를 들고 온 세쿤두스가 그의 입을 강제로 벌려 시로 열매를 한 움큼 쑤셔 박았다. 밀라이아는 클로 차를 들고 대기했다.

캑캑거리던 테르티우스가 그것들을 억지로 삼킬 때까지 기다린 세 사람은 흐릿하게 풀린 연두색 눈동자에 빛이 돌아오는 것을 확인하고서야 그를 놓아주었다.

한참 동안 쿨럭거리며 기침을 토해 낸 테르티우스가 말했다.

"와, 다들 너무하신 것 아닙니까? 목 막혀 죽을 뻔했잖습니까. 게다가 강제로 먹이다니, 이게 무슨……."

"서론은 됐으니 빨리 얘기하게. 흑마법이라니, 그게 무슨 소린가? 대체 어디서 흑마법의 징후를 봤단 말이야?"

다급하게 묻는 프리무스를 보며 가슴을 두어 번 쓸어내린 테르티우스가 답했다.

"방금, 요 아래에서요. 생명력의 색이 까맣게 변한 데다 붉은 기운까지 도는 것이, 아무래도 한두 명의 피를 취한 게 아닌 듯했습니다."

"허, 심지어 희생자가 한둘이 아니란 말인가? 게다가 요 아래에 있었다고? 대신관이 셋이나 와 있는데도?"

프리무스의 눈이 사납게 번뜩였다.

"그자가 누군가? 아무리 자네라도 대략적인 생김 같은 건 알 수 있지 않나."

"모릅니다. 아시다시피 제겐 모든 사람이 그 생명력의 색깔로만 보이니까요. 다시 대면하거나 먼발치에서라도 마주치지 않는 한 힘들 것 같습니다."

고개를 절레절레 저은 테르티우스가 말했다.

"한데 그게 문제가 아니라…… 음, 전하, 송구하나 잠시 옥체에 손을 댐을 허락해 주시겠습니까?"

"어…… 그렇게 해요."

얼떨떨한 얼굴로 고개를 끄덕이자, 테르티우스는 조심스럽게 그녀의 손을 잡은 뒤 뭔가를 가늠하듯 눈을 감았다. 그러고는 제법 긴 시간이 지난 뒤에야 한숨을 내쉬며 말했다.

"어쩐지 다른 색이 섞여 있더라니……. 아까 전에 축복을 드릴 때만 해도 긴가민가했지만, 이리 직접 접촉을 해 보니 확실하군요. 전하에게서 미미한 흑마법의 잔재가 느껴집니다."

"네? 흑마법이요?"

"그렇습니다. 한데 이상하군요. 분명 마지막으로 뵈었을 때까지만 해도 그런 낌새는 눈치채지 못했는데 말입니다. 혹시 그새 무슨 일이라도 있으셨습니까? 뭔가 이상한 걸 드셨다거나 무언가의 시체를 만졌다거나, 혹은 피를 보셨다거나 하는 등의 일 말입니다."

"글쎄요, 딱히 그런 일은 없었는…… 어?"

순간 머릿속을 스치고 지나가는 기억에, 밀라이아는 황급히 문가로 달려가 대기하고 있던 달리아에게 말했다.

"길리안 대법관이 도착하거든 이쪽으로 안내하도록 해요. 누가 들었다고 알리지 말고, 곧바로."

"그러잖아도 막 도착했습니다만, 바로 안내할까요?"

"도착했다고요? 방금?"

"그렇습니다."

'막 도착했단 말이지? 저 정원에서 여기까지 오는 데 시간이 얼마나 걸리더라?'

심증이 점점 더 확신으로 변해 가는 기분에 눈썹을 찌푸린 밀라이아가 말했다.

"그렇게 해요. 그리고 길리안 대법관을 안내하는 즉시 페르디난드 공작을 찾아가 대신관들을 만나라고 전해 줘요. 앤트워스 후작에게는 옆방에서 대기하라 전하고요."

"네, 전하."

"좋아요. 그럼 바로 움직여요."

그 말을 끝으로 문을 다시 닫은 그녀는 흥미로운 표정으로 저를 바라보는 테르티우스에게 말했다.

"대신관 테르티우스, 잠시 후 들어올 사람은 어떤 색인지 한번 확인해 주겠어요? 좀 전에 봤던 색이 맞는다면 머리카락을 한 번 쓸어 넘기는 것으로 신호를 주고, 아닐 경우 그대로 나가 페르디난드 공작을 만난 뒤 사정을 설명하면 됩니다. 그럼 그가 범인 색출 작업을 도울 거예요."

"그렇게 하지요."

"좋아요. 그럼 이제 일어나죠. 참, 시로 열매는 챙겼나요?"

"물론입니다. 아무리 저라도 이런 비상시국에 상념이나 거듭하고 있진 않습니다."

하하 웃는 그를 밀라이아가 뚱하니 바라보고는 답했다.

"미안하지만 못 믿겠어요. 대신관 프리무스?"

"걱정 마십시오. 제가 챙겼습니다."

단호한 얼굴로 답한 프리무스가 자리에서 일어났다. 억울해하는 테르티우스는 안중에도 두지 않는 행동이었다.

세 사람을 배웅하는 척 일어선 밀라이아가 천천히 문가로 걸어갔다.

그때, 노크 소리가 들렸다.

네 사람의 눈빛이 빠르게 허공을 오갔다.

잠시 후 문을 열고 들어서던 청년은 세 명의 대신관을 보고는 당혹스러운 표정으로 말했다.

"이런, 아직 알현 중이신 줄 몰랐습니다. 죄송합니다."

머리카락을 뒤로 쓸어 넘긴 테르티우스가 말했다.

"괜찮습니다. 막 가려던 참이니까요. 그럼 전하, 다음에 또 뵙겠습니다."

"네. 세 사람 모두 조심히 가요."

태연하게 인사를 마친 밀라이아가 말했다.

"길리안 대법관? 그러지 말고 들어와요. 어차피 막 끝난 참이었어요."

"네, 전하."

그는 이미 이렇게 된 이상 어쩔 수 없다고 생각한 듯 순순히 그녀 쪽으로 다가왔다. 그러고는 잠깐 동안 말없이 대신관들을 바라보다, 천천히 고개 숙여 인사를 건넸다.

"루시어스 라 길리안이 주신의 뿌리들을 뵙습니다."

"오랜만일세. 그동안 잘 지냈나?"

당장에라도 무슨 조치를 취하려 하면 어쩌나 걱정했는데, 대신관들은 아무것도 눈치채지 못했다는 양 여상스러운 얼굴로 인사를 받았다. 프리무스는 숫제 왜 이렇게 오랜만이냐며, 그동안 잘 지냈느냐고 어깨를 두들겨 주기까지 했다.

'분명 세 번째 대신관이 머리카락을 쓸어 넘겼었지. 하면 길리안 대법관이 내게 흑마법을 걸려 했단 말인데……. 대체 왜 그런 거지? 죽이려고 그랬다기엔 뭐가 좀 안 맞는데.'

혹시 국혼이라도 치른 사이였다면 모를까, 현 시점에서는 저를 죽여 봐야 그에게 이득이 될 것이 전혀 없었다.

하필이면 흑마법이라는 수단으로 그런다는 건 말이 더 안 됐다. 뭐 하러 그리 번거로운 방법을 쓴단 말인가? 어차피 비밀 통로도 알고 있겠다, 여차하면 밤에 몰래 침입해서 죽이면 될 일인데.

"우리가 다른 볼일이 있는 사람을 너무 오래 세워 두었군. 그럼 다음에 또 보세."

"네, 예하. 그럼 다음에 뵙겠습니다."

정중하게 고개를 숙여 보인 루시어스가 그제야 그녀를 돌아보았다.

조심조심 따라 들어온 시녀들이 탁자며 자리를 정돈했다.

밀라이아는 그에게 앉으라 말한 뒤 상석 대신 맞은편에 자리했다. 표정을 좀 더 관찰하고 싶어서였다.

"오랜만이에요, 길리안 대법관. 그동안 잘 지냈나요?"

"전하의 은혜에 힘입어 잘 지냈습니다. 그간 강녕하셨는지요?"

"여야 늘 그만하죠. 걱정해 줘서 고마워요."

그녀는 가만히 자세를 고쳐 앉는 청년을 몰래 관찰하며 답했다.

분홍색 눈동자는 여전히 뭔가 석연치 않은 기색이기는 했지만, 들켰을지도 모른다는 의심은 처음보다 확실히 옅어진 상태였다.

대신 그 자리를 채운 건 혼란스러움이었다. 비록 무엇을 그리 생각하는지는 알 수 없었지만.

"실은 얼굴을 못 본 지 너무 오래된 것 같아 잠깐 만나자 하였어요. 어제 사절단 환영 연회에 불참하였기에 이유가 궁금하기도 했고요."

"그러셨군요. 연회에 참석하지 못해 송구합니다. 실은 일이 꽤 많이 밀려서요. 듣자 하니 레노아 영윤도 참석하지 않았다 하던데, 전하께서 많이 무료하셨겠습니다."

"음, 조금요. 그나저나 여가 괜히 바쁜 사람을 불렀나 보네요. 미안해요."

부드럽게 사과하자, 루시어스는 가볍게 고개를 저었다.

"아닙니다. 전하께서 불러 주신다면야 만사를 제치고 달려와야지요."

"그리 말해 줘서 고마워요. 한데 그 밀린 일이란 건 뭔가요? 혹시 그 살인사건에 대한 건가요?"

정말 궁금하다는 듯 물은 그녀는 '아, 그건 말입니다.' 하고 차분하게 답변을 시작한 청년을 바라보며 속으로 생각했다.

'역시 날 죽이려고 그랬다는 건 말이 안 돼. 비밀 통로라는 훌륭한 수단이 있는데 왜 그랬겠느냐고. 어차피 그걸 통해서 한 번 침입도 해 본 사람이……. 어라, 잠깐만.'

문득 제가 아니라 오직 글로리아의 그림만 사라졌던 일이 떠올랐다. 언제 사람이 바뀌었는지 정확하게 아는 것처럼, 옷이 바뀐 직후도 아니고 그보다 좀 전의 것만 골라서 없어졌던 사건이.

'그렇다면 그는 지금 이 몸을 입고 있는 사람이 글로리아가 아니라는 걸 알고 있단 얘긴데…….'

—찾아야 해!

갑자기 새 특유의 끽끽거리는 소리가 들려오는 듯했다.

밀라이아는 정말 흥미로운 양 청년의 이야기에 의식적으로 호응하며 고민을 거듭했다.

'어쩌면 그는 글로리아의 영혼을 이 육체에 되돌리고 싶어 하는 것이 아닐까?'

어떻게 이 육신에 들어앉은 사람이 글로리아가 아니라 다른 이라고 확신하게 된 건지는 모르겠지만, 만일 그게 그가 바라는 거라면 여러 가지가 말이 됐다.

본디 흑마법이란 주신의 뜻에 역행하는 일을 이루기 위한 것.

이미 죽은 자나 마찬가지인 글로리아를 되살리는 것 역시 생명의 순리에 어긋나는 일이므로, 어쩌면 그는 그 때문에 흑마법을 필요로 했던 것일는지도 모른다.

'어라, 그럼 혹시 내게 프리무스를 소개해 준 이유도 그 때문일까? 그라면 글로리아의 육신을 차지하고 있는 나를 쫓아내 줄 수 있을 거라 생각해서?'

하나 그가 자신을 아무렇지 않게 대하는 모습을 보며 다른 방법을 강구해야겠다고 결심한 걸 수도 있었다.

그렇게 생각하니 좀 미안한 기분도 들었지만, 밀라이아는 이내 그런 감정을 훌훌 털어 내 버렸다.

테르티우스의 말에 따르면 그는 이미 여러 사람의 피를 손에 묻힌 몸. 어떤 이유이든 간에 그런 잘못된 수단으로 목적을 이루려 한 걸 정당화해 줄 수는 없었다. 더욱이 그것이 금기시된 방법을 통한 것임에야.

'아니, 그리고 사실 그것도 확신할 수는 없잖아? 글로리아에게 이상이 생기기 시작한 건 반년 전의 일인데, 지난번에 물었을 땐 분명 일 년 전부터 대신관들을 찾기 시작했다고 했단 말이지.'

"……했습니다. 그래도 그새 제법 성과가 있었지요."

뭔가 얼개가 좀 맞지 않는다는 생각에 저도 모르게 눈썹을 찌푸릴 뻔했지만, 그녀는 언제 그랬느냐는 듯 화사하게 웃으며 동의했다.

"어머, 그러네요. 이만큼 일을 진행시키려면 몹시 힘들었겠어요. 길리안 대법관이 그동안 수고가 많았네요."

"아닙니다, 전하. 마땅히 해야 할 일인데요."

"하면 이제는 좀 한가한가요? 실은 같이 시간을 보낸 지 좀 된 것 같아서, 길리안 대법관만 괜찮다면 한 가지 부탁을 좀 할까 했거든요."

"부탁이요? 신에게 말씀이십니까?"

"네."

밀라이아는 혹시라도 그가 제 속내를 눈치챌까 봐 조심하며 답했다. 대신관들에게서 흑마법의 존재를 듣는 순간 떠올렸던 한 가지 가능성을 확인해 보고 싶었다.

"여의 입으로 이런 얘기를 하긴 좀 그렇지만…… 실은 예전에 여에게 주려고 작은 집을 하나 짓고 있다고 했었잖아요? 혹시 그곳에 한번 가 볼 수 있을까요?"

"아, 별장 말씀이십니까? 모시고 가는 건 문제가 아닙니다만, 아직 짓는 중이라 보실 만한 건 별로 없을 텐데요."

"괜찮아요. 그냥 어떻게 되어 가고 있나도 궁금하고, 겸사겸사 바람도 좀 쐬고 싶어서요."

"하면 그리하시지요. 근시일 내로 한번 자리를 마련하겠습니다."

'어라, 왜 이렇게 순순하지? 거기가 아닌가?'

태연하기 짝이 없는 모습에 의아한 기색을 감춘 밀라이아가 말했다.

"아뇨. 가능하다면 오늘 갔으면 하는데."

"네? 오늘이요?"

"네. 내내 궁에만 갇혀 있었더니 너무 답답해서요. 안 될까요? 예전에 궁 밖으로 놀러 나가고 싶거든 얘기하라고 했잖아요. 같이 가 주겠다고."

아무것도 모른다는 양 순진한 눈초리로 바라보자, 분홍색 눈동자에 날카로운 빛이 스치고 지나가는 것이 보였다. 여러 가지 감정이 뒤섞인 가운데 숨겨진 하나는 분명 싸늘한 적의였다.

'저건 예상치 못한 곳을 찔려서 그러는 걸까, 아니면 글로리아도 아니면서 되지도 않는 소리 말라는 걸까.'

진의를 파악하기 위해 몰래 관찰하는 사이, 언제 그랬느냐는 듯 평온한 눈빛으로 돌아온 남자가 답했다.

"송구합니다, 전하. 답답하신 마음은 충분히 이해가 가나, 아무리 그래도 정리가 하나도 되지 않은 곳에 전하를 모시고 갈 수는 없는 노릇이 아닙니까."

"정말 괜찮은데. 그럼 그냥 그 근처까지만이라도 가면 안 될까요? 너무 갑갑해서 그래요."

"하면 신에게 하루만 시간을 주십시오. 내일은 반드시 모시고 가겠습니다. 그 정도는 괜찮으시겠지요?"

'그 말인즉, 만일 거기에 문제가 있다면 하루 만에 모든 증거를 다 치울 수 있단 소리겠군.'

속으로 계산을 마친 밀라이아가 겸연쩍은 미소를 지었다.

"네. 고마워요. 억지를 부렸는데도 들어줘서요."

"아닙니다. 전하의 기쁨이 곧 신의 기쁨이지요."

느릿하게 답한 청년이 가라앉은 눈빛으로 그녀를 응시했다.

뭔가를 고민하듯 손가락으로 턱을 만지작거리던 그는 문득 생각났다는 듯 물었다.

"한데 전하, 대신관 예하들 말입니다만, 어째서 세 분 모두가 알현을 하러 온 겁니까? 한 분도 아니고 세 분이나 동시에 뵙는 바람에 사실 좀 놀랐습니다."

"아아, 그럴 일이 좀 있었어요. 자세한 건 그쪽 사정이 있어서 공개하기가 좀 그러네요."

"그렇군요. 전 또 전하께서 옥체 미령하시어 그런 줄만 알았습니다. 하여 여러 대신관을 불러 치유를 명하신 줄 알았지요."

그리 말하는 남자의 눈빛은 그녀에게서 혹시 모를 반항기를 찾아내려던 제 아비의 것과 똑 닮아 있었다. 마치 그녀에게 흑마법의 효과가 제대로 나타나고 있나 알아내려는 것처럼.

관찰하는 듯한 특유의 눈빛을 태연하게 받아 낸 밀라이아가 말했다.

"어머, 그럴 리가요. 여는 아주 멀쩡하답니다. 물론 날이 워낙 더워서 기분이 썩 안 좋기는 하지만요. 한데 길리안 대법관?"

"네, 전하."

"저기, 미안하지만 잠깐 자리를 비워도 될까요? 연속해서 알현이 있었던 터라, 그…… 음…….”

민망한 표정으로 말하자, 의아한 표정으로 바라보던 남자는 조금 뒤에야 알아들었다는 듯 고개를 끄덕였다.

“아, 네. 그리하십시오.”

“고마워요. 금방 다녀올게요.”

서둘러 자리에서 일어난 그녀는 마치 휴게실에 다녀오려는 것처럼 옆방으로 통하는 문을 열었다.

그곳에는 미리 얘기해 둔 대로 시녀들 대신 앤트워스 후작이 서 있었다. 무장을 완벽하게 갖춘 윈터 경과 함께.

“시간이 없으니 빠르게 얘기하겠어요. 페르디난드 공작에게 사정 설명은 들었나요?”

“네.”

“좋아요. 그럼 즉시 수도 외곽에 있는 길리안가의 별장을 수색하도록 해요. 길리안 대법관이 여에게 선사하기 위해 짓고 있다고 소문난 그곳 말이에요. 정황상 거기에 증거가 있을 확률이 높아요.”

“명을 받듭니다.”

“그리고 만약을 대비해 길리안가의 저택과 최고법원의 집무실 등, 그가 평소 다녔을 만한 모든 곳 역시 수색하도록 해요. 여가 붙들어 둘 수 있는 시간에도 한계가 있으니, 최대 두 시간 내에 모든 일을 해결해야 합니다. 할 수 있겠죠?”

쉴 틈 없이 이어지는 말에 후작이 결연한 표정을 지으며 답했다.

“물론입니다, 전하. 당장 다녀오겠습니다.”

“좋아요. 두 시간 뒤에 봅시다. 부디 좋은 소식을 들고 돌아오길 바라요.”

"명을 받듭니다."

다시 한번 예를 갖춘 남자들이 서둘러 방을 나섰다.

그 뒷모습을 바라보는 그녀의 입가에 보일 듯 말 듯 한 미소가 걸렸다.

'좋아. 그럼 이제 최대한 저자를 붙들고 늘어지는 것만 남았군.'

옆방을 돌아보는 밀라이아의 눈빛이 차갑게 빛났다.

두 시간 뒤.

"전하께서는 본디 연약한 체질을 타고 나신 디라 궁 밖으로 외출하신 적이 거의 없었습니다. 하여 그날은 전하께서 탄신 이후 처음으로 본가에 놀러 오셨던 날이었습니다."

"오, 그래서요?"

밀라이아는 흥미로운 척 눈을 크게 떴다. 이만 돌아가겠다는 루시어스를 만찬이라도 들고 가라며 붙들고 늘어진 터라, 조금이라도 더 버티려면 최대한 호응해 주며 시간을 벌어야 했다. 겸사겸사 다른 것도 확인하면 더 좋고.

착실하게 경청하는 그녀를 보며 슬쩍 입꼬리를 끌어 올린 청년이 말했다.

"아시다시피 본가에는 사내애만 넷인지라, 말로만 전해 듣던 사촌 여동생이 처음으로 방문한다는 소식에 반응이 극과 극으로 갈

렸습니다. 호기심을 품은 쪽이 둘, 그리고 재미없을 거라며 짜증을 부린 쪽이 둘이었지요. 참고로 저는 전자, 크라우스 형님은 후자였습니다."

"그래서 어찌 되었나요?"

"한참 동안 목을 빼고 기다리던 끝에 드디어 전하를 뵐 수 있었죠. 마치 천사와도 같았습니다. 모든 것이 낯설어 두려움에 가득 찼던 눈동자, 바들바들 떨며 선왕비 전하의 옷자락을 필사적으로 움켜쥐던 작은 손. 아직도 눈을 감으면 그날 전하의 모습이 생생하게 떠오릅니다. 잘못 쥐면 톡 부러질 것처럼 연약하던, 그 아름다웠던 첫인상이 말이지요."

"……그렇군요."

밀라이아는 물을 한 모금 들이켜며 새어 나오려는 침음을 도로 삼켰다. 얼핏 듣기에는 그저 첫눈에 반했다는 얘기 같았지만, 그 안에는 분명 묘한 뒤틀림이 도사리고 있었으므로.

두려움에 가득 찬 눈빛과 바들바들 떨리는 손길이 마치 천사와도 같았다니, 보통 사람들 중 누가 그런 모습을 그처럼 비유한단 말인가? 애처로웠다거나 안쓰러웠다고 표현하면 모를까.

문득 예전에 대공자가 해 줬던 말이 떠올랐다. 그는 정상이 아니라며, 작고 불쌍한 것에 관심 두는 경향이 있다던 말이. 겨우 제어해 두고 있었는데 건드린 건 그녀라며 조심하라 경고하던 것도.

'그게 이런 뜻이었나?'

밀라이아는 저도 모르게 찌푸려지려는 표정을 애써 관리하며 웃는 낯을 유지했다.

작게 자른 고기를 입으로 가져간 루시어스가 그것을 우물우물 씹어 삼키고는 말했다.

"하나 첫눈에 반한 것은 저뿐만이 아니었습니다. 계집아이와 같이 놀아 봐야 뭐가 재밌겠냐며 무시하던 때는 언제고, 크라우스 형님 역시 전하께 흥미를 가졌으니까요."

"네? 대공자가요?"

"그렇습니다. 툭하면 건드리고 괴롭힌 터라, 전하께서는 아마 잘 모르셨을 테지만요."

대수롭지 않게 답한 청년이 말했다.

"당시 저는 힘없는 넷째에 불과했던지라, 왕궁으로 놀러 가는 것은 언감생심 꿈도 꿀 수 없었습니다. 게다가 어쩌다 한 번씩 전하께서 본가로 나오시는 날이면 늘 형님에게 가로채여 둘만의 시간을 보낼 수도 없었죠. 그렇다고 불만을 토로할 수도 없었습니다. 어쨌거나 그는 적장자였으니까요."

"그랬군요. 하지만 여는…… 음, 대공자보다는 길리안 대법관이 더 좋았을 거예요. 강압적인 남자는 무서웠을 테니까요."

평소 그녀가 알던 글로리아의 성정을 떠올리며 말하자, 루시어스는 잘 안다는 듯 고개를 끄덕이고는 말했다.

"압니다. 실제로 그에게서 겨우 빠져나온 전하와 하루 종일 숨어서 같이 놀기도 했으니까요. 게다가 형님과 같이 있을 때의 전하는 그의 눈치를 보느라 조금 그랬지만, 저와 단둘이 있을 때만큼은 제게 늘 잘해 주셨거든요. 항상 얼굴을 붉게 물들인 채로 말입니다."

"그랬군요."

"네. 사실 그때만 해도 신이 우세해 보였지만, 하필 전하의 다른 형제분들이 모두 돌아가시는 바람에 일이 꼬였지요. 저는 당시까지만 해도 아직 어정쩡한 지위였고, 왕녀의 남편감이라면 모를까 국서 후보로 나서기에는 여러모로 모자랐으니까요. 하여 어쩔 수 없이 특단의 조치를 취해야했습니다."

—그는 본디 혼외자 출신이지 않습니까. 비록 이 년 전 첫 번째 공작 부인이 사망하고 생모가 후처로 승격된 덕에 적자로 인정받긴 했지만 말입니다.

문득 페르디난드 공작이 해 줬던 말이 떠올라, 밀라이아는 설마 하는 표정으로 그를 바라보았다.

'혹시 특단의 조치라는 말에 내가 생각하는 그런 의미가 섞여 있는 건 아니겠지? 그의 말마따나 존재감이 미미한 왕녀의 남편이라면 몰라도 여왕의 남편이 되기 위해서는 혼외자라는 점이 꽤나 걸림돌이었을 테니.'

그리 생각하고 쳐다봐서인가, 분홍색 눈동자에 순간 서슬 퍼런 살기가 스치고 지나간 듯도 했다.

어딘가 뒤틀린 구석이 느껴지는 것도 그렇고 글로리아에 대한 비정상적인 집착도 그렇고, 어쩐지 그녀를 되살리기 위해 흑마법을 쓴 거라는 가설이 점점 더 맞아떨어지는 것 같았다.

갈수록 싸해지는 기분에 몰래 몸을 떠는데, 문이 벌컥 열리고 다부진 체구의 노기사가 안으로 들어서는 것이 보였다. 앤트워스 후작이었다.

'아, 다행이다. 슬슬 한계였는데.'

속으로 가슴을 쓸어내린 밀라이아가 말했다.

"앤트워스 후작, 이게 무슨 무례한 짓이죠? 노크도 없이 불쑥 들어오다니."

"송구합니다, 전하. 하나 워낙 사안이 중대한지라 어쩔 수가 없습니다."

"음? 무슨 일인데 그래요?"

고개를 갸웃하며 바라보자, 후작은 '결례를 용서하십시오.'라며 깊숙이 허리를 숙여 보이고는 외쳤다.

"저기 반역자 루시어스 라 길리안이 있다. 당장 끌어내라!"

"뭐?"

해사한 청년의 얼굴에 당혹감이 스치고 지나갔다.

우르르 달려 들어오는 기사들을 바라보는 밀라이아의 눈이 보일 듯 말 듯 하게 휘어졌다.

삽시간에 팔을 구속당한 루시어스가 분노한 얼굴로 소리쳤다.

"이게 뭐 하는 짓인가! 내가 누군 줄 알고 이러는 거야! 이것 놔라! 당장 놓지 못할까!"

"이미 증거가 다 나왔는데 무슨 헛소린가! 당장 끌어내!"

"전하! 이건 모함입니다! 반역이라니요! 신이 그럴 리가 없잖습니까!"

질질 끌려 나가는 그를 짐짓 안타까운 얼굴로 바라본 밀라이아가 말했다.

"글쎄요, 여의 생각에는 그럴 리가 있을 것 같은데."

"그, 그게 무슨 말씀……?"

몸부림치는 것조차 잊은 청년이 멍하니 되물었다. 갑작스럽게 바뀐 태도가 이해 가지 않는다는 듯 분홍색 눈이 휘둥그렇게 뜨여 있었다.

오른손을 들어 근위기사들을 저지한 밀라이아가 천천히 자리에서 일어났다.

여유롭게 걸어 루시어스의 다섯 발짝 앞에서 멈춰 선 그녀는 보란 듯 고개를 한쪽으로 기울이며 말했다.

“길리안 대법관, 이쯤 됐으면 슬슬 본색을 드러낼 때도 되지 않았어요? 어차피 이제 다 끝난 것 같은데.”

“뭐라고…… 요?”

“그동안 연기하느라 힘들었을 테니 이제 그만해도 된다고요. 사실 아까 대신관들에게 다 들었거든요. 당신이 여에게 무슨 짓을 했는지에 대해서.”

“…….”

순간 정적이 흘렀다.

날카롭게 눈을 치켜뜬 청년이 그녀를 노려보았다. 자신이 속은 것을 믿을 수 없다는 듯 대단히 분개한 눈빛이었다.

“한데도 모르는 척 연기를 하셨다?”

“어쩔 수 없잖아요? 대신관의 말만 듣고 잡아들이기에는 그대의 가문과 지위가 걸리니, 증거를 확보할 때까지는 도망가지 못하도록 잡아 두는 수밖에.”

“그럼 아까 휴게실에 다녀오겠다던 게……!”

그제야 깨달았다는 듯 이를 가는 청년을 향해 어깨를 으쓱해 보인 밀라이아가 말했다.

“지금이라도 알았다니 다행이네요. 고마워요, 길리안 대법관. 그대가 순순하게 만찬까지 따라와 준 덕분에 시간을 꽤 많이 벌었답니다.”

“이이, 가증스러운 것……!”

"그건 여가 할 말이지. 감히 여를 상대로 그따위 가증스러운 음모를 꾸미다니. 그 재주를 어여삐 여겨 국서 후보로 발탁한 과거가 후회스럽군."

"뭐라고?"

눈까지 붉게 물들인 루시어스가 버럭 고함을 질렀다.

근위기사들에게서 벗어나고자 거세게 몸부림을 친 그는 거친 숨을 몰아쉬며 소리를 질렀다.

"어디서 굴러먹다 왔는지도 모를 천박한 것이 뭐가 어쩌고 어째? 하루아침에 여왕이 되었다고 눈에 뵈는 것이 없……!"

퍽.

고래고래 고함을 지르던 청년이 휘청하며 말을 멈췄다.

무표정한 얼굴로 주먹을 툭툭 턴 앤트워스 후작이 그녀를 돌아보며 말했다.

"좋지 못한 모습을 보여 송구합니다, 전하. 하나 미친 자의 이야기를 끝까지 들으실 필요가 있겠습니까? 이만 연행을 허락해 주십시오."

"후우. 그래요. 나머지 얘기는 어차피 재판에서 마저 듣게 되겠죠. 끌고 가요."

사납게 번들거리는 눈동자를 물끄러미 바라보던 밀라이아가 돌아섰다.

그 순간—.

"으아아아!"

괴성을 지르며 근위기사들의 구속을 뿌리친 루시어스가 그녀에게 덤벼들었다. 언제 집어 든 것인지 한 손에 나이프를 움켜쥐고서.

"전하!"

좌아악!

다급한 부름과 함께 뭔가 이질적인 소리가 들려왔다.

차분하게 돌아보자, 제게 덤벼들던 청년이 털썩 쓰러지는 것이 보였다. 노기 어린 얼굴로 검에서 피를 털어 내는 노기사의 모습도.

붉은 카펫 위로 그와 닮은 색의 액체가 조금씩 흘러내리고 있었다.

"크윽……."

손톱으로 카펫을 움켜쥔 청년이 신음을 흘렸다.

몹시 고통스러워하는 와중에도 그녀를 죽이고 싶어 하는 눈빛만은 형형했지만, 밀라이아는 살기등등한 그 눈동자를 무심한 시선으로 받아쳤다. 아무리 그래 봐야 한낱 정신병자. 그깟 눈빛조차 받아 내지 못해서야 루아라는 성이 울었다.

검 끝으로 나이프를 멀리 치운 앤트워스 후작이 말했다.

"결례를 용서하십시오. 거리가 가까워 방법이 없었습니다."

"아니에요. 한데 뭔가 처치라도 해야 하는 것 아닌가요? 출혈이 제법 되는 듯한데."

"힘 조절을 했으니 괜찮을 겁니다. 험한 꼴을 보여 송구합니다."

정중하게 고개를 숙여 보인 후작이 눈짓했다.

검을 뽑아 든 채 경계하던 기사들이 서둘러 루시어스를 일으켜 세웠다.

"놔라! 이거 놓으란 말이다! 글로리아! 글로리아아악!"

발악하는 소리가 조금씩 멀어졌다.

그제야 검을 도로 꽂아 넣은 후작이 말했다.

"그보다 아까 말씀하신 별장 말입니다."

"네. 그게 왜요?"

"아무래도 직접 한번 가 보시는 것이 좋겠습니다. 그, 말로 설명드리기가 곤란한 부분들이 좀 있어서요."

'설명하기 곤란한 부분이라. 흑마법 얘긴가?'

그제야 생각보다 듣는 귀가 많은 것을 의식한 밀라이아가 물었다.

"대신관들도 거기 있나요?"

"네. 페르디난드 공작과 함께 있습니다."

"페르디난드 공작? 그는 왜 거기 있죠?"

"두 시간 만에 증거를 찾으려면 자신의 조력이 필요할 거라며 부득불 따라나서서 말입니다. 아까는 주요 증거를 확보하기에 급급했던지라, 본격적으로 털지는 못했거든요."

"그랬군요."

왠지 어떤 상황이었는지 알 것 같았다.

밀라이아는 빙긋 웃으며 답했다.

"좋아요. 하면 바로 출발하면 될까요?"

"네. 미리 수행 인원을 대기시켜 두었습니다. 가시지요."

그녀가 피가 튄 부분을 밟을세라 조심스럽게 한쪽으로 비켜선 후작이 말했다.

고개를 끄덕여 고마움을 표한 밀라이아가 문가로 향했다.

'별장이라……. 과연 뭐가 있을까?'

오랫동안 신경 쓰던 문제의 해결을 목전에 두고 있어서일까, 몹시 기대가 됐다.

밖으로 향하는 발걸음이 무척 가벼웠다.

“여기인가요?”

“그렇습니다.”

밀라이아는 기사들이 삼엄하게 경계를 서고 있는 집터를 바라보며 후작에게 물었다.

루시어스가 저를 위한 별장을 짓고 있다는 소문을 들은 지 겨우 한 달 여.

고작 한 달 남짓한 기간은 분명 무언가를 건축하기에는 그리 긴 시간이 아니었건만, 그럼에도 그곳은 반 이상 완성이 된 상태였다. 일 층은 이미 뼈대뿐만 아니라 지붕까지 전부 올린 상태였고, 골조며 벽이 올라간 상태로 보아 현재는 아마도 이 층을 짓고 있던 것처럼 보였다.

어스름이 진 후라 더욱 을씨년스러워 보이는 건물을 가만히 바라보던 밀라이아가 말했다.

“다들 저 안에 있는 건가요?”

“네, 아마 지하실에 있을 겁니다. 일 층은 아직 인부들이 오가서 그런지 대부분 아래층에 숨겨 놔서 말입니다.”

“하긴 그렇겠군요. 그럼 내려가죠.”

고개를 끄덕인 그녀는 건물 안으로 발을 들였다. 기사들에게 무어라 지시를 내린 후작 역시 뒤를 따랐다.

내부를 한번 둘러본 그녀가 말했다.

“생각보다 잘 만들어 놨네요. 하긴 그런 걸 숨기려면 잘해 놔야 했겠죠.”

“그렇습니다. 인부들을 신문해 본 결과, 지하실은 이미 오래전에 완공이 되어 그 본인을 제외하고는 아무도 출입하지 못하는 상태였다고 합니다.”

“……쯧. 이럴 줄 알았으면 진즉 털어 볼 걸 그랬나 봐요. 하긴 그랬다가 들켰으면 지금처럼 수월하게 끝나지는 않았겠죠.”

가볍게 혀를 찬 그녀가 계단을 돌아 내려섰다.

환하게 불이 밝혀진 그곳에는 이미 수색이 끝난 듯 페르디난드 공작과 세 명의 대신관, 윈터 경, 그리고 근위기사 둘을 제외하고는 아무도 없었다.

“여왕 전하를 뵙습니다.”

정중하게 허리를 숙이는 남자를 돌아본 밀라이아가 말했다.

“아, 공작. 그러잖아도 여기 있단 얘기는 들었어요. 성과는 좀 있었나요?”

“네. 흑마법 관련은 대신관들이 확인 중이고, 신은 직접적인 반역의 증거들만 찾아냈습니다. 현재 수석화가 람도란트 경이 분실한 그림들과 수상쩍게 보이는 미완성 도면들을 찾은 상태입니다. 확인해 보시겠습니까?”

묘하게 신이 난 듯한 목소리에 웃음이 나왔다.

“좋아요. 한데 벌써 수색이 끝난 건가요? 생각보다 꽤 넓어 보이는데?”

“신을 뭐로 보고 그러십니까? 적어도 이곳만큼은 먼지 한 톨 남기지 않고 다 뒤졌습니다. 길리안가의 저택이라든가 최고법원 집무실 등은 좀 더 살펴봐야겠지만 말입니다."

"하긴, 공작이 했다면 더 볼 필요 없겠죠. 그럼 문제의 그림과 도면부터 봅시다."

가볍게 고개를 끄덕이자, 공작은 당연하다는 듯 손을 내밀어 에스코트를 청했다.

밀라이아가 자연스럽게 공작이 내민 손 위에 제 것을 얹는 모습을 말없이 바라보던 후작이 윈터 경을 비롯한 다른 두 기사를 위층으로 올려 보냈다. 아무래도 일전에 두 사람이 보여 줬던 모습들이 마음에 걸렸던 모양이었다.

'아니 뭐, 굳이 그렇게까지 안 해도 딱히 티 낼 생각은 없는데 말이지.'

속으로 중얼거린 그녀는 공작이 이끄는 대로 걸음을 옮겼다.

유독 환하게 불을 밝혀 둔 벽면에는 생전의 글로리아의 모습을 담은 화폭들이 빼곡하게 걸려 있었다.

그와 함께 적혀 있는 '되찾아야 해.'라든가 '어디로 사라진 거지?'라는 등의 낙서들을 확인한 밀라이아가 눈썹을 찡그렸다. 저를 향한 것이 아님에도 확연하게 느껴지는 끈적끈적한 집착이 몹시 기분 나빴다.

"저건 일단 회수한 뒤 재판의 증거 자료로 쓰죠. 람도란트 경의 그림인 것은 확인했나요?"

"물론입니다."

고개를 끄덕인 공작이 그 옆쪽 벽으로 그녀를 안내했다.

그곳에는 그리다 만 도면들이 군데군데 걸려 있었다.

면이며 선이 다소 삐뚤빼뚤한 모양새로 보아 아마도 직접 그린 듯했지만, 왕궁 비밀 통로의 온전한 도면을 본 적이 있는 밀라이아는 그것들이 무엇을 의미하는지 대강 알아볼 수가 있었다.

'저건 외궁으로 향하는 비밀 통로로군. 4의 8, 2에서 우로 6이 여기서 나왔었지. 저기는 중간이 끊기기는 했지만 내궁에 위치한 별궁으로 통하는 통로고.'

한 장 한 장을 곰곰이 짚어 가던 밀라이아의 눈이 날카롭게 빛났다.

'이만한 도면을 만들려면 필시 과거 비밀 통로 건축에 참여한 사람들의 증언이 필요했을 터. 그래서 건축가들을 그리도 불러 모았던 건가? 그것도 숙련자들, 즉 왕궁 비밀 통로 건축에 참여했을 만한 이들만 찾아서?'

그렇다면 이 별장을 지은 이유 역시 복합적인 것일 터였다. 세간의 이목을 피해 비밀 통로의 위치를 캐내려는 것이 하나요, 흑마법 등을 위해 비밀리에 부언가를 할 장소를 얻으려 했던 것이 또 하나이리라.

'그래서 비교적 최근에 만들어진 부분만 도면을 복원할 수 있었군. 어차피 건축 기술자들도 전체 구조는 알지 못하니, 그들의 기억에 의존해서 되살리는 것에도 한계가 있었을 거야.'

아마도 그 때문에 루시어스가 하늘궁으로는 발걸음하지 못했는지도 모른다. 특히 국왕의 침실로 향하는 통로나 소원의 돌이 있는 집무실로 향하는 길은 오래전 왕궁을 지을 당시 함께 만든 데다, 다른 통로와 연결되는 곳조차 없도록 설계되어 있기에 알아내기가 쉽지 않았을 터였다.

혹시나 하는 마음에 벽에 붙은 도면들을 꼼꼼하게 살핀 밀라이아는 역시 제 침실이나 집무실로 향하는 통로에 대한 것은 없다는 사실을 확인한 뒤 고개를 끄덕였다.

그렇다고 해서 그의 위험성이 낮아지는 건 아니었지만, 그나마 그거라도 몰랐던 게 어딘가 싶었다.

그림을 통해 본 비정상적인 집착을 감안했을 때, 만일 그것들을 알고 있었다면 어느 날 눈이 돌아 저를 납치하려 했을지도 모르는 일이었다. 혹은 죽이려 했거나.

"……맞네요. 이것 역시 회수해서 재판의 근거로 삼도록 하죠. 하나 정확한 위치가 알려져서는 안 되니 일부는 누락해야겠어요. 동의해요?"

"물론입니다."

"그럼 됐네요. 이만하면 길리안가를 몰아내는 데는 걱정이 없겠어요."

빙긋 웃은 그녀는 머리를 맞댄 채 뭔가를 심각하게 고민하는 대신관들을 돌아보며 물었다.

"한데 대신관들은 아까 전부터 왜 저러고 있는 거예요? 사람이 왔는데 한번 돌아보지도 않고."

"아, 얼핏 듣자 하니 사용된 흑마법에 대해 뭔가 토론을 하는 것 같더군요. 세간에 잘 알려지지 않았거나 다른 용도로 쓰이는 것들을 가져다 조각조각 이은 거라, 정확하게 뭘 한 건지 알기 위해서는 좀 더 살펴봐야 한다나요?"

"……흠, 그래요?"

밀라이아는 별것 아니라는 듯 답하는 공작을 보며 눈을 가늘게 떴다.

아무래도 그는 루시어스가 시도한 흑마법의 대상이 그녀였다는 사실까지는 아직 모르는 모양이었다. 하긴 그걸 알았다면 지금처럼 이리 느긋하지는 못할 터였다. 그녀를 보자마자 달려와 상태부터 확인했겠지.

'다행이네. 그래 봐야 설명을 듣다 보면 알아차리게 될 테지만, 굳이 미리 마음고생 할 필요는 없잖아?'

"네. 어찌 그러십니까? 혹 무슨 문제라도?"

"아니에요. 그럼 이제 저쪽 문제도 해결을 좀 해야겠네요."

슬쩍 고개를 저은 그녀가 대신관들 쪽으로 향했다.

그들은 바닥에 그려진 마법진이며 검붉은 핏자국들을 놓고 한창 토론하는 중이었다.

"아무리 봐도 영혼에 관련된 주문 같지 않나? 여기에 적힌 내용도 그렇고, 저쪽이나 이쪽 모두 그와 관련된 글자잖나."

"맞습니다. 느낌상 소환…… 아니면 치환? 그런 쪽인 것 같은데, 그러기에는 또 이쪽의 부활이라는 단어가 걸리는군요. 생각보다 꽤 복잡한 것 같습니다."

"아니지요. 어설프게 복원을 하는 바람에 복잡하게 보이는 거지, 간단하게 생각하면 목적은 하나입니다. 특정 영혼의 부활. 그를 위해서 여러 명의 피를 필요로 했던 겁니다."

테르티우스의 반박에 의아하다는 듯한 표정을 지은 세쿤두스가 말했다.

"한데 치환이라면 모를까, 부활이라고 하기엔 좀 이상하지 않나? 알다시피 대상자가……."

순간, 제 쪽을 돌아보던 대신관들이 멈칫하는 것이 보였다.

서둘러 미소 지은 밀라이아가 말했다.

"여는 신경 쓰지 말고 계속해요. 그래서 그자의 목적이 뭐란 말인가요?"

"아직 좀 더 살펴봐야겠지만, 아무래도 그자가 목표로 했던 건 전하의 영혼의 소멸, 그리고 부활 같습니다."

"……그렇군요."

"방금 뭐라 하셨습니까? 전하를 어찌하려 했다고요?"

눈썹을 잔뜩 치켜세운 공작이 물었다.

황당함과 분노가 뒤죽박죽 섞인 목소리에 공작 쪽으로 시선을 옮긴 대신관이 답했다.

"그러니까 대강 이런 식입니다. 지금 전하의 영혼을 몸에서 내쫓고 그 자리에 다른 영혼을 불러들이겠다는, 즉 겉보기에는 그대로이지만 실상은 다른 사람으로 바꾸겠다는 계획인 거지요. 그리고 그를 위해서 여러 사람의 피를 구하려 했던 것 같습니다."

"뭐……!"

"하면 지난번 연쇄살인사건도 역시 그자의 짓이었군요. 특정 외모의 여인들만 골라 죽인 것도 그래서였을까요?"

하얗게 변한 공작의 손을 살며시 감싸며 묻자, 주머니에서 시로열매를 꺼내 테르티우스에게 건넨 프리무스가 대신 답했다.

"사실 그렇게까지 할 필요는 없습니다만, 그 부분은 그자가 해석을 잘못했던 모양입니다. 아니면 자기만의 의식이었거나요."

"흐음. 뭐, 이유야 어쨌든 그자가 죄 없는 왕국민을 여럿 죽였다는 건 확실하죠. 여를 해하려 했다는 것도."

손을 마주 잡아 오는 힘을 느끼며 한숨을 쉰 밀라이아가 말했다.

"하면 이 건은 대신관들에게 수습을 맡겨도 될까요? 워낙 여파가 클 이야기인지라, 대중에게는 공표하고 싶지가 않네요."

"알겠습니다. 하면 이 일은 저희가 맡을 테니, 전하께서는 자잘한 지원만 좀 부탁드립니다. 아, 그자의 입단속도요."

"그렇게 하죠."

고개를 끄덕이자, 프리무스는 공작을 흘낏 쳐다보고는 말했다.

"감사합니다. 이곳은 오늘 안으로 정화를 마칠 터이니 걱정 마십시오. 그 후 길리안가를 비롯한 다른 곳들도 방문해 보겠습니다."

"고마워요."

차분하게 답한 밀라이아는 여전히 분노한 기색이 역력한 공작을 잡아끌어 밖으로 향했다.

좁은 계단을 올라 건물 밖으로 나오자 여전히 삼엄하게 경계 태세를 갖추고 있는 근위기사들이 보였다.

서둘러 예를 갖추는 그들을 지나친 밀라이아는 그대로 걸음을 옮겨 공작과 함께 대기하고 있던 마차에 올랐다.

사람들의 눈을 의식해 맞은편에 앉는 척하던 그는 문이 닫히자마자 곧장 옆자리로 옮겨 앉으며 물었다.

"왜 진즉 말씀해 주지 않으셨습니까? 몸은 괜찮으신 겁니까? 어디 편찮으시거나 한 곳은 없고요?"

"응, 괜찮아요. 아까 축복을 무려 네 번이나 받았는걸요."

"뭐라고요? 하면 상황이 그만큼 심각했단 말씀이십니까?"

'어라, 얘기가 왜 그리로 튀어?'

이를 으득 깨무는 남자를 돌아본 밀라이아가 서둘러 말했다.

"그게 아니라, 대신관들도 갑자기 그런 일이 생겨서 놀랐나 보더라고요. 사실 흑마법이라는 게 흔한 건 아니잖아요? 난 이야기책 속에나 나오는 소리라고 생각했었다고요."

"뭐, 그건 그렇습니다만……. 정말 괜찮으신 겁니까? 그러잖아도 요즘 들어 내내 피곤해하지 않으셨습니까. 혹시 그것도 그 때문이었습니까?"

"아마 그렇다나 봐요. 덕분에 지금은 훨씬 나아졌어요. 역시 에른의 말대로 축복 기도를 받길 잘했네요."

사실 그의 말에 따른 건 아니었지만, 이 정도 공치사쯤은 해 줘야 할 것 같았다. 그러지 않으면 이 남자가 조만간 뭔가 사달을 낼지도 모른다.

"그보다 놀라진 않았어요? 갑자기 대신관들을 만나라고 전언을 보내서?"

어깨에 머리를 기대며 은근슬쩍 화제를 돌리자, 공작은 그녀가 편안하도록 자세를 고쳐 주고는 답했다.

"물론 좀 놀라긴 했습니다만, 덕분에 절호의 기회를 잡았단 생각도 했지요. 그때는 그 새…… 흠, 반역자가 감히 밀라 님께 그런 짓을 했다고는 생각지도 못했을 때니까요. 첫 번째 뿌리가 흑마법을 사용한 정황을 포착하긴 했으나 자세한 내용까진 모르겠다고 했거든요."

"아하, 어쩐지. 그래서 따라가겠다고 했던 거예요?"

"네. 이럴 줄 알았으면 거기 있다가 직접 박살이나 내는 건데 말입니다."

느릿느릿 말한 공작이 한숨을 쉬었다.

"그나마 증거는 확실하게 확보했으니 다행이군요. 감히 밀라 님을 해하려 한 죄까지 합쳐 가루를 내 버려야겠습니다."

"가루라니, 너무 살벌한 거 아니에요? 하긴 뭐, 에른도 그동안 쌓인 게 많았을 테니까. 그래도 너무 균형이 쏠리게 하진 마요."

"걱정 마십시오. 길리안가까지 처리되고 나면 낙향했던 왕당파 가문들이 대거 귀환을 청할 겁니다."

대수롭잖게 답한 공작이 물었다.

"그나저나 밀라 님께서는 어떠셨습니까? 듣자 하니 체포 과정에서 발악도 했다면서요?"

"네. 나 좀 무서웠어요. 물론 그럴 거라고 생각은 했지만, 막상 얼굴이 싹 바뀌는 걸 보니까 소름이 돋는 거 있죠."

과장을 섞어 답하자, 미심쩍어하는 목소리가 돌아왔다.

"그렇습니까? 제가 듣기로는 밀라 님도 만만치 않으셨다고 하던데요."

"그게 무슨 소리예요?"

고개를 갸웃하는 그녀를 보며 빙그레 미소 지은 남자가 말했다. 그녀와 대화를 나누는 사이에 그래도 기분이 좀 풀린 모양이었다.

"이미 다 들었습니다. 마치 공포 연극의 한 장면 같았다고 하던데요? 그렇게 다정해 보이던 분이 갑자기 확 안면을 바꾸셨다면서 말입니다."

"……그건 언제 또 들었대. 시간도 별로 없었을 텐데."

"다 방법이 있지요. 이래 봬도 제가 좀 유능한지라."

어깨를 으쓱한 공작이 말했다.

"그나저나 내일은 또 한바탕 난리가 나겠군요. 지금쯤이면 근위기사들이 길리안가를 발칵 뒤집어 놓은 것이 온 수도에 소문났을 테니 말입니다."

"역시 그렇겠죠?"

“네. 아무래도 오늘은 밤샘을 좀 해야겠군요. 그토록 별러 왔던 순간이 다가왔는데 철저하게 준비해야지요.”

“너무 무리하진 마요. 그러다 또 병날라.”

걱정스러운 목소리에 공작이 고개를 저었다.

“안 납니다. 그러니 밀라 님이나 조심하십시오. 단단히 각오도 해 두시고요.”

“각오요? 무슨 각오?”

“있습니다, 그런 게. 아무튼 저는 미리 말씀드렸으니 나중에 딴소리하시기 없기입니다.”

공작의 입가에 의미심장한 미소가 걸렸다.

사흘 뒤.

최고법원에서 공판이 열렸다.

구월의 둘째 주에 접어든 이날은 본래대로라면 슬슬 더위가 꺾여야 하는 때임에도 한여름을 방불케 할 정도로 몹시 더웠다.

그 바람에 사람들은 모두 더위에 잔뜩 지친 모습이었지만, 그럼에도 몇 년 만에 보는 흥미로운 구경거리를 놓칠 수는 없다는 듯 끝없이 최고법원으로 몰려들었다. 그 넓은 대법정이 채 반 시간도 되지 않아 빽빽하게 들어찰 정도로 많이.

왕족을 위한 대기실에 미리 도착해 있던 밀라이아는 사람들이 정말 많다며 호들갑 떠는 클로에를 뒤로한 채 일어섰다. 곧 재판이 시작이라, 그녀도 슬슬 제게 할당된 자리로 옮겨 가야 했다.

"여왕 전하께서 드십니다!"

의전관의 알림을 들으며 차분하게 왕족 전용 발코니에 들어선 밀라이아는 언젠가 재판 참관을 왔을 때와는 상당히 다른 모습에 벌어지려는 입을 꾹 다물었다. 후계자의 위를 두고 정쟁은 벌였으나 이렇게 대법정을 열면서까지 싸운 적은 없었으므로, 이곳이 이토록 인산인해를 이룬 모습은 그녀에게도 낯선 것이었다.

"창공의 드높음을 경배하라. 여왕 전하를 뵙습니다!"

"하늘 아래 모든 것들에 찬연한 광휘를. 모두 착석하오."

일제히 일어선 사람들에게 무표정하게 명한 그녀는 천천히 걸어 가운데 놓인 소파에 자리를 잡았다. 외부의 시선에 완전히 노출되어 있는 장소이니만큼 지금부터는 간단한 손짓 하나까지도 전부 신경을 써야 했다.

느릿하게 법정 안을 훑던 시선이 네 개의 공작가를 위한 자리에 멈췄다. 에스페라가를 위한 의자는 당연하다는 듯 비워져 있었지만, 그 외 세 곳은 전부 주인들이 자리를 차지하고 있었다.

무표정한 페르디난드 공작과 어쩐지 신나 보이는 피오르 공작을 쓱 훑어본 그녀는 길리안 공작에게로 눈길을 돌렸다.

그래도 대귀족에 대한 예우로 좌석까지 박탈하지는 않았으나, 지난 이틀간의 긴급 정무 회의로 대강 결과를 짐작한 듯 그는 창백하게 질린 얼굴이었다.

'쯧, 그러게 자식 단속을 잘했어야지. 물론 나도 대공자가 아니라 루시어스의 일로 길리안가를 쳐내게 될 줄은 몰랐지만 말이야.'

덕분에 페르디난드 공작이 열심히 짜 둔 이차 계획은 써 볼 필요조차 없게 되었지만, 과정이야 어쨌든 결과는 비슷하거나 더 좋게 나올 테니 상관없었다.

잠시 후 문이 열리고, 며칠 새 초췌해진 루시어스가 기사들에게 이끌려 안으로 들어섰다.

우우—.

격렬한 야유 소리가 대법정을 우렁우렁 울렸다.

하지만 그는 그토록 많은 사람들이 전혀 보이지 않는다는 듯 오직 발코니 쪽만을 노려보았다. 의식적으로 시선을 마주치지 않고 있음에도 계속해서.

"미친 자입니다, 전하. 보지 마십시오."

"그러잖아도 그러려고요. 영 꺼림칙하기도 하고요."

레티시아 백작 부인과 작게 대화를 주고받는 사이, 붉은 법복 차림의 대법관들이 안으로 들어서는 것이 보였다. 워낙 큰 사안이라 그런지 피고인이 된 루시어스를 제외한 대법관 전원이 이 사건의 재판관으로 배정된 모양이었다.

며칠 전까지만 해도 동료였던 사람을 처벌해야 하는 자리인 탓에 그들은 하나같이 어두운 얼굴이었지만, 빼곡하게 들어선 사람들을 보자 정신이 번쩍 든 듯 자세를 꼿꼿하게 폈다.

"지금부터 사건번호 357-09-00027, 일명 루시어스 라 길리안 사건에 대한 재판을 시작합니다."

이번 사건의 재판장으로 보이는 자가 개정을 선언했다.

소란스럽던 장내가 그제야 조금씩 고요해지기 시작했다.

발코니 쪽을 돌아본 대법관들이 정중하게 예를 갖췄다. 각자의 명예와 이름을 걸고 공정한 판단을 할 것을 선서한 그들은, 그녀가 간단하게 답례를 한 뒤에야 자리에 앉아 기록들을 펼쳤다.

"피고인 루시어스 라 길리안에 대해 제기된 죄목은 총 네 건으로, 각각 반역죄, 왕실모욕죄, 그리고 두 건의 귀족살해죄입니다. 이미 여러 번 거론된 사안들이니만큼 증거와 증인들에 대해서는 빠르게 검증하고 넘기겠습니다."

듣기 좋은 목소리가 법정 안을 울렸다.

귀에 쏙쏙 박혀 들어오는 음성에 사람들의 주의가 한층 더 깊게 쏠리는 것이 느껴졌다.

주변을 한번 돌아본 재판장이 말했다.

"먼저 반역죄 건입니다. 피고인 루시어스 라 길리안, 이하 피고인은 여왕 전하께 선사하기 위한 별장을 짓는다는 명목하에 과거 왕궁 비밀 통로를 건축한 경력이 있는 숙련가들을 고용, 여러 가지 수단을 이용해 그들에게서 각자 맡았던 부분에 대한 정보를 빼낸 바 있습니다. 또한 그렇게 알아낸 정보를 취합, 불완전하나마 왕궁 비밀 통로의 도면을 만들어 왕궁으로의 침입을 꾀했습니다."

잠시 말을 멈춘 재판장은 책상 앞에 쌓여 있는 자료 중 하나를 들어 사람들에게 보여 주고는 말했다.

"이것은 그가 짓던 저택에서 입수한 문제의 도면으로, 여왕 전하께서 친히 일부 맞는 부분이 있노라 확인해 주셨습니다. 보안을 위해 상세 내용을 공개할 수는 없는 점 양해 바라며, 이 사건의 증인으로 실제 그에게 부름을 받았던 기술자를 소환합니다."

곧바로 불려 나온 증인이 루시어스가 어떤 식으로 정보를 빼냈고 또 어떻게 저희를 죽이려 했는지에 대해 증언했다.

재판장의 말마따나 이미 여러 번 거론된 얘기라 다소 지루하긴 했으나, 그렇다고 해서 이리 큰 사안을 제대로 된 절차 없이 대강 넘길 수는 없었다.

"……입니다."

"그렇군요. 피고인? 이상 제시된 증거나 증언에 대해 반증이 있다면 제시해 주십시오."

"……."

"없나 보군요. 하면 다음으로 넘어가겠습니다."

빠르게 그에게서 시선을 뗀 재판장이 말했다.

"다음은 왕실모욕죄에 대한 것입니다. 피고인은 수석화가 람도란트 경의 아틀리에에 침입하여 여왕 전하의 진영眞影 일부를 절도, 사적으로 소장하였습니다. 왕국법에 의하면 국왕 전하를 비롯한 직계왕족의 초상화는 외부로의 유출을 엄금하고 있는 바, 이를 훔쳐 사적으로 소유까지 한 점은 왕실모욕죄에 해당합니다. 증거로 피고인 소유 저택에서 압수한 문제의 초상화를 공개합니다."

밀라이아는 활짝 펼쳐져 만인에게 공개되는 초상화를 보며 몰래 쓴웃음을 지었다.

대중에게 공개할 수 있는 범위에는 한계가 있는 법이었으므로, 지금 이곳에서도 대단히 민감한 부분, 즉 그가 실제로 비밀 통로를 통해 침입했다거나 일부 초상화에 집착 어린 낙서를 적었다거나 하는 사실은 언급되지 않았다.

물론 일부 예민한 사람들이야 대충 눈치챘을지도 모르나, 그 정도는 상관없었다. 공식적으로 인정하는 것과 암암리에 말이 도는 건 달랐으니까.

"세 번째 죄목은 귀족살해죄입니다. 피고인은 피해자 에세로아 수 지스를 살해하고 하수인을 시켜 그 시신을 유기한 바……."

밀라이아는 계속 이어지는 재판장의 말을 한 귀로 흘려들으며 아래층을 내려다보았다.

저를 향한 시선은 여럿이었지만, 그중에서도 유독 강렬한 것은 두 개였다. 분홍색과 재색.

당연하다는 듯 전자를 외면한 보랏빛 눈동자가 가만히 저를 올려다보고 있는 흑발의 공작에게로 향했다.

시선이 마주치자, 꽉 다물려 있던 입매를 느슨하게 푼 남자가 보일 듯 말 듯 하게 미소 짓는 것이 눈에 들어왔다.

두 발짝 뒤에 서 있던 클로에가 '어머' 하며 작은 목소리로 말했다.

"방금 각하 보셨어요, 전하? 웃어 보이신 것 맞죠, 그렇죠?"

"설마요. 여긴 법정인데."

아무것도 못 본 척 부인하자, 클로에는 붕붕 손사래를 치며 말했다.

"아니에요, 저기 사람들도 웅성거리고 있잖아요. 분명 각하가 누굴 향해 웃은 건지를 두고 쑥덕거리고 있는 게 분명해요. 보세요, 다들 여기를…… 어라?"

별생각 없이 말을 잇던 클로에가 멈칫하며 입을 다물었다. 그녀의 말마따나, 꽤 많은 사람들의 시선이 발코니 쪽을 향하고 있었다.

'윽, 들킨 건가?'

당황하는 클로에를 다독이며 보란 듯 공작을 향해 고개를 까딱해 준 밀라이아는 자연스럽게 시선을 재판장에게로 돌렸다. 그저 잠시 눈길이 마주쳤기에 인사를 나눈 양.

그제야 사람들의 주의가 조금씩 흩어지는 것이 느껴졌다.

"……고 있었으며, 늘 후드를 깊숙이 눌러쓴 데다 말은 한마디도 하지 않아 확신할 수는 없으나 꼭 저자와 같은 체형이었습니다. 그리고…… 아, 그렇지! 가까이 가면 장미 향이 났습니다. 분명 남자 같은데 꽃향기가 났던 것이 인상 깊었던지라 또렷하게 기억합니다."

장미 향이라면 루시어스가 확실했다. 그녀 역시 남자치고는 흔치 않은 향에 의아했던 기억이 있으니까.

"피고인, 이상 제시된 증거나 증언에 대해 반증이 있다면 제시해 주십시오."

"……."

또다시 던져진 재판관의 질문에도 루시어스는 여전히 답이 없었다.

'왜 말이 없지? 어차피 부인한다 해서 죄목이 바뀔 일은 없겠지만, 그래도 여러 사람을 곤란하게 할 수는 있을 텐데.'

의아한 마음에 처음으로 그를 돌아본 밀라이아가 눈을 가늘게 떴다. 가만히 바라보다 보니 뭔가 이상한 점을 발견했기 때문이다.

'뭐야, 말을 안 하는 게 아니라 못하는 거였어?'

분명 시선이 마주치자마자 무어라 입술을 달싹인 것 같은데 아무 소리도 들리지 않았다. 물론 워낙 거리가 먼 데다 사람들로 인한 기본적인 소음이 있기에 콕 집어서 확신할 수는 없었지만, 어쩐지 느낌이 그랬다.

'설마 말을 못하도록 손을 쓴 건가?'

외부로 알려져서는 곤란한 일들이 많았기에 그러잖아도 그의 입을 어찌 막아야 하나 고민하고 있었는데, 아무래도 공작이나 후작 중 누군가가 미리 조치를 취한 모양이었다. 그렇기에 저리도 조용한 거겠지.

'좀 더 해 보고 싶은 얘기가 있었다만…… 어쨌든 다행이군. 괜히 이런 데서 글로리아 운운해 봐야 좋을 건 없으니.'

속으로 중얼거리는 사이, 드디어 마지막 죄목이 거론됐다. 그것은 어젯밤에야 겨우 자초지종이 밝혀졌기에 이 자리에서는 오직 그녀와 페르디난드 공작, 그리고 대법관들만 알고 있는 사실이었다.

이 일이 밝혀졌을 때의 파장을 생각한 밀라이아가 서늘하게 눈을 빛냈다.

"다음 역시 귀족살해죄입니다. 피고인은 본디 길리안 공작의 적자가 아닌 혼외자 출신으로, 자신의 입지를 다지기 위해 고 델피나라 길리안, 즉 전 길리안 공작 부인을 독살……."

"뭐라고!"

벌떡 일어난 길리안 공작이 분기탱천한 얼굴로 루시어스를 노려봤다.

"네놈이! 네놈이 감히 피나를……!"

"루시어스! 이 악마 같은 새끼가!"

버럭 고함을 지른 대공자가 피고인석 쪽으로 확 튀어 나갔다.

누군가가 붙들 틈도 없이 루시어스 앞으로 달려간 그는 그대로 제 동생의 멱살을 잡아 올려 주먹을 날렸다.

"이 개 같은 자식! 곁에 있기만 해도 소름 끼치는 새끼를 그래도 혈육이랍시고 받아 줬더니 뭐가 어쩌고 어째? 감히 어머니에게 독을 써?"

"길리안 대공자! 물러서시오!"

"어릴 적부터 그렇게 동물을 죽이고 할 때 알아봤어야 했어! 이 피에 미친 살인마 자식! 넌 악마야! 악마라고!"

"뭣들 하는가! 당장 대공자를 끌어내지 않고!"

그제야 우르르 달려든 병사들이 미친 듯 주먹질을 해 대는 대공자를 간신히 떼어 냈다.

"이것 놔! 저 새끼를 죽여 버릴……!"

"길리안 대공자! 진정하십시오!"

'퉤' 하고 피 섞인 침을 뱉어 낸 루시어스가 대공자를 향해 씨익 미소를 지었다. 모든 일을 시인하는 것과 다름없는, 명백한 비웃음이었다.

"이 개새……!"

"조용! 전하의 앞에서 이 무슨 추태입니까!"

매섭게 경고한 재판장이 계속해서 말했다.

"길리안 대공자에게 퇴정을 명합니다. 불복할 경우 법정모독죄가 추가될 수 있음을 명심하십시오."

"이익……!"

"병사들, 대공자를 모셔라. 그리고 본 사건의 증인을 소환하도록."

우르르 달려든 병사들이 씩씩거리는 대공자를 밖으로 끌어냈다.

밀라이아는 병사들을 뿌리친 뒤 제 발로 걸어 나가는 남자와, 부들부들 떨면서 안으로 들어서는 중년 여자를 말없이 내려다보았다.

사실 이번 건은 흑마법의 추가 흔적을 찾아내기 위해 길리안가를 이차로 수색했을 때 우연히 알게 된, 속된 말로 얻어걸린 경우였다. 반역죄 운운하며 기사들이 돌아다니니 겁이 났던 하녀가 자발적으로 고백해 오는 바람에 얻게 된.

'어쨌거나 잘된 일이지. 길리안가를 쳐낼 필요는 있지만, 그렇다고 해서 너무 세력을 줄여 놔도 곤란하니까. 어차피 구왕당파든 피오르 공작이든 못 믿을 세력들인 건 마찬가지잖아? 에드워드를 생각한다면 적당히 균형을 맞춰 놓는 게 좋아.'

그래도 네 번째 건 덕분에 길리안가에 갈 여파는 오히려 줄어들 것 같았다. 저희는 모르는 일이었다며 빠져나갈 수 있는 명분을 쥐게 된 셈이었으니까.

'이게 마지막 죄목이었지? 연쇄살인사건은 이 자리에서 거론하지 않기로 했으니까……. 관건은 길리안가에 어느 정도의 처분이 내려지느냐겠군.'

이틀 전, 밀라이아는 문제의 건을 재판에 회부하는 대신 피해자들의 가족에게 왕실의 이름으로 보상해 주는 선에서 매듭짓기로 결정했다. 만에 하나라도 흑마법이라는 이야기가 나올 가능성을 차단하기 위해서였다.

따라서 지금 한참 발을 쏟아 내고 있는 저 증인의 이야기만 끝나면 바로 루시어스에 대한 판결이 시작될 터였다.

"피고인, 할 말은?"

벌써 네 번째 던져진 재판장의 질문에 그가 천천히 고개를 들었다.

터진 부분을 살피려는 듯 혀로 입 안을 한번 훑은 그는 재판장에게 무어라 답하는 대신 고개를 홱 돌려 발코니 쪽을 올려다보았다.

'뭘 하려고 아까부터 저렇게 집요하게 바라보는 거람.'

속으로 투덜거린 밀라이아는 애써 담담한 얼굴로 그의 시선을 받아 냈다. 붉게 충혈된 눈이 기묘하게 번뜩이는 것이 무척 소름 끼쳤지만, 사람들이 지켜보는 앞에서 회피하는 모습을 보여 줄 수는 없었다.

불안한 마음을 감추며 시선을 마주하는데, 한참 동안 말없이 그녀를 바라보던 그가 씩 웃었다.

쇠가 갈라지는 듯한 목소리가 고요한 법정을 울렸다.

"내 여자를 곧, 돌려받으러 가겠다."

'뭐라고?'

아마도 그것이 한계였던 듯, 부어오른 입술 사이로 더 흘러나오는 소리는 없었다.

불길한 침묵이 흘렀다.

밀라이아는 저도 모르게 경직될 뻔한 표정을 서둘러 가다듬고는 말했다. 반사적으로 돌아본 시선에 페르디난드 공작이 자리에서 일어나려는 모습이 들어왔기 때문이다.

"재판장, 계속 진행하오."

"……이상으로 증거 검증을 마치겠습니다. 이제 판결 절차로 넘어가겠습니다. 피고인이 무죄라고 생각하는 사람은 손을 들어 주십시오."

손을 드는 사람은 아무도 없었다. 워낙 죄목이 많은 데다가 좀 전에 그가 보여 준 섬뜩한 모습이 있었기에 더 그랬다.

고요한 장내를 한 번 돌아본 재판장이 말했다.

"피고인이 유죄라고 생각하는 사람은 손을 들어 주십시오."

빠른 속도로 손이 올라가기 시작했다. 상황을 지켜보던 후작가와 공작가의 사람들도 하나둘 거수하고, 마침내 모든 이들의 시선이 발코니로 쏠렸다.

제게 쏠리는 눈길을 느낀 밀라이아가 고개를 한 번 까딱였다. 그녀 역시 동의한다는 표시였다.

발코니를 향해 고개를 숙여 보인 재판장이 선언했다.

"피고인에게 유죄를 선언, 왕국법에 의거한 판결을 내리겠습니다. 피고인 루시어스 라 길리안에게 사형을 선고한다. 이상입니다."

야유라든가 환호는 없었다. 모두 다음에 나올 말을 기대하며 재판장의 얼굴만 바라볼 뿐.

"다음은 반역자 루시어스 라 길리안의 가문에 대한 판결이 있겠습니다. 유무죄를 따지기에 앞서 자유롭게 의견을 개진해 주십시오."

삽시간에 긴장 섞인 침묵이 흘렀다.

밀라이아는 아직도 살기등등해 보이는 페르디난드 공작을 물끄러미 바라보았다.

저를 향한 시선을 느낀 그가 이내 발코니 쪽을 돌아보는 것이 눈에 들어왔다.

그녀가 안전한지 확인하려는 양 머리부터 발끝까지 꼼꼼하게 훑어 내린 그는 그제야 조금 안심한 표정으로 슬쩍 한숨을 내쉬었다. 아무래도 그새 루시어스가 그녀에게 무슨 짓을 한 건 아닐까 걱정되었던 모양이었다. 그는 흑마법의 존재를 알고 있는 몇 안 되는 사람 중 하나였으니까.

턱을 만지작거린 피오르 공작이 입을 열었다.

"그 도면을 훔친 것이 그의 뜻인지, 아니면 가문 전체의 뜻이었는지는 모르는 일이 아니오. 본인은 그 가문에도 똑같이 책임을 물어야 한다 생각하외다."

"맞습니다. 길리안가에도 반역죄를 물어야 합니다!"

"동의합니다!"

"동의합니다!"

황급히 눈짓하자, 그제야 그녀에게서 시선을 뗀 페르디난드 공작이 말했다.

“내 생각은 조금 다르오. 지난 사흘간의 조사 결과 그들이 가담했다는 증거 같은 건 발견할 수 없었기 때문이오. 따라서 본 공은 역모에 가담했을지도 모른다는 이유로 길리안가를 처벌해서는 안 된다고 생각하오. 물론 그 일원을 제대로 단속하지 못한 책임은 별개겠지만 말이오.”

“맞습니다. 증거도 없이 한 가문을, 그것도 공작가나 되는 대가문을 처벌할 수는 없습니다.”

“맞습니다!”

“동의합니다!”

여기저기서 터져 나오는 소리에 차분하게 고개를 끄덕인 재판관이 말했다.

“두 분 각하의 이야기는 잘 들었습니다. 다른 의견은 없습니까?”

“…….”

“없나 보군요. 길리안 공작 각하, 따로 하실 말씀이 있습니까?”

내내 침묵하던 길리안 공작이 그제야 고개를 들어 발코니 쪽을 올려다보았다. 전 공작 부인의 죽음에 얽힌 사실이 몹시 충격적이었던 듯, 그새 십 년은 늙어 보이는 얼굴이었다.

“여왕 전하, 자식의 배덕을 미처 알아차리지 못한 신이 무슨 할 말이 있겠습니까만, 그래도 마지막으로 한마디만 올려도 되겠습니까.”

“그리하오.”

느릿하게 고개를 끄덕이자, 자리에서 일어난 그는 그녀를 향해 깊숙하게 허리를 숙여 보이고는 말했다.

“모든 것은 집안 단속을 제대로 하지 못한 신의 탓입니다. 신의

아들들을 비롯한 가문의 식솔들은 루시어스의 악행을 알아차리지 못한 죄밖에 없습니다. 하오니 청컨대 신에게 모든 책임을 지우시고, 가문에는 관대한 처분을 내려 주십시오. 전하께 드리는 제 마지막 청입니다."

'호오, 그래도 마지막 모습은 꽤 귀족적이네. 워낙 권력욕이 강한 인물이라 끝까지 버틸 줄 알았더니.'

이채 어린 눈빛으로 그를 내려다본 밀라이아가 답했다.

"미안하지만 그것은 여 혼자 정할 수 있는 일이 아니오. 재판장, 이 경우 적용할 수 있는 법이 어떻게 되오? 선례는?"

"만일 가문 전체가 역모에 가담한 것은 아니라는 쪽으로 결론이 나올 경우, 통상적으로 당대의 가주가 모든 책임을 지는 선에서 마무리됩니다. 작위를 후계자에게 물려주고 영지로 낙향, 평생 그곳에서 여생을 보내는 식이지요. 물론 가문 전체가 역모에 가담했다는 것이 밝혀질 경우에는 최소 작위 박탈 및 영지 환수, 최대 멸문까지 갈 수 있습니다."

차분하게 고개를 끄덕인 밀라이아가 말했다.

"하면 길리안가 전체가 유죄인지 무죄인지부터 따져 봐야겠군. 맞소?"

"그렇습니다. 거수로 넘어갈까요?"

"그렇게 하오."

고개를 끄덕이자, 재판장은 다시 한번 관련된 사실을 사람들에게 주지시킨 후 거수에 들어갔다.

잠시 후 내려진 결론은 상당히 아슬아슬하기는 했지만 길리안 공작이 바라던 그대로의 것이었다. 그가 모든 책임을 지고 낙향하는 것.

"길리안 공작가는 루시어스 라 길리안의 반역 사건과 아무런 관련이 없음을 확인한다. 단, 가솔을 제대로 이끌지 못한 책임을 물어 가주 유스네르 라 길리안에게 작위의 반납을 명한다. 해당 작위는 여왕 전하께 귀속, 차후 후계자에게 다시 수여된다. 이상입니다."

와아아—!

커다란 환호성이 대법정을 우렁우렁 울렸다. 대가문의 몰락을 실시간으로 지켜본 자들이 토해 내는 저열한 기쁨의 함성이었다.

밀라이아는 눈을 꽉 감은 길리안 공작과 어쩔 줄 몰라 하는 그 계파 귀족들, 확연하게 세가 줄어든 피오르 공작과 그 일파, 그리고 어느새 상당히 늘어난 구왕당파 귀족들을 훑어보며 느릿하게 눈을 깜빡였다.

오래도록 달려온 일의 결말을 보아서인가, 어쩐지 기분이 멍했다.

'피오르 공작은 이미 혼자 독주할 수는 없을 정도로 세가 줄었고, 길리안가는 조만간 세대교체가 일어날 테니…… 이만하면 글로리아의 바람은 거의 다 들어준 셈인가.'

이제는 제가 이곳을 뜨게 되더라도 최소한 정치 문제로 걱정할 염려는 없을 것 같았다. 왕당파 귀족들이 전체의 사 할 이상을 차지하게 되었으니, 에드워드가 왕위를 물려받을 때쯤에는 적당히 서로를 견제하면서 원하는 대로 정계를 움직일 수 있으리라.

'그럼 이제 뭘 하면 된다?'

왠지 모를 공허감에 잠겨 있던 밀라이아는 조심스레 부르는 백작 부인의 목소리를 듣고서야 느릿느릿 자리에서 일어났다.

허공에 붕 뜬 듯한 기분으로 걸음을 놀리는데, 갑자기 검은 그림자가 앞을 막아섰다.

“왜 그리 멍한 표정이십니까? 좀 더 기뻐하셔야지요.”

고개를 갸웃한 남자가 당연하다는 듯 손을 내밀며 물었다. 잿빛 눈동자가 따스하게 빛나며 저를 바라보고 있었다.

“아, 에르…… 음, 페르디난드 공작.”

무심코 이름을 부를 뻔한 밀라이아는 서둘러 호칭을 정정했다. 재판이 막 끝난 후라 그런가, 두 사람을 향한 시선이 생각보다 훨씬 많은 것을 깨달아서였다.

“그냥 뭐 좀 생각할 게 있어서 그랬을 뿐이랍니다. 역도에게 합당한 처벌을 내렸는데 기쁘지 않을 리가 있겠어요?”

데면데면한 대답에 눈썹을 슬쩍 치켜세운 공작은 조금 뒤에야 그녀가 주위의 시선을 의식하는 것을 눈치챈 듯 무덤덤한 얼굴로 말했다.

“물론 그러시겠지요. 안색이 썩 좋지 않으신 듯해 잠시 여쭌 것뿐입니다. 그보다 신에게 잠시 시간을 허락해 주시겠습니까? 따로 드릴 말씀이 있습니다.”

“흠, 그럼 같이 좀 걷죠. 어차피 공작도 그걸 생각하고 에스코트를 청한 것 같으니.”

“영광입니다.”

가볍게 고개를 숙여 보인 공작이 그녀의 옆으로 옮겨 서며 길을 내주었다.

그가 내민 손 위에 제 것을 얹은 밀라이아는 집요하리만큼 따라붙는 시선을 뒤로한 채 최고법원을 빠져나왔다. 유력한 국서 후보였던 루시어스와 외숙부 길리안 공작에게 철퇴를 내린 여왕의 속내를 엿보고 싶어 하는 그 마음을 이해 못할 바는 아니었지만, 그래도 이건 좀 심하다 싶었다.

“윈터 경.”

“네, 전하.”

“듣는 귀가 지나치게 많다고 생각되지 않나요? 불과 한 시간 전에 여의 사생활에 지나치게 관심을 보이던 자 하나가 사형선고를 받았는데도 말이죠.”

서둘러 허리를 숙여 보인 젊은 기사가 말했다.

“즉시 조치하겠습니다.”

“그렇게 해요. 페르디난드 공작이 긴히 할 얘기가 있다 하니 전부 열 발자국 뒤로 물리고요.”

“네, 전하.”

싸늘하게 표정을 굳힌 그녀를 돌아본 공작이 말했다.

“오늘따라 좀 날카로워 보이시는군요. 어찌 그러십니까? 혹 재판 결과가 마음에 들지 않으시는 겁니까?”

“아뇨. 그냥 좀 피곤하기도 하고, 구경거리가 되는 듯한 느낌이 영 불쾌해서요.”

“하긴, 며칠 내내 이 일 때문에 분주하셨으니 피곤하실 만도 하지요. 사람들의 눈은 신경 쓰지 마십시오. 어차피 조금만 시간이 흐르면 금세 잠잠해질 이야기인데요, 뭐.”

따스한 그 음성에 짜증스럽던 기분이 조금 나아졌다. 아무래도 날도 더운 데다 몸 상태가 썩 좋지 않아 더 그랬던 모양이었다.

“고마워요. 그래도 공작이랑 있으니 훨씬 나은 것 같네요.”

“다행이군요. 전 또 표정이 영 안 좋아 보이셔서 걱정했습니다.”

“음, 실은 목표를 이뤘다고 생각하니 갑자기 좀 허탈해져서요.

이제 뭘 해야 하나 싶기도 하고."

"그러셨군요. 사실 저도 좀 그렇긴 합니다. 정계에 진출한 이래로 내내 바라왔던 일이 이루어져서 그런지 기분이 영 복잡하군요. 좋기도 하고, 뭔가 허전한 느낌도 들고……. 그래도 이제야 겨우 첫발을 뗄 수 있겠다고 생각하니 힘이 납니다."

희미하게 미소 띤 남자의 얼굴에서는 빛이 났다. 목표가 있는 사람 특유의 희망의 빛이.

무척 활기차 보이는 그 모습에 왠지 기분이 복잡해졌다. 연인의 밝은 얼굴에 덩달아 기쁘면서도 저는 함께하지 못할 거라는 생각에 우울하기도 한 그런 느낌.

"뭐, 이제부터가 진짜죠. 열심히 해 봐요. 공작이 원하는 세상을 만들기 위해서."

애써 웃으며 말하자, 잠시 침묵하던 공작은 그녀의 손을 받쳐 주던 손을 움직여 스르르 손깍지를 꼈다.

부드럽게, 그러나 힘을 주어 손을 잡아 오는 그를 보며 놀란 표정을 지은 밀라이아가 말했다.

"공작? 갑자기 왜……."

"어차피 보는 시선도 거의 없잖습니까. 게다가 이젠 거리낄 것도 없고요."

"그, 그렇긴 한데……."

머뭇머뭇 답한 그녀가 슬그머니 뒤를 돌아보았다.

사람들을 통제한 덕분에 열 발자국 떨어져서 따라오는 근위기사들과 시녀들을 제외하고는 보는 눈이 거의 없었으나, 그렇다고 해서 안심할 일은 아니었다. 워낙 지근거리에서 섬기는 이들이니만큼 대부분 그들의 관계를 눈치채고는 있다지만, 그저 짐작만 하는 것과 소문이 사실임을 직접적으로 보게 되는 건 또 다른 문제였으니까.

'에라, 모르겠다. 어차피 이제 와 수습할 수 있는 것도 아니고.'

푹 한숨을 내쉰 밀라이아는 그가 깍지를 껴 온 손을 마주 꼭 쥐며 복잡한 마음을 털어 버렸다.

전 국서 후보에 대한 재판을 막 마치고 돌아오는 길에 이런 식으로 행동하는 것이 썩 모양새가 좋아 보이지는 않겠지만, 어차피 더는 둘 사이를 가로막을 일도 없는데 아무려면 또 어떠랴 싶었다.

사실 그녀도 한 번쯤은 이렇게 남들의 시선 앞에서도 당당하게 연인처럼 굴어 보고 싶었다. 이렇게 틈 하나 없이 손을 맞잡고 있으니 내심 허전했던 기분이 좀 채워지는 것 같기도 하고.

'그래. 대신 공식 석상에서 공표하는 일은 없도록 하자. 그쯤 되면 정말로 그의 미래를 막는 일이 될 테니까.'

속으로 생각을 정리하며 걷는데, 저만치에 외궁과 내궁을 가르는 성벽이 보였다.

고개를 한 번 끄덕여 주는 것으로 수월하게 그곳을 통과한 밀라이아는 그제야 사위가 꽤 어두워졌다고 생각하며 주변을 돌아보았다. 예상보다 재판에 시간이 꽤 걸렸는지, 어느새 주위에 어스름이 깔리고 있었다.

조금씩 지기 시작한 노을이 대리석 지붕을 붉게 물들이고, 산들산들 불어오는 바람이 달아오른 몸을 서늘하게 식혔다.

구월에 접어들었음에도 아직 더운 날씨 때문인가, 넓게 펼쳐진 정원에는 여전히 흐드러지게 핀 여름꽃과 막 피어오르기 시작한 가을꽃이 한데 어우러져 있었다. 바람결에 묻어오는 꽃향기가 제법 진했다.

긴 숨을 토해 내자, 소리 없이 옆에서 걷던 공작이 말했다.

"잠깐 앉았다 들어가시겠습니까? 사실 긴히 할 얘기 같은 건 없지만, 이대로 보내 드리기가 영 아쉬워서요."

"그래요. 그럼 어디로 갈까요? 매번 마주쳤던 거기?"

"네. 거기라면 방해 없이 조용히 있을 수 있을 것 같습니다."

"좋아요. 그렇게 하죠."

선선히 승낙한 밀라이아가 미로 정원 쪽으로 돌아섰다. 그러잖아도 슬슬 몸이 무겁다 느끼고 있었는데 마침 잘됐다 싶었다.

'고작 요만한 일정 하나 소화했다고 이렇게 피곤하다니. 역시 글로리아의 영혼이 계속 흩어지고 있기 때문일까?'

축복 기도를 받았을 때는 몸이 도로 좋아졌다 생각했으나 그때였을 뿐, 다음 날부터 다시 나빠지기 시작하는 상태에 그녀는 직감했었다. 아무래도 제게 허락된 시간이 얼마 남지 않은 것 같다고. 그게 어느 정도인지는 모르겠지만, 테르티우스의 이야기를 생각해 보면 그리 길지는 않을 것 같았다.

'그렇게 되면 난 어떡하지? 남겨진 공작은 또 어떡하고?'

생각할수록 기분이 점점 더 가라앉았다.

무거운 발걸음으로 묵묵히 걷던 밀라이아는 미로 안에 숨겨진 휴게 공간이 나타나고 그곳에 있던 사람들이 서둘러 자리를 비킨 뒤에야 무너지듯 벤치에 앉았다.

거의 눕다시피 등받이에 기댄 그녀를 걱정스러운 표정으로 쳐다본 공작이 물었다.

"시녀들에게 일러 찬물이라도 내오라 할까요? 아니면 냉차라든가요.”

“음…… 그래 줄래요? 물보다는 냉차가 낫겠어요. 클로 차로. 그리고 시로 열매도요.”

테르티우스가 그랬던 것처럼 당분이라도 보충하면 조금이나마 기운이 돌아올지도 모른다.

느릿느릿 대답하자, 공작은 잠시 기다리라 말하고는 입구 쪽을 향해 걸어갔다.

멀어지는 그의 뒷모습을 말없이 바라보는데, 갑자기 얼굴에 무언가가 얹히는 느낌이 들었다.

어스름 때문인지 옅은 잿빛으로 물든 그것은 분명 유월 중순부터 피어 팔월 초가 되면 서서히 지기 시작하는 일리야 꽃잎이었다. 비정상적으로 높은 기온 때문에 아직도 피어 있으나 서늘한 가을바람이 불기 시작하면 곧 저물어 버릴 여름꽃.

문득 그 꽃이 자신 같다는 생각이 들었다. 본디 이 시간대에 속해서는 안 될 존재이나 특수한 상황 때문에 잠깐 함께하고 있다는 점이, 그리고 그렇게 억지로 붙어 있다 하더라도 결국 때가 되면 제자리로 돌아가야 한다는 사실이.

‘괜히 손을 잡게 내버려 뒀나?’

그의 마음을 받아들인 것도 그렇고 좀 전에 손깍지를 묵인한 것도 그렇고, 어쩌면 자신이 잠깐의 허전함을 이기지 못해 괜스레 그에게 큰 짐을 지워 준 것은 아닌가 하는 생각이 들었다. 공식 석상에서만 티 내지 말자며 기껏 결심한 것이 무색하게 짙은 후회감이 밀려왔다.

“후우…….”

답답한 마음에 다시 한번 한숨을 내쉰 그녀는 눈을 꽉 감으며 자세를 고쳤다. 손에 쥔 노란 꽃잎을 더는 보고 싶지가 않았다.

그러기를 몇 분.

갑자기 뒤에서 인기척이 느껴지는가 싶더니, 부드러운 손길이 어깨를 끌어안았다. 코끝을 맴도는 달콤한 시트러스 향에 허공에 붕 뜬 듯 유리되었던 감각이 조금씩 몸으로 돌아왔다.

천천히 눈을 뜨는 순간, 정수리에 따뜻한 숨결이 와 닿았다.

그녀의 머리카락에 얼굴을 묻은 채 침묵하던 남자는 조금 시간이 지난 후에야 고개를 들어 올리며 말했다.

"어찌 그러고 계십니까? 설마 목이 너무 타서 기진하신 건 아니지요?"

걱정이 뚝뚝 묻어나는 음성에 가슴이 쿡쿡 쑤셨다.

그가 뒤에서 저를 안고 있어 다행이다 싶었다. 만일 저와 마주보고 있었다면 순간 일그러진 표정을 발견하지 못할 리가 없었을 테니까.

"그냥 좀 쉬고 있었어요. 이런저런 생각도 하고."

애써 아무렇지 않은 어조로 답한 밀라이아는 혹여 그가 제 얼굴을 볼세라 단단한 가슴에 등을 기대며 말했다.

"우리, 잠깐만 이러고 있으면 안 돼요? 엄청 편안한데."

"왜 안 되겠습니까? 원하는 대로 하십시오."

대수롭잖게 대답한 공작은 잠시 자세를 고쳐 잡고는 그녀를 뒤로 편안히 기대게 했다. 그런 후 쇄골 위에 늘어진 머리카락을 한 움큼 잡아 제 손가락에 휘감으며 말했다.

"그러지 말고 이참에 저를 국서로 들이시는 건 어떻습니까? 매일 오늘 같은 편안함을 제공해 드릴 수 있는데요."

"……됐어요, 그런 건."

제게는 더 이상 그럴 수 있는 시간이 없는데, 그는 계속해서 미래를 이야기하고 있었다.

훅 가라앉는 기분에 말을 자르자 공작은 가볍게 혀를 차며 말했다.

"쯧. 역시 쉽게는 안 넘어오시는군요. 어째 한 번을 봐주시는 법이 없답니까."

"……그러게요."

"어라, 왜 갑자기 순순하십니까? 그런 건 밀라 님이랑 어울리지 않습니다. 그냥 평소대로 하시지요."

머리카락을 만지작거리는 손길이 몹시 다정스러웠다.

손대면 부서질세라 조심스러운 다독거림에 몸이 점점 나른하게 풀렸다.

대단히 안온한 기분이었다, 그의 품에 안겨 부드러운 손길을 받는 것은.

몸에 남아 있던 힘을 모조리 빼며 스르르 눈을 감자, 나지막한 목소리가 들려왔다.

"주무십니까?"

"아냐, 안 자요."

"잠깐 주무셔도 괜찮습니다. 제가 깨워 드릴 터이니, 시녀가 올 때까지 잠시 눈이라도 붙이십시오."

"아니, 안 잔다니까요……."

그러나 내심은 그렇지 않았던 듯, 괜찮다는 이야기를 듣자마자 마치 막혔던 둑이 터진 것처럼 잠이 밀려오기 시작했다.

까막까막 조는 그녀를 마치 아기 재우듯 도닥인 공작이 말했다.

"그럼요. 밀라 님께서는 그냥 눈만 감고 계시는 거잖습니까."

"맞아……."

느릿느릿 돌아가는 대답에는 어느새 잠기운이 담뿍 묻어 있었다.

무의식 속으로 조금씩 빠져드는 그녀를 강하게 끌어안은 공작이 작게 속삭였다.

"밀라 님."

"네……?"

"사랑합니다."

"……나도요……."

"사랑합니다."

"응……."

"사랑합니다."

"……."

달콤하게 속삭이는 음성에 몸이 점점 더 무겁게 가라앉았다. 어딘가로 빨려 들어가듯 정신이 몽롱해졌다.

잠의 세계로 막 몸을 던지려는 순간, 한숨 섞인 목소리가 들려왔다.

"……사랑합니다. 돌아가지 못하게 묶어 놓고 싶을 정도로."

'뭐라고?'

무의식으로 빠져들려던 정신이 반쯤 돌아왔다.

하지만 공작은 그녀가 이미 잠들었을 거라고 생각한 듯 계속해서 속삭였다.

"하지만 그런다면 저 역시 반역자 길리안보다 나을 게 없겠지요. 그러니 걱정 마십시오. 밀라 님의 발목을 붙드는 일은 없을 테니까요."

"……."

이제 그만 쉬고 싶어 하는 정신을 겨우 잡아채 귀를 기울이자, 그는 그녀의 정수리에 얼굴을 묻은 채 느릿느릿 말했다.

"좀 전에는 왜 그런 모습으로 앉아 계셨던 겁니까? 마치 당장에라도 저 노을 속으로 녹아들어 갈 것처럼 말입니다. 그대로 눈앞에서 사라지실까 봐 제가 얼마나 놀랐는지 아십니까?"

"……."

"밀라 님께서는 제가 아무것도 모른다 생각하시지만, 사실 저도 알고 있습니다. 이제 시간이 얼마 남지 않았다는 걸. 설마 연인의 일인데 모르겠습니까?"

'알고 있었다고?'

당장에라도 그게 무슨 소리냐고 묻고 싶었지만, 이미 무의식 속에 반 이상 걸친 몸은 돌아가기를 거부했다. 오히려 좀 더 듣기 위해 버티려는 그녀를 잡아끌고 있을 뿐.

"당신으로 인해 겨우 꿈을 꾸게 되었는데, 이러다 또 절망스러워지는 건 아닐까 겁이 납니다. 이대로 보내고 싶지 않습니다. 하나 그럴 순 없겠지요. 그래서도 안 되는 거고요."

"……."

"차라리 이 몸이 따라갈 수 있으면 좋겠지만……."

따뜻한 숨결이 정수리에 와 닿았다.

힘겨운 줄다리기에서 겨우 승리한 무의식이 까만 어둠 속으로 그녀를 이끌었다.

아무것도 들리지 않는 잠의 세계로, 밀라이아는 한없이 빨려 들어갔다.

—5권에서 계속—

BLACK LABEL CLUB 032
여왕을 위한 진혼곡 4

1판 1쇄 발행 2018년 4월 30일
1판 2쇄 발행 2019년 8월 9일

지은이 정유나
펴낸이 신현호
편집부장 예숙영
책임편집 박상희
편집디자인 한방울
영업 · 관리 김민원 조인희
물류 이순우 최준혁 박찬수

펴낸곳 ㈜디앤씨미디어
출판등록 2002년 5월 1일 제117-90-51792호
주소 서울시 구로구 디지털로 26길 111 JnK디지털타워 503호
대표전화 (02)333-2513 팩스 (02)333-2514
전자우편 dncbooks@dncmedia.co.kr
디앤씨북스 블로그 http://blog.naver.com/dncbooks

ISBN 979-11-264-4299-7 (04810)
ISBN 979-11-264-4256-0 (세트)